Um FAVORZINHO do VIZINHO

KRISTINA FOREST

Um FAVORZINHO *do* VIZINHO

Tradução
Dandara Morena

1ª edição
Rio de Janeiro-RJ / São Paulo-SP, 2023

VERUS EDITORA

Título original
The Neighbor Favor

ISBN: 978-65-5924-184-2

Copyright © Kristina Forest, 2023
Publicado originalmente por Berkley, um selo da Penguin Random House LLC.
Edição publicada mediante acordo com Pippin Properties, Inc.
por intermédio de Rights People, London.
Todos os direitos reservados.

Tradução © Verus Editora, 2023
Direitos reservados em língua portuguesa, no Brasil, por Verus Editora. Nenhuma parte desta obra pode ser reproduzida ou transmitida por qualquer forma e/ou quaisquer meios (eletrônico ou mecânico, incluindo fotocópia e gravação) ou arquivada em qualquer sistema ou banco de dados sem permissão escrita da editora.

Verus Editora Ltda.
Rua Argentina, 171, São Cristóvão, Rio de Janeiro/RJ, 20921-380
www.veruseditora.com.br

CIP-BRASIL. CATALOGAÇÃO NA FONTE
SINDICATO NACIONAL DOS EDITORES DE LIVROS, RJ

F798f

Forest, Kristina
 Um favorzinho do vizinho / Kristina Forest ; tradução Dandara Morena. - 1. ed. - Rio de Janeiro : Verus, 2023.

 Tradução de: The Neighbor Favor
 ISBN 978-65-5924-184-2

 1. Ficção americana. I. Morena, Dandara. II. Título.

23-84314   CDD: 813
                  CDU: 82-3(73)

Gabriela Faray Ferreira Lopes - Bibliotecária - CRB-7/6643

Revisado conforme o novo acordo ortográfico.

Seja um leitor preferencial Record.
Cadastre-se no site www.record.com.br e receba
informações sobre nossos lançamentos e nossas promoções.

Atendimento e venda direta ao leitor:
sac@record.com.br

Para minha grande parceira de trabalho, Alison

Prólogo

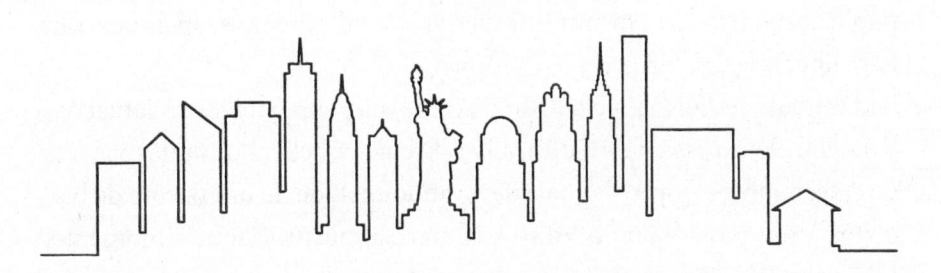

Lily Greene sempre imaginou que, se tivesse a terrível infelicidade de morrer jovem, isso aconteceria de um jeito honrado e valente. Parecido com o jeito dos heróis dos seus adorados romances de fantasia. Talvez ela morresse resgatando uma criança (ou um gato) de um prédio em chamas. Ou se jogando no meio da rua para evitar que um idoso fosse atropelado por um caminhão em alta velocidade.

Com vinte e cinco anos, ela não imaginou que passaria seus últimos momentos ensopada de suor, desidratada, num metrô sem ar-condicionado em Nova York durante a hora do rush em um dos dias mais quentes do ano. Porque àquela situação talvez ela não sobrevivesse.

Lily agarrou a barra do metrô e se esforçou para não tocar as outras cinco mãos que também estavam ali. Com a mão livre, vasculhou a bolsa de pano e tirou a garrafinha de água vazia, como se ela fosse se encher magicamente. Na maioria das vezes ela era esperta e a enchia antes de sair do escritório, mas, naquele dia, sua chefe, Edith, vice-presidente e editora da Edith Pearson Books na estimada Mitchell & Milton Inc., estava com o humor horrível depois de ter caído num golpe por e-mail, o que significava que o departamento de TI tinha se apossado do computador de Edith e ela não podia ficar no próprio escritório. Então em pouco tempo ela estava parada sobre o ombro de Lily na sua pequena mesa, repetindo sem parar que tinha sido a "vítima inocente" de um "golpista do mal". Durante todo aquele tempo, Lily se perguntou: dava para culpar alguém além de si mesmo quando uma pessoa, alegando ser o neto há muito tempo perdido de John F. Kennedy, mandava um e-mail pedindo que você lesse o rascunho da autobiografia dele para análise de publicação clicando em um link perigoso e altamente suspeito e, com isso, liberasse um vírus no seu computador?

De qualquer forma, pelo resto da tarde, Lily suportou as reclamações e o controle excessivo de Edith. Ela sobreviveu bebendo muitas xícaras de café, nenhum copo d'água e devorando metade de um pacote de biscoitos à sua mesa quando Edith saiu para almoçar. Naquele momento, Lily estava faminta, desidratada e quase virando uma poça de suor bem ali na linha B downtown quando o trem de repente freou. O condutor deu um aviso que ninguém conseguiu entender, e um coro de grunhidos se espalhou pelo vagão. Um homem que já tinha tomado a liberdade de tirar a camisa bateu nas portas do vagão como se o condutor pudesse ouvi-lo.

— Cacete, consertem esse ar! Vamos morrer aqui!

Outras pessoas começaram a gritar e a reclamar, ficando mais bravas conforme o metrô permanecia parado. Lily fez uma careta. Nunca nada de bom acontecia quando um bando de pessoas se irritava, com calor e impossibilitadas de se mover. Pelo menos tinham parado na Manhattan Bridge, então ela tinha sinal no celular.

— Que merda! — gritou alguém. — Por que está tão quente?

— Aquecimento global — murmurou uma mulher de pé ao lado de Lily.

Ela era baixa e loira, com bochechas coradas e testa suada. Lily imaginou como *ela mesma* deveria estar. Ainda era maio, mas aquela primavera já trazia o calor insuportável do verão. Lily olhou para sua camisa branca de botões sem manga, que naquele momento tinha manchas de suor sob as axilas. Gotículas umedeciam sua pele marrom, mas não do jeito bonitinho da maquiagem das influenciadoras, e os cachos esvoaçantes que tinham fugido do coque grudavam na nunca. Nojenta. Ela se sentia nojenta.

E enjoada? Ela começou a ficar tonta, e apertou a barra com mais força, tentando afastar o enjoo e a tontura. Tinha desmaiado algumas vezes na infância quando o calor e o estresse criavam uma combinação perigosa, e Lily não podia se dar ao luxo de desmaiar naquele dia. Não quando tinha que correr para casa, dar comida para o gato e voltar a Manhattan em questão de horas porque ia encontrar as irmãs mais velhas, Violet e Iris, para jantar no Meatpacking District. Violet, a sempre sociável stylist de celebridades, soubera recentemente de um novo restaurante francês de cozinha de fusão que elas *tinham* que experimentar. Lily odiava ir a lugares da moda na cidade porque sempre se sentia ridiculamente malvestida, mas Iris, que trabalhava demais, ia realmente dar um tempo do escritório para se juntar a elas, então Lily não tinha desculpas para não ir.

Bem naquela hora o celular de Lily vibrou na bolsa. Era Violet ligando. Lily atendeu, mantendo a voz baixa. Não queria ser uma daquelas pessoas que deixam todo mundo no metrô saber sobre suas conversas.

— Lily — disse Violet, a voz com a mistura habitual de vigor e confiança. — Os planos mudaram.

— Como assim?

— A Iris não pode ir. É alguma coisa do trabalho. Que novidade. Você pode... espera aí.

Lily ouviu quando Violet afastou o celular do ouvido e murmurou alguma coisa para alguém. Violet podia estar em uma sessão de fotos ou no set de um videoclipe de um dos seus clientes. A vida dela se movia na velocidade da luz, e Lily nunca conseguia acompanhar.

— Oi, voltei. Desculpa. Ninguém nunca me *ouve* nessas coisas. Eu coloquei nela um meia pata rosa-choque da Versace e o que o fotógrafo diz? "Põe ela de preto." Ela fica melhor com cores vibrantes! Por que é tão difícil todo mundo entender?

— De quem nós estamos falando? — perguntou Lily, limpando o suor da testa. — Só pra gente se entender.

— Da Karamel Kitty. Já te falei dela. É a rapper com quem estou trabalhando agora.

— Ah, sim — respondeu Lily, lembrando vagamente. — Não foi essa que expôs o político que enviou fotos do pinto para ela?

— O quê? Ah, é, isso foi ano passado. Enfim, quero que você me encontre num bar no Village em vez de ir ao restaurante. Vou te mandar o endereço.

Lily quase respondeu "tá bom", mas hesitou. Ela sentia uma pegadinha a caminho.

— Vai ser só nós duas?

— Hum — murmurou Violet. — Não.

Lily suspirou.

— Quem mais vai estar lá, Vi?

— Ninguém, sério... Só meu novo amigo, o Damien — respondeu ela, rápido. — Ele é o fotógrafo-assistente na sessão de hoje. Comecei a falar de você, mostrei sua foto e ele disse que você era linda, o que você é...

— Não.

— Mas ele é tão fofo e lindo, e quer te conhecer de verdade! Sério que não vai nem dar uma chance a ele?

Lily grunhiu. Suas irmãs sempre tentavam bancar o cupido. Por que elas não podiam simplesmente aceitar que Lily era péssima com encontros e deixá-la em paz?

— Violet, eu tive um dia horrível. Sério. Não vai dar para ir num encontro com alguém hoje. Não tenho energia.

— Também vou te pagar o jantar.

Lily se calou. Com seu salário, ela não costumava rejeitar comida grátis.

— *Tá bom* — cedeu ela, por fim. — Mas não fica decepcionada quando eu e o Damien não nos dermos bem.

— Certo, Senhora Pessimista. Vou te mandar o endereço. Vejo você daqui a pouco. Te amo!

— Também te amo — respondeu Lily, mas Violet já tinha desligado.

Ela soltou um suspiro profundo e afastou o celular do ouvido, fazendo careta ao ver o suor que ficou na tela. Durante todo o tempo que tinha passado falando com Violet, o metrô ainda não havia se movido. Como aquilo era possível?

— Você está bem?

Lily ergueu o olhar e viu que a loira a encarava, com o rosto preocupado.
— Você está bambeando — justificou ela. — Parece que vai desmaiar.
Lily notou as pessoas à sua volta se virando em sua direção.
— Estou bem — insistiu ela, mesmo que estivesse começando a ver pontos escuros em todo lugar. Talvez conversar com Violet e concordar com mais um encontro às cegas a tivesse estressado mais do que pensava. *Por que esse trem não anda, caramba?* Ela se forçou a sorrir. — Mas obrigada.

Ela logo sairia dali. Só precisava se distrair enquanto isso. Lily plantou os pés no chão, vasculhou a bolsa e tirou *Os elfos de Ceradon*, seu livro de fantasia favorito. Ela o tinha encontrado dois anos antes quando trabalhava numa livraria, lutando para conseguir um emprego em tempo integral em qualquer área que estivesse disposta a contratar pessoas com graduação em inglês. Ela nunca tinha lido um livro sobre um clã de elfos negros antes, uma história que tornava completamente normal a existência de pessoas negras em livros de alta fantasia. Lily percebeu então que queria ajudar a trazer mais fantasias como aquela ao mundo, só que para crianças. E com isso começou sua longa jornada para entrar no mundo editorial. No momento ela trabalhava com Edith em livros meio depressivos de não ficção adulta, mas esperava poder mudar logo para livros infantis. No fundo, sentia que devia agradecer a *Os elfos de Ceradon* pela inspiração.

Só que o autor, chamado N. R. Strickland, era um mistério. O exemplar que Lily tinha descoberto na livraria estava rasgado e esfarrapado, publicado anos antes por uma editora britânica já extinta. A escassa biografia de N. R. Strickland dizia que ele tinha nascido e sido criado em Londres e que *Os elfos de Ceradon* era seu primeiro livro. Não indicava um site ou uma rede social. A contracapa lisa vermelho-escura não tinha nem foto. Nos dias atuais, era estranho, mas um pouquinho admirável, que ele tivesse decidido abrir mão de qualquer coisa pública.

Lily carregava o livro com ela para momentos como aquele, quando estava presa no metrô e precisava passar o tempo. Ela abriu o livro e tentou se concentrar nas palavras diante de si em vez de no calor, mas percebeu que era difícil. A dificuldade para ler estava lhe dando dor de cabeça. Em um momento de abençoado alívio, o metrô voltou a andar, mas parou depois do que pareceram alguns metros. Alguém abriu uma janela e um pouco do ar quente de dentro do vagão foi substituído pelo ar quente do lado de fora. Lily engoliu em seco e tentou se concentrar, mas as palavras começaram a dançar na folha. Ler não ia ajudar. Tudo bem.

Em vez disso, ela pegou o celular e, em um impulso, jogou "N. R. Strickland" no Google, como fazia de vez em quando, esperando ler notícias sobre uma continuação, mas, por fim, nunca encontrando nada. O sistema de busca carregou e... Espera, N. R. Strickland agora tinha um site.

Chocada, ela clicou no link, e o site de aparência singela apareceu. Ele não fornecia nenhuma informação que ela já não soubesse pela biografia na orelha do livro. Mas o que o site tinha *mesmo* era um formulário para contato. *Maravilha*. Lily limpou o suor da testa mais uma vez e sorriu para o celular. Zonza e cada vez mais delirante, digitou uma mensagem para N. R. Strickland, contando o quanto o livro significava para ela e a maneira como encontrar a história dele tinha mudado sua vida.

Seus batimentos cardíacos aceleraram e as mãos ficaram mais pegajosas, mas Lily acreditou que fosse devido à empolgação. Mesmo quando sua respiração ficou mais fraca, e manchas pretas turvaram sua visão, ela continuou digitando. Só quando o celular caiu de sua mão e o trem pareceu se inclinar de um jeito esquisito foi que Lily percebeu que estava caindo. Desmaiando, para ser mais exata.

— Ai, meu Deus! — gritou a loira quando Lily caiu no chão, segurando *Os elfos de Ceradon*.

Minutos depois, após Lily ter despertado, alguns desconhecidos gentis a ajudaram a se levantar, alguém lhe ofereceu uma garrafa d'água e uma mãe a forçou a comer as frutas do filho. Lily estava ocupada pensando que tinha acabado de desmaiar. Sua mente estava bem distante do e-mail que havia escrito toda entusiasmada, sem perceber que ele já tinha sido enviado e estava no ciberespaço a caminho de seu destinatário.

○ ○ ○

A quase cinco mil quilômetros de distância, em Amsterdã, Nick Brown se esforçava ao máximo para não envergonhar a si mesmo ao chorar num cômodo cheio de pessoas que, apenas um mês antes, não conhecia. Mas ele não conseguia evitar. Estava emocionado por terem feito uma festa de despedida para ele. E se sentia um pouco tímido com tanta atenção sobre si.

— Lembre de nós com carinho, Nick — pediu Jakob Davids, levantando a taça, os lábios abertos num sorriso genuíno. — Estamos ansiosos para ler a reportagem quando for publicada. *Proost!*

— *Proost!* — gritou o restante da família Davids, tilintando as taças.

— *Proost!* — repetiu Nick baixinho, erguendo a taça também, embora seu conteúdo fosse apenas água.

Passando a mão na nuca, Nick se sentia agradecido pelo jantar de despedida, mas ao mesmo tempo achava que não era digno da comoção, então olhou para a família Davids e tentou guardá-la na memória. Tinha passado as últimas semanas com eles. Eram uma família afro-holandesa que possuía um restaurante de culinária surinamense, e ele vinha escrevendo uma reportagem sobre eles e seu negócio para sua coluna na *World Traveler*. Havia Jakob e Ada, sua esposa, e ambos, com trinta anos, eram apenas três anos mais velhos que Nick; seus filhos pequenos, Jolijn e Christophe; e a mãe de Jakob, Ruth, que emigrara do Suriname, na América do Sul, para Amsterdã com vinte e poucos anos. Eles viviam em uma casa pequena a alguns quarteirões de Sarphatipark.

O trabalho de Nick o mantinha em constante movimento. Era o que mais gostava nele. Sua vida era uma porta giratória de rostos e lugares. Mas alguma coisa naquelas pessoas o tinha agradado. Talvez porque fossem uma família unida que realmente gostava de passar o tempo junto, uma coisa que Nick sempre desejara. Ele não queria deixar os Davids e gostaria de poder mergulhar na união deles por um pouco mais de tempo. Mas iria para Munique pela manhã por conta de seu próximo trabalho. Teria que deixar os Davids para trás.

De qualquer forma, isso provavelmente era o melhor a fazer. As últimas semanas tinham sido legais. Mas quase legais *demais*. Isso deixava Nick ansioso. Ele percebeu que estava sempre esperando o pior acontecer.

— Obrigada por tudo isso — disse Nick aos Davids. — Agradeço por terem permitido que eu entrasse na casa e na vida de vocês. — Ele respirou fundo, lutando contra a forte onda de emoções que o surpreendiam. — Realmente vou sentir saudade.

— Vamos sentir saudade de você também. Você é praticamente da família agora! — Jakob soltou uma risada, sem consciência do efeito que suas palavras tiveram em Nick. — Não é, filho?

Christophe sorriu e assentiu.

Nick sentiu uma pontadinha no estômago, assistindo àquela breve interação entre pai e filho. Ele a ignorou e sorriu para todos, se sentindo um pouco aliviado quando Ada colocou uma música para tocar e fez sinal para Jakob dançar com ela no meio da sala de estar. Ruth, que já tinha passado muito da sua hora de dormir, se sentou no sofá e adormeceu no mesmo instante.

Então Christophe e Jolijn, os gêmeos de nove anos, de repente apareceram na frente de Nick com um brilho travesso nos olhos.

— Você não vai esquecer da gente, vai? — perguntou Jolijn, erguendo uma sobrancelha. Ela era a mais alta dos dois. Puxou uma das tranças grossas. Nick notou que ela fazia isso sempre que sentia que estava perguntando demais. — Promete que não vai. Jura pelo seu caderno.

Nick riu.

— Por que o meu caderno?

— Porque você está sempre com ele. Deve ser sua coisa favorita.

— E o que a gente vai fazer sem as suas histórias? — indagou Christophe, empurrando a irmã com o quadril para tirá-la do caminho e ter a atenção total de Nick. — Você nunca contou pra gente o que aconteceu com o Deko, o príncipe elfo, depois que a sanguessuga mortal mordeu ele.

Duas semanas antes, quando os gêmeos ficaram impacientes enquanto os pais fechavam o restaurante, Nick tinha distraído os dois com uma história que escrevera anos atrás sobre um príncipe elfo chamado Deko e sua jornada pela terra mágica Ceradon.

— Você tem razão — comentou Nick, assentindo. — Nunca terminamos a história, não é? O que *vocês* acham que aconteceu com o Deko?

Christophe franziu a testa.

— Acho que ele ficou bem ferido. Quase morreu.

— Eu não — rebateu Jolijn. — Acho que o Deko sobreviveu e depois conheceu uma rainha guerreira elfa, que é mais forte e rápida do que ele, e ela virou a governante do reino.

— Nada disso — discordou Christophe, revirando os olhos. — É claro que o Deko morreu e então uma feiticeira ressuscitou ele e, com a ajuda dela, buscou vingança contra aqueles que machucaram ele e seu povo!

Os gêmeos começaram a discutir, e Nick riu. Sendo sincero, eles o fascinavam. Ele havia sido filho único, sem ninguém com quem implicar.

— Vou deixar o final por conta de vocês — respondeu ele, por fim intervindo. — O que vocês quiserem que aconteça com o Deko é o que acontece realmente.

— Você quer dizer que não sabe o fim da sua *própria* história? — indagou Jolijn, os olhos arregalados.

Nick balançou a cabeça.

— Não.

— Mas você tem que saber — insistiu Christophe, decepcionado.

Nick não estava mentindo. Tinha escrito aquela história em outra vida e deixado o destino de Deko em suspenso de propósito, achando que teria uma oportunidade para continuar sua jornada. Para ele, a história pertencia a N. R. Strickland, o pseudônimo bobo que tinha criado. Mas ele observou a expressão de desânimo dos gêmeos. Eles não queriam ouvir sua história triste. Queriam saber o que aconteceu com Deko. Então Nick inventou um fim especial, apenas para eles.

— Tá bom, a verdade é que o Deko realmente morre da mordida da sanguessuga mortal — explica Nick, e Jolijn arfa. — Mas depois ele é ressuscitado por uma feiticeira que também é uma rainha guerreira, e ela governa o reino enquanto Deko sai em uma jornada para matar as sanguessugas que assassinaram seu clã.

— Eu sabia! — exclama Christophe, socando o ar, e Jolijn sorri, satisfeita.

— Certo, hora de dormir — anuncia Ada, recolhendo os gêmeos. — Deem tchau pro Nick.

— Tchau, Nick — cantarolaram eles, abraçando-o. Nick ficou mexido de novo e desejou ter a merda do controle das suas emoções. Ele abraçou os gêmeos de volta, já sentindo falta deles e das brincadeiras.

— Juro pelo meu caderno que não vou esquecer vocês — disse ele quando se afastaram.

— Acho bom — comentou Jolijn, assentindo, muito séria.

— Tem certeza de que não quer o número da minha irmã? — perguntou Ada a Nick, erguendo uma sobrancelha. — Ela está em Munique, e eu sei que amaria conhecer um homem bonito como você.

— Ei, eu ouvi isso! — gritou Jakob da cozinha, e Ada riu.

— Não, mas obrigado — recusou Nick, sorrindo.

Se a irmã de Ada fosse um pouquinho como ela — gentil, paciente e carinhosa —, então seria melhor Nick ficar longe dela. Porque é claro que ele acharia um jeito de estragar tudo.

— Certo, então — rebateu Ada, abraçando Nick.

Ele deu tchau para ela e para os gêmeos conforme ela os levava para o andar de cima.

Era quase uma da manhã, no fuso de Amsterdã. O voo de Nick estava marcado para dali a seis horas. Precisava pelo menos tentar dormir um pouco. Ele se levantou e caminhou até Jakob para se despedir.

— Vê se não some — pediu Jakob, sincero.

Nick prometeu que não sumiria. Mas a realidade era que provavelmente nunca mais veria ou falaria com Jakob nem com o restante dos Davids de novo. Era assim que a vida funcionava.

— Obrigado por tudo — disse Nick, dando uma última olhada na casa dos Davids, já antecipando a solidão que o aguardava em seu Airbnb. Deu um último sorriso para Jakob e saiu.

Garoava quando ele pisou do lado de fora. Nick pegou a bicicleta que tinha alugado para o mês e desceu a rua pedalando com cuidado. A noite estava quieta, tranquila. Apenas o som dos pneus e das batidas suaves da chuva no chão. Era em momentos como aquele que Nick se maravilhava silenciosamente com o fato de que estava em outro país, bem longe da Carolina do Norte, lugar do qual pensara que nunca sairia. Mas olhe para ele. Pedalando pelas ruas de Amsterdã, saindo de uma festa de despedida feita em sua homenagem. Para *ele*. Alguém que nunca tivera nem uma festa de aniversário. Tinha sido uma noite tão boa, uma das melhores em muito tempo.

Então, claro que, bem quando Nick estava quase formando uma perspectiva otimista, a corrente da bicicleta arrebentou e ele derrapou pela rua molhada, perdendo o controle. Bateu em um poste e caiu, de costas no chão. Ele encarou o céu, ofegante, se contorcendo com o corpo todo dolorido. Levou vários minutos para se orientar, e então se levantou devagar, estremecendo. Empurrou a bicicleta pela rua e, bem naquele momento, a chuva começou a apertar. Mesmo com dor, tudo o que Nick podia fazer era rir. *É claro* que sua última noite em Amsterdã acabaria daquele jeito. Alguma coisa tinha que trazê-lo de volta para a Terra e o relembrar de que coisas boas, fossem emoções ou experiências, não duravam muito tempo em sua vida.

Quando por fim chegou ao Airbnb, ele sentia como se tivesse sido atropelado por um caminhão de lixo. Ficou só de cueca e examinou as costelas. Não conseguia ver nenhum roxo na pele marrom, mas eles com certeza apareceriam em algumas horas. Fazendo uma careta, ele se sentou no sofá e pegou o notebook, esperando ver um e-mail do chefe perguntando por que não tinha enviado ainda a reportagem sobre os Davids, e Nick teria que responder "Desculpa, Thomas, bati minha bicicleta num poste porque em noventa por cento do tempo acontecem coisas ruins desse tipo na minha vida. Podemos mudar o prazo?".

Mas, quando Nick abriu o e-mail, não viu uma mensagem de Thomas. Em vez disso, havia uma notificação de que alguém tinha feito contato com ele através de seu site. Quer dizer, do site que seu melhor amigo e recém-autonomeado agente literário, Marcus, tinha criado para ele. Nick encarou a tela, perplexo. Alguém tinha mesmo descoberto seu site? Alguém no mundo realmente tinha lido seu livro? *Cacete, até parece.* Devia ser spam. Ou alguém tinha conseguido encontrar um exemplar de *Os elfos de Ceradon*, lido e odiado tanto que sentira a necessidade de dizer isso a ele. Nada de bom poderia vir da leitura daquele e-mail.

Nick afastou o notebook, desejando ter algo congelado para colocar no joelho dolorido. E olhou para a tela do computador de novo. O assunto do e-mail era "Você tem um site!". Uma pessoa que odiasse tanto seu livro soaria assim tão otimista?

Nick franziu a testa, indeciso.

Ah, que se dane. Ele ia deixar a curiosidade vencer.

Abriu o e-mail e se preparou para dar de cara com uma mensagem de ódio. Mas, para sua surpresa, se pegou sorrindo ao ler a primeira linha.

PARTE UM
Os e-mails

1

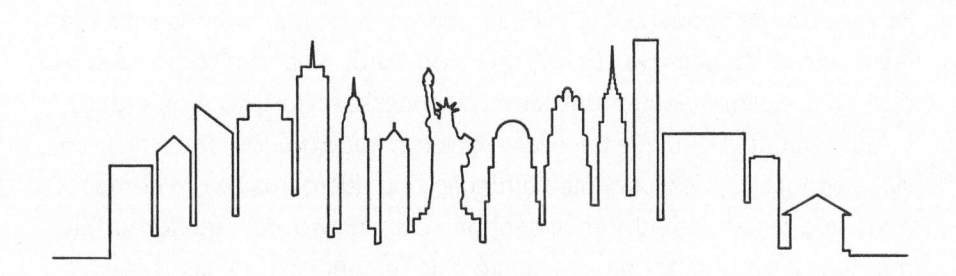

DE: Lily G. <lilyg@gmail.com>
PARA: N. R. Strickland <nrs@nrstrickland.com>
DATA: 9 de maio, 18h21
ASSUNTO: Você tem um site!

Caro sr. Strickland,
    O senhor já ficou preso em um metrô sem ar-condicionado num dia em que fazia trinta e cinco graus? Se não, considere-se sortudo, porque estou passando por isso agora e é uma verdadeira tortura.
    Tá bom, agora que desabafei, quero deixar claro que nunca faço coisas desse tipo. Estou falando de mandar um e-mail sem permissão para um estranho. Provavelmente o senhor não vai ler esta mensagem, então estou nervosa à toa. O senhor de fato *acabou* de criar um site apesar de *Os elfos de Ceradon* ter sido publicado há cinco anos, então presumo que o senhor não passe muito tempo na internet, o que na verdade não é uma coisa ruim.
    Eu me chamo Lily e li seu livro há quase dois anos quando trabalhava em um sebo. Eu nunca tinha ouvido falar dele, nem meu chefe, então ele me falou para jogá-lo fora. Principalmente porque este exemplar em particular parecia ter sido mastigado por um cachorro bem na parte de baixo,

o que significava que não podíamos vendê-lo. Mas a ideia de jogar livros fora é um crime para mim, e eu fiquei curiosa, então comecei a ler na hora do almoço. Depois continuei lendo pelo resto do expediente, no ônibus a caminho de casa, durante todo o jantar, e fiquei acordada até três da manhã para terminar. Ler seu livro me fez recordar por que eu amava tanto ler quando era pequena. Na época, fazia um ano que eu tinha saído da faculdade e não pensava em trabalhar com livros a não ser como vendedora de livros, mas percebi que talvez eu pudesse editar livros como o seu, só que infantis. Assim que tracei esse objetivo, tudo mudou. Trabalho com livros agora... Não exatamente na função que quero, mas é um começo. Acho que preciso agradecer ao senhor e ao seu livro, de certa forma. Ele me ajudou a passar por um momento difícil e confuso na vida.

Enfim, não vou te entediar com os detalhes da crise existencial por que passei (de novo, não sei se o senhor vai ler este e-mail). Estou escrevendo porque queria dizer que amei o livro. O Deko é um dos protagonistas mais interessantes que li em muito tempo. O senhor pretende escrever uma continuação? O livro acabou em um grande suspense, com Deko, delirante e cansado da batalha, finalmente chegando a Ceradon, mas sendo atacado por uma sanguessuga mortal assim que toca nos portões da cidade! Ele sobreviveu? Ele morreu? Estou querendo saber disso há dois anos.

Tenho certeza de que o senhor está sendo inundado de mensagens graças ao novo site e ao formulário de contato, mas espero

o o o

DE: N. R. Strickland <nrs@nrstrickland.com>
PARA: Lily G. <lilyg@gmail.com>
DATA: 14 de maio, 22h42
ASSUNTO: Re: Você tem um site!

Lily,

Você espera o quê? Você quis deixar a sua frase inacabada? De qualquer forma, obrigado pela mensagem simpática. Foi realmente legal e surpreendente de ler. Está errada em presumir que estou sendo inundado de e-mails. O seu é o primeiro que recebi pelo site, e, sendo sincero, achei que fosse alguém mandando uma mensagem de ódio. Você é provavelmente a única pessoa que visitou o site, além do meu agente, que o criou para mim.

Fico feliz de o meu livro ter servido como inspiração para você e sua carreira. Deve ser o único jeito que ele inspirou outra pessoa.

Respondendo à sua primeira pergunta: não, nunca fiquei preso no metrô quando fazia trinta e cinco graus. Mas uma vez fiquei preso dentro de um banheiro em um submarino no meio do oceano Índico. É uma longa história.

Respondendo à segunda pergunta: não, não pretendo escrever uma continuação. Não me considero mais um escritor. Estou mais para cantor de um sucesso só, tirando a parte do sucesso. Tenho a impressão de que *Os elfos de Ceradon* foi escrito em outra vida, quando eu tinha vinte e dois anos e era ingênuo e achava que seria o George R. R. Martin negro. O Deko morreu lá caído nos portões da cidade? Um elfo ceradoniano o salvou? Não sei. Vou deixar isso por sua conta.

Te desejo boa sorte na vida,

~NRS

o o o

DE: Lily G. <lilyg@gmail.com>
PARA: N. R. Strickland <nrs@nrstrickland.com>
DATA: 15 de maio, 7h13
ASSUNTO: Re: Você tem um site!

Caro sr. Strickland,

Ai, meu Deus. Eu não tinha ideia de que tinha mesmo enviado aquele e-mail. Quando escrevi, eu estava delirando e desidratada, um pouco antes de literalmente desmaiar. Eu estava falando sério sobre o calor no metrô. Relendo meu e-mail, consigo ver o quanto estava fora de mim. E nem terminei! Estou *arrasada*.

E chocada? Não acredito que o senhor realmente leu meu e-mail e que o *respondeu*. Pra ser sincera, eu estava começando a achar que talvez o senhor não existisse. Sou a única pessoa que sei que leu seu livro. Sempre que o menciono para outras pessoas, elas não têm ideia do que estou falando, o que é bem decepcionante, porque não sabem o que estão perdendo, e não vou emprestar meu exemplar, porque o amo muito. Não tenho ideia de onde encontraria outro se a pessoa não me devolvesse. Parece que o livro esgotou apenas alguns meses depois de ser publicado.

Lamento saber que o senhor não se considera mais um escritor. Não sabia que era tão jovem quando escreveu *Elfos*. É impressionante. Nos meus vinte e dois anos, eu me escondia dos meus colegas de quarto para que eles não me forçassem a ir a festas.

Sua resposta chegou na hora certa. É exatamente o estímulo de que preciso para minha entrevista de emprego esta tarde. Vou ver isso como um bom sinal.

Atenciosamente,
Lily G.

o o o

DE: N. R. Strickland <nrs@nrstrickland.com>
PARA: Lily G. <lilyg@gmail.com>
DATA: 12 de junho, 23h01
ASSUNTO: Re: Você tem um site!

Lily,

Desculpa, estou mais de um mês atrasado. Então você está me dizendo que me enviou o e-mail quando não estava nada bem, literalmente segundos antes de desmaiar. Isso é surreal! Espero que tenha ficado bem. E preciso ser sincero, seu primeiro e-mail faz muito mais sentido agora. Acho que alguém teria que estar delirante para se incomodar em mandar um e-mail para mim.

Fico feliz que você ame tanto seu *Elfos* que não o empresta para ninguém. E, sim, a Labyrinth Press fechou as portas no mesmo ano em que assinei o contrato. Eles conseguiram distribuir alguns exemplares de *Elfos* antes. Não foi um início de carreira ideal, mas aceitei meu destino. De novo, não sou mais escritor.

Como foi a entrevista?

~NRS

o o o

DE: Lily G. <lilyg@gmail.com>
PARA: N. R. Strickland <nrs@nrstrickland.com>
DATA: 13 de junho, 8h21
ASSUNTO: Re: Você tem um site!

Caro sr. Strickland,

Eu não esperava que o senhor respondesse da primeira vez, e com certeza não estava esperando que respondesse uma *segunda vez*. Isso alegrou meu dia.

Infelizmente, a entrevista não foi muito bem. Não passei da primeira rodada, o que é um pouco chato, porque era um cargo de editora-assistente em uma editora de livros infantis renomada.

Fui a várias entrevistas ano passado, e nunca chego muito longe no processo. Primeiro, mesmo que eu saiba muito sobre livros infantis, me dá um branco assim que sento e começo a tagarelar. O segundo problema é que a maioria dos entrevistadores acha que não tenho experiência suficiente, o que não está errado. Há dois anos, sou assistente editorial num selo de não ficção adulta. Passo os dias lendo originais sobre pragas, genocidas e ditadores, entre outros assuntos. Trabalhar num livro sobre o pânico satânico com certeza não é a mesma coisa que trabalhar com autores infantis que podem ser o próximo Rick Riordan. Pelo menos é o que me dizem nas entrevistas.

Enfim, essa é minha vida profissional. O senhor disse que não escrevia mais. Se não é mais escritor, o que faz?

Atenciosamente,

Lily G.

○ ○ ○

DE: Lily G. <lilyg@gmail.com>
PARA: N. R. Strickland <nrs@nrstrickland.com>
DATA: 13 de junho, 8h26
ASSUNTO: Re: Você tem um site!

Caro sr. Strickland,
Por favor, quero me desculpar pelo meu último e-mail. Foi tão presunçoso. Tenho certeza de que não se importa com meus problemas profissionais. O senhor nem precisa responder. Na verdade, espero que não responda. Vai me poupar de muito constrangimento.
O e-mail me fez parecer muito ingrata. Não sou, juro. Tenho um emprego em uma das editoras mais renomadas da América do Norte. E sei o quanto é difícil entrar no mundo editorial, ainda mais quando a pessoa é negra. Eu me candidatei a centenas de cargos durante um ano e não consegui nada, até que uma pessoa com uma conexão distante e confusa com a igreja da minha mãe me arranjou um estágio com a minha chefe atual. A assistente dela se demitiu quando eu tinha três meses de estágio, e ela não quis ter o trabalho de outro processo seletivo, então me contratou. Consegui esse emprego graças à sorte de estar no lugar certo na hora certa.
Estou agradecida. Esse trabalho é importante. Só não é o trabalho que eu queria estar fazendo, e ler esses textos difíceis e depressivos todo dia está começando a me afetar. Na maioria dos dias, não saio do escritório antes das sete da noite. E vou dormir sonhando com epidemias e assassinatos.
Tenho só vinte e cinco anos e muito tempo para seguir meu sonho de editar livros infantis. Sei disso. Só fico pensando que seria mais fácil de aguentar se minha chefe fosse pelo menos uma pessoa mais ou menos decente.
Atenciosamente,
Lily G.

○ ○ ○

DE: Lily G. <lilyg@gmail.com>
PARA: N. R. Strickland <nrs@nrstrickland.com>
DATA: 13 de junho, 8h27
ASSUNTO: Re: Você tem um site!

Caro sr. Strickland,
PERDÃO. Pedi desculpas por falar demais e depois falei mais ainda. Pelo jeito, tratar e-mails como desabafos numa corrida de táxi é uma coisa que faço agora. Pareceu seguro desabafar porque o senhor não me conhece de verdade, e não é como se fôssemos nos encontrar um dia. Quando comecei a escrever, foi difícil parar.
Tenho consciência de que deixei a situação constrangedora. Espero que o senhor tenha decidido parar de checar os e-mails, e minhas reflexões embaraçosas continuem não lidas na sua caixa de entrada para sempre.
Atenciosamente,
Lily

o o o

DE: N. R. Strickland <nrs@nrstrickland.com>
PARA: Lily G. <lilyg@gmail.com>
DATA: 15 de julho, 21h32
ASSUNTO: Re: Você tem um site!

Lily,
Embaraçosos são os contos horríveis que eu escrevia durante oficinas de escrita criativa. Seus e-mails sobre sua carreira não são nem de perto tão ruins. Você não deixou a situação constrangedora e não precisa se desculpar. Mas o tema que você edita atualmente parece mesmo deprimente. Eu também iria querer sair desse emprego.
Aí vai uma história para te fazer se sentir melhor. Quando eu estava na faculdade, meu agente literário (que não era meu agente literário na época, só meu colega de quarto) me encorajou a ir a um evento de pitching de livros, aquelas feiras em que você tem que fazer uma

exposição rápida do seu projeto para tentar convencer um editor a investir nele. Eu vinha trabalhando em *Elfos* fazia mais de um ano nos cursos de escrita criativa, e meus professores pareciam gostar do que eu estava fazendo, então fui juntando dinheiro para pagar a taxa de participação do evento. Imprimi cópias dos primeiros capítulos e mostrei *Elfos* para uns trinta editores pelo menos, e ninguém se interessou. Me disseram que fantasia adulta não estava vendendo, o que achei que não fazia sentido, já que *Game of Thrones* era a série de mais sucesso na televisão. Alguns editores perguntaram: "Mas os elfos são negros?". Foi o maior desperdício de dinheiro. Bem quando decidi ir embora, um homem veio até mim e disse que tinha ouvido minha apresentação. Ele trabalhava em uma pequena editora, que publicava especificamente fantasia e ficção científica. Disse que *Elfos* parecia bem o estilo deles. Foi assim que consegui minha oportunidade.

Depois isso acabou sendo uma decisão horrível, porque assinei um contrato ruim, e o livro, junto com minha carreira, não decolou, e depois a editora fechou no fim do ano, e nunca recebi meu adiantamento. Mas acho que você entendeu o que eu quis dizer. Às vezes só precisamos de um "sim". Espero que o seu sim não a deixe pior, como aconteceu comigo.

Sobre meu trabalho atual, escrevo para uma revista de viagens desde que me formei. Sempre me pego tendo conversas muito profundas com pessoas que não conheço muito bem em diferentes partes do mundo, então não acho estranho que você tenha compartilhado partes da sua vida comigo. Concordo que tem uma coisa um pouco catártica envolvida, e, pensando bem, acho que é por isso que continuo respondendo a você. Tirando meu chefe e meu agente, você é a única pessoa que me envia e-mails sempre.

No momento, estou na Islândia. Já veio aqui? Não é tão frio quanto achei que seria. O fato de, em inglês, "Islândia" significar "terra do gelo" acaba sendo enganoso.

Anexei uma foto da cachoeira Skógafoss. Li na internet que é a cachoeira mais "comum" daqui. Não parece nada comum para mim. Espero que te anime.

~NRS

P.S.: Pode parar de me chamar de "sr. Strickland". Me faz parecer um idoso. Tenho vinte e sete anos, só dois a mais do que você.

o o o

DE: Lily G. <lilyg@gmail.com>
PARA: N. R. Strickland <nrs@nrstrickland.com>
DATA: 15 de julho, 22h59
ASSUNTO: Re: Você tem um site!

Caro [inserir o seu nome aqui],
Se você não quer que eu te chame de sr. Strickland, do que devo chamar?
Estou aliviada que ter falado demais das minhas angústias não tenha te assustado. Pelos meus e-mails, você pode achar que estou acostumada a falar mais do que a boca, mas na verdade não falo tanto. No ensino fundamental, meus colegas de classe me chamavam de "bicho do mato". O ensino fundamental foi uma tortura por várias razões, mas eu queria que eles pelo menos tivessem inventado um apelido mais criativo.
Nunca fui à Islândia. Na verdade, nunca saí dos EUA. Que legal escrever para uma revista de viagem. Acho que você nunca deve ficar no mesmo lugar por muito tempo. Tem alguma cidade ou país favorito?
A cachoeira com certeza não parece comum. Obrigada por compartilhar a foto. Realmente me alegrou. Aquela entrevista foi há quase um mês, e eu ainda fico triste pensando no quanto queria aquele emprego, mas virão outros. Só preciso continuar tentando.
Sair da cidade ajuda (moro no Brooklyn). Passei a maior parte de hoje na casa dos meus pais em New Jersey para o churrasco de aniversário deles, comemoração que acontece todo ano (eles fazem aniversário no mesmo dia, 15 de julho). Além do Natal, é a única época do ano em que ficamos todos juntos. Minha irmã Violet mora em Nova York, mas a qualquer momento ela pode estar em qualquer lugar do mundo. E minha outra irmã, Iris, mora com a filha no mesmo bairro que meus pais, mas ela está sempre trabalhando, então quase nem a vejo. No dia

15 de julho todo mundo está em casa e é legal. A Violet é stylist, então nos força a fazer shows de moda, e meu pai e meu tio sentam no quintal e jogam Spades (um jogo de cartas que não tenho ideia de como se joga). É um dia bacana.

    E, caramba, que pena que você assinou um contrato ruim com a Labyrinth Press. Fico triste por você não se considerar um escritor e não pretender escrever uma continuação para *Elfos*, mas fico contente por ainda escrever na revista de viagem, de todo modo.

    Atenciosamente,
Lily

    P.S.: Não é uma cachoeira, mas anexei uma foto dos pezinhos da minha sobrinha com o sapato de salto da minha irmã durante nosso "show de moda".

○ ○ ○

DE: N. R. Strickland <nrs@nrstrickland.com>
PARA: Lily G. <lilyg@gmail.com>
DATA: 21 de julho, 00h02
ASSUNTO: Pode me chamar de Strick

    Lily,
Pode me chamar de Strick.
    Sua sobrinha tem um pé gordinho fofo. Espero que ela não cresça e se torne uma adulta cansada com uma visão de mundo deprimente. Ou talvez isso só tenha acontecido comigo. (Viu? Eu falo demais também.)
    Então você mora no Brooklyn. Como é aí? Do que você gosta? Já estive em muitos lugares, mas nunca em Nova York, acredite se quiser. Meu agente mora no Brooklyn também, e tem me incentivado há meses a mudar para Nova York. Ele conseguiu um cargo numa agência literária chique e decidiu fazer de mim seu primeiro projeto. Ele acha que *Elfos* pode ter outra jornada com uma editora norte-americana grande. Ele se

recusa a acreditar que não sou mais um escritor. Respeito a dedicação dele, mas odeio que esteja perdendo tempo comigo.

Tem razão em dizer que nunca fico em um lugar por muito tempo. Todos os meus pertences mais valiosos cabem dentro de uma mochila grande. É libertador pensar que posso pegá-la e partir sempre que precisar. Ou melhor, sempre que tiver um novo trabalho para mim.

Se eu tivesse que escolher, diria que minha cidade favorita é Sorrento, na Itália. Fica bem perto da água e tem cheiro de limoeiros. Você com certeza tem que visitar Sorrento quando sair dos EUA algum dia. Me avise quando fizer isso para que eu possa te dar umas dicas dos melhores restaurantes e das melhores vistas.

No momento, estou na Tailândia. Ontem visitei um santuário de elefantes e fui empurrado pela lama por filhotes. Anexei fotos dos elefantezinhos. Um lembrete de que o mundo nem sempre é tão terrível.

~Strick

o o o

DE: Lily G. <lilyg@gmail.com>
PARA: N. R. Strickland <nrs@nrstrickland.com>
DATA: 21 de julho, 1h11
ASSUNTO: Re: Pode me chamar de Strick

Caro Strick (é um apelido muito engraçado, falando nisso),

Esses filhotes de elefantes são TÃO FOFOS. Estou com inveja por você ser pago para brincar com eles. Algumas pessoas realmente são sortudas. E obrigada pela dica de Sorrento. Se um dia eu me ajeitar na vida de verdade e viajar para lá, você será o primeiro a saber.

É incrível que seu agente queira republicar *Elfos*! Eu, claro, concordo com ele que tem muito potencial para seu livro ter uma jornada diferente!

Você perguntou o que eu acho de morar em Nova York: não acho que realmente moraria aqui se não precisasse por causa do meu emprego.

Se eu pudesse morar em qualquer lugar, é provável que fosse no mesmo bairro que meus pais e a Iris. É tranquilo e simpático, e tem uma ShopRite (uma rede de supermercados da América do Norte; acho que não tem na Inglaterra). Nova York é barulhenta, cheia de gente e opressiva. Tem dias que sinto que vou enlouquecer se não conseguir um pouco de silêncio. Ir e voltar do trabalho de metrô é um saco, especialmente quando tive um dia bosta e um grupo de crianças entra no trem fazendo dancinhas. Quando caminho sozinha à noite, sempre tenho medo de que um pervertido me agarre na rua. Tudo é caro sem motivo. O custo de vida é muito alto e, a não ser que seja alguém de finanças ou da tecnologia, você mal consegue bancar viver aqui. Tenho uma colega de quarto que tem dois são-bernardos que babam por todo lugar, então o Tomcat e eu ficamos na maioria das vezes só no meu quarto porque sou ansiosa demais para lembrar à minha colega de que o apartamento é meu também, e é mais fácil me esconder no meu quarto do que confrontar ela em relação aos cachorros.

Mas Nova York tem as melhores comidas, e os nova-iorquinos se unem em momentos de crise de um jeito lindo. Li em algum lugar que os nova-iorquinos não são sempre legais, mas são sempre gentis, e esse é o melhor jeito que posso descrevê-la.

Às vezes, se saio do escritório mais cedo, consigo pegar o pôr do sol sobre a Manhattan Bridge. Esse é um bônus.

Pergunta: as viagens já te fizeram se sentir sozinho?

Atenciosamente,

Lily

P.S.: Anexei uma foto do pôr do sol da Manhattan Bridge, de que estava falando.

o o o

DE: N. R. Strickland <nrs@nrstrickland.com>
PARA: Lily G. <lilyg@gmail.com>
DATA: 21 de julho, 1h41
ASSUNTO: Re: Pode me chamar de Strick

Lily,

Sempre que converso com as pessoas sobre morar em Nova York, elas dão um milhão de motivos para odiarem, e depois acabam falando que ela é uma das melhores cidades. É engraçado que você tenha respondido basicamente da mesma maneira. A foto do pôr do sol é impressionante. Acho que, depois de ter um dia difícil, poder ver essa beleza faz tudo valer a pena.

Respondendo à sua pergunta, estou acostumado a ficar sozinho, então parece natural.

Está bem tarde em Nova York agora, não? Não me diga que você tem insônia como eu.

~Strick

P.S.: Quem é Tomcat?

o o o

DE: Lily G. <lilyg@gmail.com>
PARA: N. R. Strickland <nrs@nrstrickland.com>
DATA: 21 de julho, 2h04
ASSUNTO: Re: Pode me chamar de Strick

Caro Strick,

Não acredito que esse tempo todo não te falei do Tomcat. É o meu gato. Ele morava na livraria onde eu trabalhava, mas, quando o dono se casou de novo, a nova esposa dele era alérgica a gato, então concordei em levar o Tomcat para casa comigo. Ele é o malhadinho mais gorducho, meigo e doce do mundo (anexei uma foto como prova).

Não tenho insônia. *Amo* dormir. Provavelmente mais do que um ser humano comum. Estou acordada até agora porque tive um encontro ruim mais cedo e o estou repassando na mente, porque é isso que faço.

Acredite se quiser, sou ainda pior em encontros do que em entrevistas. Nunca sei o que dizer, porque tudo sobre a minha vida sempre parece tão desinteressante. Não ajuda o fato de eu só ir a encontros com caras que minhas irmãs arranjam. Se é um encontro com um dos amigos da Violet, então é um modelo, um aspirante a ator/apresentador ou alguém que trabalha com moda. Ele é chique, descolado e tem uma beleza tão intimidante que olhar para ele por muito tempo pode te fazer sufocar. Ele também com certeza é apaixonado pela Violet e só concordou em sair comigo para cair nas graças dela (isso acontecia o tempo todo na escola, então estou acostumada). Se é um encontro com um dos amigos da Iris, é alguém que ela conhece da faculdade de administração. Ele vai querer saber do meu planejamento financeiro para os próximos cinco anos e se pensei ou não em abrir uma pequena empresa. Usa terno, carrega uma mala de couro lisa e está pelo menos quinze minutos atrasado porque alguma coisa importante surgiu no trabalho bem no momento em que ele pretendia sair do escritório. Ele espera que eu seja dinâmica, motivada e imponente como a Iris e fica decepcionado quando descobre que sou comum.

O encontro de hoje foi com um dos caras da Violet, um modelo chamado Tony. Ele era muito bonito, alto e carismático, então fiquei sufocada olhando para ele e foquei minha atenção na clavícula dele enquanto ele falava. Passou a maior parte da noite falando de si mesmo e dos trabalhos recentes. Depois mencionou a Violet e ficou falando dela, então não tive tanto receio em perguntar por fim se ele gostava dela. Ele tentou mentir de primeira, depois admitiu que está apaixonado por ela desde quando se conheceram. A Violet não é do tipo que entra num relacionamento. (Acho que é por isso que os homens gostam tanto dela. Acham que serão aqueles que vão fazer ela mudar de ideia.) Depois de dizer ao Tony que ele tinha que desistir da minha irmã, ele começou a chorar. (Devo dizer que ele tinha bebido quatro copos de conhaque com coca àquela altura.) Eu o confortei enquanto o restaurante inteiro olhava. Foi constrangedor, mas, na maior parte do tempo, me senti mal por ele.

Então é por isso que estou acordada agora. Pensando no modelo lindo e de coração partido que chorou no meu ombro. Sempre sei como os encontros arranjados pelas minhas irmãs vão acabar, mas vou assim mesmo.

Eu me desculparia por contar demais, mas acho que já passamos desse ponto agora.

Atenciosamente,

Lily

o o o

DE: N. R. Strickland <nrs@nrstrickland.com>
PARA: Lily G. <lilyg@gmail.com>
DATA: 21 de julho, 2h23
ASSUNTO: Re: Pode me chamar de Strick

Lily,

Uau. Quanta... coisa. Lamento por ele também, mas estou mais preocupado com você. Por que vai nesses encontros se sabe que não vai dar em nada ou que a noite vai terminar com algum cara chorando no seu ombro por causa da sua irmã? Você está bem? Espero que esteja dormindo agora, mas estou aqui para conversar se precisar.

~Strick

P.S.: Eu deveria ter adivinhado que Tomcat era de fato um gato. Acho que ele é bonito, de um ponto de vista imparcial. Preciso ser sincero: tenho pavor de gatos. Quando era mais novo, minha vizinha tinha uns gatos bem maus que arranhavam e mordiam meus calcanhares e me atacavam sem motivo. Fiquei traumatizado. Dá mesmo para confiar num gato? O Tomcat deve estar tramando sua morte neste exato momento.

○ ○ ○

DE: Lily G. <lilyg@gmail.com>
PARA: N. R. Strickland <nrs@nrstrickland.com>
DATA: 21 de julho, 2h32
ASSUNTO: Re: Pode me chamar de Strick

Caro Strick,
Sei que somos amigos agora (ou pelo menos presumo que somos?), mas não vou aceitar nenhuma calúnia contra gatos na minha caixa de entrada! Gatos são criaturas lindas, majestosas, inteligentes e únicas que têm uma reputação muito ruim! O Tomcat é o animal mais meigo e fofo do mundo. Ele adora deitar num colinho quente e acolhedor. Se você algum dia o conhecer, com certeza ele vai mudar sua opinião de que gatos são assustadores.
Voltando à minha vida amorosa. Eu sei que a solução óbvia seria parar de permitir que minhas irmãs arranjassem encontros para mim. Mas acho que quero mostrar a elas que estou tentando. Talvez seja um complexo de caçula da família. Fui mais lenta que minhas irmãs. Fora do útero, elas têm sido pessoas admiráveis e brilhantes, e esse não foi o meu caso. A opinião da minha família, como sempre, é a de que não sei o que estou fazendo com minha vida e que preciso da ajuda deles. Então se ir a alguns encontros ruins for um jeito de tirar minhas irmãs do meu pé, eu vou. É a mesma razão pela qual vou a seminários de carreira de vez em quando, porque meus pais acham que não sou capaz de negociar uma promoção e que talvez eu precise achar uma profissão.
Mas chega de falar de mim. Em que lugar do mundo você está agora?
Beijos,
Lily

○ ○ ○

DE: N. R. Strickland <nrs@nrstrickland.com>
PARA: Lily G. <lilyg@gmail.com>
DATA: 21 de julho, 2h41
ASSUNTO: Re: Pode me chamar de Strick

Lily,

Ah, entendi. Dinâmicas familiares são difíceis. Sei disso melhor do que ninguém. Talvez um dia você encontre mesmo uma pessoa decente em um desses encontros. Ou talvez esbarre com sua alma gêmea na rua. (Por que isso só acontece em filmes nova-iorquinos e não na vida real?) De qualquer forma, para mim parece que você sabe *sim* o que está fazendo com a vida e que tem um objetivo claro: editar livros infantis. Não conheço suas irmãs, então não posso comparar, mas para mim você é admirável.

Prometo que vou parar com as calúnias contra gatos. Minhas desculpas ao Tomcat. Tenho certeza de que ele é legal e não passa a maior parte do tempo esperando para te atacar.

Ainda estou na Tailândia. Eu amei tanto aqui, e os elefantes, que estiquei minha estadia.

Espero que esteja dormindo agora.

~Strick

P.S.: É, acho que é seguro dizer que somos amigos (virtuais) a esta altura.

o o o

DE: N. R. Strickland <nrs@nrstrickland.com>
PARA: Lily G. <lilyg@gmail.com>
DATA: 21 de julho, 3h52
ASSUNTO: Re: Pode me chamar de Strick

Lily,

Acho que você está dormindo, já que não responde, e você geralmente responde bastante rápido. Vou para o Vietnã amanhã por algumas semanas e não sei bem como vai ser a internet onde vou ficar, então, se você não tiver notícias de mim por um tempo, é por isso.

Estou olhando para a foto do Tomcat de novo (tentando entender o que você vê nos gatos), e acabei de notar um pé ao lado do Tomcat na foto. É seu? Se sim, que flor é essa tatuagem? Vou chutar que é um lírio.

~Strick

o o o

DE: N. R. Strickland <nrs@nrstrickland.com>
PARA: Lily G. <lilyg@gmail.com>
DATA: 21 de julho, 3h53
ASSUNTO: Re: Pode me chamar de Strick

Droga, agora deve parecer que tenho um fetiche estranho com pés e que fiquei encarando o seu por horas. Eu NÃO estava fazendo isso. É que a tatuagem me chamou a atenção.

o o o

DE: N. R. Strickland <nrs@nrstrickland.com>
PARA: Lily G. <lilyg@gmail.com>
DATA: 21 de julho, 3h54
ASSUNTO: Re: Pode me chamar de Strick

Não que eu ache que seu pé não seja *digno* de um fetiche. É um pé bem bonito.

o o o

DE: N. R. Strickland <nrs@nrstrickland.com>
PARA: Lily G. <lilyg@gmail.com>
DATA: 21 de julho, 3h55
ASSUNTO: Re: Pode me chamar de Strick

    Estou me enrolando todo. Prometo que não estou obcecado com seu pé e nunca mais vou mencionar nada sobre a aparência dele.
    É bom que você esteja dormindo e que eu vá estar em algum lugar sem sinal logo, logo. Espero que, quando nos reconectarmos, você tenha esquecido dessas mensagens.

o o o

DE: Lily G. <lilyg@gmail.com>
PARA: N. R. Strickland <nrs@nrstrickland.com>
DATA: 22 de julho, 7h21
ASSUNTO: Re: Pode me chamar de Strick

    Caro Strick,
    Esses e-mails foram hilários, principalmente porque são provas de que você pode ser estranho às vezes também, rs. Você tem razão: a tatuagem é um lírio. Minhas irmãs têm tatuagens de flores com o nome delas também. Fizemos depois que completei dezoito anos.
    Percebi que temos falado muito da minha vida profissional, mas não da sua. O que você vai escrever no Vietnã? O que normalmente escreve quando está num projeto?
    Beijos,
    Lily

    P.S.: Obrigada por dizer que me acha admirável. Significa muito para mim.

o o o

DE: N. R. Strickland <nrs@nrstrickland.com>
PARA: Lily G. <lilyg@gmail.com>
DATA: 12 de setembro, 22h14
ASSUNTO: Estou vivo

Lily,

Faz quase dois meses que não te escrevo. Talvez você não acredite nisso, mas minha mochila caiu na água quando andei de barco no rio Mekong. Não consegui recuperar nem meu notebook nem meu celular. Em geral, faço anotações no meu caderno durante o dia e as transcrevo para o notebook à noite, então tive que escrever a reportagem toda a mão dessa vez (e na verdade eu gostei disso). Então é por isso que você não teve notícias minhas por tanto tempo. Desculpa!

Para o trabalho, escrevo uma coluna chamada "Um dia na vida". Passo semanas com uma pessoa nativa do país que estou visitando e a acompanho durante seu dia a dia. Também tiro tempo para explorar o lugar sozinho. Em termos de trabalho, é bem ok. Conheço muitas pessoas, e não há monotonia. Meu salário é uma merda, mas a revista banca o transporte e a hospedagem, então acho que não posso reclamar.

Enquanto estava no Vietnã, fiquei na cidade Can Tho e me hospedei com uma família que trabalhava no mercado flutuante Cai Rang (onde derrubei a mochila feito um bobo). Tirando a parte de estragar meus eletrônicos ridiculamente caros, foi uma experiência muito boa. Gostei de estar totalmente desconectado. Deve ter sido por isso que tentei escrever ficção de novo. Foi terrível, e só serviu para comprovar que essa parte da minha vida acabou de verdade.

Pousei em Budapeste hoje de manhã e enfim comprei um celular novo. Meu próximo pagamento vai ser para um notebook.

Como foi o restante do seu verão? Como vai o Tomcat?

~Strick

o o o

DE: Lily G. <lilyg@gmail.com>
PARA: N. R. Strickland <nrs@nrstrickland.com>
DATA: 12 de setembro, 22h57
ASSUNTO: Re: Estou vivo

Strick! Estou tão feliz por ter notícias suas. Achei que você tivesse ficado tão envergonhado depois de comentar sobre meu pé que resolveu encerrar nossa conversa. Lamento que tenha derrubado seu notebook no rio, mas fico contente que essa tenha sido a única razão para não falar comigo.

Você tem o melhor emprego. Pode viajar, ser livre e fazer o que precisa sem ninguém te vigiando ou controlando cada coisa que você faz. Deve ser legal.

Não tenho nenhuma novidade interessante para contar. Tive uma avaliação de meio de ano com minha chefe que não terminou tão bem. Umas semanas atrás, esqueci de pôr uma consulta com o dentista na agenda dela (uma tarefa que não está na descrição do meu trabalho) e agora ela acha que sou uma inútil. Você ficaria surpreso em saber que sou a terceira assistente dela em quatro anos?

O Tomcat vai bem! Ele está gordinho e saudável e continua muito carinhoso. Semana passada, um dos cachorros da minha colega de quarto comeu o saco de ração inteiro do Tomcat enquanto eu estava no trabalho, e ela se recusou a me reembolsar. Foi muito legal da parte dela. Tive outro encontro ruim, dessa vez com um dos amigos da faculdade de administração da Iris, que acabou com ele se oferecendo para ser meu coach. Fui à praia com a Iris e minha sobrinha. Esse provavelmente foi o auge de agosto. O verão passou num piscar de olhos.

Espera. Você tentou escrever ficção? Foi um conto? Ou o começo da continuação de *Elfos*? Tenho certeza de que não estava terrível. Você pode sempre me mostrar seus textos se quiser uma opinião!

Beijos,
Lily

o o o

DE: N. R. Strickland <nrs@nrstrickland.com>
PARA: Lily G. <lilyg@gmail.com>
DATA: 14 de setembro, 21h42
ASSUNTO: Re: Estou vivo

Lily,

Não esqueci que você trabalha no mercado editorial. Não tem a menor chance de eu mostrar meus textos ruins para você. Não vou mostrar nem para meu agente.

Lamento saber da sua chefe e da sua colega de quarto. Mas fico feliz de saber que o Tomcat está bem (mesmo que eu ainda seja cético em relação à natureza meiga dele).

Senti falta de ler seus e-mails. Prometo não derrubar meu notebook num rio e ficar outros dois meses sem me comunicar.

~Strick

o o o

DE: N. R. Strickland <nrs@nrstrickland.com>
PARA: Lily G. <lilyg@gmail.com>
DATA: 29 de setembro, 18h13
ASSUNTO: Re: Estou vivo

Lily,

Talvez meu último e-mail tenha me dado azar. Duas semanas não chegam perto de dois meses, mas está tudo bem?

~Strick

o o o

DE: Lily G. <lilyg@gmail.com>
PARA: N. R. Strickland <nrs@nrstrickland.com>
DATA: 1º de outubro, 11h02
ASSUNTO: Re: Estou vivo

    Oi, Strick.
    Desculpa pelo sumiço. Tem tanta coisa acontecendo por aqui. Minha chefe decidiu adiantar o lançamento de um dos livros, o que significa que tenho passado as noites e alguns dos fins de semana do último mês editando com foco total um livro sobre a família Manson. E aí, bem quando a Iris conseguiu uma promoção no trabalho (ou seja, ela começaria a trabalhar mais horas do que antes, incluindo alguns fins de semana), a babá dela se demitiu, o que é péssimo porque minha sobrinha de dois anos surta sempre que está perto de alguém que não é da família. Ela levou dois meses para se acostumar com a antiga babá. Nem preciso dizer que meus pais, por acaso, estavam passando o mês inteiro na Georgia com minha tia e meu tio, e a Violet está sempre viajando, então tenho cuidado da minha sobrinha sempre que posso. Ah, eu estava me preparando para uma entrevista em outra editora de livros infantis, que não consegui, infelizmente. Mas, no geral, estou bem. Ocupada. Mas bem.
    E você, como está? Onde está?
    Beijos,
    Lily

o o o

DE: N. R. Strickland <nrs@nrstrickland.com>
PARA: Lily G. <lilyg@gmail.com>
DATA: 1º de outubro, 18h13
ASSUNTO: Re: Estou vivo

    Então você passou o mês com sua sobrinha e a família Manson. Que legal, hein? Brincadeira. Lamento que as coisas estejam agitadas para você. Acho admirável que você sacrifique seu tempo para ficar com sua sobrinha e que sua irmã faça questão de ter alguém cuidando dela. Meus pais teriam me deixado sozinho sem pensar duas vezes.

    Estou em Coimbra, Portugal, num novo projeto. Estou acompanhando um professor de engenharia da Universidade de Coimbra que faz bico de padeiro. Ele leva sobremesas para os alunos toda aula, então é superamado, claro.

    Anexei a foto de um bolo de pão de ló que ele fez semana passada. É leve e bem aerado. Foi uma das melhores sobremesas que já comi. Se você estivesse aqui, eu teria guardado um pedaço para você.

    ~Strick

o o o

DE: Lily G. <lilyg@gmail.com>
PARA: N. R. Strickland <nrs@nrstrickland.com>
DATA: 13 de outubro, 2h54
ASSUNTO: Re: Estou vivo

    Oi, Strick.

    Desde a última vez que escrevi, as coisas pioraram um pouco. Acho que o trabalho da Iris está realmente deixando ela estressada. Está começando a pirar. Outro dia, ela se trancou no banheiro, e eu consegui ouvi-la chorar, mas, quando abriu a porta, ela estava com o rosto recém-lavado e um sorriso, como se nada tivesse acontecido, e não quis conversar. De certo modo, ela sempre foi assim. Depois que meu cunhado faleceu, ela ficou obcecada por encontrar as flores certas para colocar em cada mesa da recepção após o funeral. Por dias, ela só sabia falar disso.

    São quase três da manhã aqui. Estou no quarto de hóspedes da Iris, encarando o teto, preocupada com minha família. Talvez eu esteja tendo insônia como você.

    O que te faz ficar acordado à noite?

    Lily

o o o

DE: N. R. Strickland <nrs@nrstrickland.com>
PARA: Lily G. <lilyg@gmail.com>
DATA: 13 de outubro, 3h06
ASSUNTO: Re: Estou vivo

Lily, fico triste que sua irmã e sua sobrinha estejam com problemas. Elas têm sorte de ter você aí com elas. Espero que as coisas melhorem em breve.
Respondendo à sua pergunta sobre insônia, a minha começou quando eu era bem novo, talvez quando eu tinha nove anos mais ou menos. Eu ficava bastante sozinho à noite, então na maior parte do tempo eu ficava acordado porque estava com medo. Mas, quando não conseguia dormir, eu lia. Não tinha dinheiro para comprar livros, então lia tudo que pudesse pegar na biblioteca. Meu livro favorito era *Uma dobra no tempo*. Eu o pegava tantas vezes que a bibliotecária da minha escola acabou comprando um exemplar para mim, o que foi gentil da parte dela, mas ao mesmo tempo me fez sentir um caso de caridade. Enfim, a fantasia me salvou.
Você disse que lia muito quando era criança também. O que você lia? Quem sabe você devesse tentar ler por um tempo? Talvez ajude você a dormir.
~Strick

o o o

DE: Lily G. <lilyg@gmail.com>
PARA: N. R. Strickland <nrs@nrstrickland.com>
DATA: 13 de outubro, 3h21
ASSUNTO: Re: Estou vivo

Meu livro favorito era *Ella enfeitiçada*. Eu me sentia a Ella quando era criança, como se eu tivesse que fazer tudo que meus pais e minhas irmãs falavam. A Violet e à Iris eram o oposto de meias-irmãs malvadas. Elas são as melhores irmãs do mundo. É só que, em comparação, eu nunca me senti suficiente, e nunca me sinto. Pensava que tinha alguma coisa errada comigo porque não gostava de boates nem de esportes como elas gostavam, e não era uma ótima aluna também. Nada em mim era particularmente excepcional. Mas, sempre que eu lia, não pensava nisso. A fantasia me salvou também. Acho que temos isso em comum.

Tenho mesmo uns e-books salvos no celular. Vou seguir seu conselho e ler um pouco.

Sem querer causar constrangimento, quero te dizer que gosto de ser sua amiga (virtual). Você tem sido um confidente nos últimos cinco meses, o que parece bem bobo, porque nunca nos vimos pessoalmente, e nem sei como você é. Mas talvez essa seja a magia da coisa. Somos dois estranhos que decidiram de forma recíproca mostrar um ao outro um pouco de gentileza. Me sinto menos sozinha sabendo que você está a um e-mail de distância.

Como sempre, obrigada por me escutar.

o o o

DE: N. R. Strickland <nrs@nrstrickland.com>
PARA: Lily G. <lilyg@gmail.com>
DATA: 13 de outubro, 3h27
ASSUNTO: Re: Estou vivo

Lily, sinto o mesmo. Como já disse, você é a única pessoa com quem me correspondo, tirando meu chefe e meu agente literário, e tenho que admitir que seus e-mails me deixam muito mais alegre que os deles. Na minha profissão, conheço pessoas o tempo todo, e, quando conseguimos nos entrosar bem, já preciso partir. Engraçado que nunca nos vimos, mas nossa conexão sobrevive.

P.S.: Estou em Vilnius, na Lituânia. Não sei bem para onde vou depois, ainda estou esperando o projeto. Estou mandando uma foto da Praça da Catedral em Vilnius. Achei os prédios impressionantes. Me senti imediatamente em paz naquele lugar. Espero que olhar para essa foto te faça sentir o mesmo.

o o o

DE: Lily G. <lilyg@gmail.com>
PARA: N. R. Strickland <nrs@nrstrickland.com>
DATA: 28 de novembro, 21h51
ASSUNTO: Feliz Ação de Graças

Oi, Strick.
É Ação de Graças aqui nos Estados Unidos. Passei o dia todo cozinhando com minha mãe e minhas irmãs.
Você está por onde? Como vai tudo?
Beijos,
Lily

P.S.: Obrigada por mandar a foto da Praça da Catedral. Olhei várias vezes no último mês, e ela realmente me trouxe paz.

o o o

DE: N. R. Strickland <nrs@nrstrickland.com>
PARA: Lily G. <lilyg@gmail.com>
DATA: 28 de novembro, 23h22
ASSUNTO: Re: Feliz Ação de Graças

Lily,
É tão bom ter notícias suas. Estou em Plzeň, na República Checa. Estou conhecendo um casal que trabalha na cervejaria Pilsner Urquell (onde começou a cerveja pilsner, já experimentou?)
O que cozinhou por aí? Como você está?
~Strick

○ ○ ○

DE: Lily G. <lilyg@gmail.com>
PARA: N. R. Strickland <nrs@nrstrickland.com>
DATA: 30 de novembro, 1h34
ASSUNTO: Re: Feliz Ação de Graças

Oi, Strick.

Ontem à noite, acabei caindo no sono logo depois de te escrever. Acho que é isso que acontece quando você come dois pratões no jantar de Ação de Graças e finaliza com torta de sobremesa. (Fiz todas as tortas: de maçã com canela, de abóbora e de batata-doce.) Foi a primeira noite de sono inteira que tive em meses.

Nunca experimentei pilsner. Na verdade não sou muito de beber cerveja. Falando nisso, hoje mais cedo, a Violet me arrastou para o bar na nossa cidade natal e nós esbarramos com dois homens que eram apaixonados por ela no ensino médio (porque todo cara era apaixonado por ela no ensino médio), e, enquanto a Violet ficou bêbada e acabou dando uns amassos em um dos caras, eu fiquei presa com o amigo dele, Devon, que estava decidido a descrever os pormenores do phD dele. Eu estava tão entediada e cansada que literalmente dormi no meio da conversa. O Devon ficou ofendido, e eu me senti horrível. Queria ter tido a coragem de dizer a ele que economia não é tão interessante quanto ele pensa.

É meio engraçado que minha maldição de encontros ruins continue mesmo quando não é planejado. Fiquei me perguntando como seria um *bom* encontro. Meu "encontro ideal", acho que poderia chamar assim. Eu não ligaria se fizéssemos uma coisa básica, como ir ao cinema ou comer hambúrguer. Ou quem sabe dar uma volta no parque e parar numa livraria (talvez isso seja pedir muito, rs). Realmente seria legal passar a noite com alguém que quisesse ouvir o que eu tenho para dizer em vez de falar sobre si mesmo a noite toda, e que tivesse paciência com meu nervosismo e minha falta de eloquência.

Você tem muitos encontros nas suas viagens? Qual foi o melhor que já teve? Ou como é seu encontro ideal?

Beijos,

Lily

o o o

DE: N. R. Strickland <nrs@nrstrickland.com>
PARA: Lily G. <lilyg@gmail.com>
DATA: 5 de dezembro, 20h52
ASSUNTO: Re: Feliz Ação de Graças

Lily,

Não sei bem se eu chamaria o que faço de "ir a um encontro". É difícil se comprometer com alguém quando você vai embora em algumas semanas. E também não vejo sentido em namoro a distância.

O melhor encontro que já tive foi durante meu primeiro ano na revista. Eu estava em Paris e fiz um piquenique com uma garota no gramado em frente à Torre Eiffel. Não sei se eu consideraria esse meu encontro *ideal*, mas foi clichê e era Paris, então serve.

Acho que meus requisitos para um encontro ideal seriam tão simples quanto os seus: passar um tempo com alguém de que gosto e que gosta de mim.

Suas histórias de encontros ruins fazem parecer que os homens nos EUA são incompetentes. Não entendo como continuam desperdiçando todas as chances com você.

Se você estivesse aqui comigo em Plzeň, primeiro eu levaria você para conhecer Agata e Andel (o casal que estou acompanhando), nós diríamos que precisamos ir embora, pois teríamos uma reserva num restaurante, mas a Agata nos encorajaria a ficar e jantar com eles. Ela iria dizer que o *rajská omáčka* (bife com sopa de tomate) dela é melhor do que qualquer coisa que comeríamos em um restaurante, e ela estaria certa. Depois que saíssemos da casa deles, estaríamos tão cheios que teríamos que caminhar pela cidade devagar, encarando o céu limpo da noite. Eu apontaria para uma constelação e diria que ela lembra um cachorro. Você riria, balançaria a cabeça e diria que só estou inventando essas coisas para fazer você rir, o que seria verdade.

Passaríamos por uma livraria, que deveria ter fechado minutos antes. Mas a dona reconheceria que amamos livros, então nos deixaria ficar até depois do horário e olhar as estantes. Você escolheria uma edição checa de *Ella enfeitiçada*. Eu consideraria comprar *Uma canção de gelo e fogo*, mas então lembraria das minhas aspirações fracassadas em ser como George R. R. Martin, e decidiria que é melhor não.

Depois, nos depararíamos com um parque, mas os bancos estariam ocupados por outros casais. Você iria dizer: "Não seria legal se a gente tivesse um cobertor para sentar em cima?". E, olha só que surpresa, eu arranjaria um cobertor do nada (talvez houvesse magia nesse cenário), e nos sentaríamos e passaríamos o resto da noite apontando para mais constelações com formatos de alguma coisa.

Isso compensaria cada encontro ruim que você já teve.

~Strick

P.S.: É assim que o *rajská omáčka* da Agata parece.

o o o

DE: Lily G. <lilyg@gmail.com>
PARA: N. R. Strickland <nrs@nrstrickland.com>
DATA: 6 de dezembro, 18h32
ASSUNTO: Re: Feliz Ação de Graças

Oi, Strick.

É triste que nosso encontro imaginário seja o melhor encontro que terei na vida? Isso foi adorável. Sério. E o *rajská omáčka* parece delicioso.

(Viu, você pode me odiar por dizer isto, mas seu último e-mail provou que você é mesmo um contador de histórias nato.)

Estou aqui trabalhando depois do horário no escritório. É quase Natal, e nosso prédio fica a dez minutos de caminhada da grande árvore no Rockefeller Center, então a região está cheia de turistas. Não acredito que você já viajou pelo mundo todo mas nunca esteve em Nova York. Se você estivesse aqui, eu te levaria para todos os lugares lotados de turistas que vêm no Natal. Iríamos reclamar das calçadas cheias e de que ninguém sabe aonde está indo. Então seu humor melhoraria quando eu te levasse para a feira natalina na Union Square. Por você ser tão legal e culto, eu esperaria que você comprasse alguma coisa única, como cristais energéticos e lenços feitos a mão. Mas você me surpreenderia quando comprasse a estatueta de um Papai Noel negro e um chaveiro escrito "I <3 NY". Depois disso, nos sentaríamos em um banco na Union Square e beberíamos chocolate quente, e você diria que Nova York é a melhor cidade mesmo sendo tão irritante, e que não consegue acreditar que demorou tanto para vir.

Como me saí?

Beijos,

Lily

P.S.: Onde você passa as festas de fim de ano?

o o o

DE: N. R. Strickland <nrs@nrstrickland.com>
PARA: Lily G. <lilyg@gmail.com>
DATA: 17 de dezembro, 21h47
ASSUNTO: Re: Feliz Ação de Graças

Lily,

Se eu tivesse dinheiro, e não estivesse atualmente em Skopje, na Macedônia, pegaria um avião para Nova York agora mesmo para que passássemos o dia juntos do jeitinho que você descreveu. Parece perfeito, mas você esqueceu de uma coisa. Eu iria querer experimentar um pedaço da famosa pizza de Nova York.

Geralmente passo as festas de fim de ano onde quer que eu esteja a trabalho. Meu chefe me daria folga para eu ir para casa se eu quisesse, mas não passo as festas com minha família, então não tem por que tirar folga se não preciso.

Na faculdade, eu costumava passar o fim de ano com meu melhor amigo e a família dele.

Sei que você está lendo este e-mail e pensando que eu devo ser mesmo uma pessoa triste. Mas, sério, prefiro ficar sozinho, então não se sinta mal por mim, tá bom?

~Strick

o o o

DE: Lily G. <lilyg@gmail.com>
PARA: N. R. Strickland <nrs@nrstrickland.com>
DATA: 18 de dezembro, 10h19
ASSUNTO: Re: Feliz Ação de Graças

Oi, Strick.

Fico *muito* triste de saber que você passa o Natal sozinho, mas, como pediu que eu não me sinta mal, então isso é tudo que vou dizer sobre o assunto.

Passo muito tempo cozinhando na casa dos meus pais no Natal. Se você estivesse nos Estados Unidos, eu guardaria um pouco de biscoito de baunilha para você.

Beijos,
Lily

o o o

DE: N. R. Strickland <nrs@nrstrickland.com>
PARA: Lily G. <lilyg@gmail.com>
DATA: 20 de dezembro, 00h03
ASSUNTO: Re: Feliz Ação de Graças

Obrigada por oferecer os biscoitos. Tenho certeza de que estão incríveis.

o o o

DE: Lily G. <lilyg@gmail.com>
PARA: N. R. Strickland <nrs@nrstrickland.com>
DATA: 25 de dezembro, 10h19
ASSUNTO: Feliz Natal

Feliz Natal, Strick! Onde quer que você esteja, espero que sinta o espírito natalino. (Sei que isso pode ser piegas, mas sou piegas o tempo todo e ainda mais no fim do ano.)

o o o

DE: N. R. Strickland <nrs@nrstrickland.com>
PARA: Lily G. <lilyg@gmail.com>
DATA: 25 de dezembro, 20h54
ASSUNTO: Re: Feliz Natal

Foi bem piegas, mas vou deixar passar. Feliz Natal, Lily.

o o o

DE: N. R. Strickland <nrs@nrstrickland.com>
PARA: Lily G. <lilyg@gmail.com>
DATA: 31 de dezembro, 18h01
ASSUNTO: Feliz Ano-Novo

Lily,

Já passou da meia-noite aqui na Macedônia, então me deixe ser o primeiro a te desejar um feliz Ano-Novo.

Um rapaz que conheci no hostel em que estou ficando me convidou para uma festa. Encontrei uma garrafa de champanhe meio cheia na cozinha e decidi guardá-la para mim.

Se você estivesse aqui, eu a dividiria com você, e de qualquer jeito não iríamos conseguir entender a língua que todo mundo está falando, mas não teria problema, porque a gente se sentaria no canto, no nosso mundinho, bebendo em taças de champanhe de plástico. E, quando o relógio batesse meia-noite, nos viraríamos um para o outro e sorriríamos. Eu ergueria a sobrancelha, e você assentiria. Então nos beijaríamos. E os dois pensaríamos em quão felizes estaríamos por estar ali juntos.

o o o

DE: N. R. Strickland <nrs@nrstrickland.com>
PARA: Lily G. <lilyg@gmail.com>
DATA: 31 de dezembro, 18h11
ASSUNTO: Re: Feliz Ano-Novo

Lily, peço desculpas pelo último e-mail. Bebi demais, e eu nunca bebo. Não sei onde estava com a cabeça. Espero que eu não tenha estragado tudo. Isso foi pior do que os comentários sobre o seu pé.

Me perdoa?

o o o

DE: Lily G. <lilyg@gmail.com>
PARA: N. R. Strickland <nrs@nrstrickland.com>
DATA: 1º de janeiro, 00h02
ASSUNTO: Re: Feliz Ano-Novo

Oi, Strick.

Não tenho nada para perdoar. Passar o Ano-Novo com você, do jeitinho que descreveu, com os beijos e tudo, parece perfeito para mim.

Espero que este ano seja bom para você e que nossos e-mails continuem.

Feliz Ano-Novo!!!

Beijos,

Lily

o o o

DE: N. R. Strickland <nrs@nrstrickland.com>
PARA: Lily G. <lilyg@gmail.com>
DATA: 8 de janeiro, 19h34
ASSUNTO: Re: Feliz Ano-Novo

Lily,

Fico feliz que meu e-mail, que escrevi sob o efeito de álcool, não ter te assustado. Só para você saber, e estou dizendo isso completamente sóbrio, ainda é uma coisa que quero fazer.

Este ano já teve um início bizarro. Talvez meu agente tenha realmente conseguido alguma coisa com *Elfos*, por exemplo, ter atraído o interesse real de uma editora norte-americana. Não quero agourar (e, falando a verdade, ainda estou pessimista e desconfiado quanto a isso), então não vou te contar os detalhes até ser uma coisa concreta. Mas, se se tornar realidade, você será a primeira a saber.

E se isso acontecer... talvez eu me mude para Nova York. Para perto de você. Fim dos cenários hipotéticos. Podemos finalmente nos conhecer.

○ ○ ○

DE: Lily G. <lilyg@gmail.com>
PARA: N. R. Strickland <nrs@nrstrickland.com>
DATA: 8 de janeiro, 19h38
ASSUNTO: Re: Feliz Ano-novo

Strick, que INCRÍVEL! As novidades sobre o *Elfos* e de que você talvez se mude para Nova York. De que quem sabe nos encontremos pessoalmente!

Há algum tempo que venho pensando que a gente podia se "conhecer" antes de você se mudar para cá. O que acha de uma chamada de vídeo? Eu adoraria ver você, mesmo que fosse na tela. Mas só se você se sentir confortável, claro.

Beijos,
Lily

○ ○ ○

DE: N. R. Strickland <nrs@nrstrickland.com>
PARA: Lily G. <lilyg@gmail.com>
DATA: 8 de janeiro, 21h22
ASSUNTO: Re: Feliz Ano-Novo

Também gostaria de te ver. No domingo eu posso. Que tal meio-dia no fuso de Nova York? Vão ser sete da noite para mim.

○ ○ ○

DE: Lily G. <lilyg@gmail.com>
PARA: N. R. Strickland <nrs@nrstrickland.com>
DATA: 8 de janeiro, 21h38
ASSUNTO: Re: Feliz Ano-novo

Que alívio você ter concordado. Domingo está ótimo. Vou mandar o link.
Até lá!
Beijos,
Lily

o o o

DE: Lily G. <lilyg@gmail.com>
PARA: N. R. Strickland <nrs@nrstrickland.com>
DATA: 12 de janeiro, 12h11
ASSUNTO: Chamada de vídeo

Oi, passando para saber se você está com problemas para entrar. Já estou aqui!

o o o

DE: Lily G. <lilyg@gmail.com>
PARA: N. R. Strickland <nrs@nrstrickland.com>
DATA: 12 de janeiro, 12h14
ASSUNTO: Re: Chamada de vídeo

Ainda estou aqui... Quer remarcar? Se quiser, tudo bem! Sei que a internet pode não ser boa onde você está.

o o o

DE: Lily G. <lilyg@gmail.com>
PARA: N. R. Strickland <nrs@nrstrickland.com>
DATA: 20 de janeiro, 22h24
ASSUNTO: Re: Chamada de vídeo

Oi, Strick.

Está tudo bem? Tem pouco mais de uma semana da data em que nós combinamos fazer videochamada, e ainda não tive notícias suas. Você pegou um trabalho de última hora? Estou torcendo para não ter derrubado o notebook no rio de novo.

De qualquer forma, ainda estou aqui e pensando em você. E ainda estou disposta a te conhecer.

Beijos,
Lily

o o o

DE: N. R. Strickland <nrs@nrstrickland.com>
PARA: Lily G. <lilyg@gmail.com>
DATA: 24 de janeiro, 21h22
ASSUNTO: Re: Chamada de vídeo

Lily, eu não devia ter deixado isso durar esse tempo todo. Não tem nada que eu queira mais do que conhecer você. Mas não sou quem você pensa que eu sou.

Não podemos nunca nos conhecer. Me desculpa.

o o o

DE: Lily G. <lilyg@gmail.com>
PARA: N. R. Strickland <nrs@nrstrickland.com>
DATA: 24 de janeiro, 21h23
ASSUNTO: Re: Chamada de vídeo

Espera... O quê? O que está acontecendo? Se você não é N. R. Strickland, então quem é você? Estava mentindo para mim esse tempo todo?

o o o

DE: Mail Delivery Subsystem <mailer-daemon@googlemail.com>
PARA: Lily G. <lilyg@gmail.com>
DATA: 24 de janeiro, 21h24
ASSUNTO: Failure Notice

A sua mensagem não foi entregue a:
nrs@nrstrickland.com
A resposta foi:
O endereço de e-mail que você tentou contatar não existe. Por favor, verifique de novo se não há erros de digitação ou espaços desnecessários no endereço. Saiba mais em: https://support.google.com/mail.

PARTE DOIS
Vida real

2

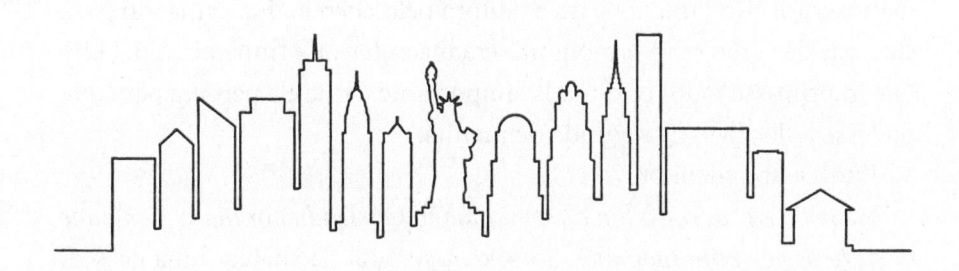

CINCO MESES DEPOIS

Lily não se achava uma mulher de muitos talentos. Mas ela era boa em se esconder. *Muito* boa.

Com o celular na mão, ela olhou por cima do ombro enquanto se esgueirava para a chapelaria do Rosa Mexicano, um restaurante chique em Midtown, Nova York. Era fim de junho e, com o calor, não deveria ter muitos casacos pendurados, mas os amigos do mundo da moda de Violet arranjavam qualquer desculpa para usar jaquetas cheias de detalhes, quiçá desnecessárias. Lily se agachou, engatinhou para trás de um sobretudo de couro verde-oliva e sentou no chão com as pernas cruzadas. Ela abriu a mensagem da chefe, Edith.

> Você lembrou de imprimir meus e-mails antes de sair

Devia ser ilegal chefes mandarem mensagens para seus empregados num sábado. Ainda mais se esses chefes nem se dessem ao trabalho de usar pontuação. Lily suspirou e digitou rapidamente uma resposta.

> Oi, Edith. Sim, imprimi seus e-mails e os deixei na sua mesa. Espero que esteja aproveitando suas férias!

Edith tinha uma coisa com e-mails: ela não gostava de lê-los no computador. Todo dia de manhã, Lily chegava pelo menos uma hora antes do outros colegas, imprimia os e-mails de Edith e os deixava na mesa dela. Edith era uma editora das antigas. Ela começou na época em que as pessoas ainda podiam fumar no escritório e em que os escritores enviavam manuscritos diretamente para a editora pelo correio. Ela tinha ido para sua casa de verão em Vermont na semana anterior e tinha pedido a Lily que imprimisse todos os e-mails "importantes" que ela perdera para que pudesse lê-los logo na segunda de manhã.

Edith respondeu: OK.

Nada de *Aproveite o fim de semana*. Ou *Obrigada por matar centenas de árvores por mim todo mês*. Só "OK". Isso poderia chatear uma pessoa, mas Lily estava acostumada com a ingratidão no ambiente de trabalho. Era engraçado que Edith tivesse problemas em lidar com os e-mails, mas não em enviar mensagens a Lily em momentos inapropriados. Como no meio da festa de noivado da sua irmã.

Ainda blindada por aquele sobretudo ridículo, Lily deixou o celular cair no colo e se apoiou na parede. Ela conseguia ouvir as vozes de sua família, gritando para se fazer ouvir por cima da música. Tias, tios e primos, todos tinham vindo de carro de New Jersey. Não estavam discutindo; só era um grupo ruidoso. Barulhento. Aquela noite era de Violet, mas todo mundo tinha perguntas para Lily. Quando ia ser a vez *dela* de se casar? Ela estava namorando no momento? Como estava o trabalho? Ainda era assistente depois de dois anos e meio? Ela pretendia dormir no sofá de Violet para sempre? Todo o interrogatório, somado à interação social indesejada, fazia a pele de Lily formigar tanto que ela sinceramente preferia achar um canto silencioso e responder as mensagens de Edith a conversar com a família.

Quem sabe ela não pudesse ficar escondida ali pelo resto da noite, sem que ninguém notasse. Quando a festa estivesse acabando, ela sairia, se despediria e então pegaria o metrô para ir para casa — ou para o apartamento de Violet, onde era sua casa no momento.

É, ela iria fazer exatamente isso. Abriu o aplicativo de leitura no celular e decidiu aproveitar essa oportunidade para finalmente começar *O golem e o gênio*, um romance de fantasia que queria ler havia meses. Ela nunca mais tinha tido tempo para ler por prazer. Isso é uma coisa que não te contam quando você está se candidatando a uma vaga de editora. Ela riu enquanto lia o primeiro capítulo, os olhos prontos para devorar um texto que não tinha nada a ver com trabalho.

Então ouviu o barulho de saltos.

— Lily? — chamou uma voz ao entrar na chapelaria. Era Violet.

Lily congelou. Na infância, quando queria ficar dentro de casa e ler, as irmãs a ficavam chamando para andar de bicicleta ou fazer alguma coisa um pouco mais aventureira. Se ela ficasse quieta o bastante, talvez pudesse realmente se tornar invisível.

— Sei que você está aqui — entregou Violet. — A Iris me disse que viu você vir para este lado.

Lily continuou imóvel e prendeu a respiração quando não conseguiu mais ouvir os passos de Violet. Talvez ela tivesse desistido e voltado para a festa em sua homenagem. Então de repente ouviu passos bem próximos a ela, e o escudo feito de casacos que escondia Lily se abriu, expondo-a. Ela ergueu o olhar e sorriu acanhada para a irmã. Violet sorriu de volta e balançou a cabeça.

— Eu estava trabalhando — desconversou Lily, mostrando o celular.

— Num sábado à noite? — Violet estendeu a mão e puxou Lily de pé. — Vem, tem alguém que eu quero que você conheça.

Lily grunhiu.

— Não, obrigada.

— Ah, não começa. Você não sai há eras. E o Angel é um doce. É um dos novos clientes do Eddy, um cantor de R&B! O Eddy jura que ele vai ser o próximo sucesso, e o Angel está querendo muito te conhecer.

Lily revirou os olhos.

— "Querer muito me conhecer" com certeza não condiz com a realidade. Ele não vai se interessar. Vamos poupar nosso tempo.

— Do que você está falando? Claro que ele vai se interessar por você.

— Não sei o que você falou de mim para ele, mas a realidade é que eu sou bem sem graça, e ele é um cantor. Não vamos ter nada em comum para conversar.

— Não é verdade — retrucou Violet, enlaçando o braço no de Lily. — Você trabalha com livros. Os dois trabalham com arte. Tá vendo? Um assunto.

Lily olhou para o rosto sorridente da irmã. Violet era a irmã do meio, a bonita. Uma pele marrom macia. Maçãs do rosto salientes e lábios cheios. Ela tinha o tipo de rosto que fazia as pessoas pararem e olharem. Naquela noite, usava batom vermelho-escuro, um macacão dourado com as costas nuas e saltos dourados pontiagudos combinando, todos de grifes que Lily não podia bancar. O cabelo cacheado e grosso de Violet estava alisado para trás e amarrado em um rabo de cavalo na nuca. Lily, por outro lado, usava um vestido leve amarelo simples de manga curta e sandálias marrons, tudo comprado numa liquidação da H&M. Seu cabelo estava repuxado em um coque alto, o penteado de sempre. Uma pessoa que passasse por ali presumiria que as duas irmãs estavam participando de dois eventos completamente diferentes e acabaram se esbarrando na chapelaria.

— Vem — pediu Violet de novo. — Você não vai se arrepender de conhecê-lo, prometo.

Lily queria dizer não. Não queria mais saber de encontros. Não depois da confusão em que se metera no ano anterior ao enviar e-mails para aquele escritor, ou seja lá quem fosse. Mas Violet a olhava com um sorriso esperançoso, e Lily sentiu a pressão de não desapontar. E ela sabia que o restante da família perguntaria por que não tinha dado uma chance a Angel. Se as coisas não dessem certo com ele, e não iriam dar, Lily podia pelo menos dizer que tentou e então ser deixada em paz.

— Tá bom — resmungou ela.

— Ótimo — respondeu Violet, conduzindo Lily para fora da chapelaria.

De volta ao salão principal, Lily viu os pais no bar conversando com suas tias e tios. Os primos estavam na pista de dança, socializando com os amigos do mundo da moda de Violet. Havia um clima de pessoas do interior encontrando pessoas da cidade.

Violet apertou, cheia de animação, a mão de Lily conforme se aproximavam de Eddy e Angel. Eddy, o noivo de Violet, se virou para elas e sorriu. Bem, era mais um esboço de um sorriso. Lily não sabia se já tinha visto Eddy sorrir. Aquela era apenas a segunda vez que o encontrava, e ele sempre parecia bem sério. Eddy era alto, magro, de pele negra e careca. Como Violet, ele estava vestido a rigor, com camisa branca e calça preta slim. Era gerente de talentos em uma gravadora de Los Angeles e viajava muito com os clientes. Ele e Violet ficaram noivos em abril, e ele enfim teve tempo para ir a LA e conhecer o resto da família. Os pais de Lily e sua irmã mais velha, Iris, achavam que Violet e Eddy estavam indo muito rápido. Eles namoravam havia apenas três meses quando Eddy fez o pedido. Mas, sobretudo, todos estavam chocados por Violet, que nunca ficava sério com ninguém, de repente estar noiva.

— Aí está você — disse Eddy, colocando o braço ao redor de Violet. Ela sorriu e se derreteu ao lado dele. Ele voltou a atenção para Lily. — Está se divertindo?

Lily fez que sim e começou a suar enquanto evitava trocar olhares com Angel, que também a encarava. Por uma rápida olhadela, ela pôde ver que ele era alto e musculoso. Bonito, com um sorriso simpático. Exatamente o tipo de cara que fazia as palavras sumirem da sua boca.

— Lily, esse é o nosso amigo Angel — apresentou Violet. — Angel, essa é a minha irmã Lily.

— Prazer — cumprimentou Angel.

Ele tinha cabelo crespo curto e pele marrom-clara. Vestia uma camisa preta lisa e calça jeans. Uma futura celebridade despretensiosa com um sorriso brilhante.

— Hum. — Os olhos de Lily se arregalaram enquanto ela, sem jeito, procurava uma resposta. Ela olhou para Violet, que lhe fez um aceno encorajador com a cabeça antes de Eddy a puxar em direção ao bar, abandonando Lily. — Oi.

— A Violet disse que você é editora. De que tipo de livro?

Lily piscou. O suor empapava suas axilas. Que tipo de livro ela editava *mesmo*? Seus pensamentos começaram a fervilhar. Ela estava nervosa demais para pensar direito.

— Hum, livros sobre ditadores.

— Sério? — Angel inclinou a cabeça. — Tipo todos os ditadores da história?

Ela assentiu, mesmo que aquilo tecnicamente não fosse verdade. O que deveria dizer a seguir? Deveria perguntar sobre a música dele? Ou isso seria estúpido porque todo mundo fazia essa pergunta para ele? Talvez ela devesse perguntar alguma coisa genérica, tipo se ele morava na Costa Leste ou Oeste. Ou seria estranho perguntar a alguém que você acabou de conhecer onde ele mora? *Jesus*, por que aquilo era tão difícil para ela?

Um silêncio constrangedor crescia enquanto Lily pensava no que dizer. Sua boca começava a doer de tanto sorrir. Mas então Angel começou a lhe contar do álbum em que estava trabalhando. Alguma coisa a ver com infundir sons de blues e instrumentos de verdade, sem batidas muito produzidas.

Lily assentia como uma boneca, tentando ouvir e não focar no quanto se sentia sufocada, quando, atrás de Angel, avistou Iris de pé ao lado de uma das mesas com a filha, Calla, apoiada no quadril. Ela estava no meio do que provavelmente era uma ligação de trabalho, e a menina ficava tentando pegar o celular.

— Desculpa — disse Lily, interrompendo Angel. — Mas preciso ajudar minha irmã. Foi, hã, um prazer te conhecer.

— Ah — comentou Angel, surpreso. — É, o prazer foi meu.

Lily se sentiu um pouco mal enquanto corria para o outro lado do salão. Mas, de verdade, ela estava fazendo um favor a Angel. Era bem pouco provável que fosse o tipo dele. Além disso, podia apostar que ele tinha uma queda secreta por Violet.

Ela se aproximou de Iris e pegou com facilidade Calla nos braços. Iris sussurrou um *Obrigada* antes de se virar e continuar a ligação.

— Você está me salvando de mais interações adultas hoje — murmurou Lily para Calla enquanto se sentavam a uma mesa. A sobrinha se ajeitou no colo de Lily e riu, mesmo que provavelmente não tivesse ideia do que Lily estava falando.

— Seu vestido é amarelo — afirmou ela, tocando a manga. — Bonito.

— Obrigada. — Lily sorriu para a sobrinha de três anos, que parecia tanto com seu falecido cunhado que doía. — Seu vestido é bonito também.

o o o

Eram quase onze da noite quando a festa finalmente terminou. Lily parou do lado de fora do restaurante com as irmãs e acenou para os pais conforme eles saíam de carro, voltando para New Jersey.

— Não esquece do que conversamos, Lily — gritou a mãe.

Lily assentiu e forçou um sorriso, mas fez uma careta por dentro. Depois de suportar outra longa discussão com a mãe e as tias enquanto elas tentavam convencê-la a se inscrever para a faculdade de direito, ou de medicina ou de qualquer novo curso que poderia resultar em uma carreira bem-sucedida e um salário decente, com relutância Lily concordou em participar de outro seminário de networking voltado para o empoderamento feminino com a mãe. Sua família estava frustrada porque, aos vinte e seis anos, Lily ainda era a assistente de alguém com um salário baixo, enquanto Violet era uma consagrada stylist de celebridades já aos vinte e sete; e Iris, diretora de parcerias em uma startup de marca de beleza aos vinte e nove. Até os pais tinham aberto a própria floricultura chegando aos trinta anos, depois de se formarem na Brown. Então o que tinha de errado com Lily?

Pessoalmente, ela não tinha ideia, mas odiava a narrativa de que, para ser uma pessoa negra com um sucesso mediano, precisava ser excepcional. Ela só queria ser alguém. Isso já era difícil o bastante.

— Consegue acreditar que vou casar? — soltou Violet, pondo o blazer de Eddy sobre os ombros. Ele tinha ido buscar o carro, então as três irmãs estavam sozinhas, com Calla nos braços de Iris. — Eu vou ser a esposa de alguém. Não vejo a hora.

— Não acha que deveria esperar um pouquinho mais? — indagou Iris. — O fim de agosto está logo aí.

Violet revirou os olhos.

— Isso de novo não.

— O quê? — Iris mudou Calla de lado. — Você nem conhece ele direito, Vi.

Violet grunhiu, e Iris deu de ombros, com a cara séria.

Iris era a irmã inteligente. Conforme crescia, ela conciliava simulações da ONU, equipes de debate e esportes que duravam o ano todo enquanto sua média era sempre dez. Ela se formou em primeiro lugar na turma tanto na graduação quanto na especialização em administração. Também era bonita, mas não se importava com superficialidades como Violet. Naquela noite, usava uma blusa preta sem mangas e calça jeans preta, e o cabelo crespo estava cortado rente ao couro cabeludo. Embora trabalhasse para uma empresa de cosméticos e sempre desse produtos grátis para Lily e Violet, ela não usava maquiagem, apenas um brilho labial sem cor. E só tomava decisões práticas, e era por isso que não conseguia entender a súbita escolha de Violet em se casar.

— Eu conheço ele *sim*. Eu o amo — insistiu Violet. — Por que você não pode simplesmente ficar feliz por mim?

— Aí está. Não sei se acredito que você está feliz.

— Estou! — exclamou Violet. — Fala pra ela, Lily.

Sempre apaziguadora, Lily olhou para as duas irmãs cabeças-duras. Sendo sincera, ela não sabia bem o que achar do noivado de Violet. Parecia que, do nada, ela tinha conhecido Eddy e decidido se comprometer. Mas Lily tinha se apaixonado por um estranho que conhecera na internet, que acabou nem sendo o estranho que ela pensou que ele era. Seu comportamento tinha sido mais irracional, então como ela poderia julgar alguém?

— Não sei — falou ela, por fim. — O Eddy parece legal.

— Obrigada — respondeu Violet.

Iris apenas balançou a cabeça e franziu a testa.

— Tá bom, mas ainda tem bastante coisa para planejar em pouco tempo. Você precisa de um vestido. A gente precisa de vestidos de madrinha. Alguém tem que planejar seu chá de panela e a despedida de solteira. Você e o Eddy pelo menos já reservaram o espaço? Um bufê?

— Nós temos um local, Iris — bufou Violet. — O Eddy mexeu uns pauzinhos e conseguiu um lugar em New Jersey, não tão longe da mãe e do pai. Ele está vendo o bufê também. Não vamos ter um casamento tradicional. Não vai ter madrinhas nem padrinhos. Só o Eddy e eu, proclamando nosso amor um ao outro na frente de quem a gente gosta. E a busca pelo vestido de noiva está em andamento. Se eu sei fazer uma coisa, é achar a roupa certa. — Ela parou e se aproximou de Iris, sorrindo. — Quanto ao meu chá de panela e à minha despedida de solteira, você sabe como meus horários são loucos. Vamos fazer os dois no mesmo fim de semana. E eu esperava que a minha querida e detalhista irmã mais velha fosse me ajudar a planejar.

— Claro que esperava. — Iris revirou os olhos, mas não conseguiu evitar um sorriso. — Tá bom.

— Obrigada! — Violet deu um beijo ruidoso e forte na bochecha dela, e Iris riu.

Lily suspirou de alívio. Não sabia se tinha energia para ser a juíza de uma briga entre as irmãs naquela noite.

— Enfim, vamos focar em assuntos mais importantes — Violet mudou de assunto. — Tipo a data do casamento da Lily.

— Verdade — concordou Iris.

Lily ficou confusa.

— Espera, o quê?

Era típico de suas irmãs entrarem em consenso quando se tratava do desejo de consertar a vida de Lily.

— O que houve com o Angel? — indagou Violet.

Lily deu de ombros.

— A Iris precisava de ajuda com a Calla, então me afastei.

Iris ergueu uma sobrancelha.

— Quem é Angel?

— Um dos clientes do Eddy — explicou Violet. — Um cantor.

— Aff, não — comentou Iris. — Você não quer namorar alguém dessa área, quer, Lily?

— *Não* — respondeu Lily. — Não quero, não.

— Tá, tá bom. Vamos achar outra pessoa para você — rebateu Violet. — Você não quer aparecer no meu casamento desacompanhada, Lily. Se acontecer de você conhecer outra pessoa no casamento, até melhor, mas você precisa se divertir. Você não sai desde que terminou com aquele cara uns meses atrás. Aquele que você nunca se incomodou em nos contar sobre nem em nos apresentar, sabe?

Lily mordeu o lábio. Ela não tinha sido totalmente honesta com as irmãs a respeito do que acontecera com Strick. Mas como poderia contar a verdade? Que estava de coração partido depois de ser enganada por alguém na internet? Elas sentiriam pena de Lily. E usariam esse fracasso apenas como prova de que ela precisava da ajuda delas. Então mentiu e disse que tinha namorado uma pessoa por um tempo e que eles tinham terminado. Ela sabia que as irmãs tinham boa intenção, mas não conseguia mais suportar os encontros que elas armavam. Strick podia ter sido uma fraude, mas ela tinha finalmente experimentado como era conversar com alguém de quem gostava de verdade, e não queria aceitar menos do que aquilo agora.

— Não preciso conhecer ninguém — Lily se obrigou a dizer. Ela odiava brigar ou discordar de alguma coisa, mas tinha estabelecido um limite e não voltaria atrás.

— Não se preocupa, vamos cuidar disso — rebateu Violet. — Conheço um engenheiro de som bem bonito que trabalha com um dos clientes do Eddy. Vou dar seu número pra ele.

— Acho que ela ficaria melhor com o primo do meu assistente, Richard — retrucou Iris. — Ele estuda direito na Cornell.

Violet grunhiu.

— Outro aluno de direito? *Que coisa sem graça*. Tem uma modelo com quem trabalhei numa sessão de fotos da *Elle* que tem um irmão jogador de beisebol. Ela me mostrou umas fotos, e ele era legal. Queria mesmo era lembrar o nome do time dele...

— Mas a Lily não gosta de beisebol. — Iris franziu a testa. Tentando não acordar Calla, ela agarrou a bolsa. — O Richard é fofo. Tem o cartão dele aqui em algum lugar.

— Não vou levar ninguém no casamento — soltou Lily, finalmente tendo uma chance de falar. — Não precisam falar como se eu não estivesse aqui.

— Ah, só estamos tentando ajudar — explicou Iris.

— Não preciso de ajuda! — gritou Lily, chocando as irmãs e a si mesma. Elas a encararam, e ela respirou fundo, esfregando as palmas suadas no vestido.

— Não preciso da ajuda de vocês — repetiu ela, mais baixo. — Vou arranjar um acompanhante sozinha.

— Sério? — perguntou Violet, trocando olhares com Iris.

Lily fez que sim, determinada. Ela podia ter vinte e seis anos e estar presa num emprego ruim sem ideia de como avançar, e ser uma vítima recente de catfishing, em que tinha caído direitinho, e estar dormindo no sofá da irmã porque precisou fugir dos cachorros de sua colega de quarto, mas, por Deus, ela iria arranjar um acompanhante sozinha e finalmente tirar as irmãs de cima dela.

— E, depois que eu conseguir meu acompanhante, não quero nunca mais que uma de vocês tente arranjar alguém para mim de novo — afirmou ela.

— E se você não conseguir ninguém? — indagou Violet, erguendo a sobrancelha.

Lily parou, pensando na pergunta da irmã.

— Então eu vou nos encontros que vocês me arrumarem até o dia em que eu morrer ou até virar uma solteirona com um milhão de gatos. O que vier primeiro. Combinado?

Lily estendeu a mão, e Violet a olhou, cética. Mas então sorriu, apertando a mão de Lily e a balançando.

— Combinado.

As duas se viraram para Iris, que suspirou, mas também apertou, relutante, a mão delas.

— Só pra constar, acho isso uma criancice — desdenhou ela.

Mas a aposta não era criancice para Lily. Porque, pela primeira vez na vida, ela ia dar tudo de si para não perder.

o o o

Eddy e Violet decidiram ir a um bar, então Lily caminhou sozinha até o prédio chique de Violet em Union Square. Entrou no elevador e pressionou o número 14 para o andar deles. Era um prédio mais novo com um programa que ajudava as pessoas a alugarem ou a comprarem o apartamento por um preço menor, então Violet tinha dado sorte e chegado a um acordo quanto ao aluguel, e Lily estava contente de dormir por um tempo no sofá-cama de Violet. Ela amava a região da Union Square. Era uma das suas partes favoritas da cidade.

Lily se lembrou da barrinha de granola na bolsa e a vasculhou, arfando aliviada quando a achou. Ao se esconder na festa, ela acabara não tendo muito tempo de comer. Deu uma mordida grande, agradecida e esfomeada. E então se sobressaltou quando alguém de repente gritou:

— Segura o elevador!

Uma mão apareceu, impedindo que as portas se fechassem. E então Lily o viu.

O vizinho que morava no fim do corredor.

Ele estava um pouco sem fôlego quando entrou no elevador, e deu um rápido sorriso a Lily, tão lindo que era quase ofuscante. Ela tentou não o encarar descaradamente. Mas era difícil. Ele era muito gato.

O Vizinho Muito Gato era alto. Com apenas um metro e sessenta de altura, Lily tinha que erguer um pouco a cabeça para olhar o rosto dele. E ela olhou *bem* para aquele rosto marrom macio e o cavanhaque que até que combinava. Ele vestia uma camisa branca lisa e calça jeans com tênis Vans pretos.

— Obrigado — disse ele, passando rapidamente a mão no cabelo com um corte degradê. — Te agradeço.

— Hã — murmurou Lily, a boca cheia de granola. — De nada.

Ela fazia aquilo toda vez que o via, murmurava respostas sem sentido. Ainda o encarava quando ele se apoiou na parede do elevador, a postura indicando uma certa frieza. Suas pernas eram longas e musculosas. Às vezes, quando ela tinha sorte, esbarrava com ele quando ele estava saindo da academia no térreo do prédio, a pele dele úmida e brilhante de suor. A dignidade era a única coisa que a impedia de babar. Ela engoliu em seco pensando nisso e desviou o olhar. A presença dele sempre deixava os seus sentidos formigando. Ela sentia que talvez eles tivessem se encontrado antes, de passagem, mas não conseguia se lembrar de quando ou onde. Ele com certeza aparecia nos sonhos dela algumas vezes, vestido como um ascensorista dos velhos tempos, bem sexy, com um blazer transpassado e um chapéu combinando.

Essa paixonite por ele era de algum jeito constrangedora porque, na verdade, eles nunca tinham trocado mais do que cumprimentos educados.

A porta do elevador fechou, e eles ficaram sozinhos. Os pensamentos de Lily se embaralhavam enquanto ela tentava pensar em alguma coisa para dizer.

— Nutri-Grain — o Vizinho Muito Gato comentou, apontando para a barrinha na mão de Lily, que ela tinha esquecido que existia. — Adoro essa. Mas odeio quando os farelos ficam por toda parte.

Ela lutava para formular uma resposta e olhar para ele ao mesmo tempo. Abaixou o olhar, e foi quando notou que ele carregava um livro de capa dura grosso. O Vizinho Muito Gato sempre estava com um livro ou um caderno quando ela o via. Uma vez ele estava segurando *A quinta estação*, de N. K. Jemisin, e, se não tivesse ficado muda de repente, Lily teria dito que era um dos seus livros favoritos. Ela inclinou um pouco a cabeça, tentando enxergar o livro da vez, quando o elevador parou abruptamente no sétimo andar. Um homem asiático, que parecia ter uns cinquenta anos, entrou carregando uma bandeja de cupcakes. Ele suspirou de alívio ao avistar o Vizinho Muito Gato.

— Era você mesmo que eu queria encontrar — falou o homem, se apressando para o lado do vizinho. — Preciso do seu conselho. É uma noite importante para mim.

— O que foi, Henry? — O Vizinho Muito Gato olhou para os cupcakes. — Foi você que fez? Posso pegar um?

Ele estendeu a mão para a bandeja, e Henry a afastou com um tapa. Lily riu, e o vizinho olhou em sua direção. Ele deu um sorriso envergonhado, e o cérebro de Lily entrou em curto-circuito.

— Não, não são para você — afirmou Henry. — São para a Yolanda. Faltam seis meses para o aniversário dela. Fiz eles para ela celebrar. E porque vou chamar ela para jantar.

— Sério? É isso aí, Henry! — O Vizinho Muito Gato deu tapinhas nas costas do homem. — Já estava na hora! Ela vem te dando mole há um tempo.

Henry balançou a cabeça e, nervoso, puxou o colarinho da camisa.

— E se ela disser não? E se ela odiar os cupcakes? Ela disse que cupcakes eram sua sobremesa favorita, então eu achei essa receita no Google. Não gosto de doce, então não experimentei. O que mesmo eu preciso dizer? Esqueci tudo que você me falou. Não sou um galã como você. Você conversa com mulheres com tanta facilidade.

O Vizinho Muito Gato olhou para Lily e tossiu, esfregando a nuca.

— Não... você sabe que não sou um galã, Henry. — Ele sorriu com suavidade e pôs uma mão no ombro de Henry, tranquilizando-o. — Em primeiro lugar, você precisa relaxar. Já sabe que a Yolanda gosta de você e que ela estava esperando você dar o primeiro passo. Só diga a verdade. Que você gosta dela e quer levá-la para um jantar legal. Seja você mesmo. Você consegue. Você é o cara. Vai, diga.

— Dizer o quê? — perguntou Henry.

— Que você é o cara.

— Eu sou o cara — afirmou Henry, baixinho.

— Não, diga com *vontade*.

— Eu sou o cara — repetiu Henry, um pouco mais alto.

— Você é o cara!

— Eu sou o cara!

Lily riu, assistindo àqueles dois.

Henry olhou para ela, e suas bochechas coraram intensamente.

— Desculpa — murmurou ele. — Espero que a gente não esteja te atrapalhando.

Lily balançou a cabeça.

— De jeito nenhum. Hã... Boa sorte chamando ela pra sair.

Henry sorriu, embora ainda parecesse nervoso.

— Obrigado.

O elevador enfim parou no décimo quarto andar. O andar de Lily. E de seu vizinho.

Ele se virou para Henry uma última vez.

— Não esquece, você é o cara.

Henry assentiu, acenando quando eles saíram para o corredor. As portas do elevador se fecharam.

Lily e o Vizinho Muito Gato não estavam necessariamente caminhando juntos. Ele estava um pouco para trás, mas ela sentia como se ele estivesse a apenas centímetros de distância.

Foi bem legal da sua parte ajudá-lo, ela queria dizer. *Na verdade, um discurso motivacional seu me faria bem.* Mas parecia que a língua de Lily era de chumbo e estava coberta de cola. Por que ela não conseguia ser uma pessoa normal e conversar com ele?

Ela chegou ao apartamento de Violet e pegou as chaves. Respirando fundo, Lily se virou para o vizinho a fim de dizer alguma coisa, só não sabia o quê. Mas ele já passava por ela na direção do apartamento dele, exatamente quatro portas à frente e do outro lado do corredor.

— Tenha uma boa noite — desejou ele, com um sorriso educado.

— Eu também — respondeu Lily. — Quero dizer, você também.

Ela sacudiu a cabeça. *Meu Deus.* Que péssima.

Ele assentiu antes de entrar no apartamento. Irritada consigo mesma e com a sua incapacidade de pronunciar uma coisa inteligente ou memorável, Lily grunhiu e entrou no apartamento de Violet, se jogando contra a porta. *Um dia.*

Um dia ela reuniria coragem para realmente conversar com ele.

Lily tinha esbarrado com o Vizinho Muito Gato no corredor, no elevador ou no saguão quase todo dia desde que se mudara no mês anterior. E mais ainda nos últimos tempos, já que o outro elevador estava fora de serviço havia semanas e só tinha um jeito de subir, além das escadas. E cada interação consistia em ele ser simpático e tentar puxar papo, enquanto ela se sentia sufocada pela beleza dele e com dificuldade de falar.

Mas, com o Vizinho Muito Gato, Lily realmente tinha um assunto. Livros. Ela podia vencer essa batalha com uma conversa casual. E... Espera um pouco.

Será que ele não seria o acompanhante perfeito para o casamento de Violet?

Eles poderiam conversar sobre livros a noite toda. E, melhor ainda, ela não teria que se preocupar com tentar fazer uma coisa durar por muito tempo, porque, pelo que parecia, ele era um "galã", segundo Henry. Lily nunca tinha visto o Vizinho Muito Gato com uma mulher, mas Henry com certeza o conhecia melhor do que ela. Se ele era mulherengo, eles podiam se divertir no casamento e então cada um podia seguir com a vida. Sem troca de e-mails durante um ano e sem mágoas.

E se, por acaso, antes de eles seguirem com a vida, ele dissesse a Lily que ela era a mulher mais sexy e fascinante que ele já tinha conhecido, a empurrasse com fervor junto à parede, segurasse seu rosto e a beijasse nos lábios, arrebatando-a completamente, quem seria ela para reclamar?

— Miau.

Lily se assustou e baixou o olhar para seu doce Tomcat, que estava com muita fome para esperar que ela parasse de sonhar acordada.

— Oi, amigão — disse ela, quando Tomcat passou com carinho a cabeça em sua canela. — Vamos ver sua comida.

Lily era a irmã quieta. Ou, de acordo com sua família, tímida. Ou, de acordo com os ex-colegas de turma, um bicho do mato. Particularmente, ela preferia *observadora*.

Ela não era ousada como Violet ou prática como Iris, mas precisava se preparar para chamar o Vizinho Muito Gato para sair. E começaria descobrindo o nome dele.

3

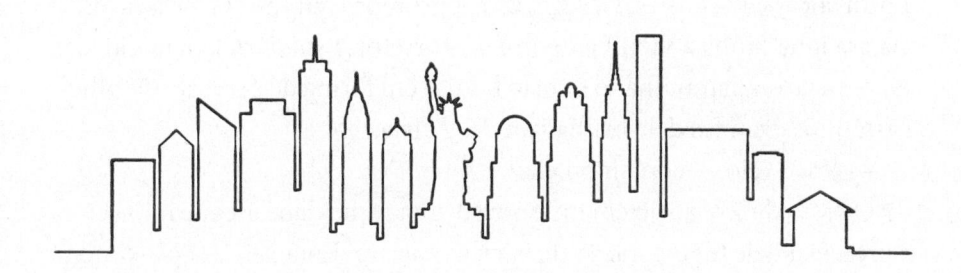

— Nick.

Nick resmungou quando sentiu alguém sacudir seus ombros, tentando acordá-lo. Ele rolou, virando de lado, tentando se segurar no que restava de sonho. Durante seus vinte e oito anos, Nick raramente tinha uma boa noite de sono. Sua infância fora cheia de noites longas cansativas e irritantes, momentos em que ele escrevia fanfics de *O senhor dos anéis* às três da manhã, imaginando quando a mãe voltaria e se ela tinha conseguido encontrar o pai dele, que tinha desaparecido mais uma vez para (a) apostar em jogos de azar, (b) beber, (c) roubar ou (d) todas as opções anteriores. A insônia era a companhia de Nick desde então, e, somado ao constante jet lag da época em que trabalhava para a *World Traveler*, sonhar era uma coisa rara.

Mas, quando de fato conseguia sonhar naqueles dias, sempre sonhava com Lily G.

Ele estava sonhando com ela naquele momento. O mesmo sonho de sempre. Ele corria pela 16th Street, tentando chegar ao parque da Union Square. Lily o esperava, e ele estava atrasado. Seu relógio apitava enquanto ele abria caminho pela calçada lotada. Ele chegava ao parque, suado e sem fôlego, e conseguia ver Lily o aguardando num banco de costas para ele. Seu perfil não era nítido, mas ela tinha pele marrom e cabelo escuro. Olhava para o relógio e suspirava. Nick estava na metade do caminho em sua direção quando ela se levantou e começou a se afastar, pensando que ele nunca chegaria. Nick a chamava, mas ela não conseguia ouvir por causa dos skatistas e da cantoria dos artistas de rua. Ele gritava mais alto, sem sucesso. Acelerava o passo, desesperado e ansioso. Enfim alcançava Lily G. e a segurava pelo ombro, virando-a para ele. E... ela era igualzinha à vizinha do fim do corretor. *Essa parte* era novidade. Nick encarou maravilhado o rosto bonito em forma de coração. Os olhos castanhos grandes dela brilhavam de alegria.

— Você veio — comentou ela.

O rosto dela se abriu em um sorriso, e sua felicidade escancarada com a presença dele fez o coração de Nick se apertar. Então ela se aproximou, trouxe o rosto dele até o dela e começou a lamber sua bochecha.

Espera, o quê?

Nick arregalou olhos. Um spitz alemão caramelo estava sentado em seu peito, lambendo seu queixo. O cachorro se afastou e o encarou com os olhos redondos pretos. A cabeça de Nick latejava enquanto ele encarava de volta, confuso e zonzo demais para começar a entender por que um cachorrinho estava no quarto e na cama dele... Nick olhou para a decoração dourada e rosa-brilhante do quarto. Para o edredom branco fofo que cobria a cama de casal. Aquela não era a cama nem o quarto dele. Ele ergueu o edredom e viu que estava totalmente nu.

Nick se sentou, alarmado, e o cachorro latiu para o movimento repentino.

Ele olhou para o cachorro mais uma vez com atenção, e dessa vez reconheceu a coleira rosa de glitter.

— Ginger? Se você está aqui, então eu devo...

— Que bom, você finalmente acordou.

Nick ergueu o olhar, e sua vizinha Yolanda Rivera estava parada na porta, com um roupão de seda cor-de-rosa e chinelos felpudos da mesma cor. O cabelo escuro dela estava cheio de bobes. Ela se apoiou na parede e sorriu para Nick.

— Você dorme feito uma pedra. Tentei te acordar várias vezes — disse ela. — A gente se divertiu ontem, não?

Nick a olhou surpreso, seu cérebro tentando processar a situação. Ele tinha transado com Yolanda na noite anterior? Não. Merda. Não. Yolanda era sua amiga. E isso era importante para ele porque ela diferente das várias mulheres que tinha conhecido ao longo da vida com seus joguinhos e sua atitude muito ensaiada de que tudo estava bem com ele. Em março, Yolanda o vira se mudando para o apartamento com nada além de uma mala e uma mochila de viagem. Ao perceber que ele não tinha móvel nenhum, ela tinha lhe dado uma das suas poltronas velhas e insistido que ele ficasse para jantar. Yolanda tinha a idade da mãe de Nick e sempre o tratava como filho.

Nick torcia para que não tivesse estragado uma das poucas amizades que conseguira construir desde que conhecera Marcus na Universidade da Carolina do Norte, quase dez anos antes. Mais do que isso, Yolanda tinha uma queda por Henry, que também era amigo dele. Então o que que ele estava fazendo na cama dela *pelado*?

Ele tentou relembrar os acontecimentos da noite anterior. Lembrou de estar no elevador com Henry e a vizinha bonita do fim do corredor. Quis conversar mais com ela e ficou se repreendendo por não fazer isso (era por isso que ela tinha aparecido no sonho?), quando Henry o chamou e disse que Yolanda tinha concordado em ir a um encontro com ele. Eles queriam que Nick subisse até o décimo nono andar para celebrarem juntos o fato de faltarem seis meses para o aniversário dela. Assim que Nick chegou, Yolanda pegou uma garrafa de conhaque caro. Tudo que ela tinha era caro, pois tinha dinheiro de verdade. Ela e o ex-marido eram donos de uma joalheria em Houston frequentada por rappers famosos. Nick não gostava de beber. Mas seus dois amigos estavam recém-apaixonados e felizes, e Nick não queria decepcionar Yolanda na sua festa de meio aniversário (o que era uma coisa importante para ela, pelo que parecia), então ele deu um gole e pretendeu parar por ali. Mas então um gole se tornou dois goles, depois três. De algum jeito, acabou virando vários coquetéis. Era exatamente por isso que ele não bebia. Depois que começava, não conseguia parar.

Uma lembrança turva veio à tona. Henry tinha descido para o apartamento dele, e Nick ficara, se sentindo bêbado. Yolanda confidenciara que gostava bastante de Henry, mas que parte dela sempre tinha tido curiosidade em namorar alguém mais jovem. Uma amiga na Califórnia estava com um novinho recém-graduado, e estava se divertindo muito.

— Você não quer namorar um cara que acabou de sair da faculdade — afirmara Nick. — Ele só vai te dar estresse.

— Bem, talvez alguém um pouco mais velho — retrucara ela, com uma piscadela para Nick. — Perto dos trinta mais ou menos. Que nem você.

Ela se aproximou, apertando o braço dele, e ele riu.

Agora era o dia seguinte, e ele estava deitado pelado na cama dela.

— Oi. — Nick puxou o edredom para cima, cobrindo o peito. — Bom dia.

— Bom dia — respondeu Yolanda. — Fiz o café da manhã.

Ela se virou e saiu para o corredor. Ginger pulou da cama para segui-la, e Nick jogou a cabeça para trás e encarou o teto. *Merda*. Como ele ia contar a Henry que tinha dormido com Yolanda? Nick conhecera Henry, professor de física na NYU, na academia do prédio, e Henry lhe contara que não namorava havia anos depois de um divórcio longo e desolador, mas então tinha conhecido Yolanda e estava louco por ela. E Nick passara semanas o preparando para convidá-la para sair. Nick, Henry e Yolanda tinham se tornado o trio improvável do prédio, e ele ia perder os dois, tudo porque não conseguia se controlar. Não era do seu feitio pisar na bola assim.

Porém, mais uma vez, ele não estava surpreso. Sempre encontrava um jeito de ferrar com uma coisa boa.

Ele avistou a camisa e a calça jeans dobradas com precisão no pé da cama. Onde estava a cueca? Merda, teria que sair sem ela. Em silêncio, ele rastejou para a frente, juntou as roupas e se vestiu. Então arrumou a cama de Yolanda do melhor jeito que podia, afinal não era um completo imbecil.

Respirou fundo antes de sair para o corredor, pensando no que diria a ela. Mas, de verdade, era possível deixar aquela situação menos constrangedora? Ele entrou na sala de estar e sentiu o cheiro dos *huevos rancheros* de Yolanda. Seu estômago roncou. Ela cantarolava uma música que tocava no rádio na cozinha, e Nick se aproximou dela com cuidado.

— Yolanda... — começou ele.

Ela se virou para ele, sorrindo.

— Está com fome? Faça um prato antes que o Henry chegue. Você sabe como ele come.

Nick parou, pensando no que dizer. Ele engoliu em seco, tentando amenizar a garganta seca.

— Você vai contar a ele o que nós fizemos ontem? Ou eu devo contar?

— O que nós fizemos? — repetiu Yolanda, inclinando a cabeça e erguendo a sobrancelha. — Não entendi.

— Você sabe. — Ele se aproximou e abaixou a voz até um sussurro, mesmo que só eles dois estivessem ali. — Nós. Sexo.

Yolanda deu um pulo para trás, os olhos arregalados. Incrédula, ela olhava boquiaberta para Nick. E então caiu na risada. Uma risada em alto e bom som. Jogou a cabeça para trás e deu uma gargalhada.

Nick a encarava, muito confuso.

— Foi ruim...?

— Nick, querido — começou Yolanda, se recompondo um pouco. — Você e eu *não* transamos ontem à noite.

— Não? — Nick estava totalmente confuso. — Então por que eu estava pelado?

— Você estava bêbado demais para descer até o seu apartamento, então deixei você dormir aqui. *Eu* dormi lá embaixo no Henry. Você deitou na minha cama completamente vestido, então deve ter se despido durante a noite. Meu quarto fica mesmo quente, de um jeito absurdo. Já conversei com o síndico sobre isso.

Nick estava aliviado, mas se sentiu muito envergonhado. Ele esfregou a nuca e apertou os olhos, frustrado consigo mesmo.

— Yolanda, mil desculpas — pediu ele. — Entendi completamente errado o que aconteceu. Por favor, esqueça que eu fui idiota a ponto de achar que você algum dia pensaria em transar comigo.

Yolanda afagou as bochechas dele com carinho.

— Ah, não é nada, querido. Eu amo flertar, mas só tenho olhos para o Henry Lin.

Então o celular dela tocou, interrompendo de modo abrupto aquela conversa embaraçosa. Yolanda pegou o aparelho no balcão da cozinha e começou a falar em um espanhol acelerado. Ela se virou para Nick e acenou para que ele pegasse um prato, mas Nick sabia que deveria aproveitar aquela oportunidade e ir logo embora. Já tinha deixado a situação constrangedora o suficiente.

— Eu tenho que ir — apressou-se a dizer Nick, baixinho, para não atrapalhar a ligação.

Yolanda deu tchau e Nick escapuliu, pegando o tênis Vans novo na porta ao sair. Era uma compra recente, depois que seu tênis antigo ficou tão desgastado a ponto de abrir buracos na sola. Nick ainda estava se acostumando com a ideia de que tinha dinheiro.

Ele suspirou de alívio quando por fim voltou ao seu apartamento. O espaço grande e desocupado costumava sufocá-lo. Nunca tinha morado em um lugar tão grande, tão novo. A sala estava vazia. Havia uma televisão pendurada na parede e, de frente para ela, a poltrona reclinável de Yolanda ainda coberta do pelo do spitz alemão. O quarto era tão vazio quanto a sala. Apenas um colchão sem o estrado e algumas blusas e calças penduradas no armário. Aquela era a primeira vez desde a faculdade que ele ficava em um lugar por mais de um mês. Ainda estava se acostumando com a ideia.

Seu celular vibrou no bolso, e ele olhou para o lembrete que programara para as manhãs de domingo.

> Você devia estar escrevendo. Não seja um preguiçoso de merda.

Ele passou a mão pelo rosto. *Devia* estar escrevendo. Ele estava se esforçando de verdade para respeitar o cronograma e realmente esboçar o livro pelo qual tinha recebido muito dinheiro para escrever.

Ele tomou banho, vestiu uma camisa e uma calça de moletom antes de pegar o notebook na ilha da cozinha e se sentar na única cadeira que tinha. Abriu o documento e encarou as mesmas nove palavras que o vinham atormentando por meses.

OS ELFOS DE CERADON
Livro 2
Por N. R. Strickland

Talvez fosse o pseudônimo que o irritava. Ele o tinha criado quando era um rapaz envergonhado e ingênuo de vinte e dois anos que achava que faria sucesso. Pensou que o pseudônimo fosse necessário. Afinal, desde que Nick nasceu, e bem antes disso, seu pai era péssimo com dinheiro. Ele roubava, apostava, implorava dinheiro às pessoas e manipulava todos ao seu redor — em especial aqueles que o amavam — até que conseguisse o que queria. Nick tinha testemunhado e vivenciado aquele comportamento desde que se entendia por gente. Sabia que, se ganhasse um pagamento decente pelo livro e o pai ficasse sabendo, ele não sairia do seu pé, pedindo um dinheiro que simplesmente desperdiçaria. E Nick pensou "ei, por que não tornar seu alter ego britânico para afastar mais ainda o pai do seu encalço?". Mas depois o livro afundou junto com a editora original, e Nick viu como um sinal do universo que ser um romancista não era seu destino. Ele enterrara aquela carreira e N. R. Strickland.

Porém, nada daquilo importava para Marcus. Assim que conseguira um emprego numa agência literária chique, ele pegou o livro de Nick e o levou na mesma hora. De repente, em janeiro, Marcus tinha vendido o livro de Nick para outra editora, a Mitchell & Milton Inc., uma das maiores do país. E não só iam republicar *Os elfos de Ceradon* no outono como tinham assinado com Nick para mais duas sequências. Eles tinham lhe pagado uma alta quantia, e ele havia recebido ainda mais quando os direitos foram vendidos para a HBO. Era por isso que ele estava morando naquele apartamento caro pra caramba. Tudo o que tinha sonhado no último ano da faculdade estava finalmente acontecendo. O prazo do primeiro rascunho do segundo livro era novembro, o que significava que ele tinha cerca de cinco meses para terminá-lo. Mas como é que ele deveria continuar uma história de que tinha desistido havia mais de seis anos? Sem falar que todo mundo na editora presumia que ele era britânico por causa da sua biografia.

Nick encarou o cursor na tela, que parecia zombar dele. Não sabia nem por onde começar. Quando escrevera o primeiro livro, tinha usado a própria vida como inspiração. Deko pode ter sido um príncipe elfo, o que Nick com certeza não era, mas ambos eram pessoas solitárias tentando deixar as merdas do passado para trás. Nick talvez estivesse tentando se distanciar do pai, enquanto Deko escapava de espécies ferozes de sangues-sugas mortais, mas mesmo assim. Ele tinha se identificado com Deko.

Talvez tivesse se passado muito tempo. Ele ficara muitos anos escrevendo para a *World Traveler*. Sua vida tinha se tornado uma sequência de inícios e fins, países diferentes, estranhos e conhecidos. Ele sabia mais idiomas no momento do que sabia com vinte e dois anos, mas seu estímulo e seu desejo de ser um escritor — de ser N. R. Strickland — tinham desaparecido. E aquilo era engraçado, porque naquele momento ele com certeza precisava do pseudônimo e do anonimato. Nem sua editora sabia como ele era. Marcus cuidava das reuniões presenciais; Nick e a editora só conversavam por telefone. De um jeito estranho e educado, ela nunca comentara que ele não tinha sotaque britânico, mas Nick tinha certeza de que ela se perguntava, e ele sentia que pareceria estúpido se contasse a verdade agora. No comunicado à imprensa sobre o acordo, a editora o descrevera como um "talento britânico misterioso e desconhecido". Ser britânico aumentava o charme. Nick tinha a paranoia de que eles o abandonariam se ele contasse a verdade. E, mais do que isso, ele não arriscaria que a notícia de sua nova condição de vida chegasse ao pai. Porque, quando ele descobrisse, nada o impediria de achar Nick e sugar toda a parte boa da situação, porque era isso que ele sempre fazia.

Nick não tinha escolha a não ser manter sua verdadeira identidade em segredo. Mesmo que isso significasse cortar relações que queria muito poder conservar.

Ele tamborilou os dedos no teclado e, depois de um momento de hesitação, abriu um documento novo e começou a digitar.

Lily,

Ainda não consigo escrever este livro. Não tenho ideia de como deve ser a nova jornada do Deko. Aposto que você saberia. Aposto que você teria um monte de ideias. Sentei ontem no parque da Union Square de novo e pensei em você. Estou sempre pensando em você. Sinto sua falta. Espero que não me odeie.

    Ele suspirou e salvou o e-mail na pasta de rascunho, cheia de esboços de e-mails que ele sabia que nunca enviaria à mulher para quem mentiu e desapareceu depois. Às vezes ele desejava poder voltar e impedir a si mesmo de responder o primeiro e-mail de Lily G. O entusiasmo dela o tinha atraído. Ele não esperava querer saber mais sobre ela, que eles construíssem uma conexão real. Ele mantivera uma solenidade britânica horrível nos primeiros meses em que trocaram e-mails, mas em algum momento ele a descartou e seu verdadeiro eu começou a aparecer. Passou a esperar os e-mails dela todo dia. Mas sabia que ainda estava mentindo para ela a respeito de quem realmente era, e tinha mentido sem dificuldade desde o comecinho. Mentir daquele jeito não devia ser tão natural para uma pessoa. Era uma coisa que seu pai teria feito, e Nick odiava essa parte de si mesmo. Quis se afastar de Lily, mas começou a gostar muito dela, e, quando chegou o momento da chamada de vídeo, soube que não poderia aparecer. Ele não aguentaria ver como ela ficaria decepcionada ao descobrir quem ele realmente era, que ele não vinha dizendo toda a verdade. E estava envergonhado por ter alimentado a mentira por todo aquele tempo.

    Na pasta de rascunho da área de trabalho, Nick contou a Lily a verdade, o porquê de ele usar o pseudônimo. Que ele tinha sentido medo do que ela diria quando percebesse que ele não era nada como a pessoa descrita na biografia de N. R. Strickland.

    Ele sentia mais saudade dela do que conseguiria colocar em palavras, e eles nunca tinham se encontrado. Essa era a parte surreal. Mas foi melhor ele tê-la deixado em paz. Aquelas mensagens nunca sairiam de sua área de trabalho.

    Seu celular vibrou de novo, assustando-o. Dessa vez a mensagem era de Marcus.

    Até daqui a pouco, no nosso brunch. Espero que esteja escrevendo.

Nick grunhiu. Por que ele não podia colocar a cabeça no lugar e escrever a droga do livro?

Ele fechou o notebook e foi para a janela. Avistou a vizinha bonita do corredor saindo da lojinha do outro lado da rua. Ela vestia uma camisa rosa e um short jeans, com o cabelo preso em um coque. Agora que ele parou para pensar, ela sempre usava um coque. Ela segurava um copo de café em uma das mãos e um sanduíche na outra. Ela sorriu com educação ao sair do caminho para que um casal de idosos passasse. O sorriso dela tinha um quê de sincero e convidativo. Isso tinha intrigado Nick logo na primeira vez que a viu.

Ela tinha o que Nick chamava de "corpo ampulheta", magra, mas curvilínea. Ele viu quando ela olhou por cima do ombro e a outra vizinha saiu da lojinha também. Ela usava um vestido preto e uma bota plataforma cheia de detalhes. Como ela conseguia andar naquilo? Nick presumiu que eram irmãs, pois se pareciam muito. Mas ele nunca passara muito tempo conversando com nenhuma delas, então não podia confirmar. A irmã com a bota estava sempre ao celular quando ele a via, e não perdia tempo olhando para ele, nem para ninguém, diga-se de passagem. Mas ele esbarrava com mais frequência com a outra irmã. Quase sempre Nick tentava puxar papo com ela por razões que não conseguia entender, já que raramente fazia isso com os outros moradores. Mas ela o atraía. Queria conhecê-la melhor, e esse desejo aumentava toda vez que se falavam, mesmo que ela sempre tivesse uma expressão estranha e assustada no rosto e geralmente se limitasse a sorrir e afastar o olhar, deixando Nick imaginando se tinha dito a coisa errada.

Quem sabe um dia eles teriam uma conversa de verdade. Ou talvez ela simplesmente conseguisse ver além do charme dele e não estivesse interessada.

Ele a observou rir de alguma coisa que a irmã disse, e o jeito como o seu rosto se iluminou fez Nick sentir uma pontada no peito. Ele queria fazê-la rir daquele jeito, o que não fazia sentido, pois não sabia nada dela, nem o nome. E ela parecia uma boa pessoa, então ele deveria ficar longe dela.

Nick tinha passado a vida inteira desejando coisas que não podia ter. Por que insistir naquilo quando tinha tantas outras coisas com que se preocupar? Ele preferia tentar esquecer os problemas no brunch.

o o o

Na verdade ele não conseguiu esquecer os problemas no brunch.

— Então, conversei com a Zara na sexta e ela perguntou em que pé está o rascunho — disse Marcus, cortando a panqueca ao meio. — Alguma novidade?

Zara era a editora de Nick. Ele de repente ficou ocupado demais engolindo o suco de laranja. Do outro lado da mesa, o noivo de Marcus, Caleb, sorriu e balançou a cabeça.

— Você ainda não escreveu uma palavra, né? — desconfiou Caleb.

— Estou rascunhando — justificou Nick.

Ele comeu uma garfada de mingau. Era verdade que estava comendo para evitar falar a verdade, mas também estava faminto. Ele aprendera que o brunch aos domingos em Nova York era praticamente um compromisso a ser levado a sério. Era preciso chegar na hora certa ou você ficaria uma hora e meia esperando uma mesa. Era isso que tinha acontecido com eles naquele dia. No momento, estavam sentados do lado de fora do Peaches, o restaurante de comida típica do sul norte-americano favorito de Marcus e Caleb no Brooklyn.

— Posso dar uma olhada nesse rascunho se quiser — ofereceu Marcus, coçando as tranças twist feitas recentemente.

Nick se recordou de quando Marcus começara a deixar o cabelo crescer durante o primeiro ano na Universidade da Carolina do Norte. Na época era bem curto. Agora estava no meio das costas dele.

Marcus e Caleb estavam com aquele brilho feliz na pele marrom depois de terem visitado a família de Caleb em Cuba no ano anterior. Nick odiava acabar com o clima e decepcionar o amigo. Devia tanto a ele, não só pela melhora na sua carreira, mas também na sua vida em geral.

— Tá bom, na verdade não tenho nem um rascunho — admitiu Nick.
— Mas estou tentando. Sério mesmo.

Marcus e Caleb se entreolharam.

— Não acha que pode ajudar se você comprar uma mesa para o seu apartamento? — indagou Marcus.

— Ou algum móvel? — acrescentou Caleb. — Não acredito que ainda está dormindo num colchão. Você tem dinheiro agora, Nick. Por que insiste em viver como um universitário duro?

— Vou na IKEA semana que vem — respondeu Nick. — Prometo.

— IKEA? De novo, você tem dinheiro. Por que insiste em viver como um universitário sem grana? — Caleb sacudiu a cabeça. — Me deixa ajudar pelo menos. Esta semana, eu e você vamos na IKEA escolher uma cama. Nem vou te cobrar minha taxa padrão para decoração de interiores.

Nick riu.

— Nossa, quanta gentileza.

Marcus e Caleb encontraram a carreira dos sonhos e um ao outro logo depois da faculdade. Nick sempre se sentia o filho rebelde deles, aquele que não conseguia agir como um adulto normal. Era constrangedor.

— Estamos recebendo pedidos para entrevistas de veículos grandes — contou Marcus. — *Vanity Fair. The New Yorker.* Ainda não é tarde para deixar o pseudônimo de lado. Talvez a gente até precise de uma foto sua para pôr na orelha do livro...

— Não. — A resposta de Nick foi firme.

— Nick — falou Marcus, gentil. — Seu pai não pode chegar em você ou no seu dinheiro se você não deixar. Você não pode viver tentando se esconder dele.

— Você ainda não sabe onde eles estão? — quis saber Caleb.

Nick balançou a cabeça. Era difícil localizar seus pais. Eles se mudavam demais e quase nunca tinham celular funcionando. Era raro ele falar com o pai, Albert, mas a mãe, Teresa, ligava para ele quando podia. No Ano-Novo, ela ligara de um hotel em New Orleans. Nick não falara com ela desde então. Ela não fazia ideia do quanto a vida de Nick mudara. Não sabia de nada do dinheiro ou do contrato do livro, e ele odiava não poder lhe contar, porque ela contaria a Albert, e nada de bom sairia disso.

— Mesmo assim — insistiu Marcus. — Acho que você pode estar perdendo uma grande oportunidade...

— Tudo bem se a gente falar de outra coisa? — pediu Nick, de repente. Sua dor de cabeça estava piorando. Não sabia se devia culpar a conversa ou a ressaca. Olhou para Marcus, se sentindo cansado e culpado. — Por favor?

Marcus e Caleb ficaram quietos por alguns minutos. Então Marcus cedeu:

— Tudo bem. O que você fez ontem à noite?

Nick parou e pensou na situação bizarra em que tinha se encontrado naquela manhã.

— De algum jeito, acordei pelado na cama da Yolanda.

Marcus piscou, surpreso.

Enquanto isso, Caleb gaguejava.

— O quê? — exclamou ele. — Aquela dama classuda, bonita, na moda, que te doou o único móvel que você tem, dormiu com *você*?

— Não — respondeu Nick, rindo, contente de poder melhorar o clima e ao mesmo tempo mudar de assunto. — Deixa eu explicar.

Horas depois, após presentear Marcus e Caleb com o que ele conseguia lembrar da noite anterior e escutar enquanto eles discutiam os planos para a festa de aniversário de Marcus, Nick pegou o metrô e desceu na Manhattan Bridge; tinha decidido ir caminhando até Manhattan. Caminhava bastante desde que se mudara para ali. Talvez por causa do forte desejo de viajar. Ele ainda podia viajar se quisesse, mas duvidava de que conseguisse trabalhar assim.

Conforme andava pela ponte e por Lower Manhattan, imaginou Lily e onde ela estaria, como sempre. Quando Marcus perguntara por que Nick queria morar em Union Square em vez de no Brooklyn, Nick respondera que simplesmente preferia Manhattan, mas, na verdade, era porque Union Square o fazia pensar nela e no seu encontro imaginário. Ele tinha procurado apartamentos pela região da Union Square e se deparara com o prédio em que estava morando, que estava recém-reformado e aceitando às pressas novos inquilinos. O motivo de Nick se mudar para lá era bobo e sentimental, uma coisa que nunca contaria para ninguém.

Ele chegou ao parque da Union Square e se sentou num banco, observando as pessoas fazerem compras na feira. Talvez um dia seu sonho se tornasse realidade e ele encontrasse Lily. Bem no meio do parque. Por algum motivo, ela o veria e saberia quem ele era no mesmo instante, e Nick não precisaria se explicar. Ela o perdoaria e diria que ainda queria conhecer o verdadeiro Nick, que valia a pena conhecer o verdadeiro Nick.

Mas a quem ele estava enganando? Eles nunca se encontrariam, e ela nunca diria nada assim. Ele preferia pensar nela todos os dias pelo resto da eternidade a realmente fazer parte da vida dela.

Desde o nascimento, muito da vida de Nick sempre tinha sido incerto, mas este detalhe era indiscutível: coisas boas se destruíam nas suas mãos. Assim como nas do pai. Ele passara bastante tempo tentando lutar contra isso, mas acabara aceitando, com certa relutância, que as coisas eram assim.

Lily estava melhor sem ele, onde quer que estivesse.

4

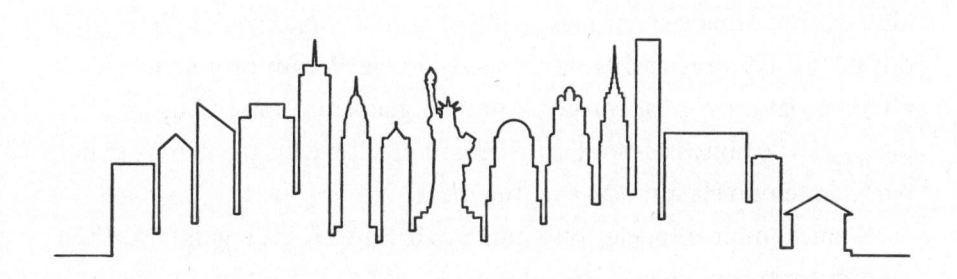

O CELULAR DE LILY VIBROU NA MESA, FAZENDO O PORTA-LÁPIS TREMER. Ela estava no meio de um devaneio envolvendo o Vizinho Muito Gato, em que ela batia à porta dele e perguntava se ele podia emprestar um pouco de açúcar. Ele lançava um sorriso torto mas ainda assim charmoso para ela, e no mesmo instante tirava a camisa e a puxava para seus braços. Com a voz rouca, murmurava em seu ouvido "Vem pegar seu açúcar", e erguia as mãos para as bochechas dela com uma urgência gentil e a beijava com tanta paixão que as pernas de Lily ficavam moles.

Porém, infelizmente Lily não estava envolvida no abraço arrebatador do vizinho gostoso sem nome. Ela estava no escritório. Ela se apressou em parar o alarme, que sinalizava serem seis e meia da noite, ou seja, hora de ir para casa. Estava se esforçando para sair do prédio antes das sete da noite todo dia numa tentativa de alcançar o tênue equilíbrio entre trabalho e vida pessoal de que as pessoas sempre falavam.

Seu estômago roncou, e ela se esticou para trás e alongou os ombros e a nuca, olhando para o andar vazio ao redor. Quase todo mundo já tinha ido para casa, exceto Lily e Edith. Elas eram as únicas do editorial no décimo sexto andar, porque Edith tinha se recusado a ceder seu escritório de esquina quando o resto dos grupos editoriais da divisão delas se mudara para o quarto e quinto andares. A mesa de Lily ficava bem entre o setor de propaganda e o de redação. Seus colegas eram legais e sempre a cumprimentavam pela manhã, mas basicamente ficavam na deles como forma de autopreservação. Todos sabiam que deviam evitar o canto de Edith no andar, a fim de não provocar a ira dela pelo simples fato de respirar do outro lado da porta. Quando foi contratada, Lily costumava almoçar fora uma vez por mês, saídas que eram organizadas por alguns dos outros editores-assistentes, mas então eles foram promovidos e os almoços pararam de acontecer. Também, não era como se Lily pudesse participar de tantos assim. Edith sempre precisava dela, então na maior parte do tempo ela almoçava na sua mesa.

Naquele momento, ela conseguia ouvir Edith resmungando sozinha no escritório, a poucos metros da mesa de Lily. Nas últimas três horas, Lily estivera debruçada, editando um original sobre as diversas infecções descobertas durante a Renascença. Só que precisava entregar o arquivo para Edith no fim da semana, o que significava que ela levaria aquele original para casa.

Ela pegou suas coisas e tentou ignorar o estado da mesa bagunçada. Um monte de originais em várias fases de edição. Uma pilha grande de exemplares antecipados de livros e caixas de edições estrangeiras que precisavam ser abertas. Em um cantinho que era seu xodó ficava a pequena pilha dos livros infantis que ela conseguiu pegar na estante grátis do corredor perto da máquina de xerox. Arrumaria a mesa em breve. Era isso que sempre dizia a si mesma. Depois que a apresentação de lançamentos do verão terminasse. Depois que enviasse os exemplares para os autores. Depois que comprasse lenços desinfetantes. Depois, depois, depois.

Pegou a bolsa e trocou os saltos pelos tênis, enquanto pensava no que comeria no jantar. E então:

— Lily, preciso de você!

Ela tomou um susto e deu um pulo, e se encolheu ao som da voz estridente de Edith. Andou às pressas até o escritório da chefe e a encontrou encarando a tela do computador, apertando as têmporas. Seu cabelo louro-escuro estava com um corte curto, e ela usava uma camisa de botões e uma saia longa pretas. Sempre usava preto, com um suéter ou uma calça cinza de vez em quando, o que a tornava ainda mais pálida. Ela parecia uma prima distante e desagradável da Família Addams.

— O que houve? — perguntou Lily, dando a volta para ficar ao lado de Edith.

Edith apontou para a tela.

— Não lembro como anexar um documento no e-mail.

— Ah — murmurou Lily, lutando contra a vontade de suspirar. — Eu te ajudo.

Pelo que pareceu a milionésima vez, Lily mostrou a Edith como anexar um documento do Word. Edith franzia a testa e sacudia a cabeça. Às vezes ela fingia ter muito mais do que sessenta anos, como se o conceito de tecnologia simplesmente lhe fugisse e não tivesse nada a fazer a respeito disso.

— Essa droga de política para salvar o *meio ambiente* é um saco — reclamou Edith. — Sinto falta dos velhos tempos em que você podia mandar um manuscrito para um autor pelo correio e pronto. Agora tenho que economizar papel e fazer tudo pelo computador. É culpa da sua geração. Você estão sempre militando por alguma coisa.

Lily forçou um sorriso e deu de ombros. Na verdade, foram os funcionários sêniores do departamento de finanças da Mitchell & Milton Inc. que perceberam que a empresa poderia poupar despesas ao gastar menos dinheiro com papel, e a vantagem extra era que isso seria bom para o meio ambiente. Mas, aos olhos de Edith, os millennials eram culpados por tudo de ruim no mundo.

— Você marcou o almoço com aquele agente da Walton Literary? — perguntou Edith.

Lily deu uma rápida espiada no horário no computador de Edith: 18h41. Sua fome aumentava a cada segundo.

— Hã, não, ainda não — respondeu ela. — Não consegui, mas vou marcar.

— Lily. — Edith balançou a cabeça. — Você está aqui há mais de dois anos e ainda não falou nada sobre a aquisição de um livro. Não é assim que se sobe na vida, sabe? Você precisa conhecer agentes e avaliar suas propostas. Tenha mais garra, garota. Não posso carregar você para sempre. Nunca vai chegar onde eu estou se não se esforçar.

Lily usou todas as suas forças para não demonstrar surpresa com as palavras de Edith. *Carregar para sempre?* Não tinha ninguém sendo carregado em lugar nenhum. Deixaram que Lily se virasse sozinha desde o primeiro dia. Trabalhar com Edith era como ser uma criança abandonada numa calçada na hora do rush.

Mas sua chefe sempre fazia isto: criticar Lily pelo que entendia como falta de esforço. Ela nunca reconhecera que Lily não tinha tempo de marcar as próprias reuniões com agentes ou olhar suas propostas porque estava sempre ocupada acompanhando as reuniões de Edith com agentes, lendo as propostas de Edith e editando os livros de Edith. Bem naquela tarde, Lily precisara pegar um táxi e rodar por todo o centro da cidade até o SoHo para encontrar Edith no lugar em que ela estava almoçando com um de seus autores porque ela tinha esquecido seu bloco de notas favorito no escritório e precisava que Lily o levasse para ela. Se Lily passava o dia fazendo coisas como atravessar a cidade com o bloco de notas da chefe, quando deveria encontrar tempo para construir a própria carreira? Ela era basicamente a única razão pela qual o selo Edith Pearson Books ainda funcionava.

Além disso, convenientemente, Edith gostava de ignorar o fato de que seu pai, Edward Pearson, tinha sido contratado pela M&M no início da empresa e ela tinha herdado o selo.

O sorriso forçado de Lily estava congelado em seu rosto enquanto olhava ao redor do escritório de Edith, ainda mais bagunçado do que o de Lily. Edith chegava oito e meia da manhã todos os dias e não saía do escritório antes das nove na maioria das noites, e Lily não tinha ideia do que Edith fazia durante esse tempo, porque a maior parte das tarefas do dia a dia ficavam por sua conta. Edith com certeza estava errada se achava que Lily queria conquistar o que ela tinha.

— Vou mandar o e-mail para o agente amanhã de manhã — informou Lily, se afastando. — Boa noite.

Edith resmungou um tchau, e Lily lembrou a si mesma que precisava se candidatar a mais cargos de edição de livros infantis assim que tivesse a chance. Ela tinha deixado isso de lado nos últimos tempos por causa da quantidade de trabalho, mas não podia passar mais um ano trabalhando com Edith. Se aquele fosse seu destino, ela desistiria de vez do mercado editorial.

Quando saiu do elevador no saguão da M&M, uma imagem a fez congelar. Ali, na tela onde anunciava os lançamentos futuros, estava a capa novinha em folha de *Os elfos de Ceradon*, por N. R. Strickland. O título estava escrito em letras cinza, e atrás dele apareciam enormes castelos azul-escuros — a terra mística de Ceradon.

Não é como se Lily não tivesse visto a capa antes. Em janeiro, o mundo editorial tinha ficado em polvorosa quando o selo de ficção científica e fantasia da Mitchell & Milton, Pathfinder, comprou *Os elfos de Ceradon*, e segundo boatos por um valor bem alto. Tinha sido mesmo uma história do tipo "do lixo ao luxo". Seis anos antes, o romance de fantasia épica sobre um clã de elfos negros fora publicado por uma editora britânica pequena, mas um agente da Worldwide Artists Management conseguiu revender os direitos autorais para a M&M, e a HBO logo o abocanhou para uma adaptação para série. Todo mundo ficava ainda mais intrigado porque N. R. Strickland preferia o anonimato. Diziam que nem o editor do livro sabia como ele era. O mistério só aumentava o encanto. *Elfos* entrou fazendo estardalhaço na agenda editorial com a data de lançamento prevista para o começo de setembro. A M&M estava fazendo dele *o* livro do outono, e Lily tinha ouvido um rumor de que ele seria um dos destaques na famosa e muito exclusiva festa de verão da M&M.

Mais um motivo para Lily encontrar um novo emprego.

Ela tirou os olhos da tela e seguiu em direção ao metrô.

Talvez nunca descobrisse com quem tinha trocado e-mails por quase um ano, mas, seja lá quem fosse, a pessoa estava certa quando disse que um agente estava tentando revender *Elfos*. O site ainda estava no ar, então a pessoa que lhe mandava e-mails devia ser algum conhecido de N. R. Strickland. Talvez ela tivesse trocado e-mails com o assistente dele, ou com o designer que fizera o site. Ou talvez Lily tivesse tido um delírio que durara um ano. De qualquer modo, queria esquecer tudo aquilo.

Mas ainda sentia muita raiva. Raiva de Strick — ou seja lá quem fosse — por mentir para ela por meses. Raiva de si mesma por revelar tanto de sua vida a um completo estranho. Por estar tão solitária e vulnerável que nem tinha pensado duas vezes antes de se abrir. Por ter sido levada por um falso convite para um encontro e por seu charme. Meu Deus. Que coisa patética. E vergonhosa.

Empurrando, ela andou pelo vagão lotado e conseguiu achar um lugar para sentar. Enquanto o trem Q a levava de Midtown até a região da Union Square, Lily tentava não voltar a pensamentos antigos. Como quando, no ano anterior, passava muito tempo imaginando a vida de mentirinha com Strick. Ela o imaginava tendo altura mediana e pele marrom. Bonito e acessível. Por algum motivo, sua versão imaginária de Strick usava óculos redondos com armação tipo tartaruga. Não ligava para o fato de Lily ser estranha às vezes e ficava contente em romper o silêncio com histórias sobre suas viagens. Ria das piadas que Lily conseguia fazer. Ficava tranquilo por passar a noite de sexta-feira dentro de casa, lendo ao seu lado no sofá. E, nas noites que ele não conseguia dormir, eles passeavam de mão dadas pela cidade. Ele era perfeito e maravilhoso, com um leve sotaque britânico.

E também não era real.

Saindo do metrô, andando pelo parque da Union Square e passando pelos jogadores de xadrez e skatistas, ela com certeza *não* pensou no encontro hipotético de Natal com Strick em que eles teriam caminhado por aquele mesmo parque. Não pensou em como as luzes natalinas refletiriam em seus óculos quando ele se inclinasse para beijá-la. Não, ela não pensou em nada disso.

De fato, tentava tanto não pensar nisso que não percebeu que o Vizinho Muito Gato estava andando bem na sua direção até que ele estivesse literalmente a centímetros dela.

— Oi — cumprimentou ele, abrindo a porta do prédio. Naquele dia, ele vestia camisa e short jeans pretos. Estava sexy sem esforço nenhum. Deu um passo para trás para deixar Lily entrar primeiro e sorriu.

Ela sentiu de novo, aquela estranha sensação de familiaridade.
Não fica só encarando ele. Fala alguma coisa!
— Hã — murmurou Lily.
Não, isso não!
— Obrigada — disse ela.
Melhor, bem melhor.
— De nada.
Ele caminhava um pouco atrás dela pelo saguão. Ela diminuiu o ritmo de propósito para que andassem juntos. Respirou fundo e se forçou a olhar para ele.
— Me chamo Lily, aliás — se apresentou ela.
Ele franziu a testa por um segundo, mas sua expressão logo relaxou.
— Nick. — Ele estendeu a mão, e Lily se atrapalhou com a bolsa e o original antes de estender desajeitadamente a mão também. — Prazer em conhecer você.
A mão dele era grande e um pouco áspera. O corpo inteiro de Lily pareceu eletrificado com um simples toque. Quando ele afastou a mão, Lily discretamente esfregou a palma suada na perna com uma careta. Ele devia ter pensado que ela era um monstro de mãos suadas.
— Prazer em conhecer você também.
Eles esperaram pelo elevador e, como sempre acontecia quando ela procurava pelo que dizer em seguida, deu um branco em Lily. E então ela se lembrou do interesse em comum deles.
— Também gostei de *A quinta estação* — soltou ela.
Nick ergueu uma sobrancelha, ainda sorrindo, educado, mas estava nítido que não acompanhara a linha de pensamento dela.
— Da, hã, N. K. Jemisin, quero dizer — continuou ela. — Vi você com ele uma vez. Presumi que tivesse lido...
Ah, meu Deus. Talvez ela tenha entendido a situação de maneira errada. Talvez ele estivesse carregando o livro para presentear alguém. Ou talvez o tivesse encontrado no chão do corredor e estava levando para doação. E se ela tivesse de algum jeito deixado o *seu* exemplar cair e ele o doou sem querer?

— Ah, sim, eu li — respondeu Nick. — Em um dia.

Lily arregalou os olhos.

— Em um dia? Tem mais de quinhentas páginas!

— Eu leio rápido. — Ele deu de ombros, com um sorriso um pouco tímido, como se ler rápido fosse uma coisa constrangedora. — Sento no parque e leio por horas.

Meu Senhor. Haja coração.

As portas do elevador se abriram e eles entraram.

— Se importam? — perguntou um pai parecendo muito cansado, surgindo do nada. Atrás dele havia um grupo desordeiro de no mínimo dez crianças com chapéus de festa de aniversário. Uma delas usava um broche grande com o número oito.

O pai não esperou pela resposta e ele e as crianças entraram no elevador. Lily e Nick foram espremidos num canto, rapidamente rodeados por crianças de oito anos empolgadas cujo consumo de bolo de aniversário provocara um pico de açúcar no sangue.

Lily estava de pé bem na frente de Nick, e havia muito pouco espaço entre os dois. Seu braço roçava nele, e ela sentia calor irradiando da camisa do rapaz. Ela inspirou a colônia amadeirada de Nick. *Meu Deus*, que cheiro bom. Ela queria engarrafar aquele cheiro.

Se controle! Você está se comportando como uma sem noção com tesão.

— Eu lia muito quando trabalhava em livraria — prosseguiu ela, tentando continuar a conversa, mesmo que tivessem sido atrapalhados por uma festa de aniversário animadíssima.

Nick se inclinou para a frente, ajeitando a cabeça para ouvi-la apesar do barulho das crianças.

— Pode repetir?

Ela se virou um pouco, e o rosto dele estava bem ali acima de seus ombros. Perto daquele jeito, ela conseguia ver como a pele dele era macia, o volume dos lábios. Era uma sobrecarga para todos os seus sentidos. Sem consciência, ela mordeu os lábios e percebeu que o movimento chamou a atenção de Nick. Ele abaixou o olhar para os lábios dela e logo voltou a atenção para os olhos. Lily engoliu em seco e tentou manter o foco.

— Eu lia muito quando trabalhava numa livraria — continuou ela, aumentando um pouco a voz. — Agora leio uns dois livros por lazer no ano e levo uma eternidade.

— Você trabalhava em livraria?

Ali estava de novo a testa franzida. Será que era um tique?

— Trabalhava, em New Jersey — respondeu ela. — Na Dog-Eared Pages. Acho que você nunca ouviu falar nela.

Nick balançou a cabeça devagar.

— Pra ser sincero, ainda estou tentando me acostumar com Nova York. Estou aqui só há alguns meses. Me mudei em março.

— Ah, de onde você veio?

Ele fez um gesto com a mão.

— De todo lugar, na verdade. Mas nasci na Carolina do Norte.

— Igual o Petey Pablo — comentou ela, porque claro que o único nativo da Carolina do Norte em que ela conseguiu pensar foi em um rapper do início dos anos 2000, que era popular na época em que ela estava no ensino fundamental. Lily quis abrir um buraco no chão do elevador. Mas Nick apenas riu. Ela sentiu o corpo de Nick vibrar atrás dela enquanto ele ria. Ele tinha uma risada legal, grave e muito calorosa. Será que conseguiria fazê-lo rir daquele jeito de novo?

— É — concordou ele, rindo para Lily. — Igual ao Petey Pablo.

Ela balançou a cabeça, embora estivesse rindo também.

— Eu devia ter dito Nina Simone.

— Ou Jermaine Dupri.

— Sério? Não sabia que ele era da Carolina do Norte.

Nick fez que sim.

— E sem ele não teríamos o Bow Wow.

— Nem o álbum *The Emancipation of Mimi* da Mariah Carey, um dos melhores de todos os tempos.

— De todos os tempos? — cochichou Nick. — Que baita elogio.

— Bem, quer dizer, é a Mariah Carey. — Ela o encarou. — Não vai debater o talento da Mariah comigo, vai?

Nick ergueu as mãos em um gesto de rendição, aquele sorriso tímido ainda no rosto.

— Não, senhora. Não quero encrenca.

Lily riu. Ela conseguiu! Conseguiu ter uma conversa inteira com o Vizinho Muito Gato — espera, não, o nome dele era Nick. E não só eles estavam conversando como a conversa estava *fluindo*. Ela mal conseguia se reconhecer.

— É meu aniversário, Octavius! — gritou um menininho no meio do grupo da festa de aniversário. — Tenho direito de jogar PlayStation 5 primeiro!

— Ainda sou o mais velho do grupo, Waverly. Regras são regras!

Numa fração de segundo, uma briga começou entre as crianças. O pai do aniversariante apenas suspirou, exausto. Nick estendeu o braço na frente de Lily, protegendo-a de ser atingida por um cotovelo magrelo perdido. Com gentileza e firmeza, ele a virou, defendendo-a com o corpo. Ela foi envolvida por ele e por aquele perfume divino. Lily precisou reunir todas as forças para não desfalecer. Podia morrer bem ali, sabendo que seus últimos momentos na Terra tinham sido passados nos braços de Nick. Obrigada, Senhor, por crianças de oito anos irritadas e seus acessos de raiva.

Enfim o elevador chegou ao décimo quarto andar e Nick gritou:

— Licença!

E a arruaça parou por um tempo. Em silêncio, ele pegou a mão de Lily e a conduziu com segurança para o corredor. As portas do elevador se fecharam, abafando o barulho das crianças brigando. Surpresa, Lily abaixou o olhar para os dedos entrelaçados. Nick sorriu para ela, um tanto acanhado, e soltou sua mão. No mesmo instante ela sentiu falta do toque. Era surpreendente como pareceu natural segurar sua mão.

— Aquelas crianças eram frenéticas — disse ele, esfregando a nuca e desviando o olhar. — Parecia que a gente estava preso em uma gaiola de luta.

Lily riu, tentando esquecer como se sentira aquecida com o simples contato com a pele dele.

— Quase levei uma cotovelada na costela. Obrigada por me salvar.

Ele olhou para ela de novo e sorriu.

— Sempre que precisar.

A conversa tinha acabado. Nenhum deles tinha motivo para continuar no corredor. Ainda assim, nenhum dos dois se mexeu.

— Sabe — começou Nick —, já li *O portão do obelisco* e *O céu de pedra* da N. K. Jemisin também. Se algum dia quiser conversar mais sobre eles, estou sempre por aqui.

Ele a encarava com um jeito tímido.

Caramba. Ele a estava convidando pra sair.

Será? Mas parecia que era isso mesmo que estava acontecendo. Os batimentos de Lily aceleraram e ela tentou se acalmar, porque aquilo era o que ela queria. Aquilo a deixava um passo mais perto de pedir a Nick para ser seu acompanhante no casamento de Violet.

Além disso, por que Lily sequer se negaria a conversar sobre livros com o vizinho gato e galã, com quem ela tinha literalmente sonhado?

— Seria legal — respondeu ela, se forçando a olhar nos olhos de Nick.

Ele sorriu de novo e pareceu quase aliviado. Será que teve medo de ela o rejeitar? Em que universo?

— Está livre hoje à noite? — quis saber ele. — Ou amanhã, se hoje estiver muito em cima da hora.

Lily hesitou e olhou para a bolsa, na qual estava o original que precisava de edição.

— Hoje está perfeito — decidiu ela. Que se danasse o prazo. — Só tenho que dar comida pro meu gato primeiro.

Lily percebeu que ele fez uma careta quando ela falou do gato, mas a expressão desapareceu tão rápido que não pôde ter certeza.

— Tudo bem — respondeu Nick.

Eles andaram pelo corredor até o apartamento dela e de Violet. Lily procurou as chaves na bolsa e estava tão empolgada que se atrapalhou com elas por um minuto antes de conseguir abrir a porta.

— Quer esperar aqui dentro? — perguntou ela. Violet estava passando a semana em Los Angeles, então eles teriam privacidade.

Ele assentiu, abrindo seu sorriso educado, e Lily sentiu um frio na barriga.

Assim que entraram, Nick congelou na porta. Os olhos se arregalaram com o que estava diante dele.

— Você é muito fã da Megan Thee Stallion e da Doja Cat? — indagou ele.

Lily olhou para os grandes retratos de mulheres rappers que adornavam as paredes do apartamento e riu.

— Não, minha irmã é stylist. Essas são as capas de revistas em que ela trabalhou este ano. O apartamento é dela, na verdade. Só vou ficar aqui por alguns meses até encontrar um lugar novo.

— Ah, legal.

Um pouco da decoração do apartamento de Violet era meio questionável. Além dos retratos ampliados de sessões de fotos de celebridades, havia também uma mesa de café de madeira escura no meio da sala esculpida com a silhueta de uma mulher nua. Violet tinha mandado fazer usando o próprio corpo como modelo, e aquela era a primeira coisa que ela contava às pessoas que a visitavam.

Os grandes planos de Lily na cidade de Nova York não envolviam dormir no sofá-cama de Violet. Ela nunca tivera muita sorte com colegas de quarto, ainda mais com a última. Os cachorros dela tinham comido os sapatos de Lily e ameaçado Tomcat em várias ocasiões. Lily queria desesperadamente o próprio apartamento, mas não ganhava o bastante para isso. Então, no mês anterior, quando Violet disse que elas poderiam morar juntas para que Lily pagasse menos aluguel e poupasse para o próprio apartamento, ela não perdeu a oportunidade.

Na verdade, não era um esquema ruim. O apartamento de Violet era grande e havia bastante espaço para as roupas de Lily no armário do corredor. O sofá-cama na sala de estar era confortável, e Violet nunca ficava em casa. Passava muito tempo trabalhando em Los Angeles e ficando na casa de Eddy. Ela pretendia ir e vir até que o contrato de aluguel terminasse em outubro e, depois disso, iria se mudar de vez para a casa do noivo. Em outubro, Lily já teria poupado dinheiro suficiente para ter o seu canto. Só ela e Tomcat. Sem colegas de quarto. Sem mais estresse.

Nick ficou parado próximo à ilha da cozinha e esperou enquanto Lily tirava a bolsa de pano e procurava pelo banquinho que usava para pegar a ração de Tomcat, guardada bem no alto do armário. Mas claro que o banquinho não estava do lado da geladeira onde deveria estar, porque Violet sempre o pegava para arrumar as roupas no closet.

Lily ficou na ponta dos pés, tentando sem sucesso alcançar a ração de Tomcat. Ela estava quase indo procurar o banquinho no quarto de Violet quando Nick perguntou:

— Precisa de ajuda?

— Obrigada... — começou a dizer, mas perdeu o fio da meada quando Nick passou por ela, encostando um pouco o peito nas suas costas, pegou a comida de Tomcat e a colocou sobre a bancada.

Lily se virou e se deparou com Nick bem a sua frente. Ele se afastou, retornando à distância educada, mas o ar de repente ficou pesado com a sua proximidade. Lily o encarou.

— De nada — disse ele, devolvendo o olhar. Nick a observava, a cabeça um pouco inclinada. Ele soltou uma risada suave e sacudiu a cabeça, e ela sentiu um frio na barriga.

— Será que a gente já não se viu em algum lugar? — perguntou ele.

Ele também sentia a conexão? Lily ficou aliviada e empolgada ao mesmo tempo.

— Acho que não — comentou ela.

Mas sinto como se já te conhecesse, quis acrescentar. Mas ficou quieta, porque tinha receio de seu impulso o espantar. Então não fez muito sentido quando Lily disse em seguida:

— Sonhei com você.

Os olhos de Nick brilharam de curiosidade. Ele se aproximou, quase de maneira imperceptível.

— O que aconteceu no sonho?

— Eu te pedi açúcar.

Ela estava mesmo admitindo aquilo? A proximidade de Nick a impedia de raciocinar direito.

— Tinha que ser um sonho, porque não tenho açúcar nem quase nada de cozinhar. — Ele sorriu, lento e devastador. — Também sonhei com você.

Lily piscou surpresa.

— Sonhou? — Ela também se aproximou, se sentindo de repente sedutora e ousada, e tão diferente de si. — O que eu estava fazendo?

Ele deu uma risada suave para si próprio de novo, como se tivesse um segredo que desejava compartilhar com ela.

— Você não acreditaria se eu te contasse.

Ela observou o pescoço do rapaz se mover a cada batimento cardíaco. Seu olhar subiu até a pequena cicatriz acima do lábio superior de Nick, onde a pele era um pouco saliente. Ela queria tocá-la, saber o que causara aquela cicatriz. Queria saber como seria beijá-lo, aquele homem que parecia tão familiar, porém que mal conhecia. Pelo jeito que a olhava, com avidez e encantamento, sem dúvida ele se sentia do mesmo jeito. Seu corpo inteiro se aqueceu. Ela estava aturdida, encarando o rosto de Nick. E ele ainda não tinha desviado o olhar. Pelo contrário, se aproximou ainda mais. Apoiou os braços na bancada, deixando Lily a sua frente, e ela se recostou no móvel, mordendo os lábios. Ela se perguntou como as coisas tinham acontecido tão rápido entre eles. E então decidiu parar de se perguntar qualquer coisa e simplesmente deixar acontecer.

Com gentileza, Nick pôs um cacho perdido atrás da orelha de Lily, e ela fechou os olhos. Os lábios dele pairaram sobre os de Lily, e ela sentiu o hálito gelado dele em sua boca.

— Seria maluquice se eu dissesse que quero te beijar? — perguntou ele, a voz baixa e rouca, igual ao devaneio que tivera horas antes.

— Não — sussurrou ela.

E, com uma ousadia que a surpreendeu, Lily diminuiu o espaço entre eles e pressionou os lábios nos de Nick.

A princípio o beijo foi suave e lento, e então Nick a puxou, uma mão segurando com carinho seu rosto e a outra no quadril enquanto a apertava junto a si.

Fogos de artifício explodiram na mente de Lily quando a língua de Nick deslizou na sua boca. *O que estava fazendo?* Nem sabia o sobrenome dele.

Ah, mas quem ligava? O Vizinho Muito Gato a beijava com seus lábios lindos, e ele ia precisar de um rodo pelo jeito como derretia em seu abraço.

Ela abraçou o pescoço de Nick e inclinou a cabeça para aprofundar o beijo. Em seguida, ouviu o miadinho de Tomcat, e, do nada, Nick gritou e quase teve um troço. Ele se afastou de Lily e encarou Tomcat com os olhos arregalados e receosos, a respiração pesada. Tomcat, que fizera sua entrada silenciosa de sempre, miou e passou a cabeça na perna de Lily. Com um olhar curioso, ele encarou Nick.

— Merda, esqueci do seu gato — murmurou Nick.

Lily ainda estava aturdida. Ela tocou gentilmente os dedos no macio lábio inferior, que Nick acabara de mordiscar antes de Tomcat interrompê-los. Ele enfim desviou a atenção de Tomcat para Lily mais uma vez, e seu olhar determinado a fez sentir que poderia pegar fogo. Seu cérebro levou um tempo para processar as coisas.

— Você... tem medo de gatos? — indagou ela, se agachando e acariciando as costas de Tomcat, numa tentativa de se recompor.

Nick assentiu, observando o gato. Depois de um momento, comentou:

— Ele parece com um gato que conheci.

— Acho que todos os tricolores se parecem. — Ela se levantou, com o felino no colo. — Mas o Tomcat é especial. Só um a cada três mil tricolores nasce macho. Não precisa ter medo. Ele não machuca nem uma mosca.

Nick congelou de modo visível.

— O nome dele é Tomcat?

— É — confirmou Lily.

Tomcat a afastou, se contorcendo para sair de seu colo. Lily o deixou ir, e ele saltou para o chão. Enquanto ela colocava ração no pote dele, percebeu que Nick tentava se distanciar o máximo possível do gato. A maioria das pessoas tinha um medo infundado de gatos. Será que ele tinha tido uma experiência traumática com felinos na infância?

Nick foi até a sala de estar e, quando chegou à prateleira de livros de Lily na parede, parou e pegou o *Os elfos de Ceradon* usado, com a capa vermelha simples e desgastada. Ele franziu a testa e encarou o exemplar por um longo tempo. Por fim, se virou para Lily e ergueu o livro.

— Ei, onde você conseguiu esse? — quis saber.

Claro que, de todos os livros que ela tinha, ele havia pegado justamente aquele. Lily deveria tê-lo jogado fora, porque olhar para o livro era doloroso. Mas não conseguiria fazer isso. Gostava demais da história.

— Peguei no meu antigo emprego. — Ela foi até Nick. — É uma edição original, mas está sendo republicado agora. Já ouviu falar?

Ele assentiu, ainda com a testa franzida. Mais uma vez perto de Nick, Lily tinha uma visão perfeita para o rosto bonito do rapaz. Dias antes, ela estivera nervosa demais para sequer falar com ele, e, naquele momento, Nick estava dentro do seu apartamento (temporário) e a tinha beijado quase a ponto de fazê-la desmaiar.

— Quer sentar? — Ela apontou para o sofá, pronta para retomar de onde pararam.

Nick afastou o olhar do livro para encarar Lily.

— Quero, quero, claro.

Ele a seguiu até o sofá e se sentou ao seu lado. Ainda segurava *Os elfos de Ceradon*, e então seu olhar se fixou em Tomcat, estirado no chão diante deles. Ele olhava de Tomcat para o livro, e aos poucos parecia cada vez mais alarmado. Ele tinha *tanto medo assim* de gatos? Ela não gostava de prender Tomcat no quarto de Violet, ainda mais porque a irmã não gostava quando ele deitava em sua cama. Mas Lily teria que tirar Tomcat temporariamente dali se quisesse que Nick relaxasse.

Ela foi até o corredor e tirou os tênis. Tomcat a seguiu, ansioso, porque tinha uma obsessão estranha por cheirar os sapatos depois que ela tinha suado neles o dia todo.

Ela se aproximou de Nick novamente, mas ele encarava o pé de Lily com a mesma expressão alarmada. Ela diminuiu o passo, se sentindo sem jeito por um momento. Sabia que seus pés tinham uma aparência comum. Além disso, ela havia pintado as unhas com um esmalte lavanda cintilante antes da festa de noivado de Violet no fim de semana anterior.

Ele apontou para o pé direito dela.

— É uma tatuagem de lírio?

— Sim — comentou ela, erguendo o pé. — Minhas irmãs têm uma igual, com os nomes delas. Violet e Iris.

Os olhos de Nick quase saltaram para fora. Ele se levantou às pressas e deixou cair *Os elfos de Ceradon*. Atrapalhado, pegou o livro e o colocou de qualquer jeito no topo da pilha.

— Eu, hã, tenho que ir — balbuciou ele, de repente, passando por ela a caminho da porta.

O quê?

Lily sentiu como se tivesse levado um golpe. Ele tinha acabado de enfiar a língua na boca dela e agora estava indo embora? Ela nem havia falado do casamento!

— Espera — gritou ela, calçando o tênis e correndo atrás dele.

5

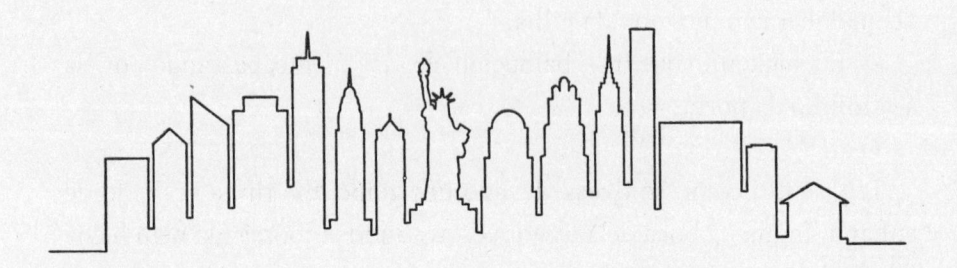

— Minha irmã vai se casar no fim do verão, e eu apostei com ela que arranjaria sozinha um acompanhante para o casamento.

As palavras saíram da boca de Lily de uma vez enquanto ela se apressava atrás de Nick pelo corredor. De onde isso tinha vindo? Ela não devia contar a ele da aposta! Que seja, já era tarde demais. Melhor resolver isso enquanto ainda podia.

— Queria saber se você quer ir comigo — continuou ela, bem atrás dele. — Pro casamento, quer dizer. Vai ter comida e bebida grátis. Nós vamos nos divertir! O que acha?

Nick se virou, com uma expressão de puro pânico. Ele encarou Lily como se ela tivesse acabado de falar grego.

— Eu... eu... Não. Não posso. Desculpa.

Aquilo foi como uma faca no coração de Lily.

— Ah... hã — gaguejou ela.

— É que eu acabei de lembrar que não quero namorar no momento — rebateu ele, rápido.

— Também não quero namorar!

Sua dor e seu constrangimento por ser rejeitada logo foram substituídos por alívio. Ele não estava entendendo as intenções dela. Só isso.

— É só uma noite. Não quero que você seja meu namorado ou coisa parecida.

Em seguida ela riu, como se a ideia de Nick ser o namorado dela fosse a coisa mais absurda do mundo. Ela nem queria imaginar quão ridícula devia parecer naquele momento.

Nick ainda a olhava com os olhos arregalados e confusos.

— Eu... não posso me comprometer nem por uma noite. Estou meio que evitando coisas desse tipo.

Naquele momento, Lily ficou confusa.

— Mas foi só um beijo.

— Desculpa — disse ele. — Eu me deixei levar.

Antes que Lily pudesse processar que Nick a estava realmente rejeitando, a porta da escada abriu, e uma mulher com um vestido transpassado magenta escuro apareceu no corredor segurando uma peça de roupa dobrada nas mãos. Suas pulseiras de diamantes tilintavam alto a cada passo que ela dava na direção dos dois. Lily a reconheceu: era a dona do spitz alemão que gostava de latir para todo mundo.

— Nick, querido — chamou ela —, você esqueceu sua cueca no outro dia. Lavei e sequei para você.

Querido?

Nick pegou a cueca azul-marinho e pigarreou. Ele olhou para Lily com uma expressão de desculpas e constrangimento ao mesmo tempo.

— Obrigada, Yolanda. Eu, hã, esta é a Lily.

Yolanda então desviou a atenção para a mulher e sorriu.

— Oi, querida. Prazer. Bem, vou encontrar o Henry para jantar. Uma boa noite para vocês.

Ela beijou Nick na bochecha e ergueu uma sobrancelha com malícia antes de se apressar pelo corredor para pegar o elevador.

Lily estava demorando para entender o que havia acabado de testemunhar. Aquela mulher devolvera a cueca de Nick...

— Não é o que parece — argumentou Nick, às pressas.

— Seeei.

Lily se afastou dele.

— Fim de semana passado foi o meio aniversário da Yolanda — explicou Nick, abaixando a voz. — Fizemos uma festinha no apartamento dela e eu esqueci a cueca.

— Não é da minha conta. Mas como foi que você conseguiu esquecer logo a cueca?

— Ah, hã... Foi um vacilo — ressaltou Nick, balançando a cabeça. — Só um mal-entendido.

— Um mal-entendido? — repetiu Lily, com a testa franzida.

Talvez esse fosse o jeito dele. Saindo por aí e tentando ficar com todas as mulheres do prédio por capricho e depois caindo fora quando elas se mostravam interessadas. E Yolanda... Por que aquele nome era familiar? Espera um minuto. Yolanda não era a mulher de quem Nick e Henry comentaram no elevador no fim de semana anterior? A mulher que Henry queria chamar para sair? Ele estava tão nervoso, mas empolgado para dar os cupcakes a Yolanda.

— Mas o seu amigo gosta dela — sussurrou Lily, ofegando. — Aquele homem meigo. Você o incentivou a chamá-la para sair e tudo.

— Eu durmo pelado — murmurou Nick como resposta, com expressão de pesar. — Fiquei bêbado, acabei caindo no sono no apartamento dela e tirei toda a roupa no meio da noite. É por isso que ela estava com a minha cueca. Yolanda nem ficou em casa. Dormiu na casa do Henry.

— Ah — falou Lily. Sua pele pinicava de calor com a menção a ele dormindo pelado. Nick olhava para todo lugar menos para ela. — Desculpa. Eu não devia ter tirado conclusões precipitadas. Não que você precise se preocupar com o que eu penso.

Então ele a encarou, o olhar dele percorrendo o rosto dela de forma rápida e muito concentrada. Era quase como se estivesse memorizando com cuidado as suas feições. Ele piscou e sacudiu a cabeça.

— Lamento muito mesmo — soltou ele. — Tenho que ir à IKEA.

E, em seguida, como um fantasma, ele correu pelo corredor, abriu a porta da escada e desapareceu.

Que merda...? Lily ficou em pé sozinha no corredor, tentando entender o que mudara tão rápido entre ela e Nick. Em um minuto ele a acariciava e, logo em seguida, a tratava como se Lily tivesse uma doença contagiosa. O que nela o fizera perceber que ele na verdade não queria se envolver com ninguém? Será que ele tinha desanimado por ela ter um gato? Ou tinha alguma coisa a ver com o pé dela? Era verdade que ela o beijara primeiro, mas ele a havia beijado de volta. Não tinha imaginado aquilo. De qualquer jeito, ela pensara que Nick podia com certeza ser um candidato a acompanhante do casamento, mas entendeu tudo errado. Ela tinha seguido os instintos e ido atrás de Nick, mas seus instintos a tinham deixado perdida. Imagina o que Iris e Violet pensariam se descobrissem aquilo! Seria só mais uma prova de que ela tinha um dedo podre para homens e precisava que elas continuassem intervindo.

Talvez ela estivesse se superestimando muito ao tentar encontrar um acompanhante em tão pouco tempo. Ela não fazia ideia de como flertar direito. O problema era que não tinha ninguém a quem pedir conselhos. Tinha poucos amigos em Nova York; era próxima das irmãs, mas não podia pedir ajuda a elas. Ela *precisava* ganhar aquela aposta sozinha para que Iris e Violet parassem de se meter na sua vida. E, mais importante, precisava provar para elas que conseguiria fazer direito aquela única tarefa.

As portas do elevador se abriram de novo e Lily se virou, com a esperança estúpida de ver Nick. Talvez ele tivesse percebido o quanto havia agido estranho e estivesse voltando para dizer a Lily que na verdade adoraria ser seu acompanhante no casamento de Violet.

Mas não foi Nick que saiu do elevador. Foram Yolanda e Henry. Estavam de mãos dadas e rindo, se olhando enquanto andavam pelo corredor. Yolanda ergueu o olhar e viu Lily parada ali.

— Oi, querida — disse ela, e depois olhou ao redor. — Cadê o Nick? O Henry e eu estávamos indo jantar e pensamos em voltar e convidar vocês dois.

— Ah. — Lily piscou. — Ele, ha, acabou de sair, na verdade.

— Que pena — lamentou Yolanda. — Fica pra próxima então. Seu nome é Lily, não é? Esse é meu namorado, Henry. Somos amigos do Nick.

— Prazer em conhecer você formalmente — cumprimentou Henry, estendendo a mão com um sorriso.

— Prazer — devolveu Lily, absorvendo a energia animada do homem. Henry estava radiante. Não tinha nada do homem tímido e inseguro que ela vira no elevador uns dias antes.

Henry e Yolanda se despediram e voltaram para o elevador. Quando as portas abriram, eles entraram, e Yolanda apoiou a cabeça no ombro de Henry. Notando que Lily ainda os observava, Henry deu uma piscadela discreta antes de as portas fecharem.

Aquela conversa de incentivo entre Nick e Henry claramente aumentara a confiança do cara. Olha só como as coisas mudaram entre ele e Yolanda. Lily precisava de alguém para lhe motivar e dar conselhos, ajudá-la do jeito que Nick ajudara Henry...

A escolha sensata seria Lily voltar para o apartamento de Violet e se recuperar depois de ter sido rejeitada. Mas Lily não estava sendo sensata. Estava desesperada.

Ela correu até as escadas e se apressou para alcançar Nick.

○ ○ ○

Nick corria pelas escadas até o saguão, provavelmente meio à beira de perder o juízo. O livro, o gato... Caramba, até o fato de ela ter trabalhado numa livraria podia ser tudo coincidência. Mas a tatuagem no pé tinha confirmado.

A Lily do apartamento do outro lado do corredor era a Lily G. dos e-mails.

Mas *como*? Como aquilo era possível, caramba?

Nick descia pelas escadas tão depressa que mal conseguia respirar. Se não tomasse mais cuidado, poderia escorregar e se machucar. Mas estava desesperado demais para se preocupar com sua segurança. Tentou se recordar da primeira vez que vira Lily. Tinha sido no mês anterior. Ela carregava uma pilha enorme de livros quando entrou no elevador, deu uma espiada por trás da pilha para perguntar se ele podia apertar o catorze. Ele olhou para ela para dizer que já tinha apertado, mas então olhou de novo quando notou o rosto bonito atrás de todos aqueles livros. Os olhos castanhos calorosos e o sorriso suave. Embasbacado, ele a encarou. Aquele tinha sido o primeiro momento em que foi tomado por uma sensação inexplicável na presença dela, um raio o atingira em cheio no peito. No mesmo instante, pensou: *Quem é ela? Como posso me aproximar para conhecê-la?*

Bem, que ironia, porque ele *realmente* a conhecia. Ela passara a maior parte do ano anterior vivendo na sua caixa de entrada.

Não só sabia quem era ela como também sabia que o cheiro dela era o aroma mais doce de baunilha. Sabia como era a sensação de sua pele, como era incrível senti-la nos braços. Ele tinha provas de que Lily era gentil, inteligente e engraçada. Tudo o que sabia que ela seria. Quais eram as chances de os dois morarem no mesmo prédio? Ele só podia culpar a si próprio. Tinha se mudado para Union Square a fim de se sentir mais próximo de Lily. Mal sabia quão próximo ficaria. Ele teria que se isolar no apartamento; se tornaria um eremita até o contrato do aluguel acabar para que nunca tivesse que esbarrar com Lily de novo.

Ele saiu para a rua apinhada e se esqueceu do lugar para onde deveria estar indo. Ah, sim, IKEA, comprar móveis desnecessários. Só uma desculpa para fugir. Ele fez sinal para um táxi e, quando o veículo parou na sua frente, ouviu Lily gritar seu nome.

Nick se virou e a viu sair correndo do prédio. Sua mão paralisou na porta traseira do táxi. O que estava fazendo? Devia entrar no carro e sair dali. Mas ele estava congelado no lugar. Contra a sua vontade, contra seus princípios. Sua atenção estava fixa nas bochechas coradas de Lily e no jeito como o peito dela descia e subia a cada respiração, um tanto sem fôlego por correr para alcançá-lo. Era a mesma aparência que ela tinha segundos antes de beijá-lo.

Ele olhava para ela. Encarava, na verdade. Ela tinha argolinhas de ouro em cada orelha, e um pequeno sinal bem abaixo do olho direito. Ele notara a beleza dela quando ficavam próximos no corredor ou no elevador, mas estar tão perto dela e observar todos esses detalhes era outra história. Ele sabia que devia parar de tentar memorizar tudo sobre a ela, mas, por algum motivo, ela estava bem ali, em carne e osso. Era impossível. Se Nick fosse uma pessoa normal, estaria empolgado por uma segunda chance de recomeçar com Lily. Mas Nick não era normal. Ele estragava tudo ao seu redor. Não podia fazer isso com Lily. Não *ia* fazer.

— Tenho que, hã... ir — apressou-se ele, entrando no táxi. Para seu choque, Lily se enfiou no carro logo depois dele, invadindo seu espaço.
— O que você está...
— Eu te ajudo a procurar móveis — insistiu ela, depressa.
Nick balançou a cabeça, boquiaberto.
— Desculpe, o quê?
— Para onde? — indagou o motorista, sem paciência.
— Para a IKEA em Red Hook, por favor — replicou Lily.
O motorista grunhiu em resposta e se misturou ao trânsito. Lily se virou de frente para Nick.
— Ajudei a minha irmã, Iris, a mobiliar a sala na reforma. Sou excelente com essas coisas. Só preciso de um favor seu em troca.
O que ele deveria ter feito era dizer não. Um não curto e grosso. Toda aquela situação era ridícula. Em vez disso, ele encarou seu rosto intenso e sério e se sentiu compelido a perguntar:
— Que favor?
— Se você não puder ir comigo ao casamento da minha irmã, preciso que me ajude a achar um acompanhante.
Nick ficou confuso. Lembrou-se então de que ela lhe pedira para ser seu acompanhante enquanto ele se mandava do apartamento dela. E ele tinha dito não, mas não tivera escolha. Sentia-se um merda.
— Eu? — exasperou-se Nick. — Desculpa mesmo, mas não conheço ninguém. Meus únicos dois amigos na cidade são noivos e gays.
— Não quero que você me arranje alguém. Vi o que você fez pelo Henry. Acabei de ver ele e a Yolanda juntos. São praticamente um casal apaixonado. Você fez a confiança dele crescer, ensinou o que dizer e deu certo. Está claro que você sabe das coisas, porque... Bem, você estava lá no meu apartamento e viu no que deu... — Ela parou de falar e desviou o olhar. Nick sentiu a nuca esquentar com a lembrança das suas mãos apalpando o quadril volumoso dela. — Eu sou um caso perdido. Preciso da sua ajuda mais do que o Henry precisava. Quero que me ensine a conversar com caras. A flertar.
Por um momento, Nick ficou sem palavras. Lily achava que *ela* precisava da ajuda *dele* para flertar? Pelo que acabara de acontecer lá em cima

na cozinha dela, Lily era a mestra e ele, o aprendiz. Ele quase tinha caído aos seus pés e a venerado.

— Lily... — Ele balançou a cabeça de novo, olhando para baixo. — Você não precisa da minha ajuda, e eu não seria muito útil de qualquer jeito. Sou um ninguém. Você é ótima, sério.

— Só que não — insistiu ela. A urgência em sua voz o fez erguer o olhar para o rosto de Lily mais uma vez. Seus grandes olhos castanhos imploravam. — Estou desesperada. Eu te disse que apostei com minhas irmãs que acharia meu próprio acompanhante, e isso é sério para mim. Preciso ganhar. Se eu conhecesse outra pessoa que pudesse ajudar, eu pediria, mas não conheço. Sei que é estranho porque eu te beijei mais cedo, mas podemos apenas seguir em frente e esquecer o que aconteceu?

— O beijo foi recíproco — acrescentou ele, embora admitir aquilo não melhorasse as coisas. Ele estava se metendo em uma situação complicada, contudo não podia deixar Lily acreditar que ele a achava indesejável, que eu não quisera beijá-la também. — Mas você está certa. A gente devia seguir em frente.

Aquilo tudo era irônico. Se Lily soubesse que ele era Strick, não estaria pedindo sua ajuda. Era provável que quisesse dar um tapa nele, como Nick mais do que merecia.

— Se você me ajudar, te deixo em paz depois — completou ela. — Prometo.

O peito de Nick se apertou com as palavras dela. Escolheu não pensar por que a ideia de ela o deixar em paz o fazia se sentir como se mal tivesse sobrevivido a um terremoto.

Lily ficou ali sentada olhando para ele, esperando ansiosa pela resposta. O que ele precisava era colocar o máximo de distância possível entre eles, para o bem de ambos.

— Lily, não... — começou ele.

— Vamos ver seus móveis primeiro, depois conversamos sobre a estratégia.

Nick se sentiu desemparado, em conflito.

Havia uma cena de flashback em *Os elfos de Ceradon* em que o príncipe Deko relembrava quando foi punido pelo pai por escapar para um encontro amoroso com uma donzela, o que o fizera perder uma reunião do conselho de guerra. Enojado, o rei chamou Deko de tolo apaixonado e inútil.

Nick era mais esperto. Mas, sendo o tolo apaixonado e inútil que era, apenas encarou Lily, incerto do que dizer. Mas o que ele poderia fazer àquela altura? Já estavam na metade do caminho até o Brooklyn. Ela iria com ele para a IKEA de qualquer maneira.

6

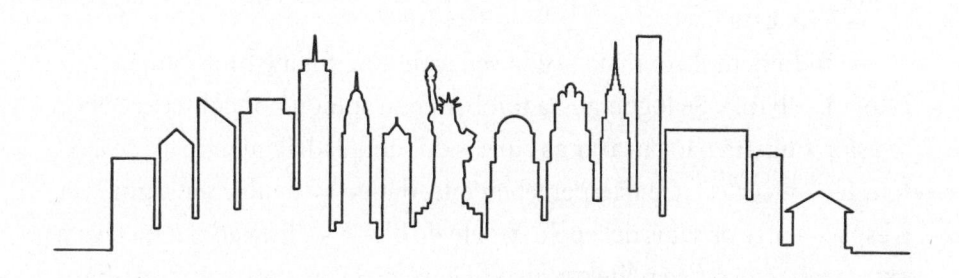

Depois que chegaram à ikea, Nick e Lily caminharam pelo labirinto de móveis de cozinha e, quando passaram por uma família sentada a uma mesa comprida, feita para muitas pessoas, o tipo de coisa que Nick vira apenas em filmes, sua mão pairou nas costas de Lily, tomando cuidado para não a tocar, mas determinado a impedir que outros esbarrassem nela.

A presença de Lily o deixava inquieto e zonzo. Eles não deveriam estar ali juntos. Ela o olhou, aturdindo Nick mais uma vez.

— Então, o que você está procurando? — quis saber ela.

Ele tentou se lembrar das várias coisas de que precisava. Praticamente o suficiente para mobiliar um apartamento inteiro.

— Só uma cama.

— O que aconteceu com a sua?

— Eu não tenho.

Lily ergueu as sobrancelhas.

— Onde você dorme?

— No meu colchão… no chão.

Ele esfregou a nuca, à espera de um comentário parecido com o de Caleb. Que homem adulto dorme em um colchão no chão sem necessidade?

Mas Lily apenas assentiu, toda eficiente. Ela os conduziu até a seção de móveis para quarto e se jogou numa cama queen com estrutura de madeira e cabeceira pretas.

— Que tal esta? É legal e macia. Combina com tudo.

Por cima do ombro dela, Nick olhou a etiqueta de preço e se retraiu.

— Não, essa não.

— Tudo bem. Próxima! — Ela se levantou e foi até uma cama cinza estofada e baixa. Se jogou nessa também e se apoiou nos cotovelos. Nick se esforçou para não encarar as curvas do seu quadril quando ela se ajeitou. E com certeza ele não percebeu que, daquele ângulo, conseguia ver o espaço entre os seios dela pelo decote da blusa. — Esta aqui tem gaveta extra embaixo, o que pode ser uma mão na roda, já que os apartamentos do nosso prédio não têm muito espaço para armários.

Nick afastou os pensamentos cheios de desejo e deu a volta para espiar o preço. Mais cara que a anterior.

— Acho que essa também não.

Lily olhou para o preço e então para Nick.

— Quanto você pode gastar?

Sem limite.

— Não quero gastar muito — comentou ele, dando de ombros. Odiava falar de dinheiro. Estava desesperado para mudar de assunto, então, é claro, disse a primeira coisa que veio à mente. — Fui a uma IKEA uma vez quando estava em Squid, na Suécia. Nome estranho para uma cidade, né? *Squid*, lula. Lembro de perguntar a uma funcionária se por acaso eles já tinham dado algum item do mostruário de graça e ela me lançou um olhar que basicamente dizia *cai fora*.

A tagarelice parou e ele se retraiu. Estava sendo esquisito. Lily o olhou com curiosidade, sorrindo um pouco. Sem jeito, ele se sentou à beira da cama, ficando tão distante dela que nem chegavam a se tocar, mas ainda conseguia sentir o perfume de baunilha inebriante dela.

— O que você faz? — questionou ela. — Como profissão, quero dizer.

— Estou trocando de profissão. — Tecnicamente, isso era verdade. Afinal, ele *deveria* estar escrevendo, mas não estava, então repetiu a mesma resposta que dera a Henry e Yolanda quando também perguntaram a sua profissão. — Tenho uma boa quantia guardada, e estou tentando economizar.

O que ele não admitiu é que estava esperando o pior acontecer. De uma hora para outra a editora podia rasgar o contrato dele ou o estúdio de televisão podia cancelar a adaptação e não haveria mais dinheiro, então não precisava gastar o que tinha no momento enchendo o apartamento com um monte de móveis de que com certeza não precisava, quando poderia economizar para o inevitável momento em que sua sorte acabaria.

Se Marcus estivesse ali, diria a Nick que ele estava exagerando. E era provável que dissesse que Nick estava deixando a lembrança da antiga babá, sra. Yvette, confundir a cabeça dele. A sra. Yvette, com seu coração amargo e seus gatos endemoniados, havia cuidado de Nick com frequência quando os pais o abandonavam, e ela nunca perdia a oportunidade de relembrar a Nick, uma criança impressionável, que ele vinha de uma linhagem de homens ruins que faziam coisas ruins, e que ele provavelmente cresceria e seria do mesmo jeito porque a ruindade corria em seu sangue. Era evidente que ela não gostava de seu pai porque o homem a tinha roubado antes, mas Nick sabia que suas palavras carregavam verdades. Seu avô fora um ferrado, e seu pai também. Até quando Nick tentava fazer uma coisa boa — principalmente quando ele tentava fazer uma coisa boa —, o tiro saía pela culatra. Como podia acreditar que os resultados positivos da venda do livro não dariam errado?

Nick pigarreou e olhou para Lily. Ela o observava, e ele se perguntou o que passava pela cabeça dela. Lutou contra a vontade de esfregar a nuca de novo, um hábito irritante que tinha adquirido na infância.

— Entendi — disse ela por fim.

Ela pulou da cama e andou depressa entre as demais. Nick a assistiu parar ao lado de um modelo de madeira marrom lisa. Sem cabeceira, sem gavetas ou enfeites. Ela o chamou com um aceno e ele foi até ela no mesmo instante, se perguntando mais uma vez como tinha ido parar ali com aquela garota.

— Essa é a mais barata que eles têm — informou ela. — O que acha?

Ele assentiu, apenas porque escolher uma cama tinha se tornado bem mais estressante do que o necessário.

— Perfeito. — Lily pegou o celular e tirou uma foto do nome e do código do produto. — Trabalho na Mitchell & Milton, já que estamos falando de profissões. É uma editora.

Nick sentiu o corpo inteiro em combustão. Ele sabia, pelos e-mails, que ela trabalhava no mercado editorial, mas não tinha ideia de que fosse na mesma editora que estava publicando seus livros.

— Mas não trabalho com nenhum dos populares — continuou ela. — Eu edito não ficção.

— Ah — suspirou ele, um pouco aliviado, relembrando daquele detalhe dos e-mails também. Significava que ela não tinha nada a ver com seu livro. Ainda assim. Aquilo o lembrou de que precisava parar o que quer que estivesse acontecendo ali... mesmo que tivesse gostado de estar tão próximo.

— Agora é sua vez de me ajudar — anunciou ela. — Está com fome? Vamos conversar enquanto comemos almôndegas suecas.

o o o

A praça de alimentação da IKEA estava praticamente deserta, já que poucas pessoas faziam questão de jantar em uma loja de móveis em pleno dia útil. Nick se sentou de frente para Lily, incapaz de entender por que não conseguia dizer não a ela. Lily brincou com as suas almôndegas no prato por um momento, e então largou o garfo.

— Certo — disse ela, colocando as mãos na mesa. Ele se esforçou ao máximo para não encarar demais o rosto dela e respirou fundo para se manter firme. — Então me conta, como você faz? Qual o seu segredo?

— Oi? — Ele piscou, confuso, desviando o olhar dos lábios dela. — Meu segredo?

— Como você conversa com as pessoas e flerta com elas? Você incentivou o Henry com tanta tranquilidade, e ele te chamou de galã.

— Meu Deus, não. Não sou um galã. O Henry me viu conversando com uma mulher do lado de fora do prédio *uma vez*, e foi porque ela estava perguntando se eu tinha me cadastrado para votar.

— O Henry deve ter visto você dois juntos e presumiu que estivessem flertando. Você tem um estilo.

— Como assim?

— Você é relaxado e despretensioso. E realmente ouve quando as pessoas falam, como se se importasse com o que elas têm a dizer. Isso sem falar na linguagem corporal.

Nick baixou o olhar para sua postura.

— Minha linguagem corporal?

Ela se inclinou para a frente e semicerrou os olhos. Deixando a voz mais grossa, soltou:

— *Seria maluquice se eu dissesse que quero te beijar?*

Ele piscou, abalado pela expressão no rosto dela e surpreso com a mudança brusca na conversa. Seu olhar foi para os lábios de Lily de novo, e, caramba, ele até se aproximou um centímetro por instinto.

Em seguida ela se endireitou, se afastando.

— Foi o que você disse pra mim no meu apartamento, e depois eu praticamente pulei em você... e aí você correu porque lembrou que não queria se envolver com ninguém.

Não era mentira. Nick tinha saído com algumas mulheres, sem grandes expectativas — se pudesse chamar dessa maneira —, de vez em quando, quando trabalhava para a *World Traveler*. Ele e a pessoa com quem estava saindo sabiam que ele iria embora em algumas semanas, que as coisas não poderiam ficar sérias. Sabiam que, quando ele fosse embora, não haveria mais muito contato. Na verdade as mulheres prefeririam daquele jeito. Elas viam Nick como uma oportunidade de ter um caso empolgante com um estrangeiro, e poderiam voltar à vida normal quando ele fosse embora. Claro, aquilo tudo acabou quando ele começou a trocar e-mails com Lily. Ele ficara tão fissurado nela que, quando se mudou para Nova York, a ideia de se divertir com outra pessoa nem passara pela sua cabeça.

— Como eu disse, não quero namorar também — admitiu Lily. — Não tive muita sorte no passado. Minhas irmãs estão sempre tentando arranjar alguém para mim, e esses encontros terminam em decepções, umas piores que outras. A Violet vai se casar no fim de agosto, e apostei com ela e com a Iris que, se eu conseguisse encontrar meu acompanhante para o casamento, elas parariam de se intrometer na minha vida amorosa de uma vez por todas.

Nick pensou nos e-mails que ela havia lhe enviado contando que saía com modelos e homens de negócios para agradar as irmãs, e no quanto aqueles encontros a deixavam triste. Ele não gostou de saber que aquilo ainda acontecia.

— Por que você só não diz "que se dane" e vai ao casamento sozinha? — perguntou Nick. — Elas deveriam deixar você em paz de um jeito ou de outro.

— Você não conhece a minha família — retrucou Lily, mal-humorada. — Elas só vão parar depois que eu ganhar essa aposta. Então, você pode me ajudar?

Nick sabia que ela não aceitaria um não, e não conseguia negar nada a ela. Um combo péssimo.

— Não sou um especialista — argumentou ele. — Vou te dizer a mesma coisa que disse pro Henry. Seja você mesma.

Ela o encarou.

— Ser eu mesma significa ser estranha.

— Alguém pode achar isso legal.

Ele achava legal.

Ela balançou a cabeça.

— Quer ver como eu ajo quando sou eu mesma flertando? Uma vez fui a um happy hour com minha colega Dani e, depois de algumas margaritas, ela me desafiou a ir falar com um cara que estava sentado do outro lado do bar. Ele era alto, bem bonito e meio que parecia o Jonathan Majors. Enfim, quando cheguei na mesa dele, me deu um branco. Então olhei para a cerveja Corona dele e soltei a primeira coisa que me veio à cabeça.

— O quê?

— Uma vez eu li uma matéria que dizia que, nos anos 1980, as pessoas achavam que a cerveja Corona tinha urina por causa da cor amarelada estranha. Mas ficaram sabendo que alguém da Heineken tinha começado o boato para prejudicar as vendas da Corona. Então eu perguntei se ele sabia que, se fosse pego bebendo aquela cerveja quarenta anos atrás, alguém poderia dizer que ele estava bebendo xixi.

Nick riu, mas parou assim que viu a expressão triste no rosto de Lily.

— Espera, está falando sério?

— *Estou* — grunhiu ela. — O cara balançou a cabeça e ficou bem evidente que não queria continuar conversando com a garota que disse que ele estava bebendo xixi. — Ela apoiou os cotovelos na mesa e suspirou. — Eu não estava brincando quando disse que era ruim com flertes. De verdade, queria não ter inventado essa aposta. Como eu disse, *não quero* namorar ninguém.

Nick odiava vê-la tão chateada. Por impulso, estendeu a mão e apertou a dela gentilmente para a confortar. Ela piscou, e então ele percebeu o que estava fazendo e afastou a mão depressa.

Ele pigarreou.

— Podia ter sido pior.

— Ah, já passei por coisa pior. — Ela riu para si mesma, ainda que o divertimento não parecesse genuíno. — Quer ouvir uma coisa realmente vergonhosa?

— Manda — respondeu Nick. Ele ouviria qualquer coisa que ela lhe dissesse, se isso a fizesse se sentir melhor.

— Ano passado conheci um cara online — disse ela. E Nick sentiu o corpo gelar. — Eu gostava bastante dele e pensei que poderia dar em alguma coisa, mas ele sumiu. E, mesmo que tenha acabado mal, trocar e-mails com ele me fez perceber como é legal conversar com alguém de quem eu realmente gosto. Foi quando decidi que não podia mais sair com quem minhas irmãs arranjassem, então inventei a aposta. — Ela forçou um sorriso. — Sei que deve parecer patético.

— Não parece. — A boca de Nick estava completamente seca. — Eu nunca acharia você patética.

Ele ia lhe contar a verdade naquele momento. *Tinha* que contar.

— Ele deve estar se sentindo horrível — continuou Nick. — Eu sei que ele se sente assim... E sei disso porque...

— Ah, sim, *espero* que ele se sinta horrível — enfatizou ela, interrompendo-o. — Ou, sei lá, espero pelo menos que ele se arrependa de não ter usado aquela oportunidade para me conhecer. De não ter dado uma chance pra gente. Às vezes penso no que eu faria se o visse pessoalmente um dia.

Nick engoliu em seco.

— O que você faria?

— Não sei. Provavelmente ficaria muito brava pra dizer qualquer coisa. E, sendo sincera, eu espero não encontrar esse cara. Só quero seguir com a vida e esquecer de tudo isso.

Nick assentiu de leve. Ele percebeu ali que nada de bom viria de contar a verdade a Lily. Ele só estaria agindo de forma egoísta tentando amenizar a culpa que sentia. Lily não queria conhecer Strick. O que ela queria era seguir em frente e esquecer que a troca de e-mails sequer acontecera. Ele se afastara porque se sentira envergonhado e um lixo por mentir para ela, e sabia que se envolver ainda mais na sua vida não resultaria em nada de bom. E, no processo, ainda a tinha machucado. A melhor coisa que poderia fazer no momento era ajudá-la a conseguir um acompanhante para o casamento da irmã para que ela pudesse encontrar a felicidade com outra pessoa.

Depois que ajudasse Lily, iria desaparecer da vida dela. Não queria nunca mais magoá-la de novo.

— Meu melhor amigo, Marcus, vai dar uma festa de aniversário neste fim de semana — Nick se pegou dizendo. A voz ficou fraca enquanto falava. — Você deveria ir comigo. Pode conhecer alguém lá.

Lily se animou um pouco.

— Sério? O que o seu amigo faz?

— Ele é agente literário.

— Então vai ter muita gente do meio editorial nessa festa?
— É provável.
— Parece uma boa ideia. — Muito mais animada, ela espetou uma almôndega e a colocou na boca. — Obrigada. Por me convidar para a festa.
Ela sorriu para ele e Nick sentiu um frio na barriga.
— Sem problemas.
Claro, ele não só morava no mesmo corredor de Lily como também tinha concordado em arranjar alguém para ela, porque era a melhor coisa para ambos.
Mas podia ser que ele morresse durante o processo. Afinal, o universo era um cretino.

7

O AROMA DAS FLORES SEMPRE ESTIVERA PRESENTE NA INFÂNCIA DE Lily. E o ambiente tranquilo e a estética agradável da Greenehouse Florist em Willow Ridge, New Jersey, tinha sido um cenário constante de sua vida. Ela passara muitas noites ali depois da escola, com o nariz enfiado num livro enquanto os pais trabalhavam. Algumas das lembranças mais antigas de Lily eram de estar sentada ao lado da mãe enquanto ela fazia arranjos de flores. Tantos anos depois, a Greenehouse ainda era um dos lugares favoritos de Lily.

Exceto nos meses com muitos casamentos. Porque então tudo virava um completo caos.

— Cadê as peônias? — gritou a mãe de Lily, Dahlia, se apressando pelo corredor, fileiras e mais fileiras de plantas e flores a cercando. Como o restante das mulheres Greene, Dahlia era pequena e tinha cabelo crespo. Apesar de, no momento, seu cabelo estar preso em um coque alto e, em vez das sandálias e do vestido mais marcado na cintura e solto nas pernas, ela vestir uma camisa e uma calça jeans, ambas sujas de terra.

— Estou com elas aqui — respondeu Lily na bancada, enchendo vasos cilíndricos altos de peônias brancas e rosas cor-de-rosa para arranjos de mesa.

Ela espetou o dedo em um espinho, mas trabalhava tão rápido que nem se abalou. Trabalharia mais rápido se estivesse vestindo uma coisa mais confortável. Seu pé doía nos saltos que tinha colocado naquela manhã para o seminário de carreiras voltado para o empoderamento feminino de que tinha participado com Dahlia. Lily olhou para a camisa de botões rosa-claro e grunhiu. De algum jeito, tinha sujado o colarinho de terra. Aquela era uma das poucas blusas bonitas que tinha. Havia comprado em uma liquidação na Zara.

Dahlia apareceu ao lado de Lily e avaliou seu trabalho.

— Está bom. Mas não esqueça de colocar as peônias em volta das rosas, e não o contrário. — Ela deu um aperto tranquilizador no ombro de Lily. — Benjamin, como está indo esse buquê? — perguntou ela, se apressando em direção ao pai de Lily, sentado alguns metros atrás da filha, no escritório da loja.

Ele ergueu o buquê, que para Lily estava bem decente, mas Dahlia franziu a testa e começou a rearranjar as flores. Benjamin encostou o corpo alto na poltrona e com a bainha da camisa limpou a lente dos óculos, sorrindo, cansado, enquanto Dahlia refazia seu trabalho. Ele trocou olhares com Lily e deu uma piscadela. Eles com certeza não eram os perfeccionistas da família, e com frequência Dahlia os corrigia com carinho. E, infelizmente, o seminário não fora um sucesso para Lily, como Dahlia talvez esperasse.

Tinha sido bastante normal no que dizia respeito a seminários de carreira. Mulheres que ocupavam cargos poderosos em várias empresas contavam como subiram na hierarquia corporativa. Em seguida, deram uma hora para as participantes conhecerem outras mulheres e trocar contatos, e, antes de desaparecer para conversar com as amigas da irmandade Alpha Kappa Alpha, Dahlia encorajara Lily a se apresentar e fazer alguns contatos por si própria. Lily não via motivo para conversar com mulheres que trabalhavam com tecnologia, engenharia e contabilidade, porque não tinham nada a ver com edição de livros, mas, para o bem de Dahlia, ela concordou em tentar.

Entretanto, antes que Lily reunisse coragem para abordar alguém, Edith enviou para ela uma mensagem toda nervosa: tinha descoberto que o gerente de produção editorial, Brian, iria sair da editora no próximo mês e seu substituto seria um funcionário transferido da sede da M&M no Reino Unido. Edith estava furiosa por (1) Brian estar saindo. Ela odiava mudanças e pessoas novas. E (2) não só teria que trabalhar com uma pessoa nova como essa pessoa viria de um país totalmente diferente. Ela queria saber quão diferente o processo de produção de um livro na sede do Reino Unido poderia ser. E se aquela pessoa nova demorasse muito para se ambientar e a programação da editora fosse prejudicada? Aquilo só dava mais base para sua teoria conspiratória de que o presidente do setor delas pretendia fechar a editora em breve. Edith achava aquilo tão estressante que não conseguia relaxar no sábado à tarde, e, portanto, Lily não podia relaxar também.

Não é preciso dizer que Lily ficou parada num canto, tranquilizando, por mensagens, Edith e seus medos irracionais pelo restante do seminário. E acabou não fazendo nenhum contato.

Ela se sentira tão mal por decepcionar Dahlia que se oferecera para ajudar na loja. Os pais estavam preparando um pedido de última hora para um casamento em uma cidade próxima a Somerset. Parecia que a florista tinha desistido porque brigara com a noiva. Esses meses cheios de casamentos não eram brincadeira.

O celular de Lily vibrou na bancada ao seu lado e ela fez uma careta, esperando ver outra mensagem de Edith. Mas era de Nick.

> Oi, tudo certo para hoje à noite?

Lily tentou ignorar o frio na barriga que sentiu ao ver o nome dele na tela do celular. Eles tinham trocado telefones no outro dia, depois de saírem da IKEA, e naquela noite ela iria com ele à festa de aniversário de um amigo dele para encontrarem um acompanhante em potencial para o casamento.

Sim!, Lily respondeu. Ela ficara um pouco empolgada quando, parados do lado de fora da IKEA, o vira salvar o seu número nos contatos. Ele apertava os olhos e torcia a boca enquanto digitava. Até quando estava concentrado seu rosto era bonito, porque como podia deixar de ser?

Segundos depois, ele respondeu: Ótimo.
Depois: Espero que esteja tendo um bom dia.

Obrigada, você também!!

Ela se retraiu depois de apertar enviar. Dois pontos de exclamação eram mesmo necessários? Parecia muito ansiosa. Não queria que Nick pensasse que ela gostava dele, ainda mais depois que ele lhe disse que não queria namorar. Era verdade que ainda o achava atraente e que seu comentário aleatório sobre uma IKEA sueca tinha apenas a deixado mais intrigada em relação a como funcionava a sua mente, e ele foi a primeira pessoa para quem contou sobre Strick, e ficava grata por ele não a ter julgado e sentido pena. Mas ela não faria nada em relação a esses sentimentos e não deixaria que se tornassem mais intensos. Decidira que o beijo na cozinha de Violet fora resultado de tesão reprimido e empolgação exagerada após terem sobrevivido a uma briga no elevador. Nick iria ajudá-la a achar um acompanhante para o casamento de Violet, e aquela seria a relação deles. Ela nem tinha certeza se eram amigos. Mas tinha orgulho de si mesma por ter tomado a iniciativa e pedido a ajuda de Nick. Se ao menos ela conseguisse aplicar essa mesma energia confiante para avançar na carreira...

O sino na porta da frente soou. Lily ergueu o olhar e viu Iris e Calla andando até ela.

— Tia! — gritou Calla.

Ela correu até Lily o mais rápido que as perninhas permitiam e Lily a pegou no colo.

— Oi, mocinha — disse ela, abraçando a sobrinha.

Calla cheirava a cloro. Lily olhou para Iris, bonita na camiseta e legging pretas. Ela usava um boné preto de beisebol cobrindo o cabelo curto. Soltando um longo suspiro, Iris se sentou no banquinho da bancada. Lily pôs Calla no chão e ela correu para os avós, que a encheram de abraços e beijos.

— Acabamos de sair da natação — comentou Iris, esfregando a testa.

— E antes disso teve balé. Daqui a uma hora ela tem caratê. Eu poderia dormir um ano inteiro e ainda estaria cansada.

— Eu nem sabia que crianças de três anos podiam fazer caratê.

— Nem eu, mas procurei porque a Calla insistiu. É isso que acontece quando você deixa sua filha assistir *Cobra Kai*.

— Fico feliz de ajudar com a Calla sempre que precisar de mim — comentou Lily. — Sabe disso, né?

— Sei, e amo quando você se oferece. Mas estou bem, sério. Estou cansada, mas é um cansaço normal. Não é como no ano passado.

Lily assentiu, relembrando o quanto Iris ficara exausta e estressada em outubro quando fora promovida. Havia passado a maior parte das noites e dos fins de semana entretendo clientes e potenciais influenciadores para a marca de maquiagem. No começo daquele ano, Iris por fim disse à chefe que precisava dar uma reduzida no ritmo, mesmo que isso significasse achar um outro emprego. Mas sua chefe gostava demais de Iris para deixá-la ir. O trabalho nos fins de semana tinha acabado de vez. Às vezes Iris ainda ficava até tarde no escritório, mas pelo menos chegava em casa a tempo de jantar com Calla e colocá-la para dormir.

Sem precisar de instruções, Iris começou a colocar flores nos vasos que restaram. Ela trabalhava ainda mais rápido do que Lily e quase nunca precisava dar outra arrumada em seus arranjos. Aquilo resumia bem Iris. Fazia tudo perfeitamente na primeira tentativa.

Lily limpou as mãos e abraçou a irmã. De primeira, Iris ficou imóvel nos braços de Lily, e então relaxou.

— Qual o motivo disso? — estranhou Iris, sorrindo curiosa quando Lily se afastou.

— Nenhum. — Lily deu de ombros. O que não disse era que admirava Iris, que tinha perdido tão cedo o marido e namorado de faculdade, quando Calla não tinha nem um ano. Lily achava Iris uma mãe maravilhosa e Calla muito sortuda. Mas a irmã não gostava de sentimentalismo, então Lily acrescentou: — Você está me ajudando com esses arranjos de mesa.

Iris soltou uma risada e balançou a cabeça.

— Estou tentando decidir aonde a gente deveria ir para a despedida de solteira da Violet. A Karamel Kitty sugeriu uma boate em Miami e disse que poderíamos ficar em sua mansão em South Beach. É claro que ela não usou a palavra *mansão*. Ela disse *casa*, mas a casa dela é uma mansão, então estou usando a palavra certa para ser mais exata. O que acha?

O celular de Lily apitou, assustando-a. Outra mensagem de Nick.

Pequena mudança na festa de hoje. Agora o tema é anos 70.
Você tem alguma coisa para usar?

Ela respondeu:

Parece divertido. Vou inventar qualquer coisa.

— Quem é Nick? — questionou Iris, olhando o celular de Lily.

Lily enfiou o telefone no bolso de trás da calça antes que Iris pudesse ver mais coisas.

— É meu vizinho. O que você disse sobre a despedida de solteira da Violet? Miami?

— Isso. — Iris sorriu. — Então o Nick, o vizinho, vai te levar a uma festa?

— Por que você é tão enxerida?

Iris sorriu ainda mais, como se aquilo fosse um elogio.

— Espera, você tem um encontro hoje?

— Não. Só vamos a uma festa juntos. Não é um encontro.

— Hum. Interessante.

Em seguida, Iris começou a consertar um dos arranjos de Lily. Se Violet tivesse acabado de descobrir que Lily estava trocando mensagens com um cara novo e que tinha planos de sair com ele naquela noite, ela teria pressionado a irmã a contar todos os detalhes até que Lily revelasse cada tiquinho de informação sobre o rapaz. Mas Iris era sutil. Ela não pressionava. Esperava a pessoa ir até ela.

Conforme o silêncio se prolongava, Lily percebeu que estava morrendo de vontade de finalmente contar a alguém o que acontecera entre ela e Nick na cozinha de Violet. Tanto que esqueceu que aquela era uma história que provavelmente não deveria compartilhar com nenhuma das irmãs.

— Mas a gente se beijou — soltou ela.

Os olhos de Iris brilharam.

— *Sério?*

— Sério! E foi literalmente o melhor beijo da minha vida. Ele tem os lábios mais maravilhosos do mundo. Meu Deus.

— Lily! Como assim? Quando foi isso?

— Faz uns dias — respondeu Lily, baixando a voz quando Benjamin passou, sorrindo para elas por cima de um buquê grande. — Mas somos só colegas agora. Talvez amigos.

Iris franziu a testa.

— Por que só amigos?

— Nenhum de nós quer nada romântico.

Ela com certeza não iria explicar que tinha um acordo com Nick e que ele a estava ajudando a achar um acompanhante para o casamento. Ou que, a princípio, ela tinha chamado *ele* para ir com ela, e Nick a rejeitara. Lily já estava arrependida de contar a Iris que tinham se beijado. *Aff*, por que não podia só ter ficado de boca fechada?

Mas não tinha muita importância. Porque Iris pegou o celular e procurou no LinkedIn o perfil de um homem chamado Brandon Johnson. Ela mostrou a foto do perfil para Lily, e ele parecia profissional com aquele blazer liso bem ajustado e o sorriso enorme.

— Bem, se não tem nada acontecendo entre você e seu vizinho — falou Iris. — Eu estava querendo te contar que conheci um cara num evento umas semanas atrás. Ele trabalha na Morgan Stanley e...

— Não.

Lily se levantou e começou a levar os arranjos finalizados da bancada para a mesa de trabalho no meio do cômodo.

— Mas quero ajudar com a aposta que você fez com a Violet.

— *E com você* — replicou Lily, voltando para a bancada. Ela franziu a testa para Iris. — A aposta é com vocês duas. Não quero que você também tente arranjar alguém para mim.

— Tá bom, tá bom. — Iris ergueu as mãos. — Não vou mencionar o Brandon de novo.

— Nem qualquer outro homem.

— *Nem qualquer outro homem* — repetiu ela.
— Obrigada.

O celular de Lily vibrou no bolso, interrompendo a conversa. Nick enfim tinha respondido.

Chuchu beleza.

E então outra mensagem: É uma gíria dos anos 70.
E outra: Não falo *chuchu beleza* por aí.
E por fim: Vou parar de ficar te mandando mensagem.
Lily riu e mandou como resposta o emoji do homem dançando disco.

— Ele com certeza te faz sorrir demais para não ser um encontro — pontuou Iris, encarando Lily.

Lily dispensou Iris com um aceno. E daí que Nick a fazia sorrir? Ele seria a única pessoa que ela conhecia na festa. Aproveitar sua companhia era só um bônus. Não havia outro motivo.

o o o

Uma coisa era Nick fazer Lily sorrir, mas não precisava fazê-la babar.

Eles estavam nos degraus do prédio de arenito castanho-avermelhado do amigo dele em Prospect Heights, no Brooklyn, esperando alguém atender a porta, e Lily não conseguia parar de olhar para ele.

Ele vestia uma camisa de tecido lamê que havia abotoado só até a metade e jeans escuro boca de sino. O que dava para ver do peito marrom era forte e liso. Não importava quantas vezes Lily tentasse olhar só para os olhos dele, era inevitável que sua atenção descesse para o peitoral.

E eles estavam combinando. Lily pegara emprestado o macacão frente única dourado que Violet usara na festa de noivado. Ela não percebera o quanto o decote era grande, quase chegando ao seu umbigo. Não era uma roupa que ela usaria normalmente, mas queria entrar no tema, e aquela era a única vestimenta um pouco a ver com os anos 1970 no armário de Violet. Ela imitava a ícone dos anos 1970, Donna Summer, e deixou o cabelo cheio e crespo solto. Completou o look com sapatos plataforma de Violet. Obrigada, Deus, por irmãs que usavam o mesmo tamanho de roupa e sapato. A qualquer momento Lily podia tropeçar e quebrar o tornozelo, mas pelo menos estaria muito sexy.

Ao seu lado, Nick deu um puxão no colarinho e tocou a campainha de novo. Ele segurava um pequeno pacote de presente.

— Não sei por que estão demorando tanto — reclamou ele.

Ele olhou para Lily e deu um sorriso de desculpas. Ela deu de ombros e sorriu também, fingindo que não estava olhando para ele desde que saíram do prédio e pegaram o metrô.

— A propósito, você está muito bonita — elogiou Nick.

Ele deu uma olhada rápida em Lily e parou na pele aparente de seu umbigo.

— Obrigada — respondeu Lily, como se o jeito que ele a olhou não tivesse quase incendiado sua calcinha. — Você também.

— Obrigado. — Nick pigarreou. — O noivo do Marcus, Caleb, vai ficar feliz. Ele leva esse negócio de tema muito a sério.

— Verdade? — perguntou ela, e Nick assentiu.

— Ele é designer de interiores. As mães do Brooklyn o adoram. Ele cobra bem caro delas também. Passei no mínimo três horas procurando por calças boca de sino antes de achar essa numa loja no SoHo. — Ele levantou a camisa e revelou uma etiqueta ainda presa no cós do jeans. — Setenta dólares por uma calça. Acredita? Vou devolver amanhã.

Lily riu.

— Devia ficar com ela. Ficou boa em você.

— Sério? — Nick piscou, surpreso, como se o elogio o tivesse pegado desprevenido. — Bom, se você acha, talvez eu fique.

Ele sorriu, hesitante, mas sincero. Lily não conseguiu evitar sorrir em resposta. Por vários segundos, eles ficaram na escada rindo um para o outro feito dois bobos antes de a porta enfim abrir e um homem de pele marrom vestindo uma camisa azul-clara apertada e calça boca de sino de cintura alta combinando os cumprimentar com uma exclamação alegre.

— Meu Deus, olha você!

Ele apontou para Nick e então avistou Lily, e seu sorriso já largo dobrou de tamanho.

— Lily, esse é o Caleb — apresentou Nick. — Caleb, essa é a Li...

— Lily, desde o minuto em que o Nick me disse que você vinha eu estava morrendo de vontade de te conhecer — falou Caleb, cortando Nick. Ele pegou a mão de Lily e a puxou para dentro.

— Sério? — surpreendeu-se Lily enquanto subiam os degraus para o segundo andar.

Caleb ainda segurava sua mão. Ela olhou para Nick, que seguia atrás da dupla e franzia a testa para o amigo.

— Claro — garantiu Caleb a ela.

Ele abriu a porta do apartamento e Lily sentiu como se tivesse viajado no tempo. O apartamento estava quase todo escuro, exceto por uma enorme bola de espelhos pendurada na sala de estar. A música "Get Down Tonight", do grupo KC and the Sunshine Band, tocava alto em duas caixas de som grandes. E a sala já estava cheia de gente dançando e conversando.

Lily de repente se lembrou de por que estava ali. Não era para babar na roupa dos anos 1970 de Nick, mas para achar um acompanhante para o casamento.

Lily engoliu em seco e se virou para Nick, que encarava a bola de espelhos em silêncio, com admiração e diversão. Ele apontou para o objeto.

— Parece de verdade. Onde encontrou? — questionou ele a Caleb.

— Peguei emprestado de uma boate — gritou Caleb por cima da música. — Tem comida e bebida na cozinha... — acrescentou ele. Então a música mudou para "Boogie Oogie Oogie" e Caleb começou a balançar os ombros. — Lily, dança comigo.

O pavor tomou conta de Lily. Ela odiava dançar em público. Ainda mais rodeada de estranhos. Mas Caleb estava muito confiante e empolgado, e fora muito gentil ao convidá-la para sua casa.

— Ah — gaguejou ela. — Hum, tá bom.

Caleb não lhe deu tempo de pensar duas vezes. Antes que ela entendesse o que estava acontecendo, ele a puxou pela sala até a multidão dançante. Lily olhou para Nick, que sorriu e fez um "joinha". Ele se encostou na parede, segurando o presente do melhor amigo embaixo do braço, claramente sem intenção de acompanhar Lily e Caleb na pista de dança.

Todo mundo aplaudiu quando Caleb se misturou à multidão com Lily ao lado. Ela foi cercada por uma confusão de lantejoulas, bocas de sino e black power. Quando se virou de novo, Nick não estava mais encostado na parede.

8

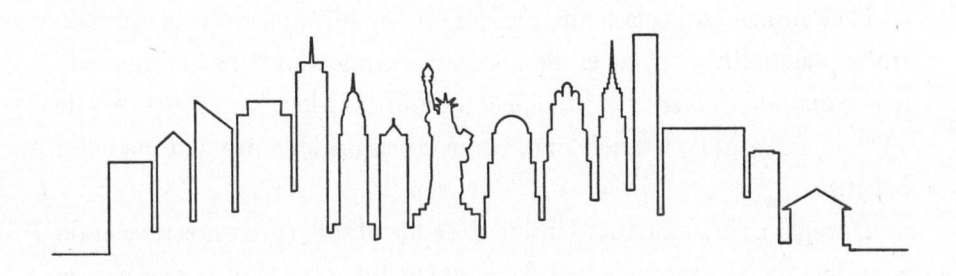

No fim das contas, Nick realmente não fazia ideia de onde tinha se metido ao levar Lily para a festa de Marcus. Encostado na parede, vendo-a dançar com Caleb, sentiu uma pontada profunda no peito, o que era alarmante de verdade. O jeito como o macacão envolvia os seios e o quadril dela devia ser considerado ilegal. Ela estava tão bonita. Como uma deusa dourada ou alguma coisa do tipo. Se ela conhecesse um cara ali naquela noite e gostasse dele o suficiente para levá-lo como acompanhante ao casamento da irmã, seria ótimo. Para ela. Para Nick, seria um soco no estômago. Ele queria evitar essa visão o máximo que conseguisse, então foi procurar Marcus e o encontrou em seu quarto.

O amigo estava sentado à beira da cama, os óculos de tartaruga na ponta do nariz enquanto encarava a tela do notebook. Com as tranças twist soltas, ele vestia uma roupa azul-clara que combinava com a de Caleb. Quando notou Nick enfiando a cabeça para dentro do quarto, sorriu acanhado, pego no flagra.

— Eu sei, eu sei — começou Marcus, fechando o notebook. — Não devia estar trabalhando durante minha festa de aniversário. Uma das minhas autoras está estressada, com medo de perder o prazo. Estou negociando uma nova data para ela.

— Eu diria que você trabalha demais — comentou Nick —, mas se não trabalhasse eu não estaria aqui.

— Verdade. — Marcus apontou para o presente na mão de Nick. — É pra mim?

Nick assentiu.

— Feliz aniversário, irmão — disse ele, entregando o embrulho a Marcus.

Nick nunca esquecia o aniversário do amigo. Na faculdade, quando tinha pouco dinheiro, ele escrevia contos engraçados para Marcus todo ano, e quando estivera viajando pelo mundo mandava lembrancinhas de vários países. Mas, naquele ano, tinha conseguido comprar uma coisa bacana.

Devagar e com cuidado, Marcus desembrulhou o presente, revelando uma agenda de couro preto ornada com as iniciais M. W. em relevo, de Marcus Wilson. Ele passou os dedos pelas letras com delicadeza e olhou para Nick com uma expressão de pura euforia.

— Caramba, que incrível, Nick. Obrigado! — Marcus gostava de abraços e, como de costume, puxou Nick e o envolveu num abraço afetuoso. Com Marcus, não havia tapinhas nas costas desanimados ou apertos de mão frios. Com Marcus, Nick aprendera que um verdadeiro abraço era caloroso e apertado. Cheio de carinho. Eles se afastaram e Marcus continuou a admirar a agenda. — Nossa, é da Shinola?

Nick assentiu.

— Sei que você ama essa loja. E, se sei alguma coisa sobre você, é que ama uma boa agenda.

— Irmão, eu *acabei* de dizer que precisava de uma nova. E essa tem as minhas iniciais! É um baita presente, Nick.

— Fico feliz que tenha gostado. — Nick sorriu. Qualquer tipo de elogio o deixava acanhado, sem saber se realmente o merecia. — Somos amigos há dez anos, então estava na hora de eu te dar um presente de gente grande.

— *Dez anos* — repetiu Marcus. — Uau.

— Bizarro, não é?

Quase dez anos antes, Nick chegara ao campus Chapell Hill da Universidade da Carolina do Norte sozinho e despreparado. Chegara com uma bolsa de estudos integral, duas malas cheias e sem ideia do que esperar. A viagem de ônibus do apartamento dos pais tinha durado quase três horas. Eles não ficaram por perto para se despedir. De fato, antes de sair de casa, ele não via Teresa tinha três dias. Ela estava fora, correndo atrás de Albert, que duas semanas antes havia pegado cinquenta e três dólares da carteira dela enquanto ela dormia e desaparecido. Com dezoito anos, Nick não esperava mais que Teresa o priorizasse no lugar de Albert. Mas era assustador aparecer no primeiro dia de faculdade sem nenhum tipo de apoio.

Ele caminhou pelo corredor do seu dormitório, passando por calouros e suas famílias animadas e prestativas, torcendo para que ninguém questionasse onde estava a família *dele*. Quando chegou ao seu quarto, viu que Marcus já havia chegado. Estava sentado na cama com os pais, um de cada lado. Com uma agenda aberta no colo, anotava a grade de aulas e a localização de cada prédio. Marcus e os pais usavam óculos e camisas azul-claras combinando. Parecia que tinham saído de um folheto da Universidade da Carolina do Norte.

Nick pigarreara e gaguejara um cumprimento educado. Marcus logo se levantou e se apresentou, e, confiante, contou que cursaria inglês e vinha da Pensilvânia. Menos confiante, Nick respondeu que também faria o curso de inglês e que era da Carolina do Norte mesmo. Depois os pais de Marcus se apresentaram e olharam para o corredor. Quando Nick percebeu que eles esperavam sua família, vestiu a máscara de sempre que transmitia uma tranquilidade artificial. Sorriu e explicou que seus pais trabalhavam muito e não tinham conseguido uma folga para ajudá-lo a se mudar, mas o visitariam em algumas semanas. Gentis e respeitosos, os Wilson deixaram Nick à vontade para desfazer as malas e saíram do quarto.

Horas depois, Nick se sentou ao lado de Marcus durante uma reunião com o restante dos colegas do andar e o supervisor do dormitório. Todo mundo estava muito relaxado, como se a faculdade fosse só mais um passo da vida para o qual tinham sido preparados. Enquanto isso, Nick ainda não conseguia acreditar que tinha sido aceito, para começo de conversa. No fundo, achava que alguém do departamento de admissões o encontraria e lhe diria que tinha alguma coisa errada com sua papelada. Achava que, no fim das contas, não ganhara uma bolsa de estudos integral. Que tinha sido tudo um grande mal-entendido.

Depois que a reunião terminou, o grupo se reuniu para debater a que festas queriam ir. Nick tinha vivido a maior parte da vida com medo de conhecer pessoas, ou melhor, de deixar que os outros o conhecessem. Porque então descobririam que a sua família era disfuncional. Ele começou a voltar para o quarto, planejando ficar por lá e ler, mas Marcus o alcançou.

— Nós vamos sair — anunciou ele. — Vai ser divertido.

Mais uma vez, Marcus e aquela confiança despretensiosa. Nick não teve escolha a não ser acreditar nele. Havia sido a primeira pista de que Marcus era o tipo de pessoa que se recusava a aceitar um não como resposta e que se recusaria a desistir de Nick.

— Ei, quero te perguntar uma coisa — disse Marcus em seu quarto. Sua voz agora estava hesitante, o que fez Nick pensar que ele provavelmente não iria gostar do que quer que saísse da boca de Marcus em seguida. — Todo agosto, a M&M dá uma festa de fim de verão em que os editores apresentam os maiores lançamentos do outono para pessoas importantes da indústria. Influenciadores, críticos, livreiros, esse tipo de coisa. Ouço falar dessa festa desde que consegui meu primeiro estágio anos atrás. É um evento importante mesmo, e ainda por cima tem bastante comida grátis. Mas estou te falando isso porque sua editora vai apresentar seu livro, e eles querem estender o convite a você, pois ajuda se o autor estiver lá para falar também. Sua editora sabe que você valoriza a sua privacidade, então sem pressão. Eu disse a ela que não sabia se você toparia. Mas não quero falar por você, então me avisa o que quer fazer.

Nick fez uma careta.

— Eles vão ficar uma fera se descobrirem que não sou britânico.

— Pode causar um tumultozinho — confirmou Marcus, dando de ombros. — Mas não é como se você tivesse escrito uma autobiografia e mentido sobre sua vida. Você usou um pseudônimo e disse que tinha nascido na Inglaterra. Já fizeram coisas piores. Sua equipe vai entender se você explicar por que mentiu.

— Não sei... — Nick duvidava de que o perdoariam com tanta facilidade. A ideia de dizer a verdade não conseguia entrar na sua mente. Ele observou a expressão esperançosa do amigo. — Você acha que eu deveria ir.

— Claro que acho. Eu não seria um bom agente se dissesse que não, mas não quero que faça nada que te deixe desconfortável. — Marcus tirou a armação de tartaruga e a substituiu por óculos escuros redondos. — Não se preocupe com isso agora, tá bom? Você tem bastante tempo para decidir. Enquanto isso, por que não me deixa ver o que já escreveu? Você pode vir ao escritório um dia da semana que vem, daí vamos jantar por conta da empresa para conversar sobre o rascunho.

Nick engoliu em seco. Ele conseguira escrever o primeiro capítulo do livro dois e estava um lixo. Mas era aniversário de Marcus, e, depois de tudo que o amigo tinha feito por ele, Nick não queria decepcioná-lo, ainda mais porque já sabia que não iria participar da festa da M&M e dar um rosto ao nome N. R. Strickland.

— É, legal — soltou Nick. — Parece bom.

Nick seguiu Marcus de volta para a sala de estar, que estava mais cheia do que quinze minutos antes. Seus olhos procuraram um dourado pela multidão. Ele avistou Lily batendo o quadril no de Caleb. Ela ria, o rosto todo iluminado de alegria. O peito de Nick doeu de novo.

— Quem é aquela com o Caleb? — quis saber Marcus.

Nick teve de se esforçar para tirar os olhos de Lily e responder Marcus.

— Aquela é minha vizinha, Lily.

— Ah, sim, esqueci que você disse que a traria. — Marcus parou, olhando para Lily e Nick e suas roupas combinando. — Tá rolando alguma coisa ou...

Nick pigarreou. Queria contar a Marcus toda a história com Lily, mas era seu aniversário. Ele devia se divertir, não ouvir o drama de Nick. Contaria mais tarde... em outro momento.

— Não — respondeu Nick. — Somos só amigos.

Mas eles eram amigos? Lily também o considerava um amigo? Ela deveria? Era provável que não. Aquilo tudo era tão errado.

— Tá bom, legal — rebateu Marcus. — Quer apostar quanto que todas as pizzas de peperoni acabaram?

— Hã... Quê? — balbuciou Nick.

Marcus já tinha mudado de assunto, mas a atenção de Nick estava em outro lugar. Para ser mais exato, a alguns metros dali, na sala de estar. Lily não estava mais dançando com Caleb, e sim conversando com um cara vestido com uma camisa de gola alta apertada com um pente largo enfiado no black power que claramente era uma peruca. Ele estava inclinado, o rosto a centímetros do de Lily, e ela assentia enquanto ele falava. A dor no peito de Nick se intensificou. Mas por quê? Não era para isso que ele estava ali? Conhecer alguém? Missão cumprida. Ele devia estar feliz! Ele estava feliz!

Então não fez muito sentido quando ele se viu cruzando a sala, com a intenção de interromper a conversa deles.

o o o

Lily estava dizendo ao amigo de Caleb, Will, quais romances de fantasia infantil escolher para a sobrinha da namorada quando Nick surgiu do nada ao seu lado e disse:

— Oi, posso te mostrar uma coisa na cozinha rapidinho?

Ele estava com uma cara estranha, como se tivesse chupado uma bala bem azeda. Acenou para Will com a cabeça antes de voltar a olhar para ela.

Lily, que quase sempre ficava exausta só de pensar em festas, estava surpresa com o quanto estava se divertindo naquela noite. Caleb levou seu papel de anfitrião muito a sério, dançou com Lily algumas músicas e foi gentil o bastante para não perguntar como ela havia passado a vida inteira sem aprender a dançar no ritmo certo. Os convidados eram uma mistura dos amigos de Caleb da faculdade de design de interiores e de pessoas do mundo editorial que conheciam Marcus, o que praticamente significava que no mínimo metade delas conhecia um dos colegas de Lily. Os homens na festa eram fofos e engraçados, mas também eram gays ou tinham namoradas. A namorada de Will tinha acabado de pedir licença para ir fumar. Ou seja, encontrar um possível acompanhante para o casamento de Violet seria impossível.

Lily estava se divertindo, mas sentiu alívio ao ver Nick. Conversar com muita gente era cansativo. Sua bateria social estava começando a acabar.

— Tá bom — aceitou ela, imaginando o que ele queria mostrar.

Ela se despediu de Will e seguiu Nick até a cozinha. A maior parte estava na penumbra, mas o brilho da bola de espelhos refletia luz suficiente na blusa dourada de Nick e na mesa coberta de caixas de pizza e garrafas de cerveja vazias. Nick parou ao lado da geladeira e olhou ao redor antes de encarar Lily. Ela olhou para ele com expectativa.

— Hum — falou ele. E então estendeu a mão por cima da geladeira, pegando um pacote grande de batatas chips. Ele abriu o saco e ofereceu a Lily. — Quer um pouco?

Atônita, ela se aproximou.

— Você queria me mostrar um saco de batatas?

— Não é só um saco de batatas — replicou ele. — É o saco de batatas secreto do Caleb. — Quando Lily congelou, Nick riu. — Não se preocupe, vou comprar outro para ele. Não chegamos aqui a tempo de pegar a pizza. Achei que você estaria com fome.

Lily ficou comovida por ele ter pensado em cuidar dela. E tinha razão, ela *estava mesmo* com fome. Com fome demais para pensar nas consequências de comer o saco de batatas secreto de Caleb. Ela pegou um punhado e colocou na boca, confiante de que Nick cumpriria a promessa e reporia o saco.

Ela se sentou à mesa e Nick se sentou ao seu lado. Suas roupas douradas estavam iluminadas. Havia uma coisa tranquilizadora em ficar sentada no escuro daquele jeito, um pouco distante da festa.

— Está se divertindo? — perguntou ele, olhando para Lily. Seus lábios formaram um sorrisinho quando Nick percebeu que ela estava ocupada demais mastigando para responder. Lily desejou que o sorriso dele não provocasse um efeito tão grande nela. — As batatas são boas, não é?

Ela assentiu e quase limpou as mãos na coxa, mas lembrou que Violet a mataria se sujasse a roupa dela de gordura de batatas chips. Em vez disso, pegou um guardanapo.

— Estou curtindo. Todo mundo é bem legal, especialmente o Caleb. — Ela ofereceu seu copo meio cheio de ponche de rum. — Quer um pouco?

— Não, eu não bebo. Quer dizer, tento não beber.

— Ah, tá bom. — Ela pôs o copo na mesa. — Mas eu ainda não conheci o Marcus.

— Ele está por aí em algum lugar. — Nick parou. — Então... já conheceu algum candidato a acompanhante para o casamento?

— Infelizmente você é o único homem solteiro aqui que gosta de mulheres.

Nick ficou surpreso.

— Sério? E o cara do black?

— Estamos numa festa disco. Você vai ter que ser mais específico.

— Aquele com quem você estava conversando quando cheguei. Com uma blusa de gola alta.

— Ah, ele. Ele tem namorada.

— Hum. — Ele se encostou na cadeira e murmurou alguma coisa para si mesmo. Em voz alta, disse: — Falhei com você, então.

Lily sorriu.

— Está tudo bem. Ainda temos até agosto. Além disso, por mais triste que pareça, acho que já socializei bastante hoje.

— Não é nada triste — amenizou ele, pegando mais batatas no saco. — Eu já atingi meu limite e só conversei com você e o Marcus. A gente precisa ser muito comunicativo em festas.

Lily o encarou. Ele passou as batatas de volta para ela, depois mordeu os lábios, constrangido, quando notou que ela o encarava.

— Que foi? — perguntou ele.

— Eu... nada. Acho que presumi que você não tivesse esse problema. Você conversa tão fácil com as pessoas. Pelo menos é isso que vejo quando te observo interagir no prédio.

— Ah, isso é diferente — replicou ele, mastigando.
— Como assim?
— É uma coisa que eu ligo e desligo.
Lily pôs mais batatas no seu guardanapo.
— Então você liga e desliga o seu charme como um interruptor? Pode explicar isso melhor? Fiquei curiosa.
Nick balançou a cabeça.
— Não sei se chamaria de *charme*.
— Chamaria do quê, então?
Ele deu de ombros.
— Não sei. Talvez de estoque secreto de energia para socializar? Quase sempre eu preferiria ficar em casa lendo, mas não se pode viver a vida desse jeito, porque tem coisas que você precisa fazer, e de jeito nenhum eu perderia a festa de aniversário do Marcus hoje. Assim como eu tinha que participar das aulas quando era criança ou ficaria com notas baixas. É só um truque que criei pra fingir que tenho ânimo mesmo quando não tenho. Veio a calhar no meu antigo emprego, porque eu tinha que conversar bastante com pessoas.
Ele parou do nada, fazendo Lily perguntar:
— Você trabalhava em quê?
Ele a olhou de esguelha.
— Jornalista.
— Ah, em que lugar?
Ele encarou as mãos e demorou tanto para responder que Lily duvidou de que ele tivesse ouvido a pergunta.
— *World Traveler*.
— Ah. — Lily congelou. Strick escrevia matérias para uma revista de viagens. Pensar nele a fez corar de vergonha. Era ridículo deixar alguém que não existia fora da tela do computador atrapalhar sua conversa com Nick, uma pessoa de carne e osso sentada bem à sua frente. Ela afastou o constrangimento. — Basicamente, você está me contando que é acostumado a se esconder em festas.
— Acho que sim.

Nick riu enquanto pescava mais batatas e segurava o saco aberto para Lily, fazendo algumas caírem na palma dela.

— Eu faço isso também — confessou ela. — Tenho feito a vida toda. Depois de um tempo, chego a um ponto em que sinto a bateria do meu corpo acabando, como se eu tivesse que me conectar a uma tomada e recarregá-lo, ou não funcionaria mais. Isso deixa minhas irmãs doidas. Uma vez, no ensino médio, fui a uma festa com a Violet porque ela era uma adolescente meio inconsequente e meus pais acharam que ela talvez se comportasse melhor se me levasse junto, mas acabei passando a noite toda na lavanderia, lendo *Graceling*. Então os pais do menino chegaram em casa e todo mundo fugiu pela porta dos fundos. E eu não fazia ideia até que o pai dele me encontrou lendo sentada em cima de uma pilha de toalhas limpas. Ele acabou me levando em casa. Foi bem esquisito. A Violet morreu de vergonha.

Nick sorriu, gesticulando para que Lily lhe passasse as batatas.

— Também tenho uma história. Segundo ano do ensino médio, aula de inglês, terminei de ler *O grande Gatsby* uma semana antes de todo mundo. História bem triste, falando nisso. Então, em uma sexta-feira, durante nosso período de leitura silenciosa, eu levei um livro da biblioteca para ler. Minha professora não percebeu no início da aula até que ela passou pela minha mesa e viu que o livro que eu estava lendo volta e meia mencionava um dragão camaleônico e uma dama cavaleira chamada Nermana. Ela me chamou a atenção, e então, porque achei estava sendo esperto, ela me pegou de novo menos de vinte minutos depois e me mandou pra detenção. Adivinha quem se encrencou por ler durante a detenção?

Lily imaginou o jovem Nick, debruçado sobre o livro, concentrado, e sorriu.

— Que livro era?

— *As crônicas de Nermana*, da Elena Masterson.

— Amo a Elena! — Metade coreana e metade afro-americana, Elena Masterson era uma das poucas escritoras negras cujo trabalho Lily pôde ler na infância. — Mas não li esse. Nem nunca ouvi falar nele.

— Não é muito conhecido, foi publicado antes da série Dragões de Sangue. Tenho um exemplar. Posso te emprestar.

— Sério? Obrigada. Não acredito que existe um livro dela que eu não conhecia. Não estou mais por dentro de nada. Mal leio por prazer.

Nick inclinou a cabeça.

— Por quê?

— Eu leio muito para o trabalho — explicou ela. — Quando era mais nova, eu pensava que seria escritora. Mas sabe o que dizem: se não pode fazer, ensine. Ou edite, eu acho. Quero trabalhar com livros como o da Elena Masterson, mas infantis. Histórias sobre crianças não brancas salvando o mundo e vivendo aventuras.

— Você vai — garantiu Nick. — Eu acredito em você.

Ele disse isso com uma confiança muito tranquila, como se já soubesse do que ela era capaz. Como se visse alguma coisa em Lily que ela se esforçava para enxergar em si mesma. Ela estava tão abalada que apenas o encarou enquanto Nick enfiava a mão no saco de batatas.

Garota, para! Nada de começar de novo com esse comportamento obsessivo.

Pigarreando, ela perguntou:

— Então, você acha que vai voltar para o jornalismo? Lembro que você disse que estava trocando de profissão.

Ela notou que ele ficou imóvel, as mãos suspensas sobre a boca, cheia de batatas.

— Estou trabalhando com umas coisas aí. Pra ser sincero, ainda tentando entender tudo.

Ele começou a brincar com o saco de batatas, enrolando e desenrolando a borda.

Foi uma resposta vaga, mas ela compreendeu que ele não queria contar mais nada sobre o trabalho. Edith tinha alguns autores que não conseguiam falar de um livro até que tivessem terminado o rascunho. Lily imaginou que deveria acontecer a mesma coisa com jornalistas.

— Bem, só avisando que você pode me mostrar seus textos jornalísticos — ofereceu ela. — Eu edito não ficção. Quer dizer, se quiser uma segunda opinião.

Ele sacudiu a cabeça.

— Não. Sem chance. Meus textos são um lixo. Você nunca mais iria olhar para mim da mesma forma.

Lily revirou os olhos, mas sorriu.

— Duvido que sejam um lixo.

— São. Eu juro. Não é nem um lixo normal. Ou lixo de ferro-velho. É o tipo de lixo que você não pode reutilizar, então, para começo de conversa, nem tinha que estar num ferro-velho. Se você lesse, iria fugir de mim nos corredores.

— Eu nunca iria fugir de você. Com quem mais eu conversaria sobre livros de fantasia do começo dos anos 2000 ou sobre ícones da música nascidos na Carolina do Norte?

— Bem pensado. A gente tem bastante conhecimento aleatório para compartilhar.

Lily gargalhou e, do nada, foi tomada por uma sensação estranha de que eles já tinham feito aquilo, o que com certeza não tinham. Era a ilusória sensação de familiaridade de novo, se acendendo e a perturbando. Ela se sentia à vontade para lhe contar coisas que geralmente não contava a pessoas que só conhecia havia algumas semanas. Por quê?

Quando ela não respondeu, Nick olhou para ela. Ele começou a falar, mas parou. Ela não sabia como estava sua expressão enquanto o encarava, mas alguma coisa deve tê-lo feito parar.

Uma música da banda Earth, Wind & Fire tocava alto na sala de estar. Lily sentia o grave vibrar pelo chão enquanto os dois se encaravam. O peito de Nick subia e descia conforme respirava fundo. Ele começou a se inclinar para a frente, e ela sentiu um frenesi maravilhoso com o perfume dele. Ele ia beijá-la de novo? Daquela vez ele a puxaria, com gentileza e cuidado, antes de beijar suavemente seu pescoço até chegar à boca? Ou ele seria obstinado e apressado, pegaria Lily no colo, seguraria o seu rosto enquanto cobria sua boca com a dele? Lily pressionou uma coxa na outra, imaginando as mãos grandes de Nick apalpando sua bunda, ele mordiscando seu lábio inferior.

Ele a olhava de um jeito que a fazia achar que ele estava catalogando suas feições, guardando-as na memória para preservar. Será que era óbvio que ela estava fantasiando com Nick enquanto ele estava sentado bem na frente dela? Ele lambeu os lábios. Tinha que ser. Como poderia não ser?

— Lily... — disse Nick, baixinho. E foi isso. Apenas seu nome.

Ela se aproximou também, ansiosa para saber o que ele diria a seguir.

Então alguma coisa caiu no chão da sala e tudo ficou escuro.

— Ah, merda, a bola de espelhos! — gritou Caleb. — A festa acabou, seus vândalos.

Alguém desligou a música e acendeu as luzes. Lily e Nick se afastaram um do outro. Nick se levantou e passou a mão no rosto, depois enfiou as duas mãos nos bolsos. Lily olhava para todo lugar menos para ele. O que tinha acabado de acontecer? O momento que acabaram de ter não foi fruto da imaginação dela, foi?

Nick pigarreou, e ela enfim se virou para ele. Ele esfregou a nuca mais uma vez, com um pouco de pânico no olhar.

— Está pronta para ir? Acha que devemos ir?

— Vamos.

Ela se levantou também, um pouco desorientada.

— Tá bom, vou pegar seu casaco. — Ele começou a se mexer, mas então parou. — Espera, do que estou falando? É verão. Você não veio de casaco.

Ela forçou um sorriso.

— Nada de casaco.

— Certo. Me deixa, hã, ver se o Caleb e o Marcus precisam de ajuda para arrumar as coisas antes de a gente ir.

Lily assentiu, e Nick saiu da cozinha. Ela ficou parada por um tempo a fim de se recompor. Seus batimentos tinham acelerado, e ela precisava voltar para a Terra. Chega de ficar tão próxima de Nick. Estava claro que não podia confiar em si mesma nesses momentos. Ele não queria ficar com ninguém, e Lily precisava de um acompanhante para o casamento. E, mais importante, não iria correr atrás de alguém que não queria se envolver com ela. Não tinha mais força para lidar com outra desilusão depois de Strick.

Ela não podia esquecer de que havia um limite evidente entre ela e Nick que não deveria ser cruzado.

Lily olhou para a sala e viu pessoas à porta, se despedindo com um abraço. Nick e Caleb recolhiam os cacos da bola de espelhos espalhados pelo chão, e um homem muito alto de pele marrom-escura e tranças twists longas vinha andando em sua direção.

— Ei, você é a amiga do Nick. Lily, né? — perguntou ele. — Acho que não nos conhecemos. Sou o Marcus.

— Ah. Feliz aniversário!

Marcus era ainda mais alto do que Nick. Lily ergueu bastante o rosto para ver o sorriso gentil no rosto dele.

— Obrigado. — Marcus passou por ela e pegou uma caixa de sacos de lixo no armário embaixo da pia. Ele voltou e parou ao seu lado. — Macacão bonito.

— Obrigada. Mas não posso levar o crédito sozinha. É da minha irmã.

— Bom, nesse caso, meus parabéns à sua irmã. Ela deve ter bom gosto para roupas.

— Ah, com certeza. Ela é stylist, então moda é a vida dela. Ela trabalha com a Karamel Kitty.

Marcus semicerrou os olhos.

— Não é a rapper que apareceu no VMA com um collant escrito "Coma meu caramelo ou morra" na genitália?

— Ela mesma. Esse collant é um dos maiores orgulhos de minha irmã na carreira.

Marcus sorriu e encostou na mesa.

— Então, há quanto tempo você é amiga do Nick?

— Não muito. Só duas semanas, na verdade.

— Entendi. — Ele assentiu e tirou um saco de lixo da caixa. — Ele não me falou muito sobre você.

— Ah. — Ela não sabia o que dizer. — Nós somos vizinhos de corredor. Também trabalho com livros.

— Sério? Onde?

— Na M&M, no selo Edith Pearson Books.

Marcus ergueu uma sobrancelha.

— E como é? Nunca trabalhei com a Edith, mas escutei... coisas interessantes sobre ela.

— Tenho certeza de que cada coisa interessante que você escutou é verdade. Não é ótimo, mas sempre poderia ser pior. Na verdade, eu quero trabalhar com livros infantis.

— Ah, é? — O rosto de Marcus se iluminou. — Eu devia apresentar você pra Francesca Ng. Francesca!

Quando Lily se deu conta, Marcus estava acenando para uma mulher alta do Sudeste Asiático que usava um vestidinho curto roxo brilhante e botas brancas abaixo do joelho. Tinha cabelo num tom de um vermelho vivo e as laterais da cabeça estavam raspadas. Seu estilo tinha um ar blasé sem esforço.

— Arrasou no macacão — elogiou ela, apontando para Lily. Francesca entrelaçou seu braço no de Marcus. — Meu Uber está chegando. Que foi?

— Francesca, essa é a Lily — apresentou Marcus. — Ela trabalha com não ficção adulta, mas quer mudar para livros infantis. Achei que vocês duas deviam se conhecer. — Para Lily, ele disse: — A Francesca é editora sênior na Happy Go Lucky Press.

— Ah — respondeu Lily.

A Happy Go Lucky Press era uma editora de livros infantis independente criada por Anna Davidson, que tinha sido vice-presidente da M&M. Eles faziam aquisições do tipo de fantasia e ficção científica infantis e inclusivas que Lily sonhava editar.

— Só você mesmo para transformar uma festa de aniversário em um evento de trabalho — brincou Francesca, rindo para Marcus. Ela estendeu a mao para Lily. — Prazer. A gente devia almoçar juntas qualquer dia ou alguma coisa assim.

Lily apertou a mão de Francesca com empolgação.

— Eu ia adorar.

Elas trocaram e-mails, e Francesca se despediu dos dois. Na sala, Nick trocou olhares com Lily e ergueu o dedo, avisando que iria até ela em um minuto. Lily assentiu e ignorou o frio inconveniente na barriga. Marcus observou aquela conversa silenciosa e deu um sorriso fraco.

— Lily, posso te falar uma coisa?

— Claro — respondeu ela, se virando para ele.

— O Nick me odiaria por dizer isso, mas ele é bem mais afetuoso do que deixa transparecer. Ele leva um tempo para mostrar esse lado para as pessoas, se é que mostra algum dia.

Ela piscou. Por que ele estava lhe dizendo aquilo?

— Entendi.

— Se você dois estão se aproximando, só te peço pra ter paciência com ele.

— Ah, não tem nada acontecendo entre a gente — rebateu ela, depressa.

— Eu sei, eu sei. Mas, caso isso evolua... só se lembre do que eu disse, tá bom?

Marcus a encarava com atenção, esperando sua resposta.

— Claro — afirmou ela. — Vou lembrar.

— Obrigado, Lily. Foi mesmo muito bom conhecer você. Obrigado por vir.

Marcus se afastou e se juntou a Caleb e Nick na sala, e Lily percebeu então que o principal motivo de Marcus ter se apresentado em primeiro lugar foi porque queria saber se Lily servia para Nick. Porque estava tentando protegê-lo. Porque era isso que amigos faziam.

E Lily, sem saber o que pensar, se perguntou se Nick algum dia se abriria para ela.

9

Uma vez, no ensino médio, Nick estava sentado no fundo da sala, durante a aula de geometria do sétimo período, encarando as equações na prova, imaginando se algum dia precisaria aplicar a equação para calcular a circunferência de uma esfera em uma situação da vida real, quando chamaram seu nome pelo alto-falante.

Nick ficou imóvel e ergueu o olhar. Com exceção das vezes em que tinha sido pego lendo na aula, Nick quase nunca se metia em encrencas. Ele mantinha a cabeça baixa e fazia seu dever de casa. Trabalhava nos turnos da noite na lanchonete Jack in the Box, e depois ia para casa. Por que o estavam chamando na sala do diretor?

Seu professor, sr. Kelly, um homem branco magrelo que sofria de uma constante sinusite, encarou Nick, esperando.

— O que está esperando, rapaz? — disse ele, fungando.

Nick se levantou e pegou os livros, enfiando-os na mochila de forma atabalhoada. Ele entregou a prova inacabada ao sr. Kelly e foi para a sala do diretor. Ficou tenso durante toda a caminhada. O que é que ele poderia ter feito?

Ele virou no corredor e congelou. Seu pai, Albert, estava de pé na frente da sala do diretor. Na noite anterior, ele tinha revirado o apartamento procurando pelas chaves do carro de Teresa porque precisava "ver umas coisas". Ele destruíra o antigo carro de Teresa, e ela passara dois anos guardando dinheiro para comprar um novo. Ela aprendera a esconder as chaves quando ele bebia demais. Depois de revirar o apartamento e mandar Nick e Teresa para o inferno, Albert saiu e não voltou pelo resto da noite. Naquele momento, ele estava ali na escola de Nick, com a aparência descansada e agradável. Uma pessoa completamente diferente.

    Albert se virou e viu Nick parado feito um espantalho. Ele sorriu e o chamou. Nick não tinha ideia do motivo de o pai estar ali, mas ele parecia feliz. E ter toda a atenção de Albert para si tinha sido sempre uma coisa pela qual Nick ansiava. Fazia um tempo desde a última vez que Albert tivera um dia bom, e, embora Nick estivesse pisando em ovos, a esperança surgiu dentro dele enquanto andava até o pai.

    — Oi, pai — disse Nick. — O que houve?

    — Vim levar você pra sua consulta.

    Nick o encarou. Ele não tinha consulta marcada naquele dia.

    — Eu não...

    — Eu disse que vim levar você pra sua *consulta* — repetiu Albert, com uma piscadela. Ainda sorrindo.

    Alguém pigarreou. Nick se virou e viu a secretária do diretor, sra. Sanford, observando os dois, ele e o pai. A segunda tarefa mais importante da sra. Sanford, depois de dar advertências por atrasos, era espalhar fofocas. Todos na pequena Warren viam Albert como a antiga e promissora estrela de basquete que se tornara uma decepção. Ali, na sala do diretor, a sra. Sanford olhava para Albert com um misto de aversão moderada e fascínio. Como se estivesse ao mesmo tempo pronta para chamar o segurança, se fosse necessário, ou dar a Albert seu telefone, se ele pedisse.

    — Ah, é, foi mal — respondeu Nick, se virando de volta para Albert. Automaticamente, Nick sorriu também, seu instinto de proteger o pai assumindo a dianteira. — Esqueci mesmo da consulta.

    Em silêncio, Albert segurou o ombro de Nick e assinou a dispensa para ele sair mais cedo.

    — Aonde vamos? — quis saber Nick enquanto andavam até o estacionamento.

— Preciso da sua ajuda com uma coisa — revelou Albert, ainda com a mão no ombro de Nick.

Albert mancava um pouco, devido a um tornozelo quebrado que não fora bem tratado no seu último ano de escola, mas isso não o impedia de se mover com rapidez. Estava sempre em constante movimento, indo a algum lugar onde precisava estar ou com coisas para fazer.

— Achei que a gente podia passar um tempo junto.

O coração de Nick se aqueceu com as palavras de Albert. A verdade era que se importava mais com o fato de Albert o ter procurado do que com o lugar para onde ele o estava levando. Quem sabe depois de tantas semanas ausente, Albert realmente estivesse sentindo falta de Nick e quisesse passar tempo com ele. Devia ter esperado até que as aulas de Nick acabassem? Talvez, mas aquele era o jeito espontâneo de Albert, e Nick já se acostumara com isso àquela altura. E os dois não passavam uma tarde juntos fazia muito tempo.

Nick se apressou para acompanhar o pai e franziu um pouco a testa quando avistou o Toyota da mãe no estacionamento. Albert tirou a chave do bolso. Nick não quis perguntar se ele a achara ou se a mãe tinha dado para ele.

— Você precisa de ajuda pra quê? — perguntou Nick quando Albert deu a partida no carro e saiu do estacionamento.

— É só uma coisinha — respondeu Albert, prontamente.

O som do rádio abafou qualquer outra pergunta que Nick poderia ter feito. Ele ficou em silêncio no banco do passageiro durante a viagem, observando os arredores até que estacionaram em um condomínio desconhecido.

— Vem — chamou Albert, ao sair do carro. E deu a Nick outro daqueles sorrisos calorosos.

Nick olhou ao redor, curioso. Não conhecia ninguém que morasse naquele condomínio, mas estava nítido que Albert conhecia. Talvez estivesse indo visitar um dos amigos e quisesse que Nick fosse junto? Mas onde entrava a ajuda dele?

Nick saiu do carro e seguiu Albert pelo condomínio. Havia crianças brincando na rua e pessoas sentadas no pátio. Albert acenava e sorria para qualquer um que lhe desse um olhar questionador. Eles andaram até os fundos do condomínio, e Albert se aproximou de um apartamento e bateu à porta. Quando ninguém atendeu, ele espiou pela janela. Olhou por cima do ombro. Ali atrás não havia ninguém para vê-los. Ele mexeu na janela até que a base cedesse e a empurrou um pouco para cima.

Ele voltou até Nick e lhe deu um olhar firme e suplicante.

— Preciso que você seja meu vigia, tá bom, Nickzinho?

— Hã... — Nick olhou em volta de novo. — Mas...

— Esse homem me roubou — continuou Albert. — Ontem à noite no salão de sinuca. Só preciso pegar meu dinheiro de volta. E vamos usar um pouco para jantar. Vou buscar a sua mãe no trabalho no caminho. Vamos comer no Cook Out. Seu favorito, não é?

Nick assentiu em silêncio. Roubar era errado. Invadir a casa de alguém era ilegal. Mas, se aquele homem tinha roubado de Albert primeiro, isso mudava as coisas? Nick não sabia. A questão era que Albert tinha lhe pedido ajuda quando poderia ter pedido a qualquer um. Confiava em Nick. O garoto queria ser uma pessoa em que o pai sentia que podia confiar.

— Bom. — Albert apertou o ombro de Nick. — Agradeço, filho.

Nick viu quando Albert pulou a janela, e ficou olhando de um lado para o outro da rua, nervoso. Ouviu o pai se movimentando lá dentro, xingando. Seja lá quem morasse ali talvez não tivesse sido esperto o suficiente para trancar a janela, mas tinha escondido muito bem o dinheiro de Albert.

Logo depois, uma caminhonete preta veio em alta velocidade pela rua, e Nick desejou que o motorista passasse direto, mas ele estacionou bem na sua frente.

Nick assobiou para alertar Albert quando um homem negro robusto saiu da caminhonete. Ele ficou imóvel ao ver Nick.

— Oi, você não é o filho do Albert? — perguntou ele.

— Ah. — Nick olhou para o nome do homem costurado na camisa do uniforme. Estava escrito FRANK no bolso esquerdo com letras grossas e pretas. — Hum.

E então Albert abriu a porta do apartamento, sorrindo triunfante e enfiando um maço de notas no bolso de trás da calça. Sorriso que se desfez assim que viu Frank.

— Albert, seu filho da puta! — gritou Frank, correndo até eles.

Albert correu pelo condomínio com Nick bem atrás. Frank gritava e xingava enquanto os perseguia.

— Vamos, Nick! — gritou Albert. — Entra no carro!

Nick correu e então tropeçou no cadarço e caiu, rasgando o lábio superior. Albert deu meia-volta e o levantou. Nick se recompôs rapidamente e correu para o carro, pulando no banco do passageiro. Albert arrancou com o carro, socando o teto. Pelo retrovisor, Nick via Frank encurvado com as mãos nos joelhos, sacudindo o punho para o carro enquanto eles se afastavam.

— É disso que estou falando! — comemorou Albert, pegando no ombro de Nick. — É assim que se cuida do seu velho!

A boca de Nick estava seca, os lábios inchados. Ele não podia fazer nada além de ficar sentado ali, com o coração acelerado enquanto via o pai comemorar.

— Ah, caramba, você machucou feio sua boca — constatou Albert, ao olhar para o rosto de Nick. Ele abriu o porta-luvas e tirou um pacote de guardanapos, entregando-os ao filho. — Segura isso aqui em cima do machucado por enquanto. Vamos pedir pra sua mãe levar gelo. Eles têm isso em hospitais, não têm?

Nick deu de ombros. Sua mente estava em outro lugar. Alguma coisa no jeito como Frank olhara para Albert quando ele saiu do apartamento pareceu estranho para Nick. Qualquer um ficaria irritado ao ver que sua casa fora invadida. Mas Frank parecia traído, magoado até.

Mais tarde, Nick descobriu que Frank, na verdade, não tinha roubado de Albert. Ele tinha ganhado no jogo de dados honestamente, e Albert ficara bravo por perder o jogo e o dinheiro. E Nick estivera tão desesperado para passar um tempo com Albert e receber um pouquinho de atenção que o tinha ajudado a roubar e fugir. Como aquilo fazia dele uma pessoa diferente do pai? Ele ficou com nojo de si mesmo.

Nick usou aquela experiência quando escreveu a cena final de *Os elfos de Ceradon*. O príncipe Deko, do clã de elfos Zordoo, assistira ao seu povo ser assassinado por sanguessugas mortais, criaturas parecidas com lulas de dentes afiados, que saíam do lago proibido para se alimentar uma vez a cada cem anos. Último de sua espécie, Deko não teve escolha a não ser viajar pela terra de Tertia sozinho, em busca de outro clã de elfos que vivesse em Ceradon. Os elfos ceradonianos eram um mito, histórias infantis contadas a Deko e sua irmã antes de dormir. Mas Deko sabia que Ceradon era real, e encontrá-la era sua última esperança depois de seu reino ter sido destruído. Durante sua jornada, ele travou batalhas contra trolls e dragões, uma sereia quase o afogou e ele perdeu uma mão lutando contra uma cobra-touro de três chifres.

Durante todo esse tempo, ele estava ciente de que as sanguessugas estavam rastreando seu cheiro e o perseguindo. Mas, no fim, ele finalmente chegou aos portões da cidade de Ceradon. Desidratado e cansado, Deko teve dificuldade para dizer aos guardas quem era, e, antes que conseguisse falar, uma sanguessuga o atacou. Deko estava fraco demais para revidar, mas usou o resto de energia que tinha para derrotar a sanguessuga. Ele ergueu a espada, pensando no pai, que fora um rei severo conhecido por executar sem misericórdia aqueles que se opusessem a ele. Deko odiara a crueldade do pai e jurara nunca ser igual a ele, mas, se não acabasse com a sanguessuga, ela o mataria. Deko hesitou, sua lâmina prestes a perfurar a garganta da criatura, e, num piscar de olhos, outra sanguessuga letal o atacou, e tudo ficou escuro.

Foi assim que Nick encerrou o livro. Ele achou que deixar um suspense faria os leitores clamarem por mais. Quanto a isso, estivera certo. O suspense tinha sido o motivo de tantos editores fazerem ofertas por seu livro quando Marcus o revendeu. Mas, naquele momento, não sabia como a história de Deko deveria continuar.

Ele estava tendo dificuldade para escrever o primeiro capítulo do livro dois. Na cena de abertura, Deko acordava na enfermaria do castelo da rainha ceradoniana. Ele quase morrera do ataque da sanguessuga e ficara em coma por três dias. Quando começa a se sentir melhor, ele caminha por Ceradon, perdido e deslocado. Está de luto por seu povo e pela antiga vida. Também tem receio de que as sanguessugas encontrem um jeito de arrombar os portões que cercam a cidade.

O objetivo de Nick com o capítulo tinha sido dar um tom sóbrio. No momento, sentado de frente para Marcus no Redeye Grill em Midtown, a alguns quarteirões do escritório do amigo, Nick estava convencido de que aquilo estava além da sua capacidade e, após ler as páginas dele, sabia que Marcus tinha chegado a essa mesma conclusão.

— Então, sobre o primeiro capítulo... — começou Marcus, afastando o prato vazio.

Nick assentiu.

— Eu sei.

— Sabe o quê?

— Que está ruim. Eu não devia ter te mandado sem editar primeiro.

Marcus riu.

— Não está ruim. Você realmente é o seu crítico mais exigente. — Ele pegou sua bolsa carteiro e retirou um pequeno caderno, abrindo numa página cheia de sua letra pequena e caprichada. — Minha principal crítica é que eu acho que o Deko devia estar mais ativo. Ele sobrevive a um ataque abominável, acorda e caminha sem rumo pela cidade. Quais são os objetivos dele? O que ele quer que aconteça a seguir?

— Não sei. — Nick brincou com o garfo. — Ele quer paz, eu acho. Quer recomeçar, mas não sabe se consegue.

— Por que não consegue? O que o impede?

— Ele se sente culpado por ter sobrevivido quando todo mundo morreu. Não sabe pelo que viver.

Marcus inclinou a cabeça, olhando para Nick, pensativo.

— Talvez essa seja a sua trama. O Deko precisa descobrir pelo que precisa viver agora. Se não por ele mesmo, talvez por alguém ou por uma causa.

— Talvez. — O problema era que Nick nem sabia mais quem Deko era. Como podia escrever a história dele quando sua mente estava em branco? — Vou trabalhar nisso.

— Eu sei que vai — afirmou Marcus, chamando o garçom. — Que tal a gente marcar outro encontro no mês que vem para conversar sobre qualquer progresso que tenha feito?

— É. Parece legal.

Ele só torcia para que tivesse mais para compartilhar dali a um mês.

Depois de saírem do restaurante, Marcus retornou para o escritório e Nick decidiu voltar caminhando para o apartamento. Queria refletir sobre as anotações que Marcus havia lhe passado.

E precisava colocar em ordem os pensamentos em relação a Lily.

Ele quase a beijara de novo no último fim de semana, na festa de Marcus. Mesmo que estivessem mergulhados na escuridão da cozinha, ele ainda podia ver a roupa dourada dela e o jeito como o encarava. Como se quisesse que ele a beijasse. Ele chegara *muito* perto de fazer isso. Não conseguia tirá-la da cabeça. Isso era péssimo.

Lily era um território perigoso para ele. Pior ainda, ele se sentia mal por tê-la levado à festa de Marcus e depois agido como um homem das cavernas empata-foda. No fim aquele cara tinha namorada, mas mesmo assim. Nick dissera que a ajudaria a achar alguém para acompanhá-la no casamento da irmã, e não podia decepcioná-la.

Ele pegou o celular e enviou uma mensagem para Lily.

> Estava pensando em criar um plano de verdade para achar seu acompanhante.

Ela respondeu na mesma hora.

> LILY: Ah, eu amo um bom plano.

> NICK: O que está fazendo agora? Podemos criar um.

> LILY: Estou encerrando o expediente.

> NICK: São quase sete horas. Você fica até tarde assim no trabalho todo dia?

> LILY: Quase sempre.

> NICK: Você não consegue ver, mas estou fazendo cara feia.

> LILY: Eu sei, é ruim! Estou tentando melhorar. O que você está fazendo?

> NICK: Caminhando pelo centro da cidade, voltando para o nosso prédio.

> LILY: Espera, eu trabalho no centro! Quer me encontrar e a gente volta junto para casa?

LILY: A não ser que queira ficar sozinho, claro.

NICK: Não, vou te encontrar. Qual o endereço?

LILY: Te mandei minha localização.

NICK: Até logo.

LILY: Até.

Apesar de dizer para si próprio durante todo o caminho que não podia esquecer que não deveria ter nada com Lily e que deveria vê-la apenas como amiga e nada mais, Nick estava uma pilha de nervos quando chegou ao escritório da Mitchell & Milton. Ele deu uma olhada no saguão grande e vazio pelas portas de vidro da editora. E então viu uma coisa que o fez esquecer Lily completamente por um instante.

Ali, em uma das grandes telas que exibiam capas de livros, estava a nova capa de *Os elfos de Ceradon*. Era azul-escura e prata, com o nome N. R. Strickland escrito na metade inferior em letras grandes. No centro da capa havia uma ilustração do castelo da rainha ceradoniana. Nick não conseguira formar uma opinião quando vira essa arte pela primeira vez. Mas ver a capa ali, exibida de forma tão chamativa e orgulhosa no saguão da sua editora, mexeu com ele. Quase o fez querer parar um estranho na rua e mostrar para ele. *É o meu livro*, ele diria. Que esquisito. Desde que assinara com a M&M, nunca sentira essa vontade.

Ele piscou quando viu Lily aparecer. Ela caminhava depressa pelo saguão, usando um vestido lavanda de manga curta e um cardigã cinza. Seu rosto se iluminou quando sorriu e acenou para Nick. Ela estava linda, e ele sentiu que seu coração poderia explodir.

— Desculpa — disse ela, ao encontrá-lo na calçada. — Bem quando eu estava saindo, minha chefe quis ver minhas anotações sobre uma reunião que ela perdeu hoje de manhã.

— Tudo bem.

Automaticamente, Nick ergueu os braços para abraçá-la. Mas então congelou, sem ter certeza se já estavam nesse nível de amizade. Então, em vez de se aproximar mais, ficou com os braços erguidos igual ao Frankenstein.

Lily riu e se pôs entre os braços dele,, envolvendo seu peito. Ele a segurou, inalando seu cheiro de baunilha. Quando a coisa se tornou muito irresistível, ele se afastou e enfiou as mãos no bolso.

— Aquele telão é incrível — elogiou ele, acenando com a cabeça para o saguão, só para puxar papo.

— Ah, sim, eu também acho.

Lily olhou para o telão, e ele reparou que ela franziu a testa quando a imagem mudou para a capa de *Os elfos de Ceradon*. Ela se virou e arrumou a bolsa no ombro.

Por que havia falado do telão? Ela não precisava ser relembrada de que ele tinha ferrado a troca de e-mails. Precisava focar na missão e ajudá-la a esquecer aquilo completamente.

— Então, seu acompanhante — ele disse quando começaram a caminhar pela Seventh Avenue. — Acho que estamos procurando no lugar errado. Provavelmente você não vai encontrar esse cara num bar ou numa festa.

— É? Onde, então?

— Numa livraria.

— Ah, táááá — respondeu Lily. — Tipo naquelas cenas em que duas pessoas vão pegar o mesmo livro e acabam se apaixonando? É meio impossível, mas topo. Quando vamos a essa livraria?

— Agora.

— *Agora?*

Nick fez que sim. Ele se perguntou se ela protestaria, o que seria justo. Lily tinha acabado de encerrar um longo dia de trabalho e provavelmente queria ir para casa ver o (suposto) gato fofo.

Mas, em vez disso, ela sorriu e fez uma cara de quem não ia desistir do jogo.

— Tá bom. Vamos.

Uma onda de alívio tomou conta de Nick. Ficou feliz de ela ainda querer sua ajuda.

Não tinha *nada* a ver com fato de que ela concordara em passar mais tempo com ele.

10

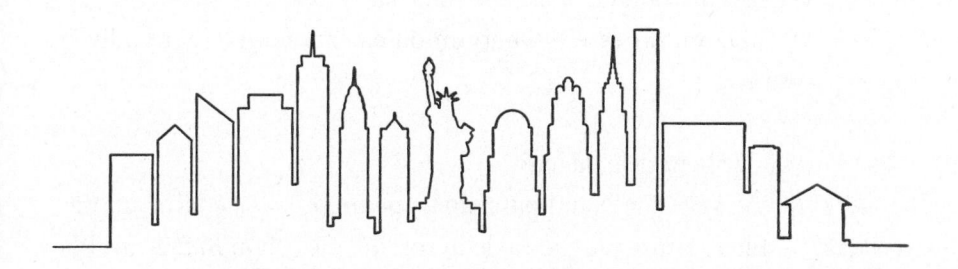

Lily e Nick estavam na seção de ficção científica e fantasia da livraria Strand, esperando por... na verdade, Lily não tinha certeza do que eles estavam esperando. Os dois chegaram à livraria e ficaram tão absortos olhando livros que ela esqueceu do plano.

— Me fale desse seu plano de novo — pediu ela a Nick.

Ele folheava *A guerra da papoula*, de R. F. Kuang. Então enfiou o livro sob o braço e se virou para Lily.

— Estamos esperando que seu príncipe encantado venha até essa seção e te veja enquanto você olha um livro. Ele vai achar que você é uma pessoa que pensa como ele, e vocês dois vão começar uma conversa sobre o livro que você está segurando. Então isso vai dar num encontro, e esse encontro vai se tornar outros encontros, e tcharam! Quando você menos esperar, ele vai aparecer nos seus braços no casamento da sua irmã.

Lily sacudiu a cabeça, sorrindo.

— Você acha mesmo que é assim tão fácil?

— Eu sinceramente não sei, mas *deveria* ser, e vale a pena tentar.

— E se esse príncipe encantado vir você ao meu lado e presumir que nós estamos juntos?

— Boa pergunta. — Nick se afastou, colocando distância entre eles. — Quando ele aparecer, eu vou embora.

Lily achava que as chances de alguém entrar na livraria nos minutos seguintes eram poucas. Até aquele momento, eles eram as únicas pessoas na seção de ficção científica e fantasia. Era quarta-feira à noite. Deveriam ter colocado aquele plano em ação num sábado à tarde para ter melhores resultados, mas ela estava gostando daquilo, e estava realmente interessada em ver se o método de Nick funcionaria.

— Você vai comprar esse? — perguntou ela, apontando para o livro que ele segurava.

Ele assentiu.

— Ouvi falar bem dele. Já leu?

— Eu devorei esse no Natal passado. Sabe um que você também deveria ler? — Ela examinou a fileira de livros até que achou *Riot Baby*. Ela o tirou da prateleira e o segurou para Nick ver. — *Este* livro. É sobre dois irmãos, e a irmã Ella tem uns poderes...

— Ah, caramba, já li esse! — exclamou Nick, empolgado, nem lhe dando chance de terminar a sinopse. Ele pegou o livro e o revirou nas mãos. — Achei numa livraria nos Países Baixos. É muito legal. A cena de abertura me fisgou.

— Aquela em que o membro da gangue entra no ônibus escolar da Ella, né? — lembrou Lily, também empolgada. — Pega você de cara. Minha chefe sempre diz que um livro bom vai te prender logo na primeira página. — Ela sorriu, chateada, e acrescentou: — Essa é a única informação útil que aprendi com ela.

— Verdade.

Nick caminhou para longe, observando com atenção algumas prateleiras.

— Eu quero te mostrar um que eu li uns meses atrás e gostei. Alguma coisa com guerra do tempo.

— *É assim que se perde a guerra do tempo*?

— Isso! Já leu?

— Ainda não, mas estava querendo.

— Ah, você não vai sair daqui sem ele. Mas não estou vendo o livro... — Ele virou em um corredor, e ela ouviu a voz dele ir para a prateleira atrás dela. — Talvez tenham colocado na seção de ficção. Já volto.

Enquanto Nick foi procurar a recepção, Lily continuou olhando as prateleiras. Ela avistou o terceiro livro da série Dragões de Sangue de Elena Masterson e o pegou para mostrar a Nick quando voltasse. Seu celular vibrou na bolsa, e ela o pegou e viu que Iris tinha mandado uma selfie no grupo das irmãs. Ela estava com um sorriso de orelha a orelha segurando uma tábua de petiscos.

> Adivinha quem está pronta para a reunião do *The Real Housewives of Potomac*.
>
> LILY: Meu Deus esqueci q era hoje!
>
> IRIS: Q? Não acredito que quase esqueceu. Estou decepcionada, assim como a grande dama Karen Huger. Ainda bem que te mandei mensagem. Começa daqui a três minutos!
>
> VIOLET: Vou demorar uma hora pra chegar em casa! Sem spoilers!
>
> LILY: Também vou ter que assistir mais tarde. Estou na livraria com o Nick.
>
> VIOLET: Quem é Nick?
>
> IRIS: Ah, você está na "livraria" com o Nick. Entendi. ☐
>
> LILY: Não começa.
>
> VIOLET: Eei?? Quem é Nick?
>
> IRIS: Eu não disse nada! Pergunta rápida: ele ainda está te fazendo sorrir?
>
> LILY: ☐ Tchau
>
> VIOLET: QUEM É NICK?

Lily suspirou e jogou o celular de volta na bolsa. Por que ela havia cometido o vacilo de mencionar Nick de novo? Não podia contar a elas o verdadeiro motivo de estarem juntos naquela noite. Iris ainda acreditava que Lily e Nick eram mais do que amigos, porque tinha visto Lily sorrir para a mensagem dele *uma* vez... e Lily, sem noção, revelara que ela e Nick tinham se beijado semanas antes. Ela só teria que deixar Iris pensar o que quisesse. E com certeza não daria nenhuma informação a Violet. Ela não faria nada de bom com isso.

— Fiquei sabendo que vão fazer filmes desses livros.

Lily se assustou e ergueu o olhar. Um homem de pele marrom-clara e cabelo crespo estava parado a alguns metros dela, apontando para o livro de Elena Masterson que ela segurava. Ele meio que lembrava Michael Ealy, só que mais baixo e com olhos castanhos.

— Também fiquei sabendo — comentou Lily, superando o nervosismo e recuperando a voz. — Já li este muitas vezes.

O homem sorriu e se aproximou.

— Li o primeiro livro. Achei legal. Mas minha irmã mais nova adora.

— Ela tem bom gosto. — Lily sorriu também.

Então ele não adorava Elena Masterson, o que era um pouco decepcionante, mas não completamente imperdoável. Todo mundo tinha direito às próprias preferências. O importante era que o assunto Elena Masterson havia sido o bastante para começar uma conversa. Será que o método de Nick de fato funcionava?

— Mas não é frustrante eles sempre a colocarem na seção de fantasia adulta?

Lily ergueu uma sobrancelha.

— Não. Onde mais botariam os livros dela?

— Na seção de ficção jovem adulto.

Lily piscou.

— A Elena não escreve ficção jovem adulto.

— Escreve, sim.

— Eu... — Lily nem sabia o que dizer. Ele estava errado, mas ela não queria debater com um estranho. — Na verdade, essa é uma ideia equivocada atribuída a mulheres que escrevem fantasia. A Elena escreve fantasia adulta e sempre escreveu.

O homem fez cara de sarcasmo.

— Não. As protagonistas dela estão perto dos vinte anos ou no começo dos vinte. E são todas muito chatas. É irritante quando você vai ler um livro esperando uma coisa e recebe outra. É só isso que estou dizendo.

Lily estava sem palavras. Ele insistia na sua opinião como se fosse um fato óbvio. *Errado e teimoso,*, como Iris gostava de dizer.

— Você entende que o que qualifica um livro como jovem adulto é mais do que a idade do personagem, né? — perguntou ela. — Livros para jovens adultos abordam temas específicos. O Esch tem apenas quinze anos em *Salvage the Bones*, mas tem razões evidentes para esse livro ser adulto e não jovem adulto.

Ele revirou os olhos. Revirou os olhos!

— Tudo bem você admitir que a Elena só está tentando fazer dinheiro.

— E tudo bem você admitir que é um leitor esnobe.

Lily nunca imaginara que falaria com um estranho daquele jeito, mas estava muito irritada.

— Não sou esnobe — replicou ele, indignado. — Você não faz ideia do que está dizendo. Nem sei por que estou falando com você.

— Nem eu. — Lily sentiu uma mão no ombro. Ela se virou e viu Nick ao seu lado. Ele olhava de testa franzida para o cara, que de repente se afastou.

— Você trabalha numa editora?

— Não — resmungou o cara.

— Então acho que a gente devia escutar a especialista que trabalha. Ele acenou com a cabeça para Lily.

— Tá, tá bom. Que seja — gaguejou ele, e depois se afastou às pressas.

— E personagens de ficção jovem adulto não são chatas! — gritou Lily para as costas dele.

Claro que, quando Nick apareceu, o homem saiu apressado de repente, encerrando o assunto. Lily soltou um suspiro de frustração. Entretanto, quando se virou para Nick, se pegou sorrindo.

— Só porque trabalho numa editora, não significa que sou uma especialista — replicou ela.

A boca de Nick ainda estava torcida, os olhos focados no homem que já estava do outro lado da livraria, bem longe àquela altura. Quando ele olhou para Lily, sua expressão se suavizou.

— Claro que significa.

— Acho que seu plano saiu pela culatra.

— Parece que sim. — Ele ergueu um exemplar de *É assim que se perde a guerra do tempo*. — Estava na banca de exposição. Comprei pra você.

Toda a irritação que Lily sentira pela interação com o homem pretensioso evaporou. Ela quase disse *Não precisava*. Mas adorou que Nick tivesse comprado um livro para ela. E estava grata por ele amar Elena Masterson e não ser um leitor esnobe.

— Obrigada — respondeu, pegando o livro.

Sem que precisassem falar qualquer coisa, eles saíram da Strand e caminharam em direção ao prédio onde moravam. Estava escuro e a região da Union Square estava vibrante e barulhenta. Lily pensava no quanto se divertira com Nick antes de o cara aparecer quando de repente Nick disse:

— Desculpa por meus planos não estarem funcionando.

Ele parecia mesmo frustrado, o que era engraçado e comovente ao mesmo tempo.

— Está tudo bem. Pra ser sincera, a culpa deve ser minha. Nunca tive sorte com encontros ou namoros.

— Você quer dizer com as pessoas que as suas irmãs te apresentam.

— É, mas até com aqueles que eu conheço por conta própria. Na escola, eu passava mais tempo desejando os meninos do que realmente tentando falar com eles. Só dei meu primeiro beijo no segundo ano da faculdade, porque um garoto me disse que eu tinha um sorriso bonito, o que agora vejo que foi só uma cantada, mas na época caí feito um patinho. Quando me dei conta, ele tinha virado meu namorado e acabou sendo meu primeiro em tudo. E não foi porque eu estava apaixonada por ele ou nada disso. Eu só sentia que estava ficando pra trás. Todas as minhas colegas de quarto sempre ficavam com caras diferentes, e eu me sentia uma fracassada sem desenvoltura nenhuma. Nosso namoro durou mais ou menos seis meses até que esfriou nas férias de verão.

O sexo com o primeiro namorado na faculdade, Darius, havia sido no mínimo decepcionante. Talvez Lily tivesse passado muito tempo pensando na primeira vez. Ela achou que seria lindo e romântico, mas o momento durou dois minutos, e nunca melhorou ao longo dos meses em que namoraram. Depois de Darius, ela ficou com mais alguns caras da faculdade e, um ano antes, tinha de fato tido uma noite casual com um dos amigos modelos de Violet menos egocêntrico, mas aquela tinha sido a última vez que fizera sexo. Ela não ficaria surpresa se tivesse teias de aranha entre as pernas. Seu vibrador merecia um ano de salário.

— Só quero namorar alguém que esteja interessado no que tenho a dizer — prosseguiu ela. — Seria legal se tivéssemos coisas em comum, mas isso não é essencial. O mais importante pra mim é que ele tenha bons princípios, seja gentil comigo, com minhas irmãs e com o resto da minha família. E eu quero que ele me aceite como eu sou, sem querer me mudar. Não acho que isso seja pedir muito.

Nick havia ficado em silêncio, e Lily percebeu que talvez tivesse revelado demais.

— Desculpa se isso tiver sido informação demais — disse ela.

— Não foi.

Gentilmente, Nick pôs o braço na parte inferior das costas dela enquanto passavam por um grupo de estudantes da NYU e uma carroça de cachorro-quente. Ela estremeceu sob o toque e se sentiu boba por isso.

Quantas vezes vou ter que dizer pra se controlar, mulher? Para de ficar assim perto dele!

As sobrancelhas de Nick estavam unidas, pensativas.

— Eu dei meu primeiro beijo quando tinha dezessete anos. A garota com quem eu trabalhava na lanchonete Jack in the Box tinha acabado de terminar com o namorado, então ela me beijou no estacionamento para fazer ciúmes no cara. Também só perdi a virgindade na faculdade. — Ele parou e desviou o olhar. — E nunca tive um relacionamento sério.

— Sério? — Lily diminuiu o ritmo da caminhada, e Nick a acompanhou. — Por que não? Quer dizer, só se quiser me contar.

— Eu só... não sei. — Ele deu de ombros e enfiou as mãos nos bolsos. — Meus pais são uma bagunça. Eles começaram a namorar na escola quando meu pai era uma grande estrela do basquete, mas então ele se machucou e ficou diferente. Acho que eles estragaram pra mim a ideia de estar num relacionamento. Ou de me comprometer com alguém. Não vale a pena o drama.

O coração de Lily se partiu um pouco ao ouvir o motivo de ele preferir ficar solteiro.

— Eles ainda estão juntos? — perguntou ela.

— Estão. Não vão se separar. Só no dia de São Nunca. — Ele respirou fundo e deu um sorriso forçado, sem dúvida querendo mudar de assunto. — E os seus pais? Espero que sejam menos problemáticos.

— Acho que eles têm os problemas deles. Minha mãe às vezes é bem mandona, e meu pai se faz de bobo quando não quer ser incomodado por discussões familiares importantes. Mas eles se apaixonaram na faculdade. Têm até uma floricultura.

— Por isso vocês têm nome de flor?

— É. Bem, na verdade, começou com minha avó Rose, que deu o nome Dahlia pra minha mãe.

— Sua família parece que saiu de um filme natalino.

— Pode parecer, mas é só a aparência. — Lily sorriu. E então pensou no que Marcus lhe dissera no fim de semana anterior. Nick levava um tempo para se abrir com as pessoas, e, se ela quisesse saber mais sobre ele, teria que ser paciente. Ele acabara de revelar algo sobre si mesmo e sua família. Confiava nela o suficiente para fazer isso. Se sentindo ainda mais próxima a ele, Lily adicionou, baixo: — Lamento pelos seus pais. Obrigada por me contar.

— Imagina. — Nick deu uma risadinha. — Não pretendia jogar tudo isso em cima de você. Acabou saindo. É muito fácil conversar com você.

— É — respondeu ela. — Com você também.

Eles trocaram um olhar demorado. Lily sentiu o rosto esquentar sob o olhar atento de Nick. Ele a fazia se sentir a única pessoa na sala ou, sendo mais precisa, a única pessoa parada na esquina da University Place com a 14th Street. Os olhos de Nick eram castanho-escuros. Ela com certeza poderia olhar para eles a noite toda. Mas isso era um pensamento idiota — amigos não ficavam se encarando a noite toda.

— Não parem no meio da merda da calçada!

Lily e Nick pularam de susto quando o homem da carroça de cachorro-quente passou empurrando-a, exalando ao redor o aroma de bife e chucrute.

— Merda de turistas — resmungou ele.

Lily caiu na gargalhada, e Nick sorriu.

— Já viajei o mundo todo e essa é a primeira vez que me chamaram de turista.

— Para tudo se tem uma primeira vez — disse ela.

Eles chegaram ao prédio e entraram no elevador. Não passou despercebido a Lily que, quando ela e Nick estavam juntos, ela gostava mais de passar tempo com ele do que de seguir um plano para encontrar um acompanhante para o casamento. Se fosse sincera, uma parte dela desejava que Nick apenas tivesse concordado em ser o seu acompanhante em primeiro lugar. Mas agora ela sabia por que ele a tinha rejeitado e por que não queria namorar. Ele tinha problemas com compromisso. Ir a um casamento não era o mesmo que um relacionamento estável, mas talvez ele tivesse medo de que resultasse em um encontro. E, por último, isso era bom para Lily. Ela não precisava perder tempo mais uma vez desejando alguém que não estava disponível. Só acabaria se machucando e querendo morrer de vergonha, e já se machucara e morrera de vergonha muitas vezes naquele ano. Ela e Nick eram amigos e estava tudo bem. Bom, contanto que ela não ficasse mais pensando em admirar seus olhos a noite toda.

— Acho que está na hora de dar boa-noite — disse Lily, com relutância, quando chegaram à porta dela.

Ao mesmo tempo, Nick disse:

— Posso te dar meu exemplar de As crônicas de Nermana. Está no meu apartamento.

— Tá bom — aceitou ela, rápido. Muito rápido.

Pai amado, você está desesperada demais!

Ela seguiu Nick pelo corredor, empolgada e intrigada com o convite para ir até o seu apartamento. Enquanto destrancava a porta, ele lhe deu um olhar apreensivo.

— Hã, então, ainda estou arrumando as coisas.

Ela começou a responder *Tudo bem*, mas suas palavras ficaram presas na garganta quando testemunhou o vazio amplo do apartamento de Nick. A porta se fechou atrás deles com um baque alto que ecoou por todo o ambiente. Havia uma poltrona amarela solitária no meio da sala. Uma TV de tela plana em cima de dois caixotes. Um notebook na ilha da cozinha e uma pilha de livros delineando a parede da sala de estar. Parecia que ele mal vivia ali. Como se não pretendesse ficar.

— Tenho que comprar mais alguns móveis — comentou ele, mordendo os lábios, constrangido. — Nunca tive um apartamento só meu. Nunca pude *pagar* por isso. Ainda estou me acostumando com a ideia. Nem sei o que botar aqui.

Lily estava triste por ele ficar ali daquele jeito todo dia. Faltava aconchego. A sensação de lar.

— Eu queria que você tivesse me dito isso quando estávamos na IKEA. Podíamos pelo menos ter comprado uma estante para os seus livros.

Rindo, Nick caminhou até a pilha de livros e pegou *As crônicas de Nermana*, levando-os para Lily.

— Pode ficar com ele o tempo que quiser.

— Você não devia falar isso. Eu leio muito devagar quando não estou de férias. Você não vai ver este livro por pelo menos seis meses.

Ele deu de ombros, sorrindo.

— Não tem problema.

Lily abriu a porta dele e saiu no corredor.

— Tá bom, você que sabe.

Nick se apoiou no batente da porta, observando-a, os lábios ainda esticados num sorriso. O olhar de Lily baixou para o pedaço de pele visível onde a bainha da camisa dele subiu. Ela com certeza deveria parar de encarar. Mas não parou.

— Aquele convite para você vir aqui e conversarmos sobre *A quinta estação* ainda está de pé, sabia? — comentou Nick.

Lily levantou os olhos de volta para o rosto dele.

— Você tem que me avisar quando estiver livre.

— Posso ficar livre quando você quiser.

Lily parou. Ele ficaria livre quando ela quisesse? Como é que ela poderia focar em ser amiga de Nick, ou tentar namorar outra pessoa, se ele dizia coisas como aquela?

Nick ainda estava apoiado na porta, observando. E Lily se esforçava para dar uma resposta quando as portas do elevador se abriram, revelando Violet e suas malas enormes.

— Oi! — disse Violet, radiante e colocando os óculos na cabeça. Somente Violet tinha autoconfiança o bastante para usar óculos escuros à noite. Ela andou até Lily e Nick, a roupa toda preta. Olhou para os dois, as sobrancelhas erguidas de curiosidade.

— Oi, Vi — cumprimentou Lily. — Já conheceu nosso vizinho, o Nick?

Lily falou com calma. Casualmente. Não queria que Violet tirasse conclusões sobre ela e Nick, ou, pior, tentasse bancar o cupido.

— Então é você o famoso Nick. — Seus olhos brilhavam. — Não acredito que não nos conhecemos. Você acabou de se mudar?

Lily gemeu, constrangida por Violet.

— Ele mora aqui há meses.

— Me mudei em março — explicou Nick. — Prazer.

— Sério? — Pelo tom de Violet, qualquer pessoa que ouvisse aquela conversa pensaria que a data da mudança de Nick era a informação mais interessante que ela ouvira o dia todo. — Bem, o prazer é meu, Nick. — Seus olhos dispararam entre Nick e Lily. Ela sorria. Lily não gostou daquele sorriso.

— Então, o que vocês dois estão fazendo? — perguntou Violet.

— Só conversando sobre livros — replicou Lily, depressa, e Nick assentiu.

— Livros, hein? *Muito* interessante. Vocês passam muito tempo juntos no corredor? Nick, não sei se a minha irmã te contou, mas fico indo e voltando daqui para LA, então eu perco muita coisa. Só soube muito recentemente que você e a Lily estavam passando um tempo juntos.

Naquele momento, o sorriso de Violet tinha se transformado em um sorriso completo no estilo Gato Risonho. Ela estava morrendo de vontade de aprontar alguma. Lily resmungou.

— Ah, sim, ela mencionou que você passa tempo em Los Angeles — disse Nick a Violet. Ele olhou para Lily e lhe deu um sorriso. Não tinha ideia de que estava caindo na armadilha de Violet.

— Huummm — murmurou Violet, se virando para Lily. — Acabei de ter uma ideia maravilhosa. Sabe o que devíamos fazer?

— O quê? — perguntou Lily, já de cara feia.

— Devíamos convidar o Nick para o churrasco no próximo fim de semana. — Ela se virou para Nick. — Estamos te convidando para o churrasco de 15 de julho dos nossos pais. É a grande comemoração de aniversário de casamento que eles fazem. Vai ser muito divertido. Diz que vai.

Lily hesitou. Nick piscou, os olhos arregalados. Ele olhava de uma irmã para a outra.

— Não quero atrapalhar...

— Não vai! — garantiu Violet. — Mas *vai* desapontar a mim e à Lily se disser que não.

— Vi — sibilou Lily. — Nick, tenho certeza de que você tem coisas melhores para fazer no seu sábado do que ir com a gente na festa de aniversário de casamento dos nossos pais.

Ela fuzilou Violet com o olhar, mas Violet ignorou.

— Tem coisa melhor do que passar a tarde de sábado num churrasco com comida gostosa e pessoas legais? — rebateu Violet. — A gente iria adorar que você fosse. Então, topa?

— Ah, claro, sim — falou Nick, parecendo confuso. Estava evidente que Violet não aceitaria um não como resposta. — Mas só se estiver tudo bem para a Lily.

Os dois olharam para Lily. A ideia de o expor à sua família a fazia querer se enfiar na caverna mais profunda do Grand Canyon. Só que, mais uma vez, provavelmente para seu azar, o desejo de ter um motivo para passar mais tempo com ele era mais forte.

— Tudo bem por mim — respondeu ela.

— Perfeito! — declarou Violet. — *Adorei* conhecer você, Nick.

Lily fuzilava Violet com os olhos. Violet sorriu do jeito ofuscante dela, saiu andando pelo corredor e entrou no apartamento.

— Então... ela parece legal — comentou Nick.

Lily franziu a testa para ele.

— Ela acha que está sendo sutil.

— Sutil com o quê?

Ela quase disse que Violet estava tentando juntar eles, mas, se aquilo não estava óbvio para Nick, deixaria quieto. Não é como se os esforços de Violet fossem dar em alguma coisa.

— Nada — desconversou ela. — Então nos vemos no sábado.

— Isso, nos vemos no sábado.

— Boa noite. — Ela se afastou, segurando *As crônicas de Nermana* junto ao peito.

— Boa noite.

Ele esperou até que ela abrisse a porta do apartamento de Violet e se despediu com um aceno antes de entrar no próprio apartamento.

Mais tarde naquela noite, deitada no sofá de Violet com Tomcat aninhado em seu colo, ela folheou o livro de Nick, alisando as marcas das páginas que ele tinha dobrado. O livro estava velho e desgastado, bem amado. E ele confiava nela o bastante para lhe emprestar. Ela o colocou sobre a mesa de café de Violet e se aconchegou debaixo do lençol com cuidado, para não acordar Tomcat.

Instantes antes de adormecer, Lily percebeu que não tinha pensado em Strick nem uma vez a semana toda.

11

Na manhã do dia 15 de julho, Lily pediu a Deus, ao universo e a qualquer um que escutasse para que o dia corresse sem problemas. Para que sua família se comportasse. Para que ninguém fizesse comentários na frente de Nick que pudessem envergonhá-la.

Não foi o que aconteceu.

— Não acredito que o Eddy perdeu o voo — reclamou Violet, digitando no celular com força. — Ele sabia o quanto eu queria que ele viesse, para que a gente pudesse dar uma fugidinha e realizar minha fantasia de transar no meu antigo quarto. Quando é que vamos ter essa chance de novo? Nós dois somos muito ocupados!

— Violet, *por favor* — pediu Lily, com um suspiro.

Ao seu lado, Nick riu, surpreso. Estavam esperando Iris pegá-los na estação de trem de Willow Ridge. Desde que tinham saído de Nova York, Violet lhes contara a história completa de Meela Baybee, a nova cliente de Eddy. Violet tinha conhecido Meela meses antes, quando ela abriu um dos shows de Karamel Kitty. Meela cantava bem e almejava o sucesso, mas precisava desesperadamente de um visual melhor, então Violet entrou em ação e mudou seu estilo. Meela, que costumava usar vestidos neon justos bem cafonas, naquele momento tinha muitos seguidores fiéis da geração Z que a reverenciavam pelo short ciclista de pele de cobra colado ao corpo e pelos adesivos tapa-sexo divertidos para mamilo que usava sob tops de malha sem manga em todo show. E tinha sido tudo ideia de Violet. Também tinha sido sua ideia dar o contato de Meela a Eddy, já que o antigo empresário de Meela era primo da cantora, que só conseguia shows em lugares minúsculos que faziam a multidão inevitavelmente brigar porque não havia espaço para dançar. Desde então, toda a atenção de Eddy estava em fazer Meela deslanchar. O que significava que planejar o casamento, ir ao tradicional churrasco de aniversário dos pais de Violet e se juntar a ela para realizar suas fantasias sexuais ficavam de escanteio se Meela precisasse que ele participasse de uma reunião de parceria com uma marca de produtos para cabelo.

— Ele disse que tentaria pegar um voo mais tarde — apontou Lily, ao perceber que Violet estava ficando mais chateada. Não era do feitio dela ficar tão agitada por causa de um homem. — Talvez consiga chegar ainda.

— Espero que sim. Ele ficou saindo no meio das conversas na nossa festa de noivado para atender ligações e cuidar dos problemas de clientes. Essa é mais uma chance para a nossa família conhecer o Eddy. Vamos nos casar em menos de um mês.

Violet suspirou e se apoiou no puxador de uma de suas malas grandes, cheias de roupas para o desfile de moda anual do churrasco. Violet vestia uma camiseta de seda branca sem mangas e calça wide leg branca. Estava com o cabelo escovado e, de algum jeito, não havia um fio fora do lugar no calor de julho. Lily se sentia uma monitora de acampamento perto da irmã glamorosa. Ela usava um vestido laranja sem alça bem simples. Naquele calor, não tinha ousado fazer nada mais com o cabelo além de prendê-lo num coque alto.

— Quem sabe ele está tentando fazer uma surpresa — considerou Nick, tentando ajudar. Ele vestia uma camisa branca de manga curta. Era o traje mais formal em que Lily o tinha visto. Segurava uma travessa de cupcakes, porque se recusara a aparecer na casa dos pais dela de mãos vazias. Ao que parecia, tinha pegado a receita com Henry. Lily tentou não pensar muito naquela atitude atenciosa.

— Quem sabe... — respondeu Violet, ainda com a testa franzida. Ela encarou os cupcakes de Nick. — Posso pegar um? Estou morrendo de fome.

Nick mal conseguiu dizer "claro" antes de Violet estender a mão, tirar a tampa e pegar um cupcake de chocolate. Ela o mordeu e soltou um gemido.

— O que você botou nisso? Cocaína?

— N-não — gaguejou Nick. — Só farinha, açúcar, leite, manteiga, ovos e cacau.

— Por favor, ignore — disse Lily. — Ela diz qualquer coisa que vem à cabeça. É melhor nem responder.

Violet assentiu, com a boca cheia.

— Ela está certa. Não tenho filtro. Mas esse cupcake está delicioso. Você devia participar daquela competição de confeiteiros com os britânicos legais.

— Obrigado. — Ele deu um sorriso tímido, mas contente. E ofereceu a travessa para Lily. — Quer experimentar um?

Lily assentiu, estendendo a mão, animada. E então o Mercedes preto de Iris estacionou na frente deles, e Lily tirou a mão da travessa.

— Depois eu como. A Iris odeia que comam no carro dela.

— Desculpa, estou atrasada — disse Iris, ao abaixar a janela e destrancar a porta. Lily segurou os cupcakes de Nick enquanto ele pegava a bagagem de Violet e as colocava no porta-malas. Em silêncio, Violet se jogou no banco do carona. Lily e Nick se sentaram atrás.

Iris se virou e encarou Nick, dando uma olhada examinadora e rápida nele.

— Você deve ser o Nick. Sou a Iris.

— Prazer — cumprimentou Nick enquanto Iris apertava sua mão de um jeito todo profissional.

— O prazer é meu. — Ela deu um breve sorriso a Lily e se virou para Violet. — Cadê o Todo-Poderoso Eddy?

Lily segurou um riso, e Violet gemeu. Duas semanas antes, enquanto as três irmãs estavam em uma videochamada, ouviram, no fundo, Eddy dizer para alguém no celular: "Claro que querem trabalhar comigo. Eu sou *poderoso*." E aquele se tornou o apelido oficial dele.

— Lá vai você começar — replicou Violet. — O Eddy não vem.

— Bem, que pena. — Iris deu a partida no carro e olhou para Nick pelo retrovisor. — Espero que esteja pronto para uma boa e velha festa com a família Greene.

Nick sorriu, mas esfregou a nuca. Lily notou que ele fazia aquilo com bastante frequência. Talvez estivesse nervoso. Ele teria que convocar todos os seus poderes de extrovertido para sobreviver àquele dia. *Ela* estava nervosa por ele conhecer sua família, e não sabia por quê. Não era como se ele fosse seu namorado ou coisa parecida.

o o o

As mulheres na família de Lily praticamente caíram em cima de Nick. Alguém poderia pensar que ela nunca tinha levado um homem para conhecê-las. Bem... na verdade não tinha mesmo.

Assim que entraram no quintal, a mãe e as tias de Lily o rodearam como abelhas no mel.

— Ah, quem é esse? Namorado da Lily?

— Que homem bonito você é!

— Ah, você é tão cheiroso! Que perfume é esse? Preciso comprar para o meu marido.

— Ah, ele é musculoso! Sente só esses bíceps!

— Lily, onde você escondeu esse pedaço de mau caminho?

Lily quis que o chão se abrisse e a engolisse.

— Esse é o Nick, vizinho meu e da Violet — explicou ela, se colocando na frente da tia Doreen, ocupada demais apertando o braço de Nick. — Somos só amigos.

— Olá a todas — disse Nick, com um sorriso charmoso.

Quando elas entenderam que não havia ligação romântica entre Lily e Nick a empolgação esfriou, mas Lily sabia que as tias fofocariam sobre eles mais tarde.

O clã Greene estava espalhado pelo quintal. O pai de Lily estava na missão churrasqueiro, com a velha caixa de som portátil às suas costas, o rádio sintonizado na estação de R&B antigo. Os primos da idade de Lily eram todos homens, o que significava que ela e a irmãs haviam se juntado bastante para brigar quando crianças. No momento, os filhos dos seus primos corriam entre os adultos, e alguns pulavam na cama elástica que os pais de Lily deram para Calla.

— Você fez esses cupcakes pra gente? Que fofo — exclamou Dahlia para Nick, levando-o para dentro de casa. Lily seguiu atrás com Violet, enquanto Iris foi checar Calla na cama elástica.

— E os cupcakes estão bons também, viciantes — adicionou Violet quando entraram na cozinha. — Ele colocou droga neles.

— O quê?

Dahlia se virou para Nick, confusa.

— Senhora, eu juro que não tem droga nos cupcakes — declarou Nick, às pressas.

Lily notou uma súbita nasalidade sulista na voz de Nick. Os bons modos dele traziam à tona a influência da Carolina do Norte.

— A Violet está brincando — explicou Lily, beliscando o braço da irmã.

Violet deu um tapa nela e foi colocar comida no prato. Lily começou a preparar um também. Sua boca encheu de água pelo macarrão com queijo e pela salada de tomate. Mas Nick parou ao lado de sua mãe.

— Sra. Greene, quero agradecê-la por me convidar para vir à sua casa hoje — falou ele. — Significa muito para mim. Espero que a senhora tenha um aniversário incrível.

Dahlia deu um sorriso prazeroso.

— Obrigada, Nick. Por favor, pode se servir.

Quando Dahlia passou por Lily a caminho do quintal, ela parou e sussurrou:

— Bonito e educado? Tem certeza de que não quer namorar ele?

— *Mãe* — grunhiu Lily.

Dahlia riu e enlaçou o braço no de Violet.

— Cadê o Todo-Poderoso?

— *Mãe*.

Violet revirou os olhos.

Do lado de fora, Lily apresentou Nick a seu pai. Benjamin era um homem simples e de poucas palavras. Estava parado diante da churrasqueira e abaixou os óculos escuros para dar uma olhada melhor em Nick. Apertou firme a mão dele.

— E no que você trabalha lá em Nova York?

— Sou escritor, senhor — respondeu Nick.

— Então gosta de ler?

— Gosto, senhor.

— Bom. A Lily lê bastante. — Ele encarou Nick por um segundo e então olhou para Lily. — Divirtam-se, vocês.

— Obrigada, pai — falou Lily, beijando-o na bochecha.

— Foi um prazer conhecer o senhor — afirmou Nick.

Benjamin assentiu.

— Digo o mesmo.

Lily e Nick acharam uma mesa vazia.

— Não sei dizer se o seu pai gostou de mim ou não — admitiu Nick, com a testa franzida de preocupação.

— Ah, ele gostou, sim. Se não gostasse, não teria mandado você se divertir. Devia ver como ele era frio com os namorados da Violet. Bom, com todos menos o Xavier, o namorado da escola com quem ela terminava e voltava toda hora. Ele e a Violet brigavam muito, mas o Xavier era muito charmoso, sempre achava um jeito de cair nas graças dos meus pais de novo.

Nick sorriu.

— E a Iris? Ele gostava dos namorados dela?

— A Iris na verdade não namorou na escola. Estava muito focada em dominar o mundo. Mas ele amava o marido dela, Terry. Todos nós amávamos. — Ela parou. — Ele morreu há alguns anos. Acidente de carro.

— Lamento ouvir isso — disse Nick, suavemente.

— Acho que ele teria gostado de você. O Terry gostava de todo mundo. Acho que era o oposto da Iris nesse sentido.

Ela sorriu, e Nick também. Seus batimentos aceleraram enquanto encarava a boca sorridente dele, e ela se obrigou a afastar o olhar, procurando pelo quintal até avistar Calla pulando na cama elástica com os outros priminhos. Iris estava ao lado, tirando o olho do celular de vez em quando para checar a filha.

Lily voltou a atenção para Nick de novo.

— Como anda a sua bateria social? Minhas tias te esgotaram?

Nick riu.

— Não, ainda não. Sua tia Doreen é massagista? Ela massageou bastante o meu braço.

— Não, ela é analista de crédito. Só está com fogo.

Nick suspirou. Seu olhar percorreu o quintal agitado. Lily relembrou o que ele lhe contara sobre os pais e a relação complicada com eles. Ele nunca mais tinha mencionado nada sobre a família. Será que os Brown eram de algum jeito parecidos com os Greene? Eles os via com frequência? Ela queria saber mais, se ele estivesse disposto a contar.

Mas seus planos de ter uma conversa profunda com Nick foram frustrados quando o primo Antoine veio até a mesa deles com um copo que com certeza estava cheio de rum e Coca-Cola. Antoine tinha vinte e nove anos, como Iris, e, quando eram crianças e se viam nas reuniões de família, os dois costumavam brigar para decidir quem mandava ali. No momento, Antoine tinha a própria empresa de contabilidade na Filadélfia e discutia com Iris sobre quem tinha feito a melhor faculdade de administração.

— É seu homem, Lily? — perguntou Antoine.

Lily suspirou.

— Não, é meu amigo. Nick, esse é meu primo Antoine.

Antoine inclinou a cabeça e examinou Nick.

— Sabe jogar basquete?

— Sei, mas não sou o melhor jogador do mundo.

— Precisamos de outra pessoa para um jogo três contra três. Vem.

— Ah, tá bom. Hã, claro.

Nick se levantou, e Antoine começou a se afastar, sem nem mesmo checar se Nick o seguia.

Nick olhou para Lily e deu de ombros. Ela deu de ombros também, sorrindo. Se Nick tinha conseguido sobreviver às tias, sem dúvida sobreviveria aos seus primos. Ele correu para acompanhar Antoine e olhou para Lily mais uma vez antes de desaparecerem na lateral da casa.

— Deixa eu pegar um guardanapo para essa baba — brincou Violet, aparecendo de repente atrás de Lily. Iris estava ao seu lado.

— Cala a boca — retrucou Lily.

— Que foi? Não te culpo. Ele é muito bonito, como a tia Doreen disse. Você vai levá-lo ao meu casamento, não vai? Foi por isso que eu o convidei hoje.

— Ele não vai ao casamento comigo.

— Tá bom, mas por que você *não vai* levar ele? — perguntou Iris. — Ele é bonito e trouxe cupcakes para o churrasco. A mãe praticamente quer que você case com ele. O que está rolando entre vocês?

— *Nada* — rebateu Lily. — Somos vizinhos. Amigos. Por que é tão difícil de acreditar?

— Porque você o beijou.

— O quê? — perguntou Violet.

— Iris! — grunhiu Lily.

— *Eu sabia.* — Violet sorriu, triunfante.

— *Que foi?* — Iris deu ombros, confusa. — Desculpa! Não sabia que era segredo!

— O que é um segredo, mamãe? — perguntou Calla, surgindo ao lado de Iris, cansada.

Violet se abaixou e pôs as mãos no ouvido de Calla.

— Iris, você devia ter visto como eles estava f-o-d-e-n-d-o com os olhos no corredor do prédio semana passada.

Iris puxou as mãos de Violet.

— Um dia você vai causar problemas para a minha filha na escola. — Ela olhou para Lily. — Mas é verdade? Vocês estavam F com os olhos?

— Não! — exclamou Lily.

— O que é "éfe"? — perguntou Calla, olhando para elas com curiosidade.

— Nada! — respondeu Iris, rápido. — Vamos nos arrumar para o desfile de moda. Você adora o desfile, não é? Vamos ver o que a tia Violet trouxe para a gente este ano.

Lily e Violet seguiram atrás de Iris e Calla até a casa.

— Não vou participar do desfile — declarou Lily enquanto subiam para o quarto de Violet.

Violet se virou para ela abruptamente.

— Por que não?

— Porque não quero.

— Porque não quer que o Nick te veja vestida como uma modelo dos anos 2000. Mas a cafonice do tema deste ano é a parte divertida! Ele devia amar você até cafona.

— Ele não me ama e ponto. E eu não amo ele! Queria que vocês parassem com isso.

— Claro. — Violet deu um sorriso doce. — Mas o desfile é tradição. Você vai decepcionar sua irmã favorita?

Ela olhou para Lily com olhos de cachorrinho que caiu da mudança.

— Eu sou a irmã favorita dela — retrucou Iris, ao abrir a mala de Violet. Calla logo pegou uma blusa rosa brilhante coberta de pedrinhas. Iris torceu o nariz. — Onde você acha essas roupas?

— Os brechós são uma mina de ouro — confessou Violet. Para Lily, disse: — Não se preocupe. Vou colocar uma roupa bem sexy em você.

Lily chegou muito perto de revirar os olhos e sair do quarto, mas viu o olhar alegre no rosto de Calla enquanto ela admirava a blusa rosa. Era verdade que Lily não queria participar do desfile porque preferia não passar vergonha na frente de Nick. Mas Violet estava certa. Era tradição. E um bom amigo *devia* amar você mesmo quando estivesse sendo muito brega. Lily torcia para que ela e Nick estivessem no processo de se tornarem bons amigos.

— Tá bom — cedeu ela, relutante.

Violet e Iris comemoraram, e Calla se juntou a elas só para participar. Logo depois, a mãe, as tias e as primas mais jovens delas chegaram para vestir as roupas que Violet escolhera.

Lily torceu para que Nick estivesse se dando bem com Antoine.

12

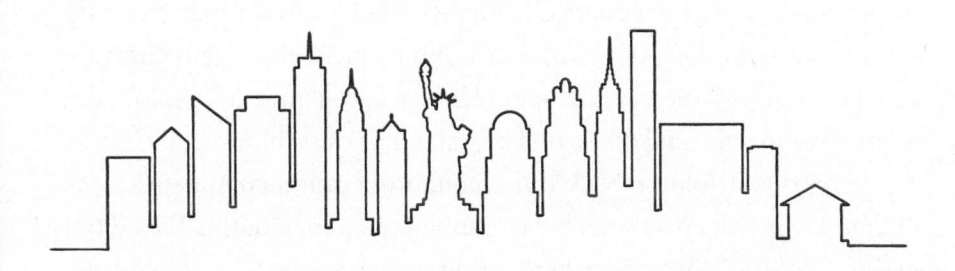

Nick e os primos de Lily estavam na terceira rodada do jogo de basquete na entrada da garagem. Nick estava no time de Antoine e seu irmão mais novo, Jamil. Competiam contra os primos gêmeos de Lily, Larry e Lamont, e o sobrinho de dezenove anos deles, Demetrius.

Nick não via Lily fazia uma hora. Ou as irmãs dela. Ou a mãe. Ou qualquer uma das tias, falando nisso. Elas desapareceram do quintal. Ele mencionou isso em voz alta, e Antoine disse que estavam se arrumando para o desfile de moda. Nick se lembrou da mala pesada de Violet e, claro, pensou na foto que Lily lhe enviara do pezinho de Calla num salto alto no ano anterior. O que será que Lily vestiria? Desde que cada um foi para um lado no começo da tarde, ele não parava de pensar nela. Será que achava que ele tinha dado uma boa impressão às irmãs e aos pais dela? Será que estava contente por tê-lo levado ao churrasco? Não era papel dele se importar com aquelas coisas, mas ele se importava.

A verdade era que, para começo de conversa, ele não devia estar ali. Devia estar ajudando Lily a se apaixonar por outra pessoa, pois ela merecia amar e ser amada por uma pessoa boa, uma pessoa *melhor*. Não alguém como ele. Mas ela o convidara, e a vontade de passar um dia inteiro com ela tinha superado sua razão.

— Ei, bloqueia ele, Nick! — gritou Antoine, quando Larry marcou três pontos bem na frente de Nick.

— Merda, desculpa — respondeu Nick, com um sorriso acanhado. Ele era o culpado, estava perdido pensando em Lily.

Voltou a atenção para o jogo. Eles já tinham perdido para os gêmeos e Demetrius duas vezes. Mas quem podia culpá-los? Larry e Lamont tinham um metro e noventa cada, e Demetrius jogava no time de basquete da faculdade. Nick estava com o peito nu e suado. Havia tirado a camisa porque era uma das poucas roupas bonitas que tinha e se recusava a sujá-la. As tardes que passava com Henry na academia do prédio eram a única razão pela qual conseguia acompanhar os primos de Lily.

Demetrius driblou e Nick o marcou, observando com atenção enquanto Demetrius passava a bola de uma mão para a outra. *Nunca tire os olhos da bola.* A voz de Albert surgiu na cabeça de Nick, indesejada. Foi Albert quem ensinou Nick a jogar. Basquete era uma das poucas coisas que Albert amava mais do que dinheiro. Às vezes, quando Albert estava por perto e de bom humor, ele tirava Nick dos livros e o arrastava para o parque. Lá, na quadra de basquete, Albert mostrava o básico a Nick. Ensinou-lhe os truques. Ele driblava Nick em círculos e lançava a bola entre suas pernas, saltava e enterrava. Naqueles momentos, Nick achava que o pai era uma superestrela. E se perguntava o que poderia ter acontecido com Albert se ele não tivesse torcido o tornozelo durante um jogo eliminatório no último ano da escola. A lesão o fizera perder a bolsa de estudos na Universidade Duke, e ele se vira preso na cidade de Warren. Basquete tinha sido o primeiro plano de Albert para ficar rico. Lesionado ou não, ele nunca se esquecera daquele objetivo, para seu azar e de todos ao redor.

Nick não era um jogador talentoso como o pai tinha sido. Era no máximo razoável. Mas seguiu o conselho de Albert e observou as mãos de Demetrius com atenção. Bem quando Demetrius se movimentou para driblá-lo, Nick roubou a bola e correu pela entrada da garagem, fazendo um arremesso de dois pontos.

Antoine e Jamil gritaram.

— Quer saber — disse Antoine, batendo na mão dele —, você não é tão ruim.

Foi uma coisa pequena, quase nem era um elogio. Mas Nick ficou feliz por ter a aprovação de Antoine e se sentir aceito pelos primos de Lily. Eles o haviam recebido bem logo de cara, e estar perto deles era uma experiência nova. Nick não tinha primos, tias, tios ou avós vivos, pelo menos não por parte de pai. O pai era filho único, e a mãe fora criada em abrigos.

— Deu pro gasto. Vocês tiveram sorte dessa vez — minimizou Larry, dispensando-os com um aceno. Nick aprendeu rápido que Larry, professor do ensino fundamental que também treinava times de basquete, gostava muito de provocar. — Isso foi o quê, seu primeiro ponto no jogo? Meus parabéns! Que bom pra você!

— Só cala a boca e vigia a bola — retrucou Antoine.

— Ei! — gritou uma mulher.

Todos se viraram e avistaram Lily na porta da frente, vestindo um roupão preto grande para esconder a roupa. Os cachos dela estavam soltos, envolvendo seu rosto como uma nuvem. Nick ficou imóvel, encarando. Aquela era a segunda vez que via o cabelo dela solto daquele jeito. A última vez tinha sido na festa de Marcus. Ela estava sempre bonita, mas, naquele momento, estava bonita e relaxada. Ele sentiu os cantos dos lábios se transformarem num sorriso ao vê-la. Ela encarou de volta, e Nick não pôde deixar de ver que o olhar dela percorreu seu peito despido. O calor em seus olhos era inconfundível. Nick engoliu em seco. Seu pulso acelerou, e ele agradeceu silenciosamente ao seu eu do passado que se comprometeu a ir à academia, caso contrário Lily o teria visto ali sem músculos definidos.

— Vai ficar parada aí ou vai dizer alguma coisa? — perguntou Antoine.

Nick levou um susto, lembrando que não estavam sozinhos.

— O... hã... desfile vai começar daqui a pouco — anunciou Lily, rápido, afastando o olhar de Nick. — Vocês podem voltar para o quintal?

Os primos de Lily chiaram, mas concordaram em fazer o que ela pediu. Lily e Nick se olharam mais uma vez antes de ela entrar e fechar a porta. Ele pegou a camisa e começou a abotoá-la depressa, querendo segui-la para... para o quê? O que pretendia fazer quando a encontrasse? Não tinha ideia, e provavelmente era melhor não a procurar depois do jeito que ela o olhou, como se ele fosse uma fonte de água em pleno deserto do Saara. Ele devia ir para o quintal e sentar lá como ela pedira a todos. Mas ainda se sentia preso sob o olhar dela, e o desejo de estar mais próximo vencia os pensamentos mais racionais.

Ele correu para a porta da frente, mas perdeu o rumo quando Jamil tocou em seu ombro e o conduziu para se juntar ao resto do grupo conforme caminhavam até o quintal.

— Então, o que tá rolando entre você e a minha priminha? — perguntou Jamil. Ele cursava PhD em biologia molecular na Universidade de Princeton e na verdade tinha a mesma idade que Lily, não mais.

— Nada de mais — respondeu Nick, com calma.

— Você não é o namorado dela?

Nick sacudiu a cabeça e limpou o suor da testa na bainha da camisa.

— Queria ser? — indagou Lamont, do outro lado de Nick.

Queria, em um mundo perfeito. Nick pigarreou. Preparando-se para o interrogatório que, ele devia ter imaginado, aconteceria em algum momento.

— Não, não é assim com a gente.

— Aham. — Jamil sorriu. — Sabe que pode contar se ela tiver te colocado na friendzone. A gente guarda segredo.

— Ela fez isso com todos os nossos amigos quando erámos mais novos — acrescentou Larry, atrás deles.

— Sério?

Nick se virou para olhar para Larry. Lily tinha lhe contado que passara mais tempo desejando garotos do que de fato conversando com eles. Será que não tinha consciência do que as pessoas sentiam por ela?

— Seríssimo — reforçou Lamont.

As cadeiras e mesas do quintal foram arrumadas para criar um corredor. Os tios e algumas das crianças mais novas estavam nas mesas da frente. Antoine foi se sentar com a esposa grávida, que deve ter escolhido não participar do desfile. Nick se sentou numa mesa nos fundos junto com o restante dos primos de Lily.

— Mas não vou mentir — continuou Lamont. — A Lily e as irmãs são muito intimidantes. A Iris sempre quer ter razão e, em noventa por cento das vezes, ela tem. A Violet não dá bola para ninguém e, se dá, logo descobre que poderia estar fazendo milhões de coisas melhores do que estar com a pessoa. A Lily é sem dúvida a mais meiga, mas é bem exigente. A Iris e a Violet toda hora apresentam para ela uns caras chiques e ricos e ela nunca dá bola pra eles. Você é o primeiro que ela trouxe em casa.

— E nem é namorado dela — acrescentou Jamil, rindo.

Nick sorriu, sem saber o que dizer. Estava intrigado e lisonjeado. Na maior parte, lisonjeado por Lily o ter levado para perto da família, sendo que nunca fizera isso com ninguém.

— Está tudo bem — falou Larry. — Se ela te tirar da friendzone, se prepare para perder outro jogo quando vier na próxima vez.

Nick riu, e então Violet abriu a porta para o quintal e saiu, carregando um aparelho de karaoquê numa mão e um microfone na outra. Estava vestida com uma camiseta ombro a ombro, calça jeans de cintura baixa com glitter e um boné de tela virado para o lado.

Jamil soltou uma risada.

— Que merda você está usando?

— Cala a boca, Jamil — respondeu Violet, embora estivesse sorrindo. — Se chama "estar na moda".

Violet conectou o karaoquê à tomada e bateu de leve no microfone.

— Boa noite, família Greene — disse ela. A plateia respondeu, mas Violet ficou descontente com a falta de energia, então gritou: — Eu disse OLÁ, família Greene!

Dessa vez todos responderam no mesmo tom, e Violet sorriu, satisfeita.

— O desfile de moda anual da família Greene vai começar — anunciou ela. — Se preparem para ficar deslumbrados com nosso retorno ao começo dos anos 2000.

Ela conectou o celular ao som na mesa do quintal, e a música "Right Thurr", da cantora Chingy, começou a tocar. A mãe de Lily, Dahlia, foi a primeira a passar pela porta e entrar no quintal. Ela vestia um agasalho de plush roxo e óculos escuros modelo aviador. O pai de Lily assobiou e gritou, e todo mundo bateu palmas e riu. Dahlia chegou ao fim da passarela e fez uma pose, jogando um beijo para o pai de Lily.

— Minha mãe está puro luxo, pessoal! — exclamou Violet no microfone.

Dahlia foi seguida pelas tias de Lily, e cada roupa era mais ridícula do que a anterior. Regatas cheias de pedrinhas sobre camisetas polo e calças brilhantes. A música mudou para "Air Force Ones", do Nelly, e alguns dos primos mais novos entraram vestindo camisetas enormes, calças jeans largas e bonés grandes de aba reta.

— Não acredito que a gente se vestia assim — comentou Nick, sacudindo a cabeça.

— E a gente tirava onda — acrescentou Jamil. — Ainda tenho todos os meus bonés de aba reta guardados em um algum lugar no porão da minha mãe.

Mais alguns dos primos mais novos desfilaram usando agasalhos de plush e roupas que Nick não via ninguém usar desde o ensino fundamental. Como Violet tinha conseguido enfiar todas aquelas roupas em uma única mala? E como é que as tinha achado? Nick observou os Greene rindo e batendo palmas com a música, completamente entretidos. Não sabia que o desfile seria tão bem produzido. Era o auge do churrasco.

Uma tradição de família.

Um conceito do qual não conhecia nada. Mas gostaria de ter conhecido.

Iris e Calla foram as próximas a desfilar, usando blusas grandes de time de basquete como vestido e boinas.

— Quem lembra de quando a Mýa usou uma camisa de time como vestido no clipe "Best of Me" e de repente todo mundo queria ter uma? — perguntou Violet. — Eu tinha uma camiseta-vestido do Chicago Bulls, e todo mundo morria de inveja.

Calla segurava forte a mão de Iris e acenava tímida para todo mundo que elogiava as duas. As roupas combinando eram fofas. Mas Nick se perguntava quando Lily apareceria.

Bem naquele momento, ele a viu botar a cabeça para fora e recuar rapidamente. Ele se endireitou, ansioso para vê-la.

— E nossa adorável Lily é a última modelo da noite — anunciou Violet.

A música mudou para "'03 Bonnie & Clyde". Devia ter sido a deixa de Lily, mas ela continuou escondida atrás da porta para o quintal.

Violet pigarreou.

— Eu disse que *nossa adorável Lily* é a última modelo da noite.

Ela pôs as mãos na cintura e olhou diretamente para a porta vazia.

Por fim, Lily surgiu num vestido tubinho jeans com um boné de aba reta dos Yankees sobre os cachos soltos. O vestido ia até o meio das coxas, e Nick não conseguiu tirar os olhos dela e da pele marrom lisa. Estava fascinado por detalhes bem simples, como a curva do pescoço dela e o tiquinho de decote aparecendo no topo do vestido. Pela maneira como o tecido roçava nas coxas grossas. O objetivo daquela roupa era claramente tirar sarro das tendências horríveis da moda da época. Mas Lily não estava ridícula nem cafona. Estava sexy pra caramba.

Os olhos de Nick estavam grudados conforme ela desfilava pelas mesas, com um sorriso tímido. Ele desejou que Lily olhasse para ele, e, quando seus olhares se encontraram, seu coração foi parar na boca. O olhar dela ainda tinha o calor de mais cedo. Como se ainda pensasse nele suado e sem camisa. Nick respirou fundo, tentando se controlar.

Será que conseguiria um dia olhar para Lily e *não* se sentir como se tivesse sido atingido por um raio?

Ela o levara para sua casa a fim de conhecer a família, e ele tinha gostado de todo mundo, até das tias grudentas. Perguntaram-lhe o dia inteiro se ele era o namorado dela, e ele queria que sim. Queria ter crescido como uma pessoa normal, com uma família normal, sem qualquer estresse ou medo. Queria não precisar manter Lily distante, quando o que mais desejava era puxá-la para si. Não queria nada mais do que ser digno dela.

Lily ainda olhava para Nick enquanto se virava e andava de volta para a porta do quintal.

— O look da Lily é inspirado em ninguém mais do que a própria Queen Beyoncé. Tem algum Jay-Z na plateia hoje?

Por cima do ombro, Lily fuzilou Violet, que sorriu com inocência e deu de ombros.

Nick ainda tentava controlar a respiração quando Violet anunciou que o desfile chegara ao fim. Os Greene na plateia se levantaram e aplaudiram, enquanto as modelos agradeciam com uma reverência.

Quando o grupo se dispersou, Nick foi até Lily. Ela estava parada, observando-o, esperando que ele se aproximasse. Ela tirou o boné e deu um sorrisinho.

— Oi — disse ele quando a alcançou.

— Oi. Eu estava ridícula, não estava?

Nick balançou a cabeça, sorrindo também.

— Nem um pouco. Estava linda.

— Ah. — Ela riu suavemente e afastou o olhar. — Obrigada. Foi ideia da Violet. Ela se inspirou na vez em que o Jay-Z e a Beyoncé apareceram naquele prêmio da MTV usando só jeans. Lembra? Eles passaram pela Times Square com um conversível vermelho com o teto aberto.

— Não, não lembro — respondeu ele, incapaz de desviar o olhar.

Ele olhou para as coxas dela de novo. A pele parecia tão macia. Nick deu um passo à frente, eliminando a distância entre eles. A respiração de Lily parou, mas ela não se afastou. Olhou bem em seu rosto, focando nos lábios. Ele estendeu o braço e acariciou o dela com gentileza, parando no cotovelo. O que estava *fazendo*? Devia parar. Parar já. Mas então Lily se aproximou.

— Cuida da Calla um segundo pra mim, por favor? — pediu Iris, surgindo do nada. — Tenho uma ligação do trabalho, uma encheção de saco.

Ela pôs Calla nos braços de Lily e saiu correndo com o celular no ouvido.

De modo abrupto, Nick se afastou e piscou para a sobrinha de Lily, que o encarava com seus olhos castanhos grandes e inquisitivos. Ela se virou e enterrou o rosto no pescoço de Lily.

— Calla, esse é meu amigo Nick — disse Lily. — Quer dar um oi?

Calla espiou Nick. Ele se lembrou do e-mail que Lily tinha escrito uma vez, em que contava que Calla ficava agitada perto de pessoas que não eram da família. Não era o caso naquele momento, mas estava tomando cuidado. Nick não podia culpá-la. Também tinha sido uma criança cautelosa. Não tinha perdido o pai como Calla perdera, mas sentiu as consequências de sofrer um trauma na infância.

— Oi — falou Nick, baixo. Ele estendeu a mão. — É um prazer conhecer você, Calla.

A menina olhou para a mão de Nick e depois para Lily, que sorriu e assentiu, encorajando-a. Calla estendeu a mãozinha e a colocou na mão muito maior de Nick.

— Oi — disse ela, a voz quase um sussurro.

Nick sorriu, e, para sua surpresa, ela sorriu de volta.

A música parou de repente, e os pais de Lily apareceram com um bolo retangular enorme em cima da mesa à frente no quintal. Eles esperaram pela atenção de todos.

— A Dahlia e eu queremos agradecer todos vocês por virem celebrar nosso aniversário — declarou Benjamin. — Hoje é meu dia favorito do ano, e não é porque tem a ver comigo. Mas porque tenho a oportunidade de ver o quanto a Dahlia é feliz e de saber que nós somos muito amados.

— A gente ama vocês! — gritou uma das tias de Lily.

— A gente te ama também! — gritou Dahlia de volta.

Os Greene começaram a cantar a versão do Stevie Wonder de "Happy Birthday". Quando a música acabou, Dahlia e Benjamin deram as mãos, sorrindo para a família.

— Quem quer bolo? — perguntou Dahlia.

As pessoas começaram a formar uma fila, e Lily arfou.

— Espera, eu devia pegar seus cupcakes também. — Ela parou. — Você se importa de ficar de olho na Calla? Volto em um minuto.

— Tudo bem para mim, se a Calla não se importar.

Lily olhou para ela.

— Você pode ficar com o Nick alguns minutos enquanto vou pegar uns cupcakes para nós? — Calla assentiu, e Lily a colocou no chão ao lado de Nick. — Volto *já, já*.

Nick não sabia o que dizer para Calla. A última vez que passara tempo com uma criança pequena devia ter sido quando ele mesmo ficava na creche. Ele olhou para Calla e sorriu, hesitante. Em silêncio, ela estendeu a mão e entrelaçou os dedinhos nos dele. Nick ficou muito comovido por aquele pequeno gesto de confiança. Ela estava com aquele olhar questionador de novo. Disse alguma coisa, mas sua voz era tão baixa que Nick precisou se agachar para ouvir.

— Você gosta de cupcakes? — perguntou ela.
— Gosto — respondeu Nick. — Você gosta?
Ela fez que sim.
— Gosto do de baunilha com granulado. Mamãe e eu comemos todo sábado, depois do caratê.

Nick ficou surpreso, tentando imaginar aquela criança pequena e reservada diante dele fazendo artes marciais.

— Você gosta de caratê?
Ela fez que sim de novo.
— E de nadar.
— Uau. Eu não sei nadar.
Calla arregalou os olhos.
— Não? Mas você é grande.
Nick riu.
— Mas ninguém nunca me ensinou. Só sei nadar tipo cachorrinho.
— Eu vou te ensinar a nadar — informou ela, muito séria.
— Sério? Obrigado, Calla.
— Mas tenho que pedir pra minha mãe primeiro.
— Tá bom — respondeu Nick, com um aceno. — Claro.

Lily voltou, e os três se sentaram para comer os cupcakes de Nick.

— A Violet não mentiu — falou Lily, mastigando. — Estão deliciosos. Eu não sabia que você cozinhava bem.

— Minha mãe trabalhava muito quando eu era mais novo, e meu pai... não estava sempre por perto, então sempre que tinha feira do bolo na escola ou alguma festa, eu que cozinhava tudo.

Lily o encarou com um sorriso um pouco triste. Era o mesmo olhar que lhe dera quando ele contou do casamento dos pais.

— É uma boa habilidade para a gente ter — afirmou ela, baixo.

Nick apenas assentiu e observou Lily morder um dos cupcakes que ele fizera, apenas porque quis que ela e sua família pensassem bem dele.

A boca de Calla logo ficou coberta de glacê. Seus olhos assumiram aquele olhar vidrado de uma criança prestes a consumir açúcar demais. E foi assim que Iris a encontrou quando foi até a mesa deles.

— A vovó quer que você entre na casa para tirar foto — avisou Iris, botando Calla no colo e pegando um cupcake antes de se afastar.

O quintal começou a esvaziar conforme ia escurecendo e insetos e mosquitos começavam a aparecer.

— Obrigado por me trazer com você hoje — declarou Nick.

Lily apoiou o queixo na palma da mão e bocejou.

— De nada. Espero que a gente não tenha te enlouquecido.

— Nem um pouco. Sua família é ótima.

Ela sorriu.

— Fico feliz que ache isso.

Ele queria dizer mais, contar que aquele fora um dos melhores dias que tivera em muito tempo, mas logo a mãe de Lily a chamou para dentro, e Lily se levantou depressa.

— Não sei o que ela quer, mas já volto.

Ela correu até a casa, e Nick recolheu os pratos para jogá-los no lixo. Quando começou a se levantar, avistou Iris cruzando o quintal na direção dele.

— Oi, Nick — disse ela, se sentando ao seu lado.

— Oi.

Ele tentou avaliar o humor dela. Seus olhos tinham aquele jeito intenso e inquisitivo. Lembrava muito a expressão de Calla.

— Minha filha nunca gosta de conhecer gente nova, mas de você ela gostou — afirmou Iris. — Acabou de me perguntar se pode te ensinar a nadar.

Nick riu.

— Sua filha é uma graça.

— Obrigada.

A conversa era amigável, mas Nick ainda sentia que Iris o estudava. Ele esfregou a nuca para espantar o nervosismo.

— Acho que eu gosto de você também, Nick — declarou ela, por fim.
— Não magoe a Lily.

— Não vou — ele soltou, depressa e com sinceridade. — A última coisa que quero fazer é magoá-la.

Iris assentiu.

— Bom. Vou confiar em você.

Alguém deu um grito, e os dois se assustaram. Eles se viraram e viram Violet no portão do quintal, abraçando um homem num terno creme. Ele soltou a bolsa Louis Vuitton e abraçou Violet de volta.

— Parece que o Todo-Poderoso apareceu, no fim das contas — disse Iris, ao se levantar. — É melhor eu ir dar um oi. Aparentemente, eu sou a irmã má. Não dá para ser tão amável quanto a Lily. — Ela riu para Nick. — Espero te ver de novo logo.

— Eu também — respondeu ele.

O aviso de Iris não saía de sua cabeça. Ele já partira o coração de Lily uma vez como Strick, e se odiava por isso. Mas tinha sido sincero no que disse. Nunca a machucaria de novo. Era por isso que estava na hora de se despedir dos Greene e ir para casa.

Ele encontrou Lily conversando com os pais na cozinha.

— Oi — falou Lily, se virando para olhá-lo. — Vou ficar aqui hoje, já que o Eddy vai pro apartamento. Posso te levar até a estação de trem? Vou pegar o carro da minha mãe.

— O Nick pode ficar também — interveio Dahlia antes que Nick conseguisse responder. — Vou ajeitar o sofá-cama na sala. Está muito tarde para voltar de trem.

Nick olhou para o relógio acima do fogão.

— Não está muito tarde, não, só passou um pouco das nove.

— O próximo trem só sai daqui a uma hora, e depois tem uma hora de volta para a cidade. Você vai chegar em casa quase meia-noite.

— Vou ficar bem. Não se preocu...

Dahlia pegou a mão de Nick e o conduziu até a sala de estar, sem lhe dar chance de recusar a oferta. Pediu que Nick se sentasse no sofá e esperasse ela retornar com lençóis e travesseiros limpos. Também deu uma das camisas e um dos shorts velhos de Benjamin para ele dormir. Nick obedeceu, porque, pelo que parecia, ele simplesmente não conseguia dizer não às mulheres Greene.

Lily foi até a sala, parou ao lado da lareira e sorriu, achando graça. *Desculpa*, murmurou ela.

Nick deu de ombros. O que podia fazer? Considerando tudo, ser forçado a passar a noite no sofá-cama de alguém com certeza não era a pior coisa que lhe acontecera na vida.

Então, de repente, percebeu que na verdade tinha, sim, um grande problema.

Porque passar a noite ali significava que Lily estaria dormindo a literalmente alguns metros dele.

13

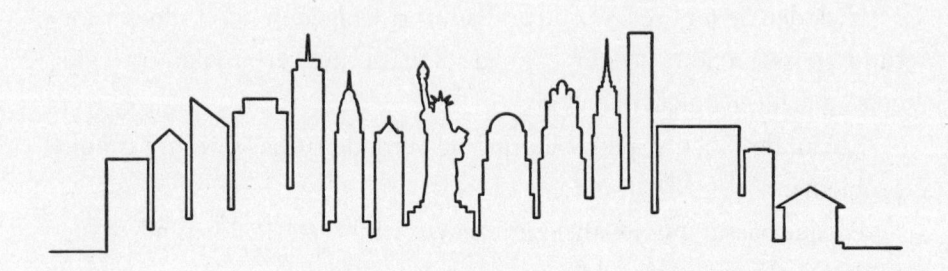

Por volta das duas da manhã, Nick estava embrulhado como um laço para presente estranho na poltrona que ficava no canto da sala de estar. Acabou que a tia e o tio de Lily, de Delaware, e seus três filhos pequenos tinham decidido passar a noite ali também. A tia e o tio ficaram no quarto de Violet; o antigo quarto de Iris tinha virado um escritório, então Nick deixou as crianças ficarem com o sofá-cama, porque, afinal, eles eram da família, e Nick não. Os primos mais novos de Lily roncavam baixo, embrulhados nos lençóis macios de Dahlia.

Levando tudo em consideração, a poltrona não era muito ruim. Ele já tinha dormido em situações mais estranhas. Como em hostels lotados, ou jogado numa cadeira de aeroporto. E ele não conseguiria mesmo dormir naquela noite. Entre anos de luta contra a insônia e o constante jet lag, estava acostumado a tirar cochilos aqui e ali. Era melhor que o sofá-cama fosse ocupado por pessoas que realmente o aproveitassem.

Será que Lily estava dormindo? Era provável que sim. Ela parecia o tipo de pessoa que dormia tranquilamente e não roubava a coberta no meio da noite.

Ele se levantou e andou de mansinho até a cozinha para pegar um copo d'água, tomando cuidado para não acordar as crianças. A casa dos Greene, com a sala de estar grande e a cozinha aconchegante, lembrava a

Nick o tipo de casa que ele via em séries de comédia. Grande o bastante para caber uma família de cinco pessoas e um quarto de bebê surpresa numa temporada futura, mas modesta a ponto de os telespectadores acharem aquele estilo de vida possível. Ele se perguntou o que Teresa acharia da casa. Quando era mais novo, ela sempre tentara deixar o apartamento deles mais bonito com pequenos gestos. Albert provavelmente perguntaria de cara a Dahlia e Benjamin quanto eles pagavam de hipoteca. Depois, sob o disfarce de forjar uma amizade, talvez perguntasse ao pai de Lily se ele jogava cartas. Ou se ele gostava de futebol. Ou se já tinha feito apostas. Ou se gostaria de ganhar um dinheiro fácil. Em seguida, daria um jeito de pegar qualquer dinheiro que o pai dela tivesse com uma aposta ou um jogo de cartas em que ele trapacearia ou adulteraria as regras para tirar vantagem. Parecia ridículo, mas Nick vira Albert fazer exatamente isso várias vezes.

Nick tirou os pais da cabeça. Encheu um copo de água e o bebeu em dois goles. Espiou de perto as fotos na geladeira. Havia uma foto de Lily e as irmãs pequenas, usando vestidos em tons pastel combinando na Páscoa. Outra de Lily com dois anos, sentada no colo do Papai Noel, chorando e tentando alcançar quem quer que estivesse segurando a câmera. Havia uma de Lily e Violet, uma de cada lado de Iris na formatura do ensino fundamental. Lily tinha um sorriso amplo, enquanto Violet estava com a língua para fora. O sorriso de Iris era modesto, com um brilho determinado nos olhos.

Nick se perguntou sobre suas próprias fotos de infância. Com certeza existiam algumas, ele só não lembrava muito de vê-las. Teresa guardava duas fotos na carteira. Uma de Nick bebê no hospital um dia após o nascimento, vestindo macaquinho e touca de bebê azuis-claros. A outra era dos seus pais no ensino médio. Albert ostentava um sorriso convencido, o braço sobre os ombros de Teresa enquanto ela olhava para ele com admiração.

Nick viu uma fotografia mais recente de Lily e a tirou da geladeira. Era uma sequência de fotos que ela e Calla haviam tirado em uma cabine. Calla estava escorada no quadril de Lily, e elas sorriam para a câmera.

Noivado de arromba de Violet e Eddy estava escrito embaixo com letras douradas. Ele reconheceu o vestido amarelo de Lily. Ela o tinha usado na noite em que se encontraram no elevador, quando o vira incentivar Henry. E aquilo, de algum jeito, a tinha levado a acreditar que ele poderia ajudá-la a achar um acompanhante para o casamento de Violet. E isso de certo modo o levara a estar ali, na casa dos pais dela, olhando uma foto que ela havia tirado naquela noite semanas antes. Nick se lembrava de pensar que ela estava tão bonita que queria qualquer motivo para puxar papo com ela. Ele se concentrara na barra de granola dela e ficara tão nervoso que fez um comentário bobo que provavelmente o constrangeria se conseguisse lembrar dele.

— Oi.

Nick se assustou e virou. Lily tinha entrado na cozinha sem fazer barulho. Estava descalça, com uma blusa grande da Universidade de New Jersey e short preto. Ele desviou o olhar das coxas dela e focou em seu rosto.

— Oi — respondeu. — Estava agora mesmo olhando suas fotos.

— Ah, meu Deus — falou ela, se aproximando. — Meus pais registram quase tudo.

— Esta aqui é minha favorita — declarou ele, apontando para a foto dela chorando no colo do Papai Noel. — Parece que você estava se divertindo.

Ela sorriu e balançou a cabeça.

— Se você chama estar em pânico de se divertir, então sim. Como o sofá-cama está te tratando?

— Não sei. Fui rebaixado voluntariamente para a poltrona pelos seus priminhos.

Lily riu.

— Ah não. Está com dificuldade para dormir?

— Estou, mas é normal, então estou bem.

Ela parou, olhando-o com mais atenção.

— É normal você não dormir?

— Quer dizer, não tem tanta importância. Estou bem. A poltrona é boa. Não estou reclamando.

— Não achei que estivesse.

Ela foi até a despensa e pegou um pacote de Doritos. Abriu, tirou um punhado e ofereceu um pouco a Nick. Ele aceitou, e os dedos dos dois se esbarraram. Nick respirou fundo quando seus batimentos dispararam.

— Eu também não estava dormindo — comentou ela. — Se quiser bater papo.

— Sim, bater papo onde?

Será que ela o levaria para uma daquelas lanchonetes vinte e quatro horas pelas quais New Jersey era conhecida?

— No meu quarto — respondeu ela.

Nick hesitou. Olhou para a escada que levava para o andar de cima, onde ficava o quarto dos pais dela.

— Não se preocupe — afirmou ela, sorrindo. — Somos adultos. Não vai ser problema.

Ele imaginou o pai de Lily o flagrando no quarto dela e correndo atrás dele com uma espingarda.

Só que nem essa cena foi suficiente para o impedir de passar um tempo com ela.

— Tá bom — disse ele.

Nick seguiu Lily pelo corredor até o quarto dela, se sentindo um adolescente se esgueirando pela casa da namoradinha no meio da noite.

Lily o deixou entrar em seu quarto, e no mesmo instante ele sorriu para o que viu. As paredes eram lavanda claro e a cama tinha um edredom combinando. Uma grande estante branca ficava perto da janela, cheia de livros. E havia uns cincos ursos empilhados num canto. As paredes estavam cobertas de pôsteres da cantora Aaliyah e do grupo Destiny's Child. Ele foi até a estante e logo encontrou o que procurava: *Ella enfeitiçada*.

— Amo esse livro — disse ela, ao fechar a porta atrás de si.

Lily foi até Nick.

— Eu também.

A voz dele saiu baixa. Na troca de e-mails, ela contara que aquele era seu livro favorito de todos os tempos. Ele o colocou de volta na prateleira e continuou a perambular pelo quarto, admirando as coisas. Nick chegou à pilha de ursos e pegou um cor-de-rosa segurando um coração do Dia dos Namorados entre as patas.

— Meu pai me deu isso quando eu estava na escola — contou ela, se sentando na cama. — A Iris sempre esquece de levá-los para a Calla.

— Você ganhou todos do seu pai?

— A maioria. Alguns são de garotos da escola. Só meus amigos.

Nick riu.

— Seus primos disseram que você colocava as pessoas na friendzone o tempo todo na escola.

— Não é verdade — rebateu ela, bufando. — Eu só não queria as sobras da Violet. Ela não dava bola para eles, então eles me viam como um prêmio de consolação.

Nick se virou e voltou para a estante, se apoiando nela. Naquele momento, eles estavam um de frente para o outro. Ela cruzou as pernas, com os olhos nele.

— Não sei — disse ele. — Talvez alguns realmente gostassem de você.

Ela deu de ombros, dispensando o comentário. Ele queria que ela conseguisse ver o que ele via. Para Nick, ela era incomparável. Não o prêmio de consolação, e sim o prêmio *prêmio*.

— Seu quarto é tão...

Ela esperou, olhando-o.

— Tão...?

— Tão você — completou ele. — Consigo imaginar a Lily adolescente aqui dentro lendo e fazendo o dever de casa. Se enganando ao acreditar que a pilha de ursos não veio de uma longa lista de admiradores.

Ela riu, e ele lentamente se aproximou do pé da cama. Sentou à beira do colchão, mais perto dela do que antes, mas ainda longe o suficiente para que não se tocassem nem um pouco.

— Desculpa por minha mãe ter praticamente te forçado a ficar aqui — disse ela. — Às vezes ela não aceita um não como resposta. Ela me chamou para entrar agora à noite porque ela e minha tia Cherie, que é advogada, acharam que era importante elas se juntarem para me convencer de novo de que eu devia pensar melhor sobre a faculdade de direito.

— Por que direito?

— Porque os advogados ganham mais do que eu. — Ela suspirou. — Os Greene são bem-sucedidos. É isso o que se espera. Estou tentando ser bem-sucedida, mas acho que é difícil os outros verem isso, considerando tudo que as minhas irmãs conquistaram. Nunca fui tão impressionante como elas. Não amo meu emprego, mas dou o meu melhor nele porque, para começo de conversa, cargos no mercado editorial são muitos difíceis de conseguir.

— Eu acho você impressionante. — Ele odiava ouvi-la falar de si mesma daquele jeito. — E não devia pegar tão pesado com você mesma. Todo mundo é diferente. Não ser como as suas irmãs não devia ser uma coisa ruim. Você é especial também, talvez até mais.

Não conheço suas irmãs, então não posso comparar, mas para mim você é admirável.

Ele havia escrito isso num dos e-mails. Bom, agora tinha conhecido as duas irmãs dela. Mas ainda assim escolheria Lily. Ele a escolheria em vez de qualquer pessoa.

— Obrigada por dizer isso — respondeu ela. — Não culpo a minha mãe por querer o melhor para mim. Ela quer que eu tenha estabilidade. Odeia que eu esteja dormindo no sofá da Violet. Não me leve a mal, amo minha irmã e sou grata por ter um lugar pra ficar, mas quero sim um espaço meu de verdade. Daqui a alguns meses, vou ter grana pra isso. — Ela lhe deu um sorriso pesaroso. — Isso significa que não vou ser mais sua vizinha.

Nick sentiu uma aflição com as palavras dela. Não viver mais no mesmo prédio que Lily era o que ele devia querer. Deixaria a situação bem menos complicada. Mas sentiria saudade dela.

— Você e sua família me lembram de outra família que eu conheci um tempo atrás — disse ele, pensando nos David de Amsterdã. — Dava pra ver que eles realmente se amavam. Era muito reconfortante.

— Você devia ouvir a Iris e a Violet discutindo. Com certeza é o contrário de reconfortante. — Ela parou. — Você e a sua família se veem sempre?

Ele sacudiu a cabeça.

— Não vejo meus pais há quase cinco anos.

Lily piscou, surpresa.

— Sério?

— Eu me mudava muito por causa do trabalho de jornalista que arranjei logo depois da faculdade e mal ia pra casa. Depois de alguns anos, minha mãe me ligou do hospital, porque ela tinha caído na casa de repouso em que trabalhava e fraturado o ombro. Ela só precisava de dinheiro pra pagar a conta do hospital, mas voltei pra casa para vê-la mesmo assim. Meu pai estava sumido, e, quando finalmente apareceu, a gente discutiu por que ele não estava lá para ajudar minha mãe quando ela precisou, e ela ficou chateada por causa disso. Era a última coisa que eu queria, sabe? Ela já estava em uma situação de merda e só queria o meu pai. Então eu dei pra ela o que podia para pagar a conta e fui embora. Eu e minha mãe conversamos pelo telefone rapidamente de vez em quando, mas o telefone dela está cortado há alguns meses, então... — Ele se calou e afastou o olhar. — Minha família não é como a sua.

— Não é reconfortante, é isso?

— Não é boa — respondeu ele. — Exceto pela minha mãe, às vezes. — Lily inclinou a cabeça, esperando que ele explicasse. — Eu... — Ele se encostou na parede, consciente de que ela o observava com atenção.

Nick não queria contar as terríveis verdades sobre a sua família. Mas já tinha começado, e, como sempre, quando conversava com Lily, ele se via desabafando coisas que não pretendia dizer.

— Ninguém sabe de onde meu avô, meu avô biológico, quer dizer, Maynard, veio realmente — declarou ele. — Era um vagabundo que foi recrutado para a Guerra do Vietnã e, enquanto estava lá, conheceu um homem chamado Cassius, e eles viraram amigos. O Cassius contou ao meu avô tudo da sua vida crescendo numa pequena cidade da Carolina do Norte chamada Warren, e mostrou ao Maynard fotos da noiva, Earnestine. Contou ao meu avô sobre a vida trabalhando na siderúrgica e falou que tinha planejado poupar dinheiro para comprar uma casa para ele e Earnestine antes de ser convocado. Assim que deixasse o Vietnã, ele e a noiva iriam se casar. O Maynard não tinha muitas histórias para contar. Quando criança, ele passava da casa de um parente para o outro. Não tinha estabilidade como o Cassius. Mas, mesmo com essas diferenças, eles se tornaram bons amigos e aprenderam a dar apoio um ao outro. Pelo menos é o que as pessoas dizem.

Nick parou e olhou para Lily. Ela o encarava, absorta.

— O Cassius era um soldado decente, mas o Maynard, não — continuou Nick. — Eu sei que lutar na Guerra do Vietnã deve ter sido assustador pra cacete, então não o culpo por querer fugir. Mas ele atirou no próprio pé e foi mandado para casa. Como não tinha nenhum lugar para ir ou onde precisasse estar, foi para Warren, na Carolina do Norte, a mesma cidade da qual Cassius tinha lhe contado. E, quando o Maynard chegou, ele encontrou a Earnestine. — Nick respirou fundo, então suspirou. — Dizem que o Maynard foi se infiltrando na vida dela, a seduziu e engravidou. Depois foi embora, e ninguém nunca mais o viu.

— Meu Deus — exclamou Lily, baixo.

— O Cassius voltou da guerra para uma noiva grávida de quem ele pensava ser seu melhor amigo. Warren é uma cidade pequena, minúscula. Todo mundo sabe da vida de todo mundo. Então a cidade inteira sabia o que havia acontecido. O Cassius ainda assim se casou com a Earnestine, porque era um homem nobre, pelo menos naquela época. Mas depois que o bebê, meu pai, nasceu, o Cassius passou a fingir que ele não existia, e, quando não o ignorava, repreendia o garoto por qualquer coisa. O Cassius trabalhou na siderúrgica até morrer de infarto, quando meu pai estava no primeiro ano do ensino médio. Até onde sei, minha avó, Earnestine, era uma pessoa fria. Nunca superou a vergonha do que tinha acontecido com ela, ainda mais numa cidade pequena como aquela, e acho que meu pai a lembrava dessa vergonha. Ela morreu uns dois anos antes de eu nascer. Fico triste por ela nunca ter realmente tido a chance de viver uma vida feliz.

Lily ainda estava quieta, toda a sua atenção em Nick. Ele escorregou para trás, esticando as pernas na beira da cama.

— Enfim, meu pai odiava Warren. Odiava que todo mundo soubesse da história dos pais dele. Passou a vida toda querendo sair e ele quase conseguiu quando ganhou uma bolsa de estudos por causa do basquete. Mas então se machucou e acabou trabalhando na mesma siderúrgica que o padrasto. Ele continuou tentando dar um jeito de conseguir dinheiro e fugir. Foi quando começaram os jogos de azar, o que levou à bebida, e isso só piorou com o tempo, eu acho. Minha mãe, na verdade, não tinha uma família, então, assim que conheceu meu pai na escola, grudou nele. Eles têm um tipo de conexão que eu nunca consegui de fato entender. Ele mente para ela. Rouba dela. Ele roubou de *mim*. Mas mesmo assim ela não vai embora.

Nick escorregou mais na cama, uma nuvem pesada pairando sobre si enquanto pensava nos pais.

— Meu pai tem um charme, sabe? Faz você sentir que quer ser amigo dele, mesmo que saiba que não deve ser uma boa ideia. Eu trabalhava numa lanchonete quando estava na escola, e meu pai sempre aparecia no dia do pagamento e ficava todo amiguinho da minha chefe para tentar convencê-la a dar o meu salário para ele, já que eu era menor de idade. Por sorte, a minha chefe sabia que ele não valia nada. Teve vezes que ele apareceu na livraria do campus da Universidade da Carolina do Norte em que eu trabalhava e me pediu dinheiro. As desculpas eram sempre diferentes. Às vezes ele dizia que era para minha mãe. Às vezes era para o aluguel. Ele parecia tão sério que eu não sabia no que acreditar. E me *implorava*. Eu sempre acabava cedendo, porque como eu ia virar as costas para o meu pai? Enquanto isso, ele nem se deu ao trabalho de ir ao campus para a minha formatura. Foi um pouco por isso que viajei muito depois da faculdade. Eu só queria fugir. Precisava estar em um lugar em que o meu pai não pudesse aparecer do nada e me encontrar. Onde eu não ficaria tentado a ceder.

— Lamento muito, Nick — declarou Lily, suavemente. Naquele momento, ela estava deitada de lado, olhando para ele. — Eu não tinha ideia.

Nick assentiu e encarou as mãos.

— Foi a minha babá quem me contou a história dos meus avôs. Ela cuidou de mim quando ninguém mais cuidava, mas não era a mulher mais gentil do mundo, nem os gatos dela. Eles arruinaram minha impressão sobre gatos pra sempre. — Ele sorriu para Lily, e ela gargalhou, revirando os olhos. — Uma das minhas lembranças mais antigas é dela me dizendo que eu vinha de pessoas ruins que faziam coisas ruins e que acabaria exatamente como eles. Foi uma coisa horrível de se dizer a uma criança, e fiquei obcecado por diferenciar o certo do errado. Não queria ser como eles.

— Como seu pai e seu avô?

— É — respondeu ele. — Mas eu me sinto como eles às vezes. Ou mais como meu pai. Às vezes eu estrago as coisas, mesmo que tenha a melhor das intenções. — *Por exemplo, com você*, ele sentiu vontade de dizer. — É por causa dele que eu tento não beber.

— Você não é como eles — afirmou ela com convicção.

Nick sacudiu a cabeça.

— Você não sabe disso.

— Sei, sim — insistiu ela.

Nick não disse nada. As palavras de Lily eram gentis, mas não acreditava nelas.

— Onde fica sua mãe no meio de tudo isso?

— Ela fica onde o meu pai está. É ali que ela quer ficar.

Nick suspirou profundamente. Estava exausto, como se tivesse sido retorcido. Ele escorregou na cama até ficar deitado de lado também, de frente para Lily. A cama tinha o cheiro do cabelo dela. Baunilha.

— Só contei isso uma vez, e foi para o Marcus — revelou ele em voz baixa.

Ela pôs a mão sobre a dele com gentileza. Eletricidade disparou por suas veias.

— Obrigada por me contar.

— Obrigado por escutar.

Eles se encararam, as mãos ainda se tocando. Ele analisou cada detalhe do rosto dela. O comprimento dos cílios, o volume dos lábios. Sentia-se preso àquele momento, a ela.

— Posso dizer uma coisa estranha? — perguntou ela, tímida.

Ele sorriu.

— Sempre.

— Você parece tão familiar para mim, como se eu te conhecesse de uma vida passada ou sei lá. Eu sei que parece bobeira. Nem sei se acredito em coisas desse tipo.

— Não parece bobeira. — A voz dele estava mais séria.

— Não?

— Não. Lily... eu sempre quis conhecer você.

Não deixava de ser verdade. Ele desejava poder lhe contar que se apaixonara por ela em maio, quando respondera ao primeiro e-mail dela.

Ela arregalou os olhos com suas palavras. Lily se aproximou dele, e Nick a imitou. Sua mão estava quente sob a dela. Ele a ergueu e a beijou com carinho. Queria sentir os lábios na boca e no resto do corpo dela. O ar ficou pesado e tenso de repente, como se qualquer coisa pudesse acontecer. Lily o encarava, envolvida pela mão de Nick, que deslizou por seu torso até parar no quadril. A mão dele estava muito quente. Ela se aproximou mais, colando o corpo no dele. Nick sentiu a maciez dos seios junto ao seu peito e ficou excitado quando seus dedos se esticaram no quadril de Lily. Sua boca ficou seca, e tudo em que ele *conseguia* pensar era que precisava beijá-la. Ele se inclinou, os lábios próximos aos dela, e hesitou, porque queria isso, mas precisava saber se ela queria também. Nick estava ofegante, a pergunta pairando entre eles. No fim, os dois se encontraram no caminho, atraídos um para o outro como ímãs.

O beijo foi devagar e doce, como se ambos estivessem dando um ao outro uma oportunidade de parar se quisessem. Quando Lily não se afastou, Nick a puxou para si. Ela agarrou seus bíceps, e o beijo se aprofundou, sua língua acariciando a dele. Nick deixou a mão ir até a bunda dela e a acariciou, puxando-a mais para perto, acabando com qualquer espaço entre os dois. Lily ergueu a perna e a colocou em cima do quadril de Nick, que levou as mãos para as costas da blusa dela, tocando a pele quente. Seus lábios deslizaram da boca dela até o pescoço, suavemente, depois com urgência, sugando, adorando o gosto da pele dela na língua. Lily gemeu, e seus quadris se remexeram contra os dele. Ele a sentiu roçar seu membro duro, e qualquer pensamento deixou seu cérebro. Ele a queria muito.

Nick a ergueu para que Lily ficasse sobre ele. Lentamente, beijou seus seios por cima da blusa, e ela gemeu baixinho, levando as mãos à bainha da blusa. Nick prendeu a respiração, se preparando para reverenciar a beleza dos seios de Lily quando alguma coisa vibrou debaixo de seu corpo, assustando-o.

Era o celular de Lily. Violet tinha acabado de mandar uma mensagem.

> O Tomcat não dorme! Fica andando pela casa e miando porque sente a sua falta. O Eddy e eu temos um voo amanhã cedo. Por favor, como faço ele parar???

— Desculpa — sibilou Lily, passando por ele para pegar o celular.

Nick se levantou, sem jeito. Sua respiração saía com esforço. Os lábios de Lily estavam inchados por causa do beijo. Os cachos, bagunçados. Ela encarou Nick e baixou os olhos. Ele viu sua ereção bastante óbvia. *Que merda tinha acabado de fazer?*

— Não, eu que peço desculpa — respondeu ele.

Lily congelou.

— O quê?

— Eu... Merda, Lily. Por favor, você precisa acreditar que tudo que eu mais quero é isso, mas não podemos. Eu não posso...

— Não precisa terminar — interrompeu ela, com a mão erguida. Ela ajeitou a blusa e passou a mão pelo cabelo para tirá-lo do rosto. — Eu sei que você tem problema com compromisso e não quer ter nada sério comigo.

— É mais do que isso — rebateu ele, baixo. — Você merece mais do que eu. Muito mais. Não sou bom o bastante pra você.

Ela não disse nada, apenas o encarou. Ele se sentiu tão indigno de Lily naquele momento.

Por fim, ela disse:

— Não acho que isso seja verdade, mas se é assim que se sente... por mim tudo bem.

Nick engoliu em seco.

— Eu devia voltar pra sala.

Lily assentiu.

— Tá bom.

Em silêncio, ele saiu do quarto e fechou a porta atrás de si. Passou pelos primos dela dormindo, se sentou na poltrona e ficou encarando o teto. Será que ele poderia, só uma vez, *não* ferrar com tudo?

De manhã, pegou o trem antes que Lily acordasse. E tentou não pensar na sensação dos batimentos dela vibrando sob seu toque.

14

Lily devia estar prestando atenção à reunião de aquisições da qual participava. Ela estava sentada no fim da mesa de conferência junto ao resto dos assistentes e funcionários juniores, enquanto Edith apresentava o próximo livro que esperava comprar diretamente para Christian Wexler, presidente do setor, e os chefes de marketing, publicidade e vendas. O livro era a autobiografia de uma mulher que trabalhara como assistente da famosa primatologista Jane Goodall no começo da sua carreira, no início dos anos 1960.

Com um caderno e uma caneta em mãos, Lily devia supostamente estar pronta para anotar qualquer feedback dado naquela reunião, mas sua mente estava a quilômetros dali.

Estava ocupada demais pensando em Nick.

Não tinha notícias dele desde o sábado à noite, ou melhor, domingo de manhã. Quando ela acordara, ele já tinha ido embora da casa dos seus pais. Não ficara exatamente surpresa, considerando a expressão em seu rosto depois que se beijaram. Ele *gostava* dela. Lily soubera disso naquele momento. O jeito como a beijara era prova mais que suficiente. Ela se sentira muito próxima de Nick após ele se abrir para ela sobre sua família, e ela tinha ficado a segundos de arrancar a blusa e arriscar tudo antes de Violet mandar aquela mensagem. Mas Nick tinha muito medo ou não queria dar uma chance a eles. Estava determinado a lutar contra os sentimentos por ela.

Você merece mais do que eu. Muito mais.

O que ele queria dizer com isso? O que, na opinião dele, seria melhor? Ele a respeitava e a fazia rir. Era gentil e se importava com o que ela tinha a dizer. Lily sentia que podia ser ela mesma perto dele. Nick lidara com sua família tranquilamente e, pelo amor de Deus, havia feito cupcakes para a festa de aniversário dos seus pais! Essas sim eram coisas que importavam para ela.

Será que ele pensava em Lily como uma princesa que vivia numa torre de conto de fadas? Que ele precisava ser perfeito para ser digno dela? Ela gostava de Nick exatamente como ele era. Mas Nick tinha a autoestima muito baixa. Nada do que ele lhe mostrara se parecia com as coisas que ele tinha lhe contado sobre o pai e o avô, porém, por algum motivo, ele sentia que se tornar como eles era inevitável. Lily desejava poder convencê-lo do contrário, mas também sabia que Nick era adulto e precisava chegar a essa conclusão sozinho. Achava que uma relação com ele poderia dar certo, mas sabia que era melhor não ficar esperando que Nick mudasse de ideia e visse o potencial deles. Lily prometera a si mesma que não se envolveria com Nick, e olhe só! Tinha feito papel de boba mais uma vez.

A melhor coisa a fazer naquela situação era se distanciar de Nick até que sentisse que poderia ficar perto dele e realmente só pensar em amizade.

— Lily — sibilou Edith, trazendo Lily de volta ao presente. — Você pode, por favor, entregar a todo mundo os folhetos que nós fizemos?

Pelo tom impaciente de Edith, era óbvio que ela tinha chamado seu nome mais de uma vez. Lily pulou da cadeira e começou a distribuir os folhetos que fizera, com os argumentos de venda do livro que Edith queria comprar, junto com os números de vendas de livros semelhantes. Assim que terminou de entregar os folhetos, Lily se sentou de novo, irritada consigo mesma. Costumava estar hiperfocada durante aquelas reuniões, não importava quão entediantes fossem. Não era de seu feitio se distrair assim.

— As vendas dos livros similares são bem baixas — apontou Christian Wexler, sentado na ponta do outro lado da mesa de conferência. — Quer dizer, sinceramente, Edith, quem quer ler sobre a primeira assistente da Jane Goodall? As pessoas só ligam para os chimpanzés.

— Que tal fazermos um livro de fotografias dos chimpanzés? — sugeriu Tracy, a chefe de marketing.

Christian apontou para ela.

— Essa é uma *ótima* ideia.

— E pensem que vamos poder distribuir para as lojas de suvenires dos zoológicos — acrescentou Randy, chefe de vendas.

Edith fuzilou Christian com o olhar. Ele era o chefão no momento, porém, décadas antes, tinha sido assistente do pai dela. E, uma vez por mês, ele e Edith tomavam um café da manhã alegre do outro lado da rua no Maison Kayser, onde relembravam os velhos tempos. Pelo menos era isso que Lily presumia que faziam. O que ela sabia com certeza era que, no último café da manhã, Christian tinha encorajado Edith a comprar livros sobre assuntos mais modernos porque as vendas do selo não paravam de cair. Edith mais tarde contara a Lily que achava que Christian tinha inveja, porque não fora ele que havia herdado a editora. Então começou sua teoria da conspiração de que Christian estava determinado a fechar o selo Edith Pearson Books. Na opinião de Lily, Christian era bajulador e sem consideração, e quase sempre levava o crédito por conquistas com as quais não tinha nada a ver. Mas Lily precisava concordar que os livros de Edith estavam se tornando mais nichados e desconhecidos. O orçamento para marketing diminuía, e poucas pessoas estavam dispostas a se esforçar mais do que o necessário para que os livros de Edith tivessem sucesso, porque era muito desagradável trabalhar com ela. Lily tentara convencer a chefe a comprar livros sobre tecnologia, aquecimento global e até aplicativos de namoro — qualquer coisa que pudesse atrair mais leitores. Mas Edith nunca escutava. Ela achava que Lily não tinha visão.

Nas semanas seguintes ao último café da manhã de Edith e Christian, Lily vinha se candidatando a qualquer cargo no mercado de livros infantis que via, mas era como se seu currículo estivesse caindo num buraco negro. Ela até escreveu para alguns editores de livros infantis da M&M, numa tentativa de conseguir uma entrevista mais informal. Mas era meio do verão. Todo mundo estava de férias ou evitava e-mails que não fossem urgentes. Ela até enviou e-mail para Francesca Ng, torcendo para que pudessem enfim tomar um café depois de terem se conhecido na festa de aniversário de Marcus. Mas também não recebera resposta dela.

— Não sou editora de livros infantis — declarou Edith, com raiva. — Não edito livros com fotos de animais fofos. Tem pessoas no mundo que admiram o trabalho da Jane Goodall e que, tenho certeza, gostariam de ler um relato em primeira mão de uma das suas assistentes. Esse livro é para essas pessoas. Temos que pensar no futuro, como meu pai, Edward Pearson, sempre dizia.

Christian semicerrou os olhos.

— Tá bom, mas não posso concordar com o adiantamento que você propõe. Que tal você e a Lily levantarem mais números para darmos uma olhada daqui a alguns dias?

Com isso, Christian seguiu para o próximo editor e o próximo livro na programação de aquisições.

Lily seguiu Edith para fora da sala de reunião, e, assim que ficaram sozinhas no corredor, Edith explodiu.

— Viu como ele tentou me envergonhar lá dentro? Um livro com fotos de chimpanzés! Como podem sugerir uma coisa tão sem noção? A Tracy nunca foi muito inteligente, mas essa ideia é demais. O Christian está tentando me tirar da empresa porque não entende que o meu selo está preocupado com *qualidade* e não com quantidade. É disso que a indústria precisa!

Lily suspirou e continuou em silêncio, andando depressa para acompanhar Edith.

— E você, Lily, sonhando acordada no meio da reunião. É melhor ficar esperta. Porque, se esse selo acabar, você vai ficar sem emprego, igual a mim.

Ela deu um olhar de advertência para Lily, e sua ansiedade cresceu mais ainda. Outro estresse para sua vida.

Pegaram o elevador para o andar delas, e Edith disparou para o seu escritório, batendo a porta atrás de si. Lily se desculpou por Edith com os colegas de propaganda, cujo trabalho tinha sido importunado pelo comportamento de Edith.

Lily se sentou à sua mesa e massageou as têmporas. Que dia. Quando ele acabaria?

— Você deixou suas coisas na sala de reunião.

Lily ergueu o olhar e viu Dani Williams recostada na parede de sua baia. Dani era a gerente de marketing que avistara Lily no refeitório em seu primeiro dia na M&M e logo se apresentara, porque ficou feliz em ver outra colega negra num mar de rostos brancos. Dani era o tipo de pessoa bem relacionada no mercado editorial que sabia da vida de todo mundo, de assistentes a vice-presidentes, e sempre participava de um evento literário ou outro. Com frequência ela convidaria você para almoçar ou beber uma coisinha, mas sempre cancelaria no último minuto, e quando enfim conseguissem se encontrar você ficaria na rua até as quatro da manhã e chegaria no trabalho no dia seguinte um caco, com a cabeça explodindo de ressaca, enquanto Dani enviaria um e-mail dizendo: *Ontem à noite foi* MUITO *divertido!!! Vamos fazer isso mais vezes!!!*

A última vez que Lily saíra com Dani foi quando tinha tentado flertar com aquele cara contando a piada ruim da Corona e da urina.

— Oi, Dani — disse Lily, pegando a pilha de folhetos esquecida. — Obrigada por me trazer.

— A Edith tá que tá hoje, hein? — sussurrou Dani. As tranças longas grisalhas iam até abaixo do seu peito. Ela bateu as unhas *stiletto* pretas em seu bloco de anotações. — Não nos vemos há séculos. Vamos almoçar semana que vem.

— Vamos, claro — respondeu Lily, sorrindo, embora soubesse que provavelmente não veria Dani de novo por pelo menos um mês.

— Combinado. Mas, mulher, agora que estou aqui, deixa eu te contar um bafo que ouvi sem querer. Parece que o novo assistente do Christian ficou bêbado no escritório depois do expediente e marcou isso na folha de ponto como hora extra.

— *Quê?*

Antes que Dani pudesse continuar a história, Brian da produção apareceu na baia, assustando as duas. Dois visitantes em um dia. Um recorde.

— Ah, que bom que você está aqui — disse ele, e Lily entrou em pânico no mesmo instante. Brian, alto e pálido com o cabelo vermelho-vivo, quase nunca ia atrás dela, a não ser que houvesse uma emergência. Como na vez em que a gráfica imprimiu por acidente um dos livros de Edith com as páginas de cabeça para baixo. Tentar gerenciar uma crise já era difícil o bastante; gerenciar uma crise *e* Edith era quase impossível.

— Oi, Brian, está tudo bem? — perguntou Lily, quase com um nó na garganta.

— Sim, sim.

Ele fez um aceno com a mão, e Lily suspirou de alívio. Então percebeu que Brian não estava sozinho. Ao lado dele havia um homem negro de pele marrom-escura, altura mediana. Vestia camisa branca e calça xadrez. Com óculos tipo tartaruga.

Lily piscou. Um pouco boquiaberta.

— Lily, Dani, quero apresentar vocês ao Oliver. Ele vai ser o gerente de produção dos livros da Edith daqui pra frente.

— Olá — cumprimentou Oliver, estendendo a mão. Ele tinha uma voz animada e grave, e sotaque britânico. — Prazer.

Lily encarou Oliver e a mão estendida.

Aquilo era uma piada? Estavam zoando com ela? Será que alguém na M&M tinha hackeado seu e-mail pessoal?

Porque não tinha como aquele cara novo parecer tanto com o Strick de sua imaginação.

— Oi, sou a Dani — respondeu Dani, estendendo a mão para cumprimentar Oliver e cutucando Lily discretamente. — Trabalho no marketing. E essa é a Lily. A assistente da Edith.

— Hum... oi... sou Lily. É.

Oliver sorriu e apertou a mão de Lily. Se notou que ela agia como a pessoa mais estranha do mundo, foi gentil o bastante para não deixar transparecer.

— O Oliver acabou de se mudar pra cá de Londres — declarou Brian, e Lily conseguiu tirar os olhos do rosto de Oliver para encarar Brian. — Ele era o gerente de produção na M&M do Reino Unido, então está a par de tudo.

De repente, Lily se lembrou das mensagens insanas de Edith umas semanas antes. Ela mencionara que o novo gerente de produção viria transferido da sede do Reino Unido.

— Talvez a gente fizesse as coisas de um jeito completamente diferente do outro lado do oceano — brincou Oliver, sorrindo. — Mas agora é tarde demais para me mandar de volta.

Brian e Dani riram. Lily deu uma gargalhada atrasada. Sua mente estava ocupada tentando compreender como uma parte da sua imaginação estava de pé bem à sua frente. O olhar de Oliver permaneceu nela por um segundo, e ela se sentiu ruborizar.

— Um pessoal da produção vai sair para beber depois do trabalho para receber o Oliver como ele merece — avisou Brian. — Vocês duas deviam vir.

— Parece que vai ser divertido — comentou Dani.

Todos eles olharam para Lily, ainda muito ocupada encarando Oliver. Ele sorriu para ela, relaxado e simpático. O cérebro dela se encheu de um zumbido estático.

Dani pigarreou.

— Lily, quer vir também?

— Ah, hã... claro. Quero, sim.

— Ótimo. — Brian assentiu. — Vamos terminar o tour e apresentar o Oliver às outras pessoas. Vemos vocês no Three Flamingos, hum, não sei, seis horas?

— Está bom — respondeu Dani, tanto por ela quanto por Lily, pois, ao que parecia, Lily tinha perdido a habilidade de falar por si mesma.

— Não vejo a hora — declarou Oliver, se despedindo com um aceno quando ele e Brian foram embora.

Lily e Dani ficaram em silêncio por um segundo. E depois se viraram uma para a outra.

Ao mesmo tempo que Dani exclamou "Ele é bonito!", Lily disse:

— Ele é *igual* ao Strick.

— Espera, o quê? — perguntou Dani. — Quem é Strick?

— Ninguém — murmurou Lily. Ela estava enlouquecendo.

— Certo, então que tal nos encontrarmos no saguão às dez para as seis?

— Ah, acho que não vou sair pra beber, na verdade — retrucou Lily, balançando a cabeça.

— Vamos lá, é verão! Happy hour! Vou terminar de te contar a história do assistente do Christian e você pode me dizer o quanto odeia a Edith, e podemos fazer tudo isso enquanto enchemos a cara e comemos palitinhos de muçarela.

Lily mordeu os lábios, indecisa. Oliver parecer tanto com a sua versão imaginária de Strick realmente a abalou, mas o que ela iria fazer naquela noite, de qualquer modo? Ir para casa e ficar pensando em Nick enquanto ele estava do outro lado do corredor na sua bolha irritante de solidão?

— É, tá bom — decidiu ela, por fim. — Eu vou.

○ ○ ○

Lily e Dani caminharam por alguns quarteirões depois que saíram do escritório para encontrar Oliver, Brian e algumas outras pessoas da equipe de produção no restaurante. Assim que entraram, Lily viu Oliver no bar, rindo com Brian e outro colega. Ela usou todas as suas forças para não o encarar. Precisava afastar a lembrança de Strick da mente se quisesse sobreviver àquela noite.

Ela e Dani pegaram uma mesa com bancos altos ao lado da porta, então o celular de Dani tocou e ela pediu licença às pressas para atender a ligação do lado de fora, e Lily se ofereceu para pegar as bebidas. Ela se aproximou do bar e tentou chamar a atenção do garçom, o que era difícil durante um happy hour. Havia duas pessoas entre Lily e Oliver, e ela lutava contra a vontade de olhar para ele a cada dois segundos.

Enfim o garçom foi até Lily, e ela pediu duas taças de vinho rosé. Sem nada para fazer, tamborilou os dedos no bar e espiou Oliver de novo, dessa vez flagrando um olhar dele. Os dois homens entre eles saíram, e Oliver sorriu para ela, andando pelo bar em sua direção.

— Oi... Lily, não é? — perguntou ele.

— É... Oi.

— Obrigada por vir. É legal saber que as pessoas no escritório dos Estados Unidos são tão simpáticas.

— Ah, espere algumas semanas. Você vai ver como nós somos hostis e irritantes.

Oliver riu, descontraído, e Lily se pegou sorrindo.

— Na verdade, eu nasci nos Estados Unidos. Em San Francisco. Ainda tenho família aqui. A gente se mudou para Londres quando eu tinha cinco anos por causa do trabalho da minha mãe. — Ele deu um gole na bebida. — Acredito que nós vamos trabalhar muito juntos, eu e você.

Ela assentiu.

— Vamos. Bom, comigo e com a Edith.

— Algum conselho para mim?

Fora o fato de que Edith é bem cruel às vezes e que você devia evitar irritá-la a todo custo?

— Conselho? — repetiu ela. — Não sei.

— Pode ser sincera. Já me avisaram sobre a Edith.

— Ah. — Lily riu. — É, ela é bem difícil às vezes. — Aquilo era um eufemismo. — Sempre chegue na hora nas reuniões. Ela *odeia* quando as pessoas se atrasam. Vai usar isso contra você pra sempre.

— Há quanto tempo você trabalha pra ela?

— Pouco mais de dois anos.

— Você deve conhecê-la melhor do que qualquer um, então.

Infelizmente.

— Acho que podemos dizer que sim.

O garçom voltou com o vinho de Lily, e ela procurou Dani. Ela estava do lado de fora, com o celular no ouvido e a cabeça jogada para trás, gargalhando.

Oliver deu outro gole na bebida.

— Eu não devia estar bebendo uísque — disse ele. — Tenho uma corrida de cinco quilômetros no mês que vem. Eu devia desistir do álcool de vez.

— Uau — exclamou Lily, impressionada. — Cinco quilômetros. Sério?

Oliver assentiu.

— Eu tento correr algumas vezes por ano. Fazia muito isso na faculdade. Achei que me tornaria treinador. Engraçado eu trabalhar com livros agora, não é? — Ele se aproximou e deu um sorriso conspiratório. — Não conta pra ninguém aqui, mas eu na verdade não leio muito. Escuto talvez dois audiolivros por ano, e só porque são grátis no aplicativo de audiolivros da M&M.

Lily riu, um misto de prazer e alívio intenso. Percebeu que parte dela ainda tinha uma ridícula suspeita de que Oliver não só se parecia com Strick mas que *era* Strick. Não fazia sentido nenhum, porque ela já tinha aceitado que Strick provavelmente era alguém da equipe de N. R. Strickland que pensou que seria engraçado tapeá-la. Mas naquele momento ela pôde confirmar que Oliver e Strick eram duas pessoas bem diferentes. O Strick que ela conhecia não era atleta. Bom, pelo menos ele nunca tinha dito nada sobre correr. E Strick sempre gostara de ler. Ao menos fora isso que ele contara. Podia ser tudo mentira. De qualquer modo, Strick e Oliver eram muito diferentes.

— Minha boca é um túmulo — brincou Lily.

— Obrigado.

Oliver sorriu, e Lily ficou vermelha, olhando para a bebida. Ele era muito bonito. Quase a fez esquecer dos problemas com Nick. Quase.

Dani voltou para o bar, bebeu todo o vinho da taça de uma vez e deu um pouco de dinheiro a Lily.

— Lily, mil desculpas, mas minha colega de quarto quer que eu a encontre numa galeria no centro da cidade. Bebida e comida grátis, não posso perder! Por favor, não me odeie. Vou te compensar. — Ela abraçou Lily e, com um sotaque britânico horrível, disse a Oliver: — E a gente tem que almoçar junto em breve, chefe.

Depois ela lhes deu um rápido adeus e saiu correndo do bar.
— Vocês duas são amigas? — indagou Oliver.
— Mais ou menos. — Lily sorriu. — A Dani é amiga de todo mundo.
— Bem, ela é o contrário de mim. Eu meio que me pergunto no que estava pensando quando me mudei pra cá completamente sozinho. A maior parte da minha família está do outro lado do país. Devo conhecer umas três pessoas na cidade inteira. E uma delas é a melhor amiga da minha ex-namorada, então não vou mandar mensagem pra ela...

Ex-namorada. Então... ele era solteiro?

— Meus amigos me desafiaram a me mudar, na verdade — continuou ele. — Não havia por que não aproveitar a oportunidade. Estou solteiro e queria saber como era Nova York, comparada a Londres. Estou aqui há três semanas e já estou ficando cansado de fazer as coisas sozinho. Tenho ingressos para um stand-up este fim de semana. O primo do meu amigo, que mora no Queens, disse que queria ir, mas ele precisa ir a uma festa de aniversário com a esposa, então agora vou ver a Angela Lawrence sozinho.

— Ah, já vi um dos especiais dela na Netflix. É aquela que faz uma piada com o ex-namorado motorista de Uber a levando para um encontro ou alguma coisa assim, né? Ela é engraçada.

Os olhos de Oliver brilharam com um interesse repentino.

— Você gostaria de ir comigo?

Lily piscou, surpresa com o convite, e Oliver continuou depressa:

— A gente acabou de se conhecer, então, se isso for estranho, vou entender totalmente. Mas você parece legal, e eu odiaria jogar esses ingressos fora. — Ele parou. — Desculpa, você com certeza deve estar namorando, e ele não vai gostar de você saindo com um cara aleatório do trabalho.

Ele riu e voltou a atenção para a bebida.

Lily balançou a cabeça lentamente.

— Não estou namorando.

— Ah... — A expressão de Oliver se tornou esperançosa. — Então você quer ir? Não precisa ser um encontro. A não ser que você queira. Desculpa, isso foi muito atrevido. Geralmente sou bem mais sutil, eu juro.

Lily o encarou. Ela gostava de verdade do atrevimento dele. Era uma mudança bem-vinda depois de precisar ficar adivinhando o que Nick pensava.

Nick... Ela teria que esquecê-lo. E também o acordo para ajudá-la a encontrar um acompanhante para o casamento de Violet. Pensando agora, tinha sido meio bobo achar que Nick conseguiria mesmo ajudá-la. Para ser sincera, ela provavelmente só tinha usado aquilo como uma desculpa para passar mais tempo com ele.

Mas agora ela precisava impor limites. Conseguiria encontrar um acompanhante sozinha. E começaria com o homem charmoso bem à sua frente.

— Eu adoraria ir — respondeu ela a Oliver.

— Ótimo. — Oliver ergueu o copo de uísque, e Lily, sua taça. — Tim-tim.

Lily sorriu, esperançosa e determinada.

— Tim-tim.

15

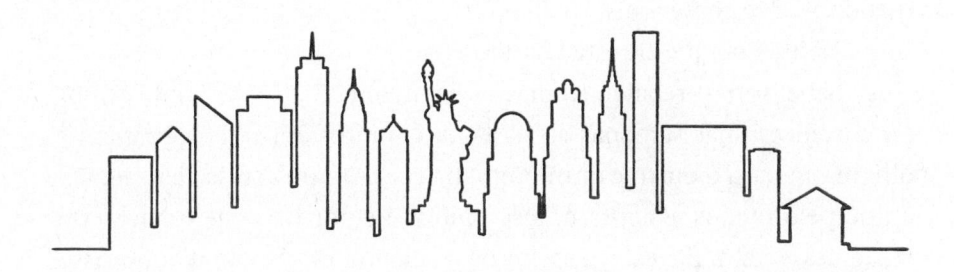

Nick encarava o celular, desejando que uma mensagem de Lily chegasse. Tinha passado quase uma semana desde o beijo na casa dos pais dela, e ele só conseguia pensar naquilo. E se ele simplesmente ligasse? Ou batesse à sua porta e conversasse com ela? Mas ele nem sabia o que queria dizer. Tinha revelado as partes mais cruas de si mesmo, e Lily não o rejeitara. Pelo contrário, ela se aproximara mais, e isso era apavorante. Porque um dia ela acordaria e perceberia que cometera um erro ao escolhê-lo. Ele estava tentando salvá-la daquele peso, o que significava que com certeza não devia ligar para ela.

Bom, não tinha importância. Depois do jeito como tinha saído do quarto dela, Lily sem dúvida já tinha percebido que ele era cheio de problemas, e não queria nada com ele.

— Nick, querido, não gostou da minha carne assada? Confesso que você seria o primeiro. Meus filhos amam esse prato.

Nick tirou a atenção do celular e olhou para Yolanda. As noites de sexta em geral eram reservadas para os encontros de Henry e Yolanda, mas aquele tinha sido um convite dos dois. Nick, ainda com dificuldade para escrever o livro e também à procura de uma distração dos pensamentos constantes em Lily, ficou mais do que feliz em aceitar.

— Está deliciosa — elogiou Nick. — A melhor que já comi.

— Então por que está com essa cara? — perguntou Yolanda.

— Ah, eu... hã — gaguejou ele. — Só estou um pouco preocupado.

— Ele está com problemas com a namorada — informou Henry.

Nick se virou para ele de repente.

— O quê?

— Namorada? — Intrigada, Yolanda se aproximou. Os olhos brilhando. — Me conte mais, Nick.

— Não sei do que ele está falando.

— Sabe, sim — rebateu Henry. — É a mocinha que nós conhecemos no corredor umas semanas atrás. Já os vi juntos antes. Eles sorriem e olham um para o outro caminhando na rua. Alguma coisa eles são. Ou eram, pelo menos, e agora não são mais, e é por isso que o Nick está triste desse jeito. Ele estava assim na academia mais cedo. Foi por isso que sugeri convidá-lo para jantar.

Na academia, tudo o que Henry fazia era correr na esteira e escutar música, enquanto Nick fazia musculação. Eles não conversavam muito quando treinavam, então Nick não tinha ideia de quando Henry tinha se tornado tão observador.

— Não é verdade — declarou Nick. — Ela é minha amiga, não minha *namorada*. Henry, você pode, por favor, parar de fazer essas insinuações toda vez que me vê com uma mulher?

— Mas estou certo nisso — respondeu Henry. — Não te vi com a mocinha a semana toda e você não para de olhar o celular. — Ele se virou para Yolanda. — Eles devem ter tido uma briguinha ou alguma coisa assim.

— Ah, Nick, coitadinho — lamentou Yolanda. — Por que vocês brigaram?

Eu a beijei e arruinei tudo entre nós e agora sei que ela não quer nada comigo.

— Não é nada. Nós só... — Ele não sabia como terminar a frase ou por que sequer estava respondendo. Não queria falar do que estava acontecendo entre ele e Lily. Era complicado demais.

Henry e Yolanda o encaravam, atentos. Nick rezou para que mudassem de assunto. Então o celular vibrou em sua mão, e o nome de Lily apareceu na tela. Nick piscou, se perguntando se estava vendo coisas. Mas não. Lily estava ligando para ele. Seu coração acelerou quando ele atendeu depressa. Mal teve a chance de dizer oi antes de Lily começar a falar.

— Oi, desculpa te ligar sem saber se você está ocupado — disse ela.

— Está em casa?

— Estou sim. — No mesmo instante, Nick se levantou e andou pela sala até seus sapatos. Ele não gostou do tom um tanto desesperado da voz de Lily. — O que houve?

— É o Tomcat. Faz vinte minutos que eu dei comida pra ele, tomei banho, me vesti e ele estava bem. Mas, quando voltei pra cozinha pra procurar meus brincos, ele estava deitado no chão gemendo. Nunca o vi assim. E não sei se devia levá-lo para o veterinário ou se ele vai ficar bem. Cada site diz uma coisa diferente. Não sei o que fazer, e a Violet não está aqui, e eu não tinha mais ninguém para quem ligar.

Ele calçou o tênis.

— Estou indo aí agora. Não se preocupe, tá bom?

— Tá bom — respondeu ela, a voz fraca.

Ele desligou e se virou para Henry e Yolanda rapidamente.

— Me desculpem, preciso ir. A Lily está com uma emergência com o gato dela.

— Lily? — perguntou Yolanda. — Ah, é, era esse o nome da mocinha, não era?

Ela se virou para Henry e assentiu, como se a afirmação dele a respeito da situação de Nick estivesse certa no fim das contas.

Nick não respondeu, já saindo pela porta, mas ouviu Henry dizer:

— É, é ela.

Ele desceu correndo os três lances de escada até o apartamento de Lily, sem querer arriscar esperar pelo elevador. Bateu à porta dela, que atendeu na hora, aflita.

— Ele comeu a mistura normal de ração molhada e seca — explicou ela ao deixar Nick entrar. — E agora está deitado aqui como se estivesse com dor. Não me deixa nem tocar nele.

Nick a seguiu até a cozinha. Tomcat estava deitado no chão, observando Lily e Nick, alarmado. Não parecia estar com dor, mas, quando Nick se abaixou, ele soltou um gemido estranho.

Nick olhou para Lily, que torcia as mãos. Então notou como ela estava bonita. Usava um batom vermelho-escuro e um vestidinho de manga curta preto. Sem dúvida ia sair. Ele imaginou qual seria o compromisso, mas se forçou a focar no motivo de ela ter ligado.

— Será que ele é alérgico a alguma coisa na comida? — indagou ele.

Ela sacudiu a cabeça.

— É a mesma coisa que ele come todo dia. Será que devo levá-lo no veterinário? Estou com medo de mexer nele porque pode ter alguma coisa errada com os órgãos dele. Sabia que foi por isso que não moveram o corpo da princesa Diana depois do acidente? Eles têm uma regra na França que diz que, depois que alguém se fere num acidente de carro, não se deve mover o corpo, porque pode piorar as coisas.

Ela falava sem parar. Suas bochechas assumiram um tom um pouco rosa. Nick voltou a atenção para Tomcat, que soltava um gemido estranho. Nick não sabia nada sobre gatos, fora o fato de alguns gostarem de morder tornozelos, mas Tomcat estava em um estado lamentável, e Nick se deu conta de que, se não fizessem algo, Lily poderia se arrepender.

— Vamos para o veterinário — decidiu ele. — Eu seguro ele.

Lily mordeu os lábios, indecisa.

— Está tudo bem — garantiu Nick a ela. — Vou ter cuidado.

— Tá bom — disse ela, por fim. — Vou pegar a bolsa de transporte.

Enquanto ela corria pelo corredor, Nick encarou Tomcat, que continuava a gemer.

— Merda — sussurrou ele para si mesmo. Seu antigo medo de gatos veio à tona com tanta intensidade que estava quase surgindo brotoejas. — Tomcat, por favor, não me arranhe, nem morda, nem ataque, tá bom? Só quero te ajudar.

O olhar alerta de Tomcat ficou um pouco cauteloso quando Nick deslizou gentilmente as mãos pelo torso dele. O gato deu um gemido alto, e Nick paralisou, mas Tomcat não o atacou. Ele ficou imóvel nas mãos de Nick quando o pegou e o apoiou no peito. Nick estava morrendo de medo de segurar aquele gato pesado tão perto de si, mas Tomcat até que estava manso nos seus braços.

Lily correu até eles. Tomcat deu uma olhada na bolsa de transporte e começou a se contorcer.

— Porra, o que ele está fazendo? — exasperou-se Nick, tentando segurar o gato.

— Ele odeia a bolsa. — Lily acariciou com afeição a cabeça de Tomcat e ele ficou imóvel. Ela olhou para Nick. — Acha que consegue segurar ele? Parece muito confortável no seu colo. Talvez seja melhor.

Nick engoliu em seco.

— Eu seguro.

Eles correram para o veterinário na 16th Street. Durante a corrida, Tomcat permaneceu calmo no colo de Nick, mas, quando chegaram ao hospital, ele ficou nervoso de novo, se contorcendo e gemendo. Nick segurou Tomcat com mais força. Não sabia nada sobre acalmar gatos, mas podia tranquilizá-lo com seu abraço.

— Calma, está tudo bem, amigão — falou Lily, tentando apaziguá-lo.

Eles levaram Tomcat para dentro, e Lily disse à recepcionista da portaria que estava com receio de Tomcat estar reagindo mal à comida. A recepcionista, uma mulher branca com cabelo roxo trançado em marias-chiquinhas, sugeriu uma radiografia, e uma enfermeira veterinária apareceu e tirou com gentileza Tomcat dos braços de Nick. O miado se tornou baixo e gutural, mas ele não tentou atacar a enfermeira.

— Calma, amigão, não fique bravo — murmurou Lily. — Eu vou ficar bem aqui. Eles só querem saber se você está bem.

— Vamos chamar vocês depois da radiografia, tá bom? — afirmou a enfermeira, olhando para Nick e Lily. Nick percebeu que a enfermeira deve ter pensado que os dois eram donos de Tomcat. — Por que não se sentam? Não vai demorar.

Nick e Lily se sentaram na sala de espera quase vazia. Ao lado dele, Lily encarava a prancheta com a papelada para preencher. Ela não parava de mexer as pernas, enxugando rapidamente as lágrimas.

— Ele vai ficar bem — garantiu Nick, suave. — Vão cuidar dele.

— Mas e se ele não estiver bem? — perguntou ela, soluçando. — O Tomcat é minha responsabilidade. Eu devia cuidar dele. E fracassei.

Como fracasso em tudo. Merda, eu sou um grande fracasso. Se alguma coisa acontecer com ele, nunca vou me perdoar.

— Ei. — Nick pôs os braços em volta de Lily e a puxou para perto. Odiava vê-la daquele jeito. Ela chorou na blusa dele enquanto Nick acariciava suas costas. — Você não é um fracasso. Como pode dizer uma coisa dessa? Você é a pessoa mais competente que eu conheço, e o Tomcat tem sorte de ter você.

Ela ficou em silêncio, descansando na curva do pescoço de Nick enquanto ele continuava acariciando suas costas. Devagar, as fungadas e as lágrimas pararam. Ele achou que ela poderia se afastar, mas Lily continuou em seu abraço. Sentir-se necessário não era uma coisa familiar para ele, mas achou a sensação boa. Ela tinha ligado para ele quando podia ter ligado para qualquer um. Significava alguma coisa, certo?

— Obrigada — murmurou ela. — Me desculpa por ter molhado sua camisa.

Ele balançou a cabeça. Seu queixo encostou no cabelo dela.

— Não precisa se desculpar.

— Obrigada por vir comigo.

— Imagina.

Depois do que pareceu uma eternidade, mas foram na verdade apenas uns vinte minutos, a enfermeira voltou com Tomcat. Dessa vez ele estava alegre dentro da bolsa de transporte e miou quando Lily e Nick se aproximaram da recepção.

— Nosso amiguinho aqui estava tão nervoso que fez cocô assim que o colocamos na mesa de exame e começamos a radiografia — explicou a enfermeira. — Tinha um brinco tipo argolinha nas fezes, então deve ter sido isso que o estava incomodando. Agora que saiu, ele deve ficar bem.

Antes de ir embora, a enfermeira deu a Lily um saquinho com o brinco.

— Por isso que não consegui achar! — exclamou Lily, rindo de alívio.

Ela virou o sorriso radiante para Nick e o abraçou. Por um segundo, ele ficou surpreso, mas a abraçou de volta por instinto. Estava aliviado por ela estar aliviada. Feliz por ela estar feliz.

Pelo menos até a recepcionista entregar a conta a Lily.

— Quinhentos dólares? — perguntou Lily, boquiaberta. — Só pela radiografia?

— Consultas de emergência às vezes são mais caras — explicou a recepcionista, o tom de voz como se pedisse desculpas.

Tomcat, no que dizia respeito a ele, ainda miava dentro da bolsa de transporte, sem dúvida irritado e pronto para ir para casa.

— Não tenho esse dinheiro. — Lily procurou a carteira na bolsa. — Acabei de comprar minhas passagens de avião para a despedida de solteira da Violet no crédito e preciso pagar minha parte do aluguel.

— Deixa comigo — disse Nick, entregando o cartão de crédito dele.

Na verdade, aquilo foi interessante. Ele precisava forçar a si mesmo a comprar móveis para o apartamento e um tênis novo sem buracos na sola. Mas, quando se tratava de Lily, ele oferecia seu cartão sem hesitar.

— Nick — disse ela, com a testa franzida. — Não posso deixar você pagar.

— Tá tudo bem. Eu disse que tenho bastante dinheiro guardado. Posso cobrir.

Ela lhe deu um olhar apreensivo. Mas então olhou para Tomcat, cujos miados pedindo para ir embora não cessavam.

— Vou te pagar.

— Não precisa.

Nick pegou a bolsa de Tomcat enquanto a recepcionista passava o cartão.

— Obrigada — falou Lily, apertando a mão livre dele.

— Não foi nada. Sério.

E era verdade. Faria qualquer coisa por ela. Lily significava muito para ele. Era por isso que estava determinado a não ferrar com a vida dela.

○ ○ ○

De volta ao apartamento dela, Nick colocou a bolsa de transporte no chão. Tomcat saiu e lançou um olhar irritado por cima do ombro. Lily encheu a tigela de água, e ele bebeu de forma barulhenta, como se tivesse sido abandonado no deserto. Lily o paparicou e acariciou suas costas.

Nick ficou na porta, sem saber se já devia ir embora. Lily o encarou e lhe deu um sorriso cansado.

— Quer ficar um pouco? — perguntou ela. — Quer dizer, se não tiver compromisso.

Compromisso? Ele cancelaria uma reunião com o Dalai Lama para passar mais tempo com ela.

Eles se sentaram no sofá, e Nick olhou para um Tomcat ocupado se lambendo ao lado da tigela de comida.

— Ele está mais animado — observou ele.

— Ele odeia veterinário. É o único momento em que ele vira outro bicho. — Ela olhava para Nick com atenção. — Obrigada por tudo hoje. Não quero dizer só por pagar a conta. Mas por vir ajudar o Tomcat e segurá-lo. E por me confortar quando perdi a cabeça. Tudo. Vou te pagar, falando nisso.

— Não precisa mesmo.

— Eu vou — enfatizou ela.

Ele deixou para lá. Entendia mais do que qualquer um o desejo de não ter dívidas com ninguém.

Tomcat andou pela sala e pulou no sofá. Nick ficou imóvel, depois prendeu a respiração quando Tomcat andou direto para seu colo e começou a fazer um movimento estranho com as patas enquanto ronronava. Era quase como se ele estivesse cavando levemente pela calça jeans de Nick.

— Hã... o que ele está fazendo? — perguntou Nick, com medo de se mexer.

— Ah, meu Deus. Ele está amassando o pão em você. — Lily estava radiante. — Quer dizer que ele te ama agora.

— Amassando o pão?

— É, olha as patas dele. É como se ele estivesse fazendo massa de pão. Meu padeirozinho. — Ela ergueu uma sobrancelha, sorrindo. — Ainda acha que os gatos são maus?

Hesitante, Nick deu tapinhas na cabeça de Tomcat. O gato encostou a cabeça na mão de Nick, roçando a bochecha na palma. Depois se enrodilhou no colo de Nick, aquecido e contente.

— Não — cedeu ele, por fim. — Este cara é tranquilo.

Lily sorriu, satisfeita.

— Eu falei.

Nick riu para ela, e então ficaram em silêncio. Ele queria se desculpar pelo que acontecera na casa dos pais dela.

— Sobre sábado... — disse ele.

— Então, o beijo... — começou ela.

Lily riu. Nick também.

— Me desculpe mais uma vez — pediu ele. — Lidei com a situação do jeito errado. Foi covardia ir embora sem me despedir de você.

Ela abaixou o olhar, alisando o vestido.

— Acho que o nosso foco devia ficar na amizade. Queria que a gente conseguisse fazer isso. — Ela o olhou. — Você consegue?

— Consigo — soltou ele, rápido. — Consigo, sim.

— Tá bom. E nada desse negócio de me ajudar a achar um acompanhante também. Posso conseguir sozinha.

Ele assentiu. Por um lado, tinha orgulho por ela assumir o controle da situação. Ainda estava bastante determinada a afastar as irmãs da sua vida amorosa. Mas, por outro, ele se sentia horrível, porque devia tê-la ajudado a encontrar alguém, a encontrar a felicidade e, em vez disso, só havia estragado tudo e ficado no caminho.

— Claro que você consegue sozinha. Me desculpe por não ter sido muito útil.

— Tudo bem. — Ela se endireitou para que pudesse ficar de frente para ele. — Eu tinha um encontro hoje à noite, na verdade. Mas tive que cancelar, é claro, por causa do Tomcat.

Nick congelou. Sentiu o peito apertar. De modo casual, questionou:

— Ah, é, com quem?

— Com meu novo colega de trabalho. Na verdade é meio estranho. Fisicamente, ele é do jeito que eu imaginei aquele cara com quem conversei por e-mail ano passado. Eu te contei dele, não contei? O cara que sumiu.

Nick engoliu em seco.

— Eu lembro.

— É, esse meu colega de trabalho também é britânico, e o cara dos e-mails também era. — Ela pôs o cabelo atrás da orelha. — Enfim, o Oliver, é o nome do meu colega, tinha ingressos para um stand-up, e estou bem triste por não ter conseguido ir.

Merda.

Merda, merda, merda.

Quem era esse tal de Oliver?

Mas por que Nick se importava? Aquilo não era da conta dele! Era bom que Lily tivesse conhecido outra pessoa. Alguém melhor do que ele. Assim não a machucaria, e ela nunca descobriria que era ele a pessoa com quem trocava e-mails.

Ele devia ficar feliz.

Mas estava péssimo.

Forçou um sorriso mesmo assim.

— Você vai remarcar o encontro? — indagou ele.

— Não vejo por que não. — Ela deu de ombros e inclinou a cabeça, olhando para ele. — Mas voltando ao assunto de nós dois. Nós estamos bem?

Nick precisou usar toda a sua força de vontade para assentir.

— Estamos bem.

Ele estava determinado a fazer o que era certo com ela.

Mesmo que isso significasse partir o próprio coração.

16

LILY DEVIA TER ADIVINHADO QUE NOTÍCIAS RUINS ESTAVAM A CAMInho, dada a maneira explosiva como Edith entrara no escritório naquela manhã após o café mensal com Christian Wexler. Edith não olhou para Lily nem sequer pediu um café. Ela simplesmente bateu a porta e, por uma hora e meia, foi possível ouvi-la batendo as coisas pelo escritório. Lily não queria se envolver. Tinha que encontrar Dani e Oliver no saguão ao meio-dia para almoçarem, o que era um milagre por si só, já que Dani quase sempre furava. Lily suspeitava que talvez tivesse mais a ver com o fato de Dani querer conhecer Oliver, mas estava feliz por ter um motivo para passar uma hora longe de sua mesa, e, se chamasse atenção para si mesma, Edith poderia tornar a saída de Lily para o almoço impossível. Mas estava ansiosa para saber o que Christian dissera que havia deixado Edith mais irritada do que o normal.

Às 11h45, ela bateu à porta de Edith e enfiou a cabeça pela porta. Ficou surpresa ao encontrar a chefe sentada à mesa com os olhos vermelhos e inchados, encarando o nada.

Lily entrou e fechou a porta atrás de si.

— Edith, o que houve?

— Oi, Lily — respondeu Edith, se endireitando. — Sente aqui. Temos que conversar sobre algumas coisas.

Lily sentiu a ansiedade tomar conta enquanto se sentava diante de sua chefe. Será que Edith seria demitida? Ou era Lily que seria mandada embora? Suas mãos já estavam molhadas de suor.

— O Christian vai contratar uma nova coeditora para me ajudar a comandar o selo — declarou Edith. — O nome dela é Bernice Gilman, e ela é a atual editora-chefe de estilo de vida e não ficção na Welford Press. O Christian vai anunciar na semana que vem, e a Bernice vai começar a trabalhar com a gente em setembro.

— Ah.

Lily piscou. Não conhecia Bernice Gilman, mas a Welford Press era uma das maiores concorrentes da M&M. Provavelmente significava que Christian a tinha roubado.

— É. No café da manhã, ele me contou que a Bernice vai trazer um "novo olhar" para o selo, como se precisássemos de um novo olhar, pra começo de conversa! Que ultrajante! É como se ele tivesse contratado uma babá para me vigiar. — Edith respirou bem fundo e estremeceu. — Vamos dobrar o número de livros que publicamos a cada temporada, agora que a Bernice vai se juntar a nós.

Lily a encarou.

— A Bernice vai trazer uma assistente?

— Não. — Edith a encarou como se aquela pergunta fosse a mais imbecil que ela poderia ter feito. — Você vai ser assistente de nós duas.

— Oi?

A dor intensa de uma enxaqueca começou a se espalhar pela testa de Lily.

— Agora o meu selo vai publicar livros sobre ioga, vitaminas e qualquer outra coisa pela qual a sua geração tenha obsessão. É ridículo! E o Christian quer que eu compre livros sobre tecnologia e... pegadas de carbono, ou alguma besteira assim. Você *vai ter* que trabalhar nesses livros. Não vou tocar neles, juro. Meu pobre pai deve estar se revirando no túmulo!

— Edith... — Lily engoliu em seco e pigarreou. Seu estômago se revirava de nervoso. — Se vou auxiliar vocês duas e editar meus próprios livros, acho que mereço uma promoção a editora-assistente.

Edith encarou Lily com puro assombro.

— Como pode pedir uma promoção num momento desse, quando a existência do selo está em jogo? A Bernice pode ser o cavalo de Troia do Christian. Um jeito que ele encontrou para mudar lentamente a forma como fazemos tudo e me chutar pra fora. É muito insensível da sua parte sequer mencionar uma promoção.

Edith seguiu chorando, e Lily ficou sentada ali, boquiaberta. Claro que ela merecia uma promoção. O fato de Edith se recusar a reconhecer isso apenas confirmava o que Lily já sabia. Edith era um navio naufragando, e, se Lily não agisse, iria afundar junto com ela.

— Tenho que ir almoçar — anunciou Lily, ao se levantar de repente.

Edith balbuciou uma coisa incompreensível, e Lily voltou à sua mesa. Ela se esforçou para não entrar em pânico.

Quando Bernice começasse em setembro, Lily teria o dobro de trabalho. Uma assistente editorial auxiliando dois editores não era uma coisa inédita, mas a maioria dos editores não precisava de tanta ajuda e de ter tanto controle quanto Edith. Lily já estava atolada em estresse. Como poderia ainda por cima dar suporte a outra pessoa com sua já excessiva carga de trabalho? E o que sua família pensaria quando descobrisse que ela iria assumir mais tarefas sem uma promoção?

Ela entrou no e-mail pessoal, com a esperança de que tivesse recebido uma resposta a uma candidatura de emprego nos últimos quinze minutos, mas não era o caso. Até verificou a pasta de spam, e encontrou apenas ofertas falsas de cartão de crédito. Ela tamborilou os dedos na mesa. Precisava fazer alguma coisa.

Não podia ficar sentada ali e deixar as decisões de outras pessoas afetarem sua carreira, sua vida, daquele jeito. A situação com Nick não havia terminado do jeito que ela esperara e qualquer chance de uma relação com ele tinha evaporado, ainda não tinha um acompanhante, mas fora ousada na maneira como tinha tomado as rédeas da vida e pedido a ajuda de Nick. Era daquela ousadia que precisava bem naquele momento.

Antes de pensar duas vezes, foi até o e-mail que tinha enviado a Francesca Ng umas semanas antes.

Oi, Francesca!

Espero que esteja tudo bem! Só estou entrando em contato de novo para saber se você está disponível para uma conversa. O café é por minha conta!

Vamos nos falando!

Ela apertou enviar e fez cara feia para a quantidade de pontos de exclamação que tinha usado, porém estava desesperada e não ligava se parecesse exagerada.

Então seu celular vibrou, assustando-a. Era uma mensagem de Dani, dizendo que ela e Oliver esperavam lá embaixo no saguão. Lily se apressou em pegar a carteira e o crachá da M&M, mas parou quando ouviu o som de um novo e-mail chegando. Ela piscou surpresa para a tela do computador. Havia recebido uma resposta de Francesca Ng.

Oi, Lily!

Mil desculpas pela resposta atrasada! Você sabe como as coisas ficam desesperadoras no verão. Eu adoraria marcar uma conversa com você, mas espero que esteja interessada em uma coisa um pouquinho melhor. Vamos aumentar a equipe editorial aqui na Happy Go Lucky e contratar uma editora-assistente, que trabalharia diretamente comigo. Lembro que você mencionou que queria começar a trabalhar com livros infantis. Se ainda for o caso e você estiver interessada no cargo, me envie seu currículo, por favor, assim podemos agendar uma entrevista. Me avise se tiver qualquer dúvida.

Beijos,

Francesca

O queixo de Lily caiu.

Depois de o choque ter passado, ela entrou em ação e respondeu a Francesca, dizendo que adoraria fazer uma entrevista para o cargo e que seu currículo seguia em anexo.

Ela estava radiante. Tinha sido ousada e, daquela vez, realmente funcionara!

A primeira pessoa com quem queria compartilhar aquela notícia era Nick. Lembrou como ele a confortara no hospital veterinário. *Você é a pessoa mais competente que eu conheço.* Queria mandar uma mensagem para ele, mas não sabia bem os limites da nova amizade dos dois. Talvez mensagens aleatórias com boas notícias não fizessem parte.

Ela ainda ponderava sobre aquilo quando encontrou Dani e Oliver no saguão. Estavam bem perto um do outro, Dani inclinada sobre Oliver dizendo algo com um sorriso travesso no rosto que o fez rir.

Quando Oliver ergueu o olhar e notou Lily se aproximando, acenou. Lily se sentia muito mal por ter perdido o stand-up, mas Oliver fora compreensivo com a emergência de Tomcat. Ela precisava descobrir um jeito de dizer que queria remarcar o encontro, mas não faria isso enquanto Dani estivesse parada bem ali... com o braço entrelaçado no de Oliver.

— Aí está você, finalmente — declarou Dani, levando-os para fora. — Falando nisso, fiquei sabendo do selo da Edith. Ela está brava?

Lily nem se incomodou em perguntar como Dani já sabia.

— Sim. Mas tenho boas notícias.

Ela pegou o celular e mostrou o e-mail de Francesca Ng a Dani e Oliver.

— Lily, que incrível! — gritou Dani, abraçando-a. — Talvez você finalmente escape da Edith!

Elas deram gritinhos e pularam juntas no meio da calçada lotada de Midtown. Oliver só observava, rindo, enquanto homens de terno resmungavam e desviavam.

— Quero comemorar — declarou Lily. — Quero *dançar*.

Ela estava realmente tendo um momento de euforia extracorpóreo para ter dito uma coisa como aquela. Mas queria aproveitar o momento. Não se sentia tão esperançosa daquele jeito desde... Nem se lembrava da última vez.

— Issooo — incentivou Dani. — Vamos sair depois do trabalho! Tem um bar perto da minha casa no Crown Heights com um DJ bom de verdade. Oliver, você tem que vir também, óbvio.

— Ah, claro — disse ele, olhando para Lily. — Se eu estiver convidado.

Lily assentiu.

— Claro que está.

— Perfeito — afirmou Dani. — Vou convidar algumas das garotas do marketing. A gente estava dizendo que precisava espairecer um pouco e rebolar a raba. Vai ser um rolê em grupo!

Conforme caminhavam até o restaurante tailandês na esquina, Dani lhes contava a última fofoca do mundo editorial, mas Lily só estava ouvindo pela metade. Ela se perguntava se seria estranho convidar Nick para aquela noitada. Como Dani disse, era um rolê em grupo, e não era normal convidar amigos para coisas assim?

A verdade era que ela queria muito contar a novidade para Nick, então lhe mandou uma mensagem.

> Oi, tenho uma entrevista com a amiga do Marcus, Francesca, na editora de livros infantis onde ela trabalha.
> Vou sair com uns colegas de trabalho pra celebrar. Quer se encontrar com a gente?

O coração dela acelerou quando a palavra *entregue* apareceu abaixo da mensagem. Mas não tinha nenhum motivo para estar tão nervosa. Nick não gostava de multidões nem de festas. Provavelmente iria dizer não.

A resposta dele chegou na mesma hora.

> Parabéns! Que ótima notícia, Lily. Sim, eu encontro vocês.
> Só me mandar o endereço.

o o o

Quando chegaram ao bar no Crown Heights naquela noite, Lily sentia um nervosismo profundo. Estava começando a ver que convidar Nick tinha sido uma tolice, sabendo que Oliver estaria lá também.

Nick é só seu amigo agora. Não tem nada com o que se preocupar.

— Vamos tomar umas doses — gritou Dani, arrancando Lily do nervosismo latente. As colegas de Dani do marketing, Hannah e Emily, comemoraram.

Oliver se inclinou e sussurrou para Lily.

— Você está bem?

— Estou! — soltou ela, depressa.

Uma dose era exatamente do que precisava para se acalmar. Afinal, eles estavam ali para comemorar com ela.

Dani acenou para o garçom, que levou uma rodada de shots de tequila até eles. Lily virou o seu e sentiu a tequila queimar a garganta e o peito. Ela sacudiu a cabeça.

— Outra rodada?

— Sim! — gritou Dani por cima da música.

Lily pediu mais shots, e eles ficaram próximos ao bar quando o lugar começou a encher. No momento em que a segunda rodada chegou, Lily rapidamente engoliu o seu. Ela ficou na ponta do pé e examinou o lugar, bambeando um pouco. Dois shots e já estava um pouco estranha. Devia ser porque tinha almoçado apenas um rolinho-primavera e uma tigela de arroz tailandês. Foi o que pôde pagar no restaurante tailandês, pois era tudo muito caro. Ela precisava pegar leve. E então sentiu alguém bater em seu ombro. Ela se virou e viu Nick parado bem atrás dela.

— Oi!

Ela o abraçou, surpreendendo ambos.

— Oi — respondeu ele, abraçando-a.

Com os braços de Nick ao seu redor de modo confortável, Lily percebeu o quanto tinha sentido sua falta, e eles não se viam só havia alguns dias. Isso era um problema.

Dani pigarreou, e Lily se afastou de Nick, corando. Ele sorriu para ela, e ela o levou até o grupo.

— Nick, esses são meus colegas. Dani, Hannah, Emily e Oliver — apresentou ela. — Pessoal, esse é meu vizinho Nick.

— E aí? — disse Nick.

Dani, Hannah e Emily encaravam Nick despudoradamente. Oliver foi o único que reagiu com naturalidade ao apertar a mão dele.

Hannah e Emily saíram do modo atordoado quando o DJ começou a tocar a música mais recente de Wizkid. Elas correram para a pista de dança, e Dani agarrou a mão de Lily, levando-a junto.

— *Garota* — murmurou ela no ouvido de Lily. — Quando você ia me contar que seu vizinho é essa delícia toda? Vocês estão ficando?

— Não — respondeu Lily, com as bochechas coradas. — Somos só amigos.

— Mesmo que a sua cara não entregasse logo que está mentindo, eu não acreditaria depois de ver o jeito como você abraçou ele.

— Para com isso.

Lily afastou Dani quando viu Nick e Oliver caminhando até as duas. Os dois sorriam para ela. Ah, *Deus*.

O DJ começou a tocar reggae, e Oliver alcançou Lily primeiro, ficando ao seu lado tranquilamente.

— Quer dançar? — perguntou ele, mexendo os ombros.

— Pode ser — aceitou ela, evitando olhar para Nick quando Oliver pegou suas mãos e a levou para perto do DJ.

Oliver continuou remexendo os ombros e balançando o quadril, rindo. Lily gostava do fato de ele não se levar tão a sério. Ele a puxou para perto, batendo o quadril no dela, e Lily riu também. Oliver era apenas alguns centímetros mais alto. Eles ficavam bem juntos.

Claro que, assim que esse pensamento atravessou sua mente, ela olhou de volta para o resto do grupo e trocou um olhar com Nick. Ele estava no meio de uma conversa com Dani, mas olhava bem para Lily, com uma expressão um tanto dolorosa no rosto. Talvez estivesse odiando a música e quisesse ir embora. Não era possível que sua expressão tivesse a ver com ela e Oliver. Lily se virou, ignorando a sensação do peito queimando.

Algumas músicas depois, ela e Oliver retornaram ao grupo. Nick tinha desaparecido, e Dani, Hannah e Emily estavam todas bocejando.

— Cadê o Nick? — perguntou Lily.

— Ele foi ao banheiro — informou Dani. — Você sabe que eu adoro uma boa farra, mas temos uma reunião com a equipe de vendas amanhã de manhã, então vamos embora. Mas foi muito divertido! Boa sorte na entrevista! — Ela abraçou Lily e sussurrou: — E me avisa quem você acabou escolhendo, porque, se não for o Oliver, queria que ele me levasse pra Londres quando voltasse para visitar a família.

Lily bateu no braço de Dani, que gargalhou. Dani abraçou Oliver e então ela, Hannah e Emily seguiram para a saída.

Oliver checou a hora no Apple Watch.

— Acho que vou precisar ir também. Meu novo grupo de corrida vai se reunir às quatro da manhã.

— Ah, claro — respondeu Lily.

Mas ela estava relutante em ir embora sem se despedir de Nick.

E então Nick reapareceu ao seu lado.

— Aonde a Dani e as amigas dela foram? — perguntou.

— Embora — respondeu Lily. — O Oliver está indo também.

Nick olhou para Oliver, que abria o Uber no celular. Ele voltou a atenção para Lily.

— E você? Quer ficar?

— Quero — admitiu ela. — Quero, sim. Mas tudo bem se você já quiser ir também.

— Nada, vou ficar.

Lily abriu um sorriso. Ela não poderia evitar nem se tentasse.

— Tá bom.

Nick também a encarava com um sorriso. Oliver pigarreou.

— Hum... então, Lily, vejo você amanhã? — indagou ele.

Lily piscou, tirando os olhos de Nick.

— Sim. Muito obrigada por ter vindo.

Os olhos de Oliver iam de Lily para Nick e vice-versa. Parecia querer dizer mais alguma coisa, só que, em vez disso, deu tchau e disse a Lily que mandaria uma mensagem quando chegasse em casa.

— Então, esse é o colega novo com quem você ia sair? — perguntou Nick, observando Oliver caminhar até a saída.

Lily assentiu, intrigada com a testa franzida de Nick. Será que ele estava com ciúme? Querer que ele estivesse a fazia uma péssima pessoa?

— Ele parece legal — declarou Nick.

— Ele é muito legal — concordou Lily.

— Hum — murmurou Nick, desinteressado.

Lily se virou, escondendo o sorriso. Ele *estava* com ciúme.

O DJ ainda tocava reggae, e a música mudou para "Girls Dem Sugar", de Beenie Man e Mýa. Fazia anos que Lily não a ouvia. Ela começou a remexer o quadril.

Nick a observava.

— Quer dançar?

— Quero — respondeu ela, o coração acelerado por causa da proximidade dele.

Nick foi para trás dela, as mãos repousando no seu quadril enquanto dançava. Ela não tinha ficado tão próxima dele daquele jeito desde aquela noite na casa dos pais. Será que ele pensava naquilo tanto quanto ela? Nick a puxou para si, e Lily continuou se remexendo. Com certeza estava roçando nele.

— Parabéns pela entrevista — sussurrou ele em seu ouvido. Lily estremeceu, mas tentou não demonstrar o efeito que ele tinha sobre ela. — Como se sente?

— Empolgada — respondeu Lily. — Esperançosa.

Mas ela não sabia se estava falando da entrevista ou do fato de estar com ele.

Nick a envolveu em um abraço. Não havia qualquer espaço entre seus corpos. Lily começou a suar, e sentiu Nick apertá-la ainda mais. Seus lábios ainda estavam no ouvido dela. Lily sentia sua respiração na nuca e no ombro.

Ela se virou para olhá-lo, e ele estava bem ali. A boca apenas a centímetros da dela. Nick encarava seus lábios. Lambeu os dele e aproximou o rosto. Ela tinha que se afastar, colocar um espaço entre eles. Mas não fez isso. Em vez disso, levantou o rosto até ele.

Quando Nick a beijou, sentiu um choque percorrer todo o corpo. Não tinha percebido o quanto esperava por outro beijo até que os lábios dele pressionassem os dela. Lily se virou por completo, e Nick a puxou para si, as mãos deslizando até parar nas costas dela. O beijo era urgente e úmido, e suas línguas se chocavam. Ela puxou os ombros de Nick, querendo-o mais e mais perto.

Alguém esbarrou neles, e os dois se separaram, ofegantes. Estavam com calor e suados. A camisa fina de Lily estava grudada na pele. Nick agarrou a mão dela e a levou para o lado de fora. O ar fresco soprou, e Lily se virou para Nick e caiu numa gargalhada zonza. Ele sorriu e a puxou para si de novo. Ele a empurrou na parede e a beijou.

Quem ela estava enganando? Nick não era só um amigo, e ela não queria que fosse.

Gentilmente, ela se afastou dele, a boca inchada e úmida. Olhou diretamente nos olhos dele e disse o que queria dizer havia mais de um mês.

— Eu gosto de você de verdade, Nick — declarou ela, de forma clara. — Não quero mais fingir que não gosto.

As mãos de Nick ainda estavam em sua cintura. O olhar grudado no rosto dela. Ela não sabia que reação esperar dele, mas não tinha achado que ele ficaria tão... nervoso. Ou assustado.

— Você gosta de mim? — ela quis saber.

— Gosto — soltou Nick. Ele se afastou, passando a mão pelo rosto. — Você não tem ideia de quanto.

— Então qual o problema? Sei que acha que você é uma pessoa ruim e que pode me machucar, mas eu não acho que você seja capaz de fazer isso.

Nick começou a andar de um lado para o outro. Lily o observava, confusa. O nervosismo dele a fez repensar em tudo. Ele enfim parou na frente dela.

— Tem uma coisa que eu não te contei — afirmou ele, baixo.

— O quê? — Ela examinou o rosto dele. — Você tem uma namorada ou alguma coisa assim?

— *Não* — respondeu ele. E depois: — É pior do que isso.

Lily piscou. O que poderia ser pior do que isso? Ele era um assassino? Era *casado*?

— Nick. — Ela agarrou a mão dele. — Só me conte.

Ele a encarou, quase suplicante. Uma eternidade se passou antes que ele falasse de novo.

— Lily — disse ele. — Eu sou o Strick.

17

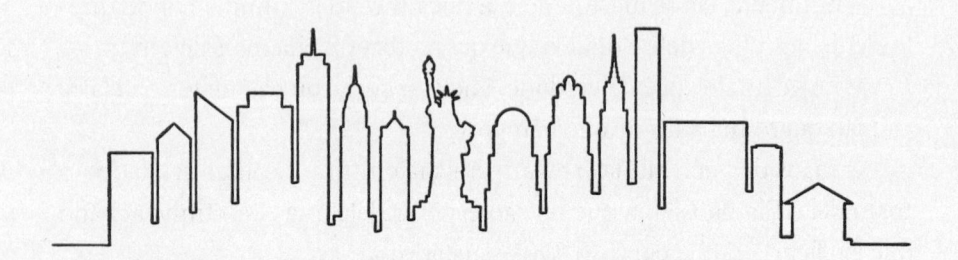

— O QUÊ...?

A voz de Lily saiu baixa, confusa. Ela largou a mão de Nick, e ele no mesmo instante ele sentiu a ausência do seu toque.

— Eu sou o Strick — repetiu ele. O frio em sua barriga o estava congelando. Ele iria vomitar. — Era eu. Pra quem você mandava e-mail.

Lily o encarava, sem piscar. Ela balançou rapidamente a cabeça, como se tentasse dar sentido às palavras dele.

— Eu mandava e-mails pra você?

— É — confirmou ele, fracamente.

— Mas... como isso é possível? Como você teve acesso ao e-mail do N. R. Strickland?

— *Eu sou* N. R. Strickland.

Lily ficou boquiaberta. Permaneceu parada ali, encarando o nada. As pessoas esbarravam neles na calçada e a música explodia de dentro do bar, mas ela estava focada em Nick.

— Deixa eu explicar — pediu ele, às pressas. — Tudo que eu disse nos e-mails era verdade. Vendi *Os elfos de Ceradon* para uma editora britânica pequena quando estava no último ano da faculdade. E então, depois que o livro flopou, aceitei um emprego na *World Traveler* e abandonei o N. R. Strickland, junto com a ideia de ser um escritor. Cinco anos depois, o Marcus começou a me agenciar e fez o site pra mim. E então você me enviou um e-mail, e eu não poderia não te responder. Alguma coisa me atraiu no seu e-mail. Eu só pretendia responder uma vez, só que, quanto mais te conhecia, mais difícil ficava me afastar. Eu criei o pseudônimo para que o meu pai não soubesse da minha carreira nem do dinheiro que viria dela, e eu não queria te contar isso porque nunca havia contado a ninguém a não ser o Marcus. E continuei mentindo pra você nos e-mails com aquele linguajar britânico estúpido, e mentir daquele jeito me lembrou das coisas que meu pai fazia e me odiei por isso. Eu não queria te magoar, e ficava tentando me afastar, mas não conseguia. Quando descobri que o Marcus tinha vendido o *Elfos* e que eu me mudaria para Nova York, onde poderia ver você, sabia que precisava cortar o contato, porque, se eu me envolvesse na sua vida real, acharia um jeito de ferrar com tudo e bagunçar sua vida, e não podia fazer isso com você. Depois me mudei pra cá, e, quando vi, você era minha vizinha. Só percebi na noite em que fui ao seu apartamento e vi o Tomcat e a tatuagem no seu pé.

Ela ficou em silêncio por um longo e agonizante momento. E então enfim falou:

— Você sabe disso há quase dois meses? — perguntou ela. — Algum dia você ia me contar?

— Não, não no começo. Achei que seria melhor deixar você seguir em frente e te ajudar a encontrar alguém que realmente te merecesse.

O volume da música dentro do bar aumentou, e Nick começou a falar um pouco mais alto para ser ouvido, mesmo que a última coisa que quisesse fosse que alguém escutasse a conversa.

— Não é tarefa sua decidir quem me merece mais — disparou ela. — Você ficou lá sentado e me escutou falar de como fiquei magoada depois que você parou de mandar os e-mails e você não disse *nada*.

— Me desculpa, Lily. Eu sinto muito, de verdade. Eu devia ter falado alguma coisa, você tem razão. Eu não estava pensando em merda nenhuma direito, mas precisei te contar agora porque... porque...

— Porque o quê?

— Porque estou louco por você! E quero deixar toda a minha idiotice de lado e ser o homem que você merece, e não podia ficar mais um segundo sem te contar a verdade.

Abatida, Lily estava encostada na parede de tijolo, com a respiração pesada enquanto encarava Nick de olhos arregalados. Ele precisava saber o que ela estava pensando.

— Foram mais de seis meses — enfatizou ela, enfim. — Você trocou e-mails comigo por mais de seis meses. Te contei tanta coisa da minha vida. Você me conhecia. E fingiu que não. Consegue entender o quanto eu me sinto traída?

— Consigo — respondeu ele, segurando as mãos dela com ternura. — Mas estou implorando o seu perdão. Eu estava tentando proteger você de mim, e entendo agora o quanto aquilo foi idiota, porque você merecia a verdade desde o começo. E eu sei que parece ridículo, mas hoje mais cedo eu estava pensando em quais eram as chances de, depois de todo esse tempo, eu e você acabarmos virando vizinhos. Isso tem que significar alguma coisa, não é? O destino ou algo assim? Não sei. Mas estou pedindo seu perdão. E se você perdoar, juro por Deus que nunca mais vou mentir pra você nesta vida. Vou dar o meu melhor para nunca te magoar.

Lily encarou as mãos deles, entrelaçadas. Ela estava com a testa franzida, seu rosto uma tempestade de emoções. Ela afastou a mão.

— Não consigo falar com você agora — declarou ela.

E começou a andar na direção do metrô.

— Lily, espera.

Nick foi atrás dela, e ela se virou e ergueu a mão.

— Por favor, não me siga.

Ele paralisou e fez o que ela pediu, deixando-a ir.

— Me desculpa — murmurou ele, observando-a ir embora.

Ele tinha ferrado tudo, do pior jeito possível. A rejeição de Lily era exatamente o que merecia. E sabia disso.

○ ○ ○

Lily não sabia como tinha conseguido voltar para Manhattan. Havia andado no piloto automático, encarando o nada dentro do vagão do metrô. Ela pegou o elevador para seu andar, entrou no apartamento, deu comida para Tomcat e se sentou no sofá. Tudo em estado de estupor.

Nick era N. R. Strickland.

Nick era Strick.

Ela se sentia muito estúpida agora que sabia a verdade. Estava bem na cara dela o tempo todo. Como não tinha percebido antes?

Strick escrevia para uma revista de viagens. Nick disse que era jornalista e se mudava de um lugar para o outro. Strick tinha um melhor amigo que era agente literário. Assim como Nick. Nenhum dos dois gostava de passar tempo com a família. Os dois tinham medo de gatos. Amavam livros. Eram a *mesma pessoa*. Nick era Strick. Meu Deus, até os nomes rimavam.

Não era de espantar que ele parecesse tão familiar para ela. Não era de espantar que ela tivesse se apaixonado por ele tão depressa, tão facilmente. Já tinha se apaixonado por ele antes.

Ela reconhecia que a situação atual deles era ridícula. Quais eram as chances de os dois acabarem vizinhos? Conseguia entender por que ele tinha surtado, já que ela estava um pouco surtada também. Mas ele sabia da verdade havia meses e não lhe contara, e isso não era justo.

Ele pedira desculpas e implorara o perdão dela na frente do bar. Ele queria parar de ter medo. Queria ficar com Lily. Era tudo o que ela quisera antes. Mas como poderia sequer concordar com isso no momento? Como poderia começar uma relação naqueles termos? Ele tinha desaparecido da vida dela sem explicação e escondido a verdade quando se conheceram pessoalmente. Lily não podia ignorar.

Seu celular vibrou na cama, chamando sua atenção. Era um e-mail de Francesca Ng, perguntando sobre a disponibilidade de Lily para a entrevista. Lily respondeu no automático. Não sentia mais vontade de comemorar.

Não sentia nem vontade de chorar por causa de Nick. Estava entorpecida.

Tomcat pulou no sofá e se aninhou em seu colo. Ela acariciou o pelo suave dele e o abraçou. Logo em seguida, ouviu uma leve batida na porta.

De algum jeito, já sabia quem era. Foi até ela e espiou pelo olho mágico. Nick estava no corredor, segurando uma pilha de papel. Ele encarava o chão, os ombros caídos. Seu coração acelerou, e ela desejou que ele não tivesse a capacidade de fazê-la se sentir desse jeito depois de tudo.

Lily abriu a porta, mesmo sabendo que não devia.

— Eu sei que você não quer falar comigo, e não precisa — soltou Nick. Suas palavras saíram apressadas, emboladas. Ele ergueu a pilha de papéis. — Desde a nossa última conversa por e-mail em janeiro, estou guardando um rascunho no computador de todas as coisas que queria ter contado. Fatos sobre mim e a minha vida. Coisas que escondi de você. Imprimi porque quero que você leia.

Lily encarou os papéis. Não fez nenhum movimento para pegá-los.

— Por favor — pediu ele, rouco.

Ela olhou para o rosto dele de novo, observando o desespero evidente. Devia mandá-lo embora. Mas a verdade era que estava curiosa para saber o que ele tinha escrito. Depois de um silêncio prolongado, ela pegou as folhas.

— Obrigado — disse ele.

Ela apenas assentiu e pôs a mão na maçaneta, um sinal óbvio de que a conversa tinha acabado. Nick se afastou, e ela se virou e entrou, fechando a porta atrás de si. Lily espiou pelo olho mágico de novo, e Nick ainda estava parado ali, encarando com firmeza o chão. E então suspirou e foi até o seu apartamento.

Ela estava muito brava com ele. Nick mentira para ela. Então por que ainda sentia uma conexão tão forte com ele?

Ela se sentou no sofá de novo e folheou a pilha de papéis. Os rascunhos de e-mail iam de janeiro até a semana anterior.

Com Tomcat enrolado ao seu lado, Lily leu o primeiro e-mail de desculpas de Nick, em que ele explicava por que nunca aparecera na videochamada, o quanto temia que ela não gostasse do verdadeiro Nick e como o deixava nervoso a ideia de contar a alguém que era N. R. Strickland. Mais tarde, ele escreveu para ela sobre a cidade de Nova York e como era sufocante e ao mesmo tempo vibrante morar ali. Ele se perguntava se esbarraria nela, e, se isso acontecesse, ela saberia de algum jeito quem era ele de cara? Mencionava a escrita e como tinha dificuldade para escrever e o estresse de vivenciar tanto sucesso repentino e não ter certeza de que conseguiria fazer de novo.

Escreveu o quanto sentia falta de conversar com ela. Com frequência, dizia o quanto lamentava tê-la machucado, e que sabia que havia estragado as coisas.

Ele havia escrito o último rascunho apenas oito dias antes.

Acabei de deixar você e o Tomcat. Você me contou que estava pensando em sair com um dos seus colegas de trabalho. Acho que consegui ouvir meu coração se partir nesse momento. Quero que você seja feliz. É tudo o que eu sempre quis para você. E é egoísta querer que você seja feliz comigo, porque não sei se você seria. Mas quero tentar. Eu me esforçaria ao máximo para agir da maneira correta com você. E isso significa que preciso te contar a verdade. Espero que você não me odeie.

Ela apertou o pedaço de papel enquanto relia as palavras de Nick. Limpou os olhos. Nem tinha percebido que estava chorando.

Então a porta se abriu, assustando-a. Para sua surpresa, Violet entrou, seguida por Iris.

— Oi — disse Lily, pigarreando. — Achei que estivesse nas Bahamas para aquela sessão de fotos.

— O Angel ficou gripado, então mandaram todo mundo pra casa antes — respondeu Violet, puxando a mala para a lateral do sofá.

Angel, o mesmo cantor de R&B que Violet tentara juntar com Lily na festa de noivado dela, era seu mais novo cliente. Lily devia ter se esforçado ao máximo para que as coisas com Angel dessem certo naquela noite. Porque então talvez ela não se incomodasse em olhar duas vezes para Nick. E eles não estariam naquela situação confusa.

— Eu peguei ela no aeroporto — explicou Iris, colocando a bolsa na bancada da cozinha. — Pensei em passar e dar um oi.

— Noite das irmãs!

Violet se jogou no sofá ao lado de Lily. Tomcat resmungou e pulou para o chão, sua serenidade definitivamente arruinada.

— Estou com fome — comentou Iris, abrindo a geladeira. — Mas estou vendo que minhas únicas opções são iogurte e vinho.

— Relaxa. Vou pedir pizza. — Violet pegou o celular, depois grunhiu, jogando-o de lado. — O Eddy ainda não tem o terno. Sei que demorei para achar um vestido, mas arranjar um terno foi a única coisa que pedi para ele. Resolvi todo o resto da cerimônia. Consegui um DJ, mesmo sabendo que quem trabalha na indústria da música é *ele*. Ele reservou o lugar e só. Planejei o resto tudo sozinha. Nossa lua de mel também.

Lily franziu a testa. Iris imediatamente parou de abrir um potinho de iogurte e se virou para elas.

— Ele nunca está em casa — declarou Violet. — Eu passo mais tempo no apartamento dele do que ele mesmo.

— Vi... — Lily apertou a mão da irmã, esquecendo dos problemas com Nick por um momento.

— Está tudo bem. — Violet forçou um sorriso. — A carreira dele está deslanchando com os clientes novos. E é assim que é quando você está apaixonada por alguém que se esforça tanto quanto você no trabalho, quando você está com alguém que finalmente entende. Passei muitos anos namorando homens que se chateavam quando não conseguiam mais da minha atenção, ou achavam meu trabalho estúpido, como se eu brincasse de vestir pessoas e não trabalhasse de verdade. O Eddy sabe como isso funciona. Entende minha vida. Nós dois somos ocupados, mas não vai ser sempre assim.

— Violet — disse Iris baixinho, caminhando até elas. Com cuidado, ela se sentou no braço do sofá. — Tem certeza de que quer se casar?

Violet não respondeu. Ela encarou as mãos, em silêncio.

— Porque a gente te apoiaria mesmo se você mudasse de ideia — acrescentou Lily. — Sabe disso, né?

— Claro que eu quero me casar — respondeu Violet. — Amo o Eddy. Vamos ficar bem. — Ela ergueu o olhar e jogou o cabelo para trás, soltando um suspiro forte. E então olhou para a pilha de papéis no colo de

Lily. — O que é isso? Alguma coisa que você está editando? — Depois parou, olhando para Lily com mais atenção. — Espera. O que houve? Você estava chorando?

As irmãs olharam para ela em alerta máximo. Do nada, Lily se tornou o tema da conversa.

— Estou bem — respondeu ela, botando os rascunhos de Nick de lado. Ela não queria contar às irmãs toda a história. Era muito complicada e constrangedora. Não queria que se sentissem mal por ela. Mas podia ser vaga. — O Nick mentiu pra mim sobre uma coisa importante.

— Ele te traiu? — perguntou Violet.

— Ele teria que ser meu namorado pra me trair.

— Ele é casado? — indagou Iris.

— Não.

Violet ergueu uma sobrancelha.

— É um vigarista daqueles aplicativos de investimentos?

— Quê? Não. Não é nada disso. Ele escondeu uma coisa de mim que eu queria ter sabido antes.

Violet e Iris se entreolharam.

— O que ele escondeu? — indagou Violet.

— Prefiro não falar.

Lily torceu para que elas não a pressionassem.

— Tá bom — respondeu Iris, devagar. — Bem, ele se desculpou por mentir?

Lily fez que sim.

— Acha que o que ele fez vale a pena perdoar? — perguntou Violet.

— Eu... — Lily parou. — Nao sei.

— A gente não sabe o que aconteceu — disse Iris —, mas está claro pra mim o quanto ele gosta de você.

— É, ele te seguia como um cachorrinho na casa do pai e da mãe — acrescentou Violet.

Iris se aproximou e apertou a mão de Lily.

— Não estamos dizendo que você não devia ficar chateada. Se nunca mais quiser falar com ele porque ele mentiu, é totalmente válido. Estamos só dizendo que, se você *realmente* decidir que quer dar outra chance a ele, a gente entende também.

Lily suspirou.

— Não sei o que eu quero. Esse é o problema.

— Então leve o tempo que precisar para descobrir — sugeriu Violet. — E se o Nick gosta mesmo de você como a gente acha que gosta, não vai te apressar a tomar uma decisão.

— Exatamente — confirmou Iris, assentindo.

Lily sorriu com gratidão para as irmãs.

— Obrigada por escutarem.

— Imagina — respondeu Iris.

— Eu amo a noite das irmãs.

Violet sorriu, esticando as pernas.

E então Lily percebeu que havia mais uma coisa para contar.

— Tenho uma entrevista de emprego semana que vem.

— O quê? — perguntou Iris. — Sério?

— Ah, merda. De verdade mesmo? — exclamou Violet. — Onde?

Lily contou a elas sobre a futura entrevista com Francesca Ng. Quando terminou, Iris deu a volta e se sentou do outro lado dela. Ela envolveu Lily com o braço, e Violet a imitou, formando um sanduíche de irmãs.

— Você vai conseguir — afirmou Iris. — Seria um erro não te contratarem.

— E se não te contratarem, me avisa, que vou lá fazer uma visitinha pra eles — brincou Violet.

Lily riu, se apoiando nas irmãs. Era exatamente daquilo que precisava.

A barriga de Iris roncou. Ela se inclinou para a frente e olhou para Violet.

— Não vai pedir a pizza, não?

Violet grunhiu.

— Só você pra arruinar nosso momento com suas ordens.

Iris e Violet começaram a brigar, e Lily ficou grata pela distração. Porque ainda não tinha ideia do que faria em relação a Nick.

18

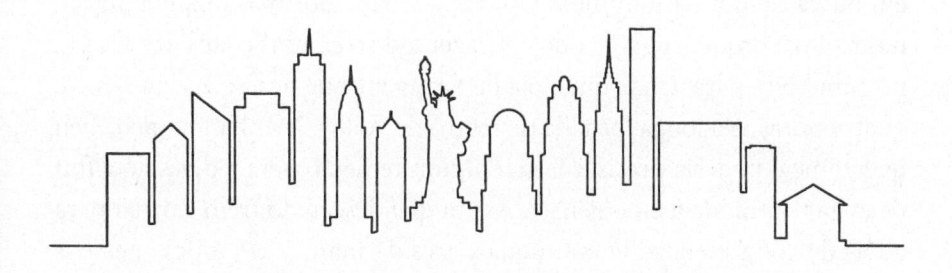

Depois de deixar o apartamento de Lily, Nick andou de um lado para o outro na sua sala de estar vazia. Não conseguia parar de pensar na sua expressão quando ele contara que era Strick. Pouco antes ela estava lhe dizendo que gostava dele. O corpo macio de Lily havia ficado colado ao seu. A expressão dela fora de esperança vulnerável e genuína. E então ele lhe contara a verdade e observara com agonia sua expressão se transformar em confusa, e depois em furiosa contida.

Ele a traíra. Era por isso que quis evitar se aproximar. Mas agora era tarde demais. Ela sabia a verdade, e ele estava envolvido demais. Tinha lhe dado os rascunhos de e-mail porque queria que ela enfim soubesse toda a verdade. Ele *precisava* fazer o certo. Precisava consertar as coisas.

Imaginou se realmente já tivera uma escolha dessa segunda vez. Havia se tornado um caso perdido no momento em que avistara Lily no elevador pela primeira vez, antes de saber quem ela era de fato. E então depois, quando ela o convidara para o apartamento e ele a viu ficar na ponta do pé, tentando alcançar a ração de Tomcat, uma coisa suave e calorosa começou a desabrochar dentro de seu peito, corroendo anos de frieza. Quando se deu conta, estava parado bem atrás dela, puxando a ração de cima da prateleira porque não aguentava vê-la com dificuldade nem por um minuto.

Um banquinho. Ela precisava de um banquinho. Como ela estava pegando a ração de Tomcat desde a primeira noite que passaram juntos? Ele nem pensara em perguntar. De repente ele precisava mais do que tudo encontrar um banquinho para ela. Era quase meia-noite, mas isso não importava. Ele não vivia na cidade que nunca dormia? Saiu do apartamento em busca de um banquinho e viu que a cidade dormia, *sim*, em algum momento. Porque acabou tendo que fazer todo o caminho até Greenpoint, no Brooklyn, para achar uma loja de ferragens que ficasse aberta vinte e quatro horas. Na longa jornada de metrô de volta a Manhattan, percebeu que Tomcat poderia precisar tomar algum remédio para a digestão a fim de evitar outra ida à emergência. Assim que desceu do trem, correu para a loja de conveniência. Já eram quase três da manhã. As únicas pessoas na conveniência eram universitários bêbados de uma faculdade próxima perambulando pelo corredor de petiscos. Ele foi até a seção de animais domésticos e pegou um suplemento para constipação. Depois pegou um daqueles brinquedos de vara com pena, porque talvez Lily estivesse querendo comprar um novo brinquedo para Tomcat mas estivesse tão ocupada com o trabalho que simplesmente não tivera tempo.

Enquanto Nick estava na fila do caixa, uma das alunas apontou para ele e sorriu. Ela murmurou alto para as amigas:

— Que fofo. Ele é pai de gato.

Pai de gato? *Ele*? Nem um milhão de anos. Mas, enquanto saía apressado da loja, ansioso para voltar ao seu prédio e para Lily, percebeu como realmente devia parecer para aquelas garotas.

Ele não dormiu nada naquela noite. Às sete e meia da manhã, bateu à porta de Lily com o coração na boca. Torcia para ela não ter saído para o trabalho ainda. Ele a ouviu caminhar lentamente até a porta, e então fazendo uma pequena pausa quando provavelmente espiou pelo olho mágico. Lily abriu a porta. Usava um vestido amarelo-claro e um cardigã creme. Estava descalça, e ainda não tinha passado maquiagem.

— Oi — cumprimentou ele, observando a expressão cautelosa em seu rosto.

Lily não respondeu. Seus olhos desviaram para o banquinho e a sacola da loja de conveniência que ele segurava.

— Comprei isso pra você — declarou ele, estendendo para ela. — Um banquinho para você conseguir alcançar a ração do Tomcat, já que fica muito no alto. — Ele abriu a sacola de plástico e se atrapalhou ao mostrar o conteúdo. — E um suplemento para o intestino dele, caso tenha mais problemas. E, hum... esse brinquedo.

Ela franziu a testa e piscou, surpresa.

— Certo... Obrigada.

Ela pegou o banquinho e a sacola e os colocou no corredor atrás de si. Virou-se para ele, e seu rosto tinha o mesmo semblante fechado da noite anterior.

Nick a encarou, desejando que soubesse o que fazer, o que dizer, para que ela conseguisse entender.

— Lily...

— Tenho que terminar de me arrumar para o trabalho — declarou ela, com dureza na voz. Então olhou para ele, e Nick viu um pouco de emoção passar pela expressão superficial e distante. — Você não pode vir aqui com presentes e achar que isso vai mudar tudo.

Ela deu um passo para trás e começou a fechar a porta.

— Espera. — Nick segurou a porta aberta. Ela fez cara feia para ele. — Sei que não vai mudar as coisas. O que eu fiz foi escroto, eu sei disso. Pode ter certeza que estou me odiando. Odeio ter te machucado. Me desculpa. Lamento muito, muito. Não sei quantas vezes preciso dizer isso, mas vou dizer quantas vezes for necessário. O que posso fazer para você acreditar em mim? Faço qualquer coisa.

Ela balançou a cabeça e afastou o olhar.

— Não sei, Nick. Não sei mesmo.

Seu coração se esmagou no peito com as palavras dela.

— Desculpa — repetiu ele.

Lentamente, como se estivesse se aproximando de um animal ferido, ele deu um passo à frente. A expressão cautelosa dela retornou, mas Lily não se afastou. Isso deu esperança a Nick.

— Não vou mentir para você de novo — afirmou ele, com calma. — Juro pela minha vida.

Como ela ainda não tinha se afastado dele, Nick a abraçou com gentileza.

— Você é muito importante para mim — sussurrou ele. Seus lábios passaram de leve pelo topo da cabeça dela. — Me desculpa, Lily.

Ela suspirou nos braços dele, devagar e profundamente. Enquanto os segundos se passavam, eles inspiravam e expiravam em sincronia. Nick fechou os olhos e sentiu a energia estranha que o acompanhava desde a noite anterior finalmente começar a se dissipar.

De repente, Lily se afastou.

— Tenho que ir.

Ela não olhou enquanto fechava a porta na cara dele.

o o o

Dois dias depois, Nick estava jogado em uma poltrona no escritório de Marcus. O amigo estava sentado diante dele, atrás de sua mesa, a cabeça curvada enquanto lia o primeiro capítulo revisado de Nick, a caneta vermelha a postos na mão. O escritório de Marcus era pequeno, mas ostentava suas conquistas. O diploma da Universidade da Carolina do Norte estava pendurado na parede ao lado de uma foto emoldurada de Marcus com os colegas do curso de editoração da Columbia. Exemplares dos livros de seus clientes eram exibidos de maneira orgulhosa na estante. E, para lembrá-lo de casa, um porta-retratos com Caleb bem ao lado do monitor.

Nick tinha esquecido que prometera a Marcus o primeiro capítulo revisado dentro de um mês. Para ser honesto, a única razão pela qual ele conseguira escrever qualquer coisa no dia anterior foi porque tinha se trancado no apartamento, e escrever era o único jeito de parar de pensar em Lily.

Seu celular vibrou, e ele se apressou em tirá-lo do bolso, com esperança de que pudesse ser uma ligação dela. Mas, em vez disso, as palavras *número desconhecido* apareceram na tela. Ele suspirou e colocou o celular com a tela virada para baixo na mesa de Marcus. Não vira Lily nem soubera dela desde a manhã em que tinha entregado as coisas que comprara para ela. Ele se arrependia de ter dado os rascunhos do e-mail. Por que ela se importaria com o que ele tinha escrito antes, considerando a mentira que contara? As páginas deviam estar jogadas em uma lixeira em algum lugar perto do prédio, que eram o seu lugar, junto com o banquinho e os brinquedos estúpidos.

Nick se remexeu no assento e encarou a janela. Conseguia ver o Central Park dali. Quando criança, ele lera uma vez que o Central Park tinha mais de novecentos bancos, e imaginara pegar um ônibus da Carolina do Norte só para que pudesse se sentar em cada um deles. Havia sido um desejo bobo, que acabara desistindo de realizar.

— Acho que preciso ir embora de Nova York — soltou ele.

Marcus ergueu o olhar depressa.

— O quê? Por quê? Achei que gostasse daqui.

— Preciso recomeçar. Em outro lugar.

Marcus suspirou, soltando a caneta.

— Você não se cansa?

— Me canso do quê?

— De fugir da vida. Precisa parar em algum momento.

Nick afastou o olhar.

— Não estou fugindo da vida.

— Está, sim — insistiu Marcus, com calma. — Está fugindo desde quando te conheci no primeiro ano da faculdade. E eu entendo. A situação com seus pais era difícil. E, quando você escrevia para a *World Traveler*, ainda estava tentando evitá-los, o que eu também entendo. Mas acho que você evita qualquer cenário que precise criar raízes porque tem medo do que pode acontecer se deixar alguém entrar na sua vida, e essa pessoa decidir ficar.

Nick encarou Marcus em silêncio, sem querer admitir que ele havia dito algumas verdades.

— Por que você quer ir embora? — perguntou Marcus. — Isso tem a ver com a Lily?

Nick congelou.

— O quê?

— Ah, vai, você sabe que eu não sou bobo — debochou Marcus. — É muito óbvio que tem alguma coisa rolando aí.

Nick queria dizer a verdade. Deu um longo suspiro e então contou tudo a Marcus. Desde os e-mails, passando por conhecer Lily pessoalmente e não revelar sua verdadeira identidade até ela saber tudo algumas noites antes.

Quando Nick terminou de falar, Marcus estava pensativo.

— Por que você não parece surpreso? — perguntou Nick.

Marcus sorriu.

— É sua cara você estar nessa situação, já que está sempre tentando esconder coisas de todo mundo.

— Eu não escondo coisas — rebateu Nick, indignado.

— Você levou um semestre inteiro para se abrir comigo — pontuou Marcus, rindo. — Mas, olha, ainda estou aqui, e sempre estive. Nada em você me faz querer parar de ser seu amigo. Por que você iria embora se a Lily pode decidir que quer ficar com você também?

— É essa a questão. E se ela decidir que não valho o esforço? Ou que não valho a pena e ponto? Que não sou digno de ser escolhido?

Ele pensou na mãe e nas vezes em que ela se recusou a vê-lo se não pudesse levar o pai junto.

— Nem todo mundo é como os seus pais — declarou Marcus, como se tivesse lido a mente de Nick. E, na verdade, depois de todos aqueles anos, talvez ele conseguisse mesmo. — Acho que você vai ter que esperar para ver o que a Lily decide. Mas não tome a decisão por ela indo embora. Isso é fugir.

Apesar do que acontecera com Lily, Marcus tinha razão: ele tinha que continuar em Nova York. Era onde Caleb e Marcus moravam, a verdadeira família de Nick. Queria ficar perto deles. Precisava criar raízes. Raízes duradouras e reais.

— Eu ia te fazer uma surpresa depois que a gente conversasse sobre o rascunho, mas acho que posso te dar agora — revelou Marcus, pegando alguma coisa embaixo da mesa.

Nick se endireitou, intrigado. E então Marcus lhe entregou um livro de capa dura com uma sobrecapa prata brilhante. Era um calhamaço. Nick segurou o livro, encarando o título e o seu pseudônimo escrito abaixo da ilustração do Reino de Ceradon. Era o seu livro. A nova edição de *Os elfos de Ceradon*.

— Sua editora me enviou hoje de manhã — continuou Marcus. — Eles vão enviar o restante da sua cota de autor em breve. Mas fiz questão que você tivesse um exemplar agora.

Nick passou a mão na capa macia e virou o livro, lendo os elogios dos veículos de comunicação na parte de trás. A minibiografia de N. R. Strickland na orelha. Não havia foto.

Ele sentiu de novo. Aquela sensação de quando avistara a capa na tela do escritório da M&M semanas antes. Desejou que sua foto estivesse na orelha do livro. Queria que as pessoas soubessem que ele era N. R. Strickland, o criador da história de Deko. Mas então ele seria completamente exposto. Era provável que Albert aparecesse na sua porta no dia em que o livro fosse publicado.

— Sua editora perguntou de novo se você estava aberto a uma reunião — informou Marcus. — E perguntou se você vai à festa da M&M no fim do mês. O que quer que eu responda?

Nick folheou o livro, maravilhado com o fato de ter desistido daquela história e mesmo assim ela ter renascido. Por mais que soasse cafona, talvez também houvesse ali alguma analogia sobre não desistir de si mesmo.

Embora revelar a verdade a Lily tivesse sido um desastre, ele tinha que admitir que se sentia um tanto aliviado por ter colocado tudo em pratos limpos. Guardar aquele segredo o consumia. Contar a verdade para a equipe da M&M o apavorava, mas ele estava exausto de carregar o peso da sua mentira.

— Ainda não quero ir à festa — decidiu ele. — Mas quero conhecer minha editora.

— Ótimo — falou Marcus, com um sorriso esperançoso.

O amigo nem parecia surpreso.

Nick pôs o livro na mesa.

— Acha que pode enviar isso para Amsterdã para mim?

— Ah, claro. — Marcus ergueu uma sobrancelha e se virou para a tela do computador. — Para quem?

Nick lhe deu o endereço de Jolijn e Christophe Davids.

o o o

Horas depois, após Marcus trucidar o rascunho de Nick e o mandar para casa com suas anotações, Nick caminhou os quarenta quarteirões até sua casa numa tentativa de aguçar a criatividade. Ele tinha três meses até o prazo final.

Já era tarde da noite quando chegou ao prédio. Ele atravessou sem pressa o saguão, cansado física e mentalmente, todos os pensamentos voltados para Deko.

Então, quando as portas do elevador começaram a fechar e ele correu com o braço estendido para segurá-lo, estava completamente despreparado para ver Lily dentro do elevador com os olhos fechados e a cabeça encostada na parede.

19

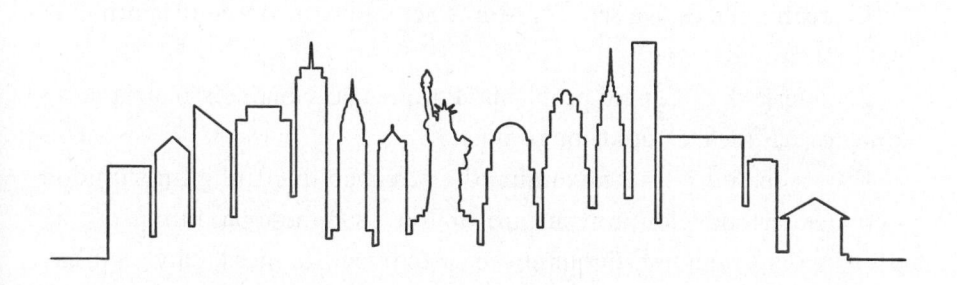

LILY PASSARA A MAIOR PARTE DO DIA NA SALA DE CORRESPONDÊNCIA, enviando livros para autores. Estava evitando Edith, que fora trabalhar pronta para brigar. Infelizmente, eram os técnicos de informática que estavam sofrendo o impacto do humor de Edith. Ela tinha bloqueado seu acesso aos próprios e-mails três vezes antes do meio-dia, e, sempre que alguém de TI ia ajudá-la, sua chefe brigava com a pessoa como se ela tivesse culpa por Edith não conseguir lembrar a senha.

Isolada na sala de postagem, Lily conseguiu trabalhar em paz, com fones de ouvido. Jazmine Sullivan cantava alto nos fones, e ela encheu caixas e as selou várias e várias vezes. Aquilo requeria toda a sua atenção, o que era uma bênção. Significava que não teria que passar o dia inteiro pensando em Nick. Ela também o estava evitando.

Ela não via Nick desde quando ele lhe dera o banquinho e as coisas para Tomcat no outro dia. Não podia confiar que faria escolhas sensatas perto dele. Porque, não importava quanto esforço fazia, ela continuava pensando em Nick e na maneira como ele tinha aparecido à sua porta no outro dia com um banco de cozinha, remédio e brinquedos para Tomcat. Ela quisera comprar um banquinho novo para o apartamento, mas não tivera tempo. E então Nick simplesmente aparecera, sabendo exatamente do que ela precisava. Tomcat em geral odiava brinquedos e preferia pular em caixas e brincar com pedaços de papel, mas ela não conseguiria tirar aquele brinquedo de pena dele nem se tentasse. E era incapaz de esquecer a expressão de Nick parado no corredor.

Não vou mentir para você de novo. Juro pela minha vida. Você é muito importante para mim.

Ele realmente estava sendo sincero? Será que ela conseguiria um dia acreditar nele de novo?

Ela queria. E era esse o problema. Porque não sabia se isso fazia dela uma pessoa fraca, estúpida ou os dois.

Estava selando uma caixa quando percebeu que tinha imprimido a etiqueta errada. Com um suspiro, voltou à sua mesa para imprimir a etiqueta mais uma vez. Enquanto se aproximava da mesa, Oliver vinha bem em sua direção. Ele sorriu e acenou, e Lily acenou de volta. Eles se encontraram na baia dela.

— Oi — disse ela. — O que foi?

— Uns caras da produção estavam falando de um restaurante que eles foram que é inspirado na Inglaterra vitoriana — respondeu ele. — Lillie's Victorian Establishment é o nome. Conhece?

— Pra falar a verdade, conheço. Fui uma vez com a minha irmã. É perto do nosso apartamento. A decoração é legal, mas, já que você é britânico pra valer, talvez ache um pouco brega.

Oliver sorriu.

— Viu? É por isso que eu queria ir e avaliar com propriedade. E achei que, já que tem o mesmo nome do restaurante, você gostaria de ir também. — E então ele se contraiu. — Ok, isso não saiu direito. O que eu quis dizer é: você quer jantar comigo hoje?

— Ah.

Lily piscou. Ela não deveria estar surpresa, mas acontecera tanta coisa nos últimos dias que esquecera que haviam concordado em marcar um novo encontro.

Oliver a encarava, esperando com paciência sua resposta. Ele era simpático. Direto. Ele *fazia sentido*. Aquele era um jeito normal de começar a sair com alguém. Sem troca de e-mails por quase um ano, sem segredos, sem sentimentos confusos.

Muita coisa na vida de Lily estava incerta naquele momento. Ela não sabia onde seria seu próximo emprego ou onde moraria depois de sair da casa de Violet. Se ia namorar, queria que fosse uma coisa simples. Descomplicada.

Ela respirou fundo e perguntou a Oliver a que horas deveria encontrá-lo no saguão.

o o o

O Lillie's Victorian Establishment estava cheio durante o happy hour, mas, após uns trinta minutos, Lily e Oliver conseguiram uma mesa perto da cozinha. Oliver estava encantado com os sofás de veludo vermelho e as pinturas das paredes inspiradas na era vitoriana. Lily ficou aliviada por ele ter achado a decoração divertida e não brega.

Os dois pediram hambúrguer e batata frita, e Oliver passou bastante tempo contando a Lily sobre o treinamento que fazia para a corrida de cinco quilômetros que faria. Era fascinante, na verdade. Ela nunca fora uma atleta, então ouvir que Oliver estava tão dedicado a deixar o corpo em forma era inspirador.

Ela lhe falou do desejo de trabalhar com livros infantis, e Oliver fez todas as perguntas certas: quais eram os livros infantis favoritos dela quando era mais nova e, se pudesse trabalhar com qualquer autor de livro infantil famoso, quem escolheria?

O encontro estava muito bom. Encantador até.

Mas Lily não conseguia se livrar da sensação de que algo estava faltando. E não era nem um pouco culpa de Oliver. Ela ficava pensando no jeito como Tomcat havia balançado para lá e para cá seu brinquedo de pena naquela manhã, e então pensou na gentileza com que Nick tinha carregado Tomcat nos braços o caminho inteiro até o veterinário algumas semanas antes.

Ela sabia que não havia espaço para Oliver. Outra pessoa percorrera o caminho até seu coração primeiro.

Oliver pediu licença para ir ao banheiro, e, quando voltou, Lily sabia que precisava lhe contar a verdade. Não continuaria desperdiçando o tempo dele.

— Tá bom, admito que o banheiro é um pouquinho estranho — comentou Oliver quando se sentou de novo. — Acho que não preciso de um retrato do príncipe Albert me observando o tempo todo.

Lily riu, mas então logo parou.

— Oliver, quero ser sincera com você.

— Tá bom — respondeu ele, ficando sério.

— Eu acho você muito engraçado e gentil, e, se tivesse te conhecido nessa época ano passado, provavelmente ficaria caidinha por você. Mas a verdade é que não consigo parar de pensar em outra pessoa, e você merece se envolver com alguém que está totalmente disponível. E a Dani gosta de você.

Oliver ergueu uma sobrancelha.

— Ela gosta mesmo?

Lily assentiu.

— Ela quer que você a leve para Londres.

Ele gargalhou e, com uma expressão pensativa, se recostou na cadeira.

— A pessoa em quem você não consegue parar de pensar é aquele cara do bar no outro dia? O alto?

— É — admitiu Lily.

— Eu senti mesmo uma coisa entre vocês, mas não tinha certeza.

— Me desculpa. De verdade.

Oliver deu um pequeno sorriso.

— Não precisa se desculpar. É o que é. E agora você sabe mais da vida de um corredor do que provavelmente precisava saber.

Lily sorriu também.

— E agora você sabe mais das diferenças entre o livro e o filme de *O diário da princesa*.

— Mas posso fazer uma pergunta? — disse Oliver, e Lily fez que sim. — Por que decidiu sair comigo hoje? Por que não está com ele?

— Nossa situação é complicada, e não sei se vale a pena tentar consertar.

— Se mudar para o outro lado do oceano me ensinou alguma coisa, foi que às vezes as coisas na vida são complicadas, mas isso não significa que não valham a pena.

Ela sabia que Oliver tinha razão, mas isso não a deixava com menos medo de tentar seguir em frente com Nick.

— Seria estranho pedir que a gente continue amigo? — indagou ela.

Oliver se retraiu.

— Eu prefiro que não.

— Ah, sem problemas — respondeu Lily, depressa. — Eu entendo totalmente...

Ele caiu na gargalhada.

— Estou brincando! Claro que podemos continuar amigos. Você é agora uma das seis pessoas que eu conheço aqui na cidade. Não posso perder sua amizade nem tão cedo.

Ele sorria, e Lily suspirou de alívio.

— Obrigada, Oliver — disse ela. — Sério.

— Então — continuou ele —, o que mais você sabe da Dani?

o o o

Mais tarde, depois que ela e Oliver se despediram, Lily caminhou até seu prédio. Era uma linda noite em Nova York. Quente, mas não com aquela umidade nojenta. E, conforme passava pelos quarteirões a caminho do seu apartamento, Lily decidiu aceitar a verdade. Quando se tratava de Nick, ela era uma causa perdida. Apesar de tudo, queria ficar com ele.

Era possível que, nestes últimos dois dias, ele tivesse decidido que não estava mais interessado. Talvez também achasse que a situação deles era muito complicada. Mas, de qualquer modo, ela precisava contar como se sentia, independentemente do que viesse depois. Admitir que gostava dele e que queria ver onde dariam as coisas não a tornava estúpida ou fraca. Na verdade, a tornava corajosa. Ela sabia a verdade e ia embarcar naquilo com os olhos bem abertos.

Chegou ao prédio e caminhou pelo saguão, toda nervosa, sentindo a pressão do peso de seus sentimentos. Entrou no elevador e pressionou o número catorze. Enquanto as portas se fechavam, encostou a cabeça na parede e suspirou. E então um braço apareceu, fazendo as portas reabrirem.

Lily ofegou quando ficou cara a cara com Nick.

— Oi — disse ele, os olhos se arregalando com a visão dela.

Ele entrou no elevador, e as portas se fecharam lentamente atrás dele. Vestia camisa e calça jeans pretas, com caderno e caneta na mão.

— Oi. — Seu peito se apertou.

Ela encarou Nick e seu rosto bonito.

— Eu queria mesmo falar com você — disse ele, tão baixo que mal dava para ouvi-lo. — Mas estou tentando respeitar seu espaço.

Ela o observava. Ele parou do outro lado do elevador, o mais longe que podia ficar.

— Tive um encontro hoje — declarou ela.

Ele ficou imóvel.

— Com quem?

— O Oliver.

— Ah. — Os olhos dele focavam algum ponto acima da cabeça dela. — E como foi?

— Foi perfeito.

Ele baixou o olhar e assentiu, mais para si mesmo.

— Mas não parecia ser o certo.

Então, ele ergueu o olhar.

— Por que não?

Ela sabia que não havia mais volta.

— Porque ele não era você.

Nick piscou. Ele a encarou, imóvel no canto do pequeno elevador. Ela assistiu ao peito dele subir e descer.

— Sei que eu devia apenas tentar esquecer você e os e-mails. Mas não consigo, e a verdade é que eu não quero. Se eu desistisse de nós, estaria desistindo de uma das conexões mais importantes que já tive. — Ela parou, respirando fundo. — Acho que o que estou tentando dizer é que também quero ficar com você.

Um silêncio recaiu no elevador. Porque Nick ainda não havia respondido. Aquilo estava ficando bem mais constrangedor do que Lily imaginara. Seu nervosismo começava a surgir conforme a adrenalina baixava. E então Nick falou:

— Tá bom. — Ele se aproximou, e ela sentiu uma mudança no ar. A voz dele ainda era um sussurro. — Por mim, está ótimo.

Ela deixou a cabeça cair para trás, olhando o rosto dele e prendendo o fôlego. Ele encostou com carinho na bochecha dela.

— Vou te beijar agora — avisou ele.

Ela assentiu em silêncio.

Ele abaixou a cabeça e colou a boca na dela.

No mesmo instante, Lily sentiu o quanto aquilo era certo. O jeito como os braços dele a envolviam. Como a língua de Nick deslizou por seu lábio superior. Ela colou seu corpo no dele e agarrou a camisa de Nick, ficando na ponta do pé e tentando se aproximar de todas as formas possíveis.

De repente, a porta do elevador se abriu quando chegaram ao décimo quarto andar.

— Quer ir para minha casa? — questionou ele, se afastando por um instante, a voz rouca e baixa.

— Quero.

Antes, deram uma passada na casa dela para que pudessem dar comida a Tomcat. *Finalmente*, pensou ela, quando Nick segurou sua mão e a conduziu pelo corredor.

20

Nick beijou Lily assim que os dois entraram em seu apartamento. Suas mãos deslizaram para a cintura dela, e ele abaixou a cabeça, beijando calorosamente ao longo do pescoço e da clavícula de Lily. Ela se derreteu, adorando a sensação da língua na sua pele. Ela afundou os dedos nas costas dele quando se beijaram de novo, as mãos de Nick apertando sua bunda. Ele era inebriante, envolvente. Ela não sabia que beijar poderia ser tão bom.

Ele se afastou, os lábios parados acima dos seus com a respiração ofegante e um pouco irregular.

— Você está bem? — perguntou ele, num sussurro.

— Mais do que bem.

Ela o puxou de volta, mordiscando seu lábio inferior. Nick grunhiu, apertando Lily ainda mais e a beijando com ardor. Ele começou a fazer o caminho para a sala. Lily passou os dedos pelo abdome dele, suas bocas grudadas e então separadas.

Nick se sentou na poltrona amarela, puxando Lily para seu colo. A saia dela estava acima da cintura, expondo as coxas, e Nick já estava duro. Ela se sentia tonta, em êxtase. Ele a encarava, o peito subindo e descendo a cada respiração profunda. Gentilmente, Nick deslizou o polegar no lábio superior de Lily.

— Você é tão bonita — disse ele.

Ele falou com adoração. Seu coração estava explodindo.

— Você também — murmurou ela.

Ela se abaixou até sua boca. Nick passava a mão pelas coxas dela. Lily soltou um gemido e se roçou nele.

— *Nossa, Lily* — sibilou ele, baixo.

Ela adorava como ele estava reagindo. Rouco e um pouco descontrolado. Adorava conseguir fazê-lo ficar daquele jeito. Ele agarrou a bainha da sua blusa, e passou os dedos pela barriga dela, fazendo-a estremecer.

— Penso em você o tempo todo — declarou ele entre os beijos. — Quero isso faz tanto tempo. Faz tanto tempo que eu quero *você*.

— Eu também.

Ela estava ofegante, maravilhada.

Nick ainda estava com as mãos na bainha de sua blusa. Ele deu uma puxada, como se fizesse uma pergunta. Em resposta, Lily arrancou a blusa pela cabeça e a jogou no chão. Começou a julgar mentalmente a si mesma por estar usando o sutiã liso e nude. Teria vestido algo mais sexy se soubesse que acabaria ali com Nick. Mas não importava. Porque ele olhava como se ela e o sutiã fossem feitos de ouro.

Ele deu um beijo suave entre seus seios, provocando arrepios por toda a sua pele. E então virou a cabeça, beijando a parte de cima do seio direito, depois do esquerdo, os dedos acariciando seus mamilos debaixo do sutiã.

— Sua vez — pediu ela.

Nick tirou a camisa, e Lily encarou o peito e os ombros nus dele, os braços musculosos e a barriga lisa. Ela estendeu a mão, tocando levemente a pele quente.

— Eles devem ter feito você em um laboratório — murmurou ela.

Nick deu uma risada suave.

— No mesmo onde fizeram você?

Ela balançou a cabeça. Porque não conseguia fazê-lo entender. Ele era melhor do que imaginara. Era real. Era tudo.

Nick a puxou, cobrindo a boca de Lily com a sua. Ela pressionou o peito no dele e agarrou seus ombros. Lily sentiu as mãos de Nick pararem quando deslizaram com delicadeza por suas costas. Os dedos logo acima do fecho do sutiã.

— Posso? — perguntou ele.

Ela assentiu, e ele desabotoou o sutiã. Ela o tirou e o jogou de lado. Ele a abocanhou no mesmo instante, acariciando cuidadosamente seu mamilo com a língua. Ela jogou a cabeça para trás, arfando. Roçou o quadril no dele de novo, e Nick agarrou sua cintura.

— Porra — sussurrou ele, excitando Lily. Ela se dobrou e beijou o seu pescoço chupando a pele. — Espera, espera.

Lily paralisou, ficando ereta.

— Quer parar?

— O quê? Não. *Não mesmo* — garantiu ele, estendendo a mão e a segurando no lugar. — Esta poltrona é desconfortável. Está machucando minhas costas.

— Ah.

Ela riu, aliviada.

Ele deu um pequeno sorriso, e então seu olhar se aqueceu conforme continuava a encará-la. Ele pôs os braços dela ao redor do seu pescoço e, num movimento rápido, se levantou, erguendo-a com ele. Surpresa, Lily envolveu a cintura de Nick com as pernas enquanto ele a carregava pelo corredor até o quarto. Apenas naquele momento ela percebeu a pequena estante de livros preta perto da janela na sala de estar.

O quarto de Nick era tão vazio quanto o resto do apartamento, mas ela reconheceu a cama que escolheram na IKEA, bem-arrumada. E ela sentiu o quanto o colchão era macio quando ele a deitou ali. Nick começou a beijar sua boca e seus pescoço, descendo os beijos para os seios dela, depois para a barriga e o umbigo. Ele ergueu o olhar enquanto puxava a bainha de sua saia, e Lily ergueu os quadris para ajudar. Ele beijou a parte de cima de sua calcinha, então a tirou aos poucos e pressionou a boca entre suas pernas.

— Nick — gemeu ela, ondas de prazer a preenchendo.

O nome dele era o único pensamento coerente em sua cabeça. *Nick, Nick, Nick.*

Ele agarrou sua bunda, e ela se ergueu, ofegante. Lily olhou para a cabeça dele, a boca quente nela, e a visão quase a fez esquecer de quem era. E então ele se deitou lentamente sobre ela. Nick se afastou um pouco, e ela lhe assistiu desabotoar e tirar a calça, logo depois a cueca. Ela estendeu a mão, tocando-o, e ele fechou os olhos e gemeu baixinho.

— Você quer? — conseguiu dizer ele, a voz irregular e baixa.

— Quero — confirmou ela.

Nick a beijou, então se virou por um instante, estendendo a mão até a gaveta superior da cômoda ao lado da cama para pegar uma camisinha. Ele encarou Lily mais uma vez, e ela se aproximou, ajudando-o a colocar a camisinha, seus dedos se fechando em torno do membro dele. Ele grunhiu, mordendo os lábios.

Ele se moveu em cima dela, apoiado nos cotovelos. Suas mãos seguraram cada lado do rosto dela. Ele a encarou enquanto a penetrava lentamente. Ela arfou, sentindo um pouco de desconforto, mas que se desvaiu, restando apenas prazer. Eles encontraram um ritmo, e ela pôs as pernas em volta dele. Ele continuou penetrando-a com estocadas profundas, fazendo-a se desmanchar. Ela não conseguia acreditar que aquilo estava enfim acontecendo, depois de tanto tempo. Havia esperado tanto por aquilo. Esperado tanto Nick. Apenas Nick.

Ela murmurou seu nome. Queria lhe dizer como se sentia. O que aquilo significava. Mas não conseguia. Não conseguia pensar em mais nada. Ela estava muito excitada.

— Eu... A gente...

— Eu e você — sussurrou ele em seu ouvido.

Porque entendera o que ela não conseguia dizer. Claro que entendia. Ele a *conhecia*.

— Você e eu — devolveu ela.

E então a beijou, deslizando a língua pela boca dela, gemendo enquanto a penetrava com mais força. Ele disse seu nome uma vez, e de novo, o corpo tenso em cima dela conforme sua respiração se tornava mais entrecortada. Ela não via outro desfecho, nem ele. Os dois desmoronaram juntos, abraçados.

Nick tomou cuidado para não cair sobre ela completamente. Ele beijou gentilmente seu ombro, e então se levantou. Ela ficou deitada ali, observando enquanto ele ia ao banheiro. Quando voltou, se deitou ao lado de Lily e os cobriu com o edredom. Nick colocou o braço sobre ela, envolvendo-a num casulo.

De repente, ela sentiu exaustão. Mas não queria dormir. Queria ficar acordada durante cada segundo daquele momento. Mas ser abraçada por Nick era gostoso.

— Você comprou uma estante — balbuciou ela, sonolenta.

Ela sentiu o corpo de Nick tremer um pouco quando ele riu.

— Porque você me disse para comprar.

Ela sorriu e bocejou, os olhos se fechando involuntariamente.

Ele beijou sua testa. Lily descansou a cabeça sobre o peito dele. Adormeceu, tranquilizada pelo som dos batimentos dele.

21

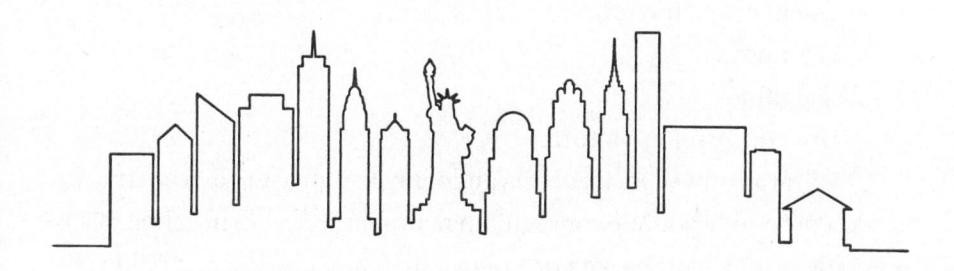

O sono havia sido raro pela maior parte da vida de Nick. Mas, naquela noite, com Lily em seus braços, ele dormiu tão pesado que nem sonhou. Pela primeira vez em anos, conseguiu apenas relaxar e se sentir em paz.

O sol penetrava através das cortinas quando ele acordou um pouco depois das seis na manhã. Lily estava enrolada como uma bola, com as costas no peito dele. Ainda estava dormindo, o rosto com uma máscara de tranquilidade. Nick se apoiou no cotovelo e a encarou. Não conseguia acreditar que ela estava ali com ele, em sua cama. Que ela também queria que ficassem juntos. Precisava provar que ela tomara a decisão certa ao escolhê-lo. Teria que mantê-la ali, consigo, com tudo que tinha.

Um alarme soou no celular dela, jogado no chão ao lado da cama. Lily começou a despertar e soltou um resmungo frustrado. Nick rapidamente pegou o celular e desligou o alarme. Ela se virou para olhar para ele e esfregou os olhos. Ela se enterrou mais fundo debaixo do edredom e sorriu para ele. Isso deixou Nick sem ar. Lily era linda de manhã, mesmo com um pouco de mau humor.

— Oi — balbuciou ela.

— Oi.

— Faz quanto tempo que você está acordado?

— Não muito. — Sem conseguir se segurar, ele esticou a mão e começou a traçar pequenos círculos em seu ombro nu. — Você tem que se arrumar para trabalhar?

— Infelizmente sim. — Ela se aproximou dele. — Acho que você talvez tenha o segundo melhor abraço do mundo.

— Quem é o primeiro?

— O Tomcat.

Ele gargalhou.

— Um concorrente à altura.

Eles ficaram em silêncio, observando um ao outro. Era a primeira vez desde a noite anterior que conseguiam realmente se ver com calma. Nick sentiu de novo a paz absoluta que o invadira enquanto dormia. Tudo em relação àquele momento parecia certo, como se ele e Lily tivessem enfim se encaixado.

Ela tocou de leve a cicatriz sobre o lábio superior dele.

— Como aconteceu isso?

— Eu estava correndo de uma pessoa que meu pai roubou e caí.

Os olhos dela se arregalaram. Com a voz suave, ela disse:

— Você me conta cada coisa...

— O que que tem?

Ele segurou a mão dela junto aos lábios e deu um beijo.

— Só queria poder voltar no tempo e te proteger.

Isso o fez sorrir. Ele levou a mão dela até seu peito, e ela apoiou a mão em sua pele quente.

— Então... você tem um contrato de série com a HBO? — perguntou ela.

Ele sorriu.

— Tenho.

— Você é bem importante no escritório da M&M, sabe? Tem muitos boatos e teorias sobre você.

— Sério? Tipo?

— Que N. R. Strickland não é só uma pessoa, mas várias escrevendo sob o mesmo pseudônimo.

Ele bufou.

— Queria que fosse verdade. Daí teria mais ajuda escrevendo a continuação.

— E tem um boato de que o verdadeiro N. R. Strickland morreu um pouco depois de *Os elfos de Ceradon* ter sido publicado pela primeira vez e que contrataram outra pessoa para escrever o segundo livro.

Nick balançou a cabeça, rindo.

— É sério?

— É — confirmou Lily, rindo. — E as pessoas dizem que você nunca viu nem falou com sua editora.

— Isso é meia verdade. Já conversei com ela. E nem planejava encontrá-la pessoalmente, mas vou almoçar com ela e o Marcus semana que vem.

Lily inclinou a cabeça.

— O que te fez mudar de ideia?

— Não sei. — Ele pausou. — Só quero que alguém na M&M saiba quem eu sou e que esse livro é meu. Mesmo que ainda me sinta desconfortável em espalhar a informação para o mundo todo. Dizer a verdade a você me fez perceber que não queria continuar mentindo para as outras pessoas. Bem, para a maioria das pessoas.

Ela ficou em silêncio por um momento. Seus dedos deslizavam pelo peito dele, lhe provocando arrepios.

— Você tem medo de o seu pai descobrir — declarou ela. — Mencionou isso nos rascunhos dos e-mails.

— Ainda não estou pronto para ele saber. Minha vida finalmente está boa. Não quero que ele apareça e estrague tudo.

— Ele não vai conseguir fazer isso se você não der a ele esse poder.

Nick não queria falar do pai, não naquele momento com Lily, que parecia tão sagrado. Ela deve ter entendido o humor dele porque sorriu e disse:

— Acho que isso significa que você vai deixar passar o festão da M&M daqui a algumas semanas. Eles convidam todos os autores grandes. É bem elitista, e eu nunca consegui ir, mas soube que a comida é maravilhosa.

— Com certeza vou deixar passar. — As mãos dos dois estavam entrelaçadas naquele momento. Ele passou o polegar nos nós dos dedos dela. — Então, sua entrevista é bem importante, não é?

Ela assentiu, sorrindo.

— Se eu conseguir essa vaga, finalmente posso trabalhar nos livros que sonho editar. E as coisas com a minha chefe estão chegando a um ponto crítico. Querem que eu seja assistente dela e de outra pessoa.

— Vão pagar mais?

— Não.

Nick franziu a testa.

— Tá brincando!

— Quem dera. Só preciso que essa entrevista seja perfeita, e, com o aumento do salário, vou poder sair da casa da Violet mais cedo.

Nick sentiu uma pontada no coração. Não queria que ela se mudasse. Não naquele momento em que tinham enfim se aproximado daquele jeito.

— Não se preocupe — afirmou ela. — Não vou sair de Nova York. Não vai conseguir se livrar de mim tão rápido.

— Eu nunca me livraria de você — replicou ele, baixo.

Então ele se encurvou e a beijou. Lily se aproximou, roçando os seios nus no peito dele, e ele ficou duro ao lembrar da sensação de estar dentro dela. Com carinho, ele deslizou a mão até a base de suas costas. Bem quando Lily jogou a perna por cima do quadril dele, o despertador tocou de novo.

Ela xingou baixinho, e Nick a soltou com relutância.

— Trabalho — disse ele, beijando os lábios de Lily e depois o queixo.

— Eu sei.

— Não, esse é o alarme para dar comida pro Tomcat — explicou ela, se afastando com uma expressão um pouco culpada no rosto. — Vamos continuar depois?

— Com certeza.

Ele lhe assistiu sair da cama e se vestir. Seu celular vibrou ao seu lado. *Número desconhecido* ligando mais uma vez. Ele o ignorou, pôs uma camisa e uma bermuda de basquete e a seguiu até a sala.

— Quero sair com você — disse ele. — Um encontro de verdade.

Ela olhou por cima do ombro enquanto calçava os sapatos.

— Eu ia adorar.

— Um até melhor do que seu encontro ideal — enfatizou ele, acompanhando-a até a porta.

Ela sorriu, entendendo a referência aos e-mails que trocaram.

— Só me avisar a hora e o lugar.

— Vou avisar.

Quando ele abriu a porta e Lily seguiu pelo corredor, Violet estava saindo do apartamento delas com um copo de café gelado nas mãos. Os óculos escuros enormes estavam apoiados na ponta do seu nariz.

— Ah, graças a Deus — exclamou Violet, visivelmente aliviada ao vê-los. Ela se aproximou, com o sorriso de Gato Risonho espalhado pelo rosto.

— Desculpa — disse Lily. — Eu devia ter te avisado onde estava ontem à noite.

— Não, quis dizer graças a Deus que vocês finalmente deram umazinha. — Ela parou. — Quer dizer, pelo menos é o que eu acho, levando em conta a expressão no rosto de vocês.

— *Violet.*

Lily deu um olhar de desculpas a Nick.

— Nick, isso significa que você vai ser o acompanhante da Lily no meu casamento? — perguntou Violet.

Nick olhou para Lily. Uma pergunta. Em resposta, ela apertou a mão dele e assentiu.

Violet sorriu.

— Vocês dois são tão fofos. Certo, tenho que correr, mas te ligo mais tarde. Tenham um bom dia! Ah, parabéns por ganhar a aposta, Lily!

Ela mandou beijos para os dois, correu pelo corredor e entrou no elevador.

— Esqueci completamente da aposta — disse Nick.

— Eu também, pra ser sincera. Obrigada por me ajudar a ganhar. — Ela lhe deu um beijo rápido, e então se afastou. — Vejo você mais tarde?

— Sim, nos vemos mais tarde.

Ele ficou observando até que ela entrasse no apartamento.

Nick voltou para seu apartamento, refletindo sobre aonde levaria Lily no primeiro encontro oficial dos dois. Eles tinham muito tempo para compensar. Tinha que ser um lugar especial. Um lugar que fosse perfeito.

Uma ideia surgiu de repente na sua cabeça, e ele pegou o celular e fez uma rápida pesquisa no Google. O plano se desenrolou diante dele. Era bom demais para ser verdade. Como se as estrelas tivessem se alinhado apenas para ele e Lily.

Ele mandou uma mensagem para Marcus.

Me empresta seu carro neste sábado?

22

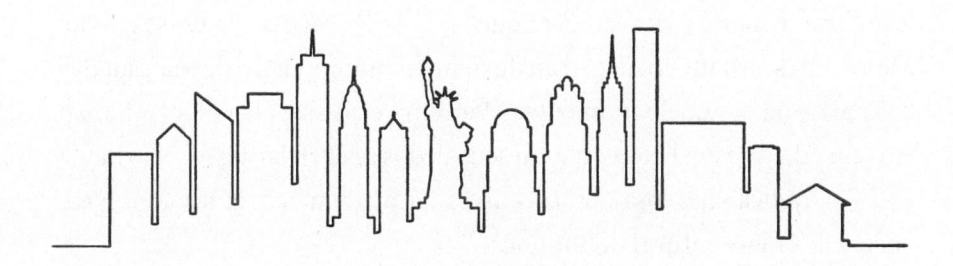

No sábado à tarde, Nick mandou uma mensagem a Lily com instruções bem simples para o encontro, mas ainda assim misteriosas.

> Me encontre do lado de fora do prédio às três e meia.
> Traga seu livro favorito da Elena Masterson.

Pontualmente, Lily saiu do prédio com o primeiro livro da série Dragões de Sangue e o exemplar de Nick de *As crônicas de Nermana* nas mãos. E ficou surpresa ao vê-lo num Jeep vermelho. Quando ele avistou Lily, saiu do carro e correu para abrir a porta do passageiro para ela.

— Oi — disse ele, se abaixando para beijá-la.

— Oi. — Ela o beijou de volta e se afastou um pouco, olhando para o carro com uma mistura de divertimento e confusão. — Onde conseguiu esse carro?

— É do Marcus. Ele me emprestou.

Ela ergueu uma sobrancelha.

— Aonde vamos?

— É surpresa.

Ele sorriu, tímido. Lily estava muito animada por ele ter se preocupado em planejar um encontro secreto para fazer mais perguntas.

Ela se sentou, e Nick fechou com cuidado sua porta antes de ir para trás do volante. Eles atravessaram a cidade e logo a deixaram para trás, pegando a estrada.

— Então, que livros você trouxe? — perguntou Nick.

Ele pôs a mão no console central com a palma virada para cima. Lily levou um instante para perceber que Nick esperava que ela desse a mão. Meses antes, seu medo de se transformar em um monstro de mão suadas teria arruinado aquele momento. Mas, em vez disso, ela colocou a mão em cima da dele e relaxou quando seus dedos se entrelaçaram. Não havia razão para ficar nervosa ou apreensiva. Ficar de mãos dadas com Nick era a coisa mais natural do mundo.

— Eu trouxe o livro um dos Dragões de Sangue — respondeu ela. — E o seu exemplar de *As crônicas de Nermana*.

— Esse é um dos seus livros favoritos da Elena? Achei que não tivesse terminado ainda.

— E não terminei — admitiu ela. — Mas é seu favorito, então é especial pra mim.

Nick olhou para ela, e um sorriso surgiu em sua boca. Ele deu um aperto forte na mão de Lily.

— Os livros da Elena são uma dica de aonde nós vamos, não são?

Nick fez um sinal de lábios selados e deu de ombros.

— Só relaxe e aproveite a viagem.

Lily sorriu para ele, mais do que feliz em obedecer.

Pouco mais de uma hora depois, eles pegaram a saída para Connecticut e passaram por uma cidade suburbana pitoresca. Quando pararam no estacionamento de uma livraria, Lily olhou para Nick e começou a balançar os joelhos de empolgação.

— O encontro vai ser numa livraria? — perguntou ela.

Ele sorria.

— É mais do que isso.

Conforme caminhavam em direção à livraria, ela enganchou o braço no dele e começou a se perguntar o que ele quisera dizer com *mais do que isso*, mas congelou quando avistou o anúncio na calçada em frente à livraria.

PARTICIPE DA SESSÃO BIMESTRAL DE LEITURA E AUTÓGRAFOS COM ELENA MASTERSON, HOJE ÀS 17H!

Lily agarrou o braço de Nick.

— Ah, meu Deus, não.

Ele gargalhou, e Lily afrouxou o aperto em seu braço.

— Sim.

— Fala sério! Elena Masterson?

Ele assentiu e continuou andando. Encantada, Lily seguiu Nick para dentro da livraria. Nos fundos, perto do café, algumas cadeiras haviam sido enfileiradas e a maioria dos lugares já tinha sido tomada. Ela e Nick conseguiram duas cadeiras na penúltima fileira, e ele explicou para ela que Elena Masterson odiava viajar, mas ainda queria encontrar seus leitores, então, a cada dois meses, fazia uma leitura e dava autógrafos na livraria da sua cidade.

— Gostou da ideia? — perguntou ele.

A testa dele estava franzida, como se tivesse receio de que talvez aquele encontro não estivesse agradando Lily, o que estava muito longe da verdade.

— Gostei — exclamou ela. — Foi uma ideia perfeita, na verdade.

Ela o beijou e, quando Nick a puxou para si, se deixou ficar em seus braços, sentindo como se eles fossem as únicas duas pessoas em toda a livraria. Então um silêncio recaiu sobre a plateia quando Elena Masterson foi escoltada até uma cadeira na frente da sala. Ela era pequena e franzina e tinha pele marrom-clara, cabelo crespo curto e óculos estilo gatinho. Ela se sentou e sorriu para a plateia. E então começou a ler o segundo livro da série Dragões de Sangue.

No minuto em que Elena começou a falar, todo mundo ali ficou hipnotizado. Lily não conseguia acreditar que estava ouvindo uma das suas autoras favoritas ler um dos seus livros favoritos. Ela lera a série Dragões de Sangue quando era uma adolescente tímida e solitária, que não queria nada mais do que fugir e viver uma aventura de verdade. Ela espiou Nick, que prestava atenção em Elena com a mesma admiração do restante da plateia. Levar Lily ali era a coisa mais legal e atenciosa que alguém já tinha feito por ela.

Ela iria sentar nele com força mais tarde.

Depois da leitura, Lily e Nick foram para a fila de autógrafos. Enquanto Elena autografava *As crônicas de Nermana* de Nick, ele lhe contava com calma quanto amava o trabalho dela. Lily, por outro lado, parou na frente de Elena e só conseguiu balbuciar que era obcecada por ela desde a escola, e ficou chateada com sua incapacidade de relaxar e ficar calma. Mas Elena agradeceu e ficou contente por Lily ter a primeira edição de Dragões de Sangue.

Lily ainda estava nas nuvens quando saíram da livraria e caminharam até um restaurante italiano no fim da rua.

— Ela foi tão incrível! — disse Lily, empolgada, enquanto eles se sentavam. Ela abriu o livro na página do autógrafo de Elena. — Olha a letra dela. Onde ela aprendeu a escrever assim?

— Deve ser legal ter uma experiência com seus leitores como essa. — Nick se recostou na cadeira e assumiu uma expressão distante. — Em que você pode conversar com eles e responder às perguntas deles.

Lily percebeu o olhar contemplativo no seu rosto.

— É isso que você quer?

— Sinceramente? — perguntou ele. — É. Quero ficar na frente de uma plateia, ler meu livro em voz alta, conversar com leitores, sair em turnê e ir à estreia da série de TV quando ela sair do papel. Quero tudo isso.

Seu coração doeu ao ver que Nick ansiava por aquelas coisas, mas sentia que não podia tê-las mesmo que fossem suas por direito.

— Acho que você devia resolver logo isso e ligar pro seu pai primeiro. Pode contar dessa grande mudança na sua vida. Colocar limites.

— *Limites* não faz parte do vocabulário do meu pai — retrucou Nick, balançando a cabeça. — E eu não poderia ligar para ele nem se quisesse. Meu pai quase nunca paga a conta do celular, e o número que eu tinha da minha mãe não existe mais. Nem sei onde estão morando.

— Você se preocupa com eles?

— Com minha mãe, sim — respondeu ele. — Mas... às vezes fico aliviado por não ser tão fácil me comunicar com eles, aliviado que não fazemos parte da vida um do outro. Sei que isso parece horrível.

— Não parece. — Lily pôs a mão sobre a dele. — Família nem sempre é fácil.

Ele encarou as mãos sobrepostas. Depois ergueu o olhar para ela. Sua expressão estava aberta e vulnerável.

— Estou feliz por ter você.

O coração dela se expandiu no peito.

— Estou feliz por ter você também.

Ele deu um sorriso caloroso e começou a examinar o cardápio. Lily continuou olhando Nick. Ela gostava tanto dele que nem sabia como agir.

o o o

Mais tarde, no quarto de Nick, iluminado pela luz da lua, os dois estavam deitados nus sobre os lençóis. Nick beijava as costas de Lily. Ele a tocava com carinho entre as pernas, e ela gemia baixo, ofegando enquanto ele a penetrava por trás. Nick beijou seu pescoço, chupou o lóbulo da sua orelha, sussurrando com a voz rouca como era bom senti-la. Ele mordiscou seu ombro e agarrou seus quadris. Ela se desfazia a cada movimento, completamente envolvida por ele. A pressão aumentou rápido, e ela gozou depressa, Nick a seguiu logo depois, gemendo alto enquanto dava uma última estocada.

Depois, ficaram de frente um para o outro, exaustos, as pernas nuas entrelaçadas. A mão de Nick descansava sobre o quadril de Lily. Ele deslizava o polegar por sua pele em círculos lentos e pequenos.

— Esse foi o melhor encontro que eu já tive — declarou Lily. — Obrigada.

Nick deu um sorriso satisfeito.

— Melhor do que seu encontro ideal?

— Muito melhor. Muito além de todas as minhas expectativas.

— Que bom — comentou ele. — Agora só preciso descobrir o que fazer para você nunca mais sair desta cama.

Ela se aproximou, querendo mais do seu abraço caloroso.

— Tirando a despedida de solteira da Violet no fim de semana que vem, sou toda sua.

— Ah, é. Onde vai ser mesmo?

— Miami. A Karamel Kitty conseguiu um camarote em uma boate para a gente.

— Caramba — respondeu Nick, impressionado. — Espero que você não me esqueça totalmente quando os amigos rappers dela aparecerem.

— Não precisa se preocupar. — Lily balançou a cabeça, sorrindo. — Eu nunca esqueceria você.

— Deixa eu te dar uma coisa para lembrar de mim, só pra garantir — disse ele, puxando-a para si.

Ela riu enquanto Nick beijava seus seios e descia para a barriga, mostrando o quanto queria ser lembrado.

23

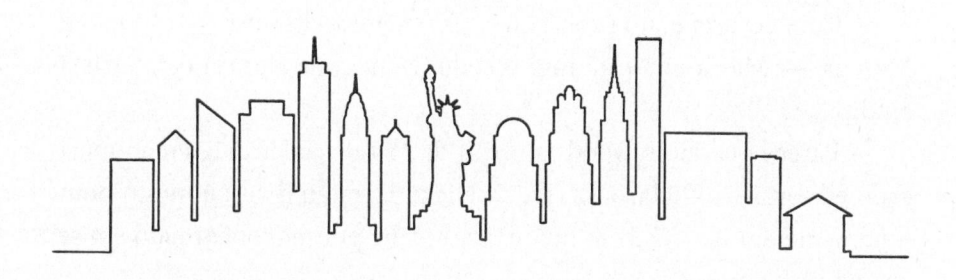

Nick se arrependia de não ter encontrado sua editora, Zara Shah, antes. Porque, quando finalmente se encontraram para um almoço e Nick lhe contou a verdade — que era norte-americano e tinha mentido na biografia —, ela nem sequer titubeou.

— Já ouvi histórias piores — argumentou ela. — Mas você escreveu *mesmo* o livro sozinho, não é?

Nick disse que sim, e isso era tudo com que Zara parecia se importar. Para sua surpresa maior ainda, ela também não perguntou em que pé andava a continuação. Estava muito mais interessada em conversar sobre quem achava que deveria ser escalado para a série de *Os elfos de Ceradon*. Até o momento, ela compartilhara que imaginava Daniel Kaluuya como Deko.

— Consegue ver ele no papel? — perguntou ela. — Ele tem aquele ar pessimista e esperançoso ao mesmo tempo. É só colocar orelhas pontudas e olhos verdes nele, e teremos um Deko bem ali. — Ela achava que Forest Whitaker deveria interpretar o pai de Deko. — Sábio, muito sábio.

Nick e Marcus estavam sentados diante de Zara no restaurante do centro gastronômico Eataly no distrito de Flatiron. Zara tinha trinta e pouco anos, cabelo escuro longo e usava óculos de armação preta grossa.

Ela remexia o macarrão com o garfo em movimentos apressados e irrequietos. Havia dito que já tomara três xícaras de café naquela manhã.

— Quem você acha que deveria ser escalado? — quis saber Zara, olhando para Nick. — Você está envolvido nisso?

— Ah, hum... Não sei bem. Tenho crédito como produtor executivo. Então, acho que sim? — Olhou para Marcus. — Ele sabe dessas coisas melhor do que eu.

— Com certeza é uma coisa que nós podemos discutir — respondeu Marcus. — Mas ainda está muito cedo. Nem contrataram o roteirista ainda.

— Parece que Hollywood também dá chá de cadeira, igual ao mercado editorial — declarou Zara. — Nick, deixa eu dizer: é muito bom finalmente dar um rosto ao nome. Estou feliz por ter concordado em se encontrar comigo.

— Eu também — devolveu Nick, e ele estava sendo sincero.

Zara era legal. Ele já achara isso nos telefonemas, mas era bom poder confirmar pessoalmente.

Marcus se recostou na cadeira, com um sorriso satisfeito. Depois de vários meses, Nick havia enfim conhecido sua editora, e se dado bem com ela. Marcus era, basicamente, o agente mais orgulhoso do mundo. E Nick estava feliz por seu amigo estar feliz. Afinal, era um almoço legal.

Então Zara perguntou com delicadeza:

— Como vai o rascunho?

Nick pigarreou, os olhos na pizza marguerita pela metade. Não queria mentir para ela.

— Bem...

— Se precisar aumentar o prazo, é só me avisar — soltou Zara depressa. — Eu preferiria que você me avisasse agora para que possamos ajustar a programação.

Nick suspirou de alívio.

— Mais tempo seria ótimo.

— De quanto tempo estamos falando?

— Alguns meses.

— Vamos botar para janeiro. — Zara pegou o celular e digitou um lembrete para si mesma.

— Desculpa.

— Não precisa se desculpar. Essas coisas demoram. — Ela jogou o celular na bolsa. — Pensou melhor sobre a festa da empresa daqui a duas semanas? A equipe da M&M iria surtar se você aparecesse. Eles amam seu livro, de coração. E estão curiosos.

Nick sorriu, pensando nas teorias que Lily lhe contara. Ele perguntara se ela conhecia Zara, e ela respondera que não. Eram de selos e andares diferentes. Praticamente de mundos diferentes.

A ideia de ir à festa da M&M fazia Nick estremecer de nervoso. Toda a extroversão que aquilo exigia. Todas aquelas pessoas. Mas lembrou de como se sentira na leitura de Elena Masterson. Apesar dos medos, ele queria se apropriar de seus livros de todos os jeitos possíveis. Pensou em como Lily o encorajara.

— Acho que vou — declarou ele.

Marcus paralisou.

— Sério?

— Sério? — perguntou Zara, radiante.

— Tem certeza? — indagou Marcus. — Sabe que não precisa ir.

— Sim — replicou Nick. — Eu quero ir.

— Ótimo — falou Marcus, sorrindo de novo. Mas dessa vez não foi o sorriso contente ou orgulhoso. Foi o sorriso encorajador e paciente que ele reservava para Nick na faculdade sempre que o amigo decidia se juntar a Marcus e ao resto dos colegas do andar para sair, ou sempre que ele conseguia tirar Nick do casulo. — Isso é ótimo mesmo.

Depois do almoço, Nick e Marcus pegaram o metrô até o apartamento do amigo no Brooklyn. Caleb estava em casa, e, assim que Nick se sentou no sofá da sala, Caleb se jogou ao seu lado e perguntou, ansioso, como andavam as coisas com Lily.

— Boas — revelou Nick, sem conseguir conter um sorriso.

Ele não conseguia acreditar que tentara ficar longe de Lily por tanto tempo. A paz e a felicidade que sentia por tê-la em sua vida daquele jeito eram indescritíveis. Ela amaciava a casca dura de Nick com sua risada descontraída e sua paciência. Os momentos de calmaria deles eram uma coisa que ele queria guardar para sempre. Como na noite anterior, quando ficaram deitados na sua cama, ele massageando os pés de Lily e ela lendo em voz alta um original que estava editando sobre a evolução dos cadarços. Em qualquer outra circunstância, teria sido uma das coisas mais entediantes que já ouvira, mas Nick escutou com atenção, cativado por Lily e pelo som suave de sua voz. Mal conseguia esperar para estar com ela de novo. Estava contando as horas até vê-la depois que ela saísse do trabalho.

— Quero que traga ela para jantar aqui — convidou Caleb. — Marcus, o que acha?

Marcus estava do outro lado da sala, à mesa da cozinha, mexendo na correspondência.

— Claro, mas podemos servir comida de verdade e não só petiscos como naquela vez que convidamos uma das suas clientes do Brooklyn?

— Espera, você está falando do meu *hors d'oeuvres*?

— Estou, fiquei com muita fome naquele dia.

Nick gargalhou e se endireitou, tirando do bolso o celular que vibrava. Outra ligação de *número desconhecido*.

— Não paro de receber ligações de golpe — comentou ele, ao ignorar a ligação.

— Bem, você sabe o que dizem — retorquiu Caleb. — Golpistas nunca dormem.

Nick lhe lançou um olhar de desconfiança.

— Nunca ouvi ninguém dizer isso.

— Mentira, porque você me ouviu dizer agora.

Nick bufou e balançou a cabeça. Então o celular vibrou de novo. *Número desconhecido*.

— Que se dane — exclamou ele. — Vou atender e ver qual é o golpe da vez.

— Só não dê o seu número da identidade — avisou Marcus.

Nick encarou Marcus como se dissesse *o que você acha que sou?* Quando ele atendeu, ouviu só estática, seguido de um sussurro. Resmungos.

— Alô? — repetiu Nick.

— Nick?

Ele congelou. Quase deixou o celular cair quando a mão ficou frouxa.

— Nick? Está me ouvindo?

— Mãe?

Caleb e Marcus gelaram, se virando para Nick.

— Mãe? — repetiu Nick. Seu coração acelerou. Ele se levantou e saiu do apartamento. O ar fresco o atingiu. Parou no alto da escada. — Mãe, é você?

— Sou, querido. Oi.

Querido.

A última vez que Nick viu Teresa, ela estava deitada na cama de um hospital com o ombro fraturado, gritando para ele ir embora por ter brigado com o pai. Ela o chamara de querido. E, com essa única palavra, ele virou um menino de novo. Vulnerável e inseguro. Buscando a atenção dela.

— Estava te ligando desse celular pré-pago que comprei no posto, um desses baratos. Não funciona direito — explicou ela por cima da estática. — Voltamos para Warren faz algumas semanas. Você ainda está por aí?

Por aí. Era assim que ela se referia às viagens de Nick. Nas vezes esporádicas que falava com a mãe, ele sempre estava em algum lugar novo. Ele queria mentir e manter a distância. Devia lhe dizer que estava na Ásia ou na Austrália. Bem longe e inacessível.

— Não — acabou dizendo ele. — Estou nos Estados Unidos agora.

— Está? Por que não me contou?

— Não sabia como falar com você. — Ele ficou surpreso com a mágoa na voz dela. — Desculpa.

— Onde você está?

— Está tudo bem? — devolveu ele, desconversando. — Precisa de alguma coisa?

— Você acha que só estou ligando porque preciso de alguma coisa de você?

— Não, não foi isso que eu disse. Só quero saber se você está bem.

Teresa suspirou.

— Liguei por causa do seu pai.

Nick sentiu um frio na barriga.

— O que houve?

— Ele sofreu um acidente de carro uns dias atrás, num racha com aqueles imbecis da casa de apostas. Quebrou a perna. E bateu a cabeça de um jeito grave também. Os médicos disseram que ele vai ficar bem, mas vai demorar um pouco... — Ela parou. — Ele tem perguntado por você, Nick. Quer que você venha ver ele.

Nick não respondeu. Um entorpecimento se espalhou pelo seu corpo. O olhar se fixou numa rachadura na entrada do apartamento.

— Vai me dizer onde você está? — insistiu Teresa.

— Nova York.

Uma voz no fundo da sua mente o repreendeu por revelar essa informação, mas era como se ele tivesse se desprendido do presente. Saído do corpo.

— Uau — exclamou ela, surpresa. — Está aí há quanto tempo?

Ele respirou fundo e apertou a ponta do nariz.

— Desde março.

Teresa ficou em silêncio. Provavelmente aceitando o fato de que Nick tinha voltado havia cinco meses sem lhe contar.

— Espero que você venha, Nick. Esse é o meu número. Me avise do que decidir.

— Tá bom.

Ela se despediu, e a ligação caiu. Nick deixou o celular frouxo na mão.

Marcus apareceu atrás dele e Caleb estava na porta. Ambos igualmente preocupados.

Marcus se aproximou de Nick.

— Era sua...

— Mãe — terminou ele. — Era.

Marcus ficou quieto por um momento. E então falou:

— O que ela disse?

— Meu pai sofreu um acidente de carro e machucou a perna e a cabeça. Disseram que ele vai ficar bem, mas os dois querem que eu vá para Warren.

— E você vai? — perguntou Caleb.

Nick continuou encarando a rua. Um leve pânico atravessou sua expressão entorpecida.

— Não sei — respondeu ele.

○ ○ ○

Nick contou para Lily naquela noite sobre a ligação da mãe. Violet tinha saído, então eram apenas os dois e Tomcat no apartamento delas. Estavam sentados no sofá de frente um para o outro. Tomcat se aconchegava na perna de Nick. Agora ele conseguia entender por que Lily gostava de mimar o gato.

— Acho que preciso ir — ponderou Nick. — Não quero, mas não conseguiria me perdoar se alguma coisa acontecesse com ele e eu não o tivesse visto antes.

Lily assentiu.

— Entendo. Quer que eu vá com você?

— Não — respondeu ele rápido demais, surpreendendo Lily. Ele não a queria perto dos pais e dos problemas deles. Não podia deixar nada daquilo chegar até ela. — Você tem o trabalho e a entrevista.

— Eu dou um jeito.

— Vou ficar bem. — Ele pegou a mão dela e beijou a palma. — Obrigado por se oferecer.

Ela o encarou, quieta, e depois se aproximou e o abraçou.

— Pode contar comigo, sempre que precisar.

— Eu sei. — Ele pôs a cabeça em seu ombro e fechou os olhos. — E você pode contar comigo também.

Antes da ligação de Teresa, Nick estava tentando desenvolver uma perspectiva muito mais positiva da vida. Sua carreira estava estável. Ele tinha Marcus e Caleb, e a amizade com Henry e Yolanda. E tinha Lily.

E, naquele momento, ao se deparar com os pais de novo, ele não conseguia se desvencilhar da preocupação de que seus esforços para finalmente criar uma vida minimamente decente logo iriam pelos ares.

24

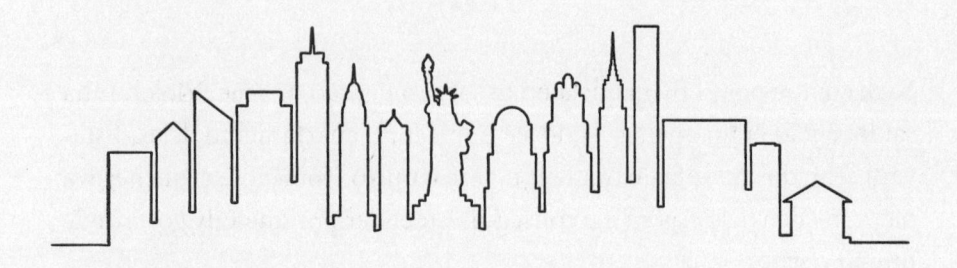

Na noite de sábado, Lily estava espremida ao lado de Iris num sofá de veludo luxuoso no camarote VIP de Karamel Kitty na boate LIV em Miami, celebrando a despedida de solteira de Violet.

— Estou vendo a Karamel Kitty, e elas estão enchendo a cara ali! — exclamou o DJ no microfone.

Ele colocou uma música da rapper e a boate toda gritou:

— Eeeeeeee!

Violet e Karamel Kitty estavam em cima da mesa, rodeadas pelos amigos da famosa, enquanto ela virava a garrafa de uísque direto na boca de Violet.

Estava sendo muito interessante passar o fim de semana com uma celebridade. Karamel Kitty, cujo nome de batismo era Karina, era meiga e bem mais tranquila na vida real, comparada à energia "falo mesmo" da persona rapper. Ela tinha alugado a parte de trás de um restaurante na South Beach para o chá de panela de Violet no dia anterior, e elas foram rodeadas por uma horda de fãs assim que saíram do carro. Violet estava acostumada com aquilo e deslizou com facilidade para trás de Karina e dos seguranças. Mas Lily e Iris se perderam no caos. Ficar presa no meio dos fãs de Karamel Kitty, cantando a plenos pulmões a música mais recente dela, não era uma coisa que Lily esperava adicionar à cartela de bingo do ano.

Naquela noite, Lily vestia uma das poucas roupas de balada que tinha: top tomara que caia e minissaia de cintura alta, os dois em couro preto. Ela tinha pegado emprestado um salto alto de Violet, e seus pés a estavam matando, por isso preferiu ficar sentada. Devia ter imitado Iris, que combinara a camisa branca larga com tênis brancos. Enquanto isso, Violet e Karamel Kitty vestiam macacões sem manga colados ao corpo. O de Karamel Kitty era rosa-chiclete (e combinava com uma lace rosa-chiclete que ia até a cintura); e o de Violet, branco. Lily e Iris compraram para ela um véu com glitter que caía de sua cabeça toda vez que ela dançava.

A confissão de Violet de que Eddy mal parava em casa e de que ela tinha planejado a maior parte do casamento sozinha tinha, é claro, preocupado Lily e Iris. Mas, sempre que comentavam sobre aquilo, Violet insistia que queria se casar com Eddy e que estava feliz. Sem dúvida, ela *parecia* feliz naquela noite.

Lily pensara na situação de Violet várias vezes. No fim das contas, não havia muito o que as irmãs pudessem fazer. Era a vida de Violet, e ela faria o que quisesse, como sempre. Só podiam torcer para que as coisas dessem certo entre Violet e Eddy. E, caso não dessem, Lily e Iris estariam lá para apoiar Violet, independentemente de tudo.

— Eu vou me casar, porra! — gritou Violet.

Ela desceu da mesa e foi tropeçando até Lily e Iris, deitando no colo das irmãs.

Iris tirou o cabelo de seu rosto e sorriu.

— Está se divertindo?

— Siiim — balbuciou Violet. — E você?

— Não, mas tudo bem, porque hoje não tem a ver comigo.

Violet deu um sorriso torto.

— Quero que todo mundo se divirta. — Ela apontou para Lily. — Você tem que celebrar também. O seu novo emprego!

— Não tenho um novo emprego ainda — ressaltou Lily, rindo.

Mas a entrevista com Francesca Ng tinha corrido muito bem. Lily não sofrera das coisas que a tinham atormentado nas entrevistas passadas: o nervosismo e a fala desajeitada. Ela contou, de maneira segura, sobre seu amor por livros infantis e as qualidades que levaria para o cargo de editora-assistente. No momento, ela estava esperando para marcar a segunda entrevista com a chefe de Francesca, Anna Davidson. E se sentia confiante de que se sairia bem na entrevista com Anna também.

Ela esperava conseguir o emprego, porém, mesmo que não conseguisse, decidir chutar o pau da barraca e enviar uma segunda mensagem para Francesca desbloquearam algo em Lily. Pela primeira vez em muito tempo, ela se sentia realmente orgulhosa de si mesma. Tinha provas de que se arriscar e correr atrás do que queria podia dar bons resultados. Era só olhar para ela e Nick.

Ela pensou nele e imaginou se já estaria dormindo. Ele estava na Carolina do Norte havia três dias. Conversara com ele naquela manhã, quando ele estava no hotel, tentando trabalhar no livro antes de ir para o hospital. Nick parecia calmo, mas ela não conseguia esquecer de como estava ansioso antes de ir para o aeroporto no início da semana. Nick lhe contara que o pai permanecia estável e dormia na maior parte do tempo das visitas, que estava ajudando a mãe a procurar um lugar melhor, porque ela e o pai estavam morando em um hotel antes do acidente. Porém, fora isso, ele não entrava em muitos detalhes sobre o que acontecia com os pais. De um jeito doce, ele se esquivava das tentativas de Lily com tanta habilidade que ela terminava as conversas imaginando se sequer havia tentado perguntar algo.

— Por que estou sentada? É minha despedida de solteira! — exclamou Violet, pulando para ficar de pé. — Preciso de outra bebida.

Ela se juntou a Karina em cima da mesa de novo, e Lily e Iris bocejaram ao mesmo tempo.

— Tecnicamente, eu sei que não estou muito velha para boates — declarou Iris —, mas *sinto* que estou muito velha para boates.

Ela verificou a hora no celular. Eram quase três da manhã.

— Vamos pegar um Uber e ver se ele pode dar uma parada no McDonald's antes de nos levar pra casa.

— Combinado.

Elas se despediram de Violet, que lhes deu beijos úmidos na bochecha e continuou dançando.

o o o

Alguém da equipe de segurança de Karina deixou Lily e Iris entrarem na mansão da rapper. Era tão espaçosa que dava para ouvir um eco quando alguém falava. E como Karina quase nunca passava muito tempo em Miami, a casa inteira estava impecável. Só a chique mesa de jantar chique de mármore deveria custar seis meses do salário de Lily.

Depois de terminarem de comer, ela e Iris foram para o quarto de hóspedes que dividiam. Iris foi tomar banho, e Lily se deitou na cama king size e mandou uma mensagem para Nick: Está acordado? Três pontinhos apareceram, indicando que ele estava digitando.

NICK: Oi, estou, sim. Como foi a boate?

LILY: Sem dúvida uma experiência. Mas eu e a Iris já viemos embora.

LILY: Por que você está acordado até tão tarde?

NICK: Ah, você sabe, só estou aqui, esperando uma mensagem de boa-noite da minha namorada.

Ela sorriu.

Chamada de vídeo?

Então seu celular vibrou com uma chamada de Nick. Ela atendeu. Nick estava sentado na cama do hotel, encostado na pilha de travesseiros.

— Oi — disse ela, sorrindo.

— Oi. — Seu sorriso estava cansado, mas caloroso. Toda a falta que sentia de Nick a atingiu quando ele disse: — Estou com saudade.

— Também estou. Como vai o seu pai?

— Ele ainda tem uma concussão e vai precisar de fisioterapia para a perna quebrada. — Ele suspirou e passou a mão no rosto. — Acho que vou ficar aqui pelo menos mais uma semana. Preciso cuidar do pagamento das sessões dele, e estou ajudando minha mãe a ser aprovada para alugar um apartamento. Ela disse que vai deixar o meu pai.

— *Sério?*

Nick assentiu. Parecia muito exausto.

— Como você tá? — perguntou ela. — Tá bem?

— Poderia estar pior.

— Você é um bom filho — falou Lily.

Nick deu um sorriso fraco, mas não parecia genuíno. Lily percebeu que ele não acreditava nela.

— *Você* está bem? Foi você quem sobreviveu a um fim de semana com a rapper do ano, segundo a revista XXL. — Quando ela o encarou com surpresa por ter comentado isso, Nick continuou: — Só joguei no Google.

Lily sorriu. Nick estava tentando aliviar o clima e mudar de assunto, desconversando de novo. Ela não conseguia ignorar a sensação de que, depois de tudo pelo que tinham passado, ele reerguia seus muros aos poucos. Ele ainda estava ali, atencioso e presente. Mas ela se perguntou se um dia, em um piscar de olhos, estaria completamente do outro lado do muro.

E então se deu conta de algo.

— Você vai perder a festa da M&M esta semana — disse ela. — Talvez, para compensar, sua equipe possa organizar uma sessão de autógrafos numa livraria, quando o livro for publicado.

Nick ficou calado.

— Não, não quero que façam isso.

Ela tentava entender o que ele estava pensando, mas seu rosto permanecia cuidadosamente inexpressivo.

— Por que não? — estranhou ela.

— Acho que nem foi uma boa ideia eu concordar em ir à festa, pra começo de conversa.

Lily franziu a testa.

— Mas e todas as coisas que você queria? Você disse que queria ficar na frente de uma plateia e conversar com as pessoas sobre seu livro. Queria receber o crédito.

— Mudei de ideia.

— Mas por quê?

— Porque sim, Lily — devolveu ele, frustrado.

Eles se encararam, quietos. A explicação que ele se recusava a dar de repente ficou muito evidente.

— É por causa dos seus pais, não é? Você ainda tem medo de eles saberem.

Nick não respondeu. Ela viu quando ele ergueu o braço para esfregar a nuca, mas, ao perceber o que estava fazendo, deixou o braço cair ao lado do corpo.

— Seria diferente se você quisesse viver no anonimato — ponderou ela. — Mas eu vi o seu rosto no evento com a Elena Masterson. É aquilo que você quer. Guardar esse segredo está te reprimindo. Acho que devia contar a eles.

— Não posso fazer isso.

— Mas por que não, Nick? — insistiu ela. — É a sua vida. Você foi abençoado com uma oportunidade com a qual a maioria das pessoas apenas sonha, e é tudo que você sempre quis. Como pode deixar isso passar?

— Você não entende. Não teve a mesma infância que a minha. Você teve uma família que te dava apoio, Lily, não um pai que agia como um parasita e uma mãe que não conseguia viver sem ele. Não precisou ficar olhando por cima do ombro à espera de alguma merda acontecer porque merdas aconteciam *o tempo todo*. Tive que me proteger a vida toda porque não tinha ninguém para fazer isso. Em todo lugar você era rodeada de amor, e é assim que é a sua vida, Lily. De alguém que sabe que é amada. Eu não tive isso.

— Mas tem agora — afirmou ela, sua frustração aumentando. — Você tem o Marcus e o Caleb, o Henry e a Yolanda. Você tem a mim. — Ela suavizou a voz, para que Nick soubesse que ela estava do lado dele. — Você tem razão, não tive a mesma infância que você. Odeio o fato de você ter tido uma infância tão difícil e que tenha passado tanto tempo da vida sozinho. Todo dia eu queria poder voltar no tempo e mudar essas coisas.

Mas isso não é uma opção. Tudo o que nós temos é o presente, e tem muita coisa boa reservada para você. Só precisa estar disposto a aceitar.

Nick a encarava, com a boca franzida. Ela não sabia se suas palavras foram absorvidas. Ele parecia tão arrasado quanto ela. Então Nick suspirou, profundamente.

— Obrigado. Sei que só está tentando ajudar — disse ele. — Não quero brigar.

— Também não quero brigar.

— Desculpa — disse ele, baixo.

— Desculpa também.

Ela esfregou a testa. Sentia-se mais exausta naquele momento do que quando saíra da boate.

— Você devia dormir um pouco — disse Nick. — Te ligo amanhã, tá bom?

— Tá bom.

Eles desligaram. Lily virou de bruços e fechou os olhos. Pouco antes de desligar, uma coisa tinha ficado óbvia para Lily.

Estava apaixonada por Nick.

Mas Lily precisava que ele parasse de afastá-la. Entendia que o amor era um risco e podia ser muito assustador. Mas ela queria ficar com alguém que soubesse dos riscos e estivesse disposto a corrê-los mesmo assim. Já passara muito tempo da vida escondida atrás das irmãs e dos próprios receios de não ser suficiente. Queria que Nick estivesse disposto a se abrir para ela em vez de se esconder.

O barulho repentino do choro de Violet no andar de baixo arrancou Lily de seus pensamentos. Ela ficou de pé num pulo e viu Iris se apressar pelo corredor, usando um dos roupões chiques de Karina. Lily correu atrás dela.

Violet, Karina e um dos seguranças da rapper foram até a sala de estar. Violet soluçava no braço de Karina enquanto elas se jogavam no sofá.

— O que houve?

Lily se sentou do outro lado de Violet e a abraçou. Não sabia qual era o problema, mas sabia que a irmã precisava ser confortada. Violet começou a balbuciar, emotiva demais para falar. Karina pegou o celular, e Lily se abaixou e olhou a tela. Ela arfou quando percebeu para o que olhava. O TMZ postara uma foto de Meela Baybee e Eddy se beijando numa praia. O título dizia: *Meela Baybee entusiasmada em encontro quente com empresário.*

— Ah, não — sussurrou Lily.

— Aquele filho da puta — gritou Violet. — Ele disse que estavam na Jamaica para a gravação de um clipe, mas era porque estavam tendo a porra de um caso!

Iris rolou a matéria, o rosto sério.

— Aqui diz que eles estão saindo escondido desde julho.

— Meu Deus — exclamou Lily.

— Ele nem tentou negar! — Violet soluçava de novo, enterrando o rosto na almofada do sofá.

— Foda-se ele, garota! — xingou Karina. — Ele é um zero à esquerda! Já te disse isso!

Violet se sentou e limpou os olhos com força, borrando a maquiagem.

— O casamento está *cancelado*. Foda-se ele. Foda-se a Meela. Eu nunca devia ter apresentado esses dois. Espero que ela faça uma coisa estúpida e seja cancelada para que possa afundar a carreira do Eddy junto com ela.

— O que você quer que a gente faça? — questionou Iris, se agachando na frente de Violet. — Vou começar a cancelar as coisas de manhã. Vou ligar para o bufê e para o DJ. A Lily pode ligar para o pai e a mãe. — Iris olhou para Lily em busca de ajuda. — Não é?

— É, qualquer coisa — confirmou Lily. — Qualquer coisa que você precisar.

— Não — soltou Violet, se levantando. Ela estava com um brilho selvagem nos olhos. — Não cancelem nada. Ainda vamos ter uma festa. Uma festa *anticasamento*.

— Hum — murmurou Lily.

Ela e Iris trocaram olhares preocupados.

— Nossa, essa é uma ótima ideia — opinou Karina.

Violet saiu da sala de repente. O barulho do macacão de lycra ecoou pela casa.

— Vamos só dar um minuto a ela — falou Iris. — Você tem chá de lavanda, Karina? Isso sempre faz ela se sentir melhor.

— Acho que sim. Deixa eu ver.

Iris seguiu Karina até a cozinha, e Lily olhou para o segurança sério e forte de Karina, que parecia inabalado.

Quando não conseguiu mais ouvir os passos de Violet, Lily subiu para o quarto onde a irmã estava. Com as luzes apagadas, Violet estava toda enrolada no meio da cama. Seus ombros tremiam. Em silêncio, Lily caminhou até a cama e engatinhou até Violet, pegando o edredom para cobrir as duas.

— Estou com ódio — balbuciou Violet, baixo.

Lily se aproximou.

— Sinto muito, Vi.

Elas ficaram deitadas ali, caladas, respirando juntas. Depois de um tempo, Iris apareceu, com uma xícara de chá. Ela encorajou Violet a se sentar e beber um pouco. Então, sem dizer nada, Iris também subiu na cama, e Lily se lembrou de como, quando eram crianças, costumavam dormir no mesmo quarto na véspera de Natal. Eram tempos muito mais simples. Os anos de corações partidos estavam a quilômetros de distância.

Ela não via a hora do voo de volta para Nova York na manhã seguinte.

25

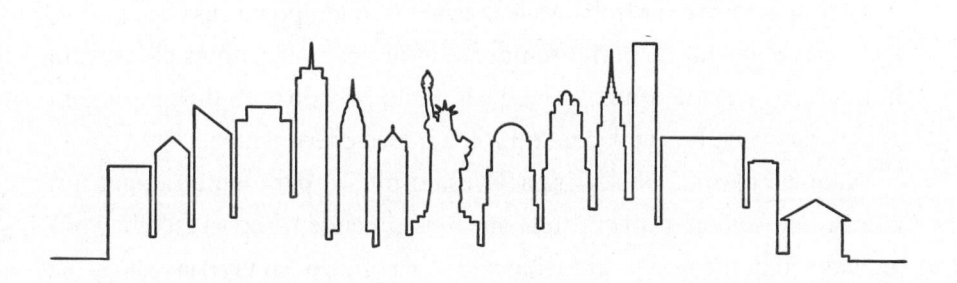

Nick empurrava lentamente o carrinho de mercado pelo corredor, esperando com paciência enquanto Teresa pegava o que precisava.

De certa forma, voltar a Warren o fazia se sentir como se entrasse numa máquina do tempo. O mercado que toda a cidade frequentava ainda era o mesmo. Já havia esbarrado com três colegas da escola. A lanchonete onde ele trabalhara ainda ficava do outro lado da rua. Era estranho voltar para um lugar onde tão pouca coisa havia mudado, quando ele se sentia uma pessoa tão diferente.

Teresa estava ao lado de Nick, examinando duas garrafas de suco de maçã. Duas marcas diferentes. Continuava do mesmo jeito que a última vez que Nick a tinha visto. Magra e pequena, a pele marrom-clara e os olhos redondos e grandes. A única diferença era o cabelo, que estava curto.

Quando chegou ao hospital dias antes, Teresa o abraçara com mais força do que ele esperara. Nick se lembrava de que sempre tivera a impressão de que ela era frágil.

Os pais passaram a maior parte dos últimos cinco anos pela região de Bible Belt. E, para surpresa de Nick, só retornaram a Warren porque Teresa decidira se divorciar de Albert. Após quase três décadas, ela finalmente havia se cansado de correr atrás do marido. Deixara Albert em

Memphis e voltara para Warren. Logo depois, Albert retornara também, mas Teresa não mudou de ideia em relação ao divórcio, mesmo depois de permitir que ele ficasse com ela no hotel. A relação deles era algo que Nick ainda não entendia, e era provável que nunca entendesse.

Enquanto Teresa conseguira ser readmitida na casa de repouso, Albert enrolava para arranjar trabalho. Passava muito tempo na casa de apostas, bebendo e apostando como sempre, e algumas noites antes ele entrara num carro com um amigo que estava muito bêbado para dirigir, e agora Albert estava no hospital, com uma concussão e ferimentos.

Naquela manhã, Nick dera a Teresa dinheiro para tentar alugar um apartamento. Com outra atitude que o surpreendeu, Teresa escolheu pôr apenas seu nome no contrato. Ele não sabia onde o pai viveria. Não sabia se acreditava que Teresa iria mesmo seguir adiante com o divórcio. Mas, quando era mais novo, não conseguia imaginar a mãe tendo aquele tipo de atitude independente.

Então, enquanto aguardavam Teresa conseguir o apartamento, Nick a levou para fazer compras. A relação deles era estranha e pouco natural. Mas ela era sua mãe, e Nick tinha dinheiro. O mínimo que podia fazer era comprar comida para ela.

— Esse é mais barato — observou Teresa, por fim, colocando o suco de maçã no carrinho.

— Pega o que você quiser — ressaltou Nick. — Não se preocupe com o preço.

— Tem certeza?

Teresa franziu a testa e olhou para o carrinho já cheio. Após ter economizado a vida toda, ela não estava acostumada a chegar ao caixa sem ter somado todos os itens antes.

— Tenho, sim.

— Certo — falou ela depois de um momento. Ela trocou as marcas do suco de maçã e acenou para que Nick continuasse andando.

Nick ainda não havia lhe contado quanto dinheiro tinha ou como o conseguira. Podia ver que Teresa estava curiosa para saber como ele tinha o dinheiro do depósito do aluguel e como se oferecera para pagar a fisioterapia do pai sem questionar. Mas Teresa não era Albert. Ela observaria o comportamento de Nick em vez de pedir uma explicação logo de cara. *Guardar esse segredo está te reprimindo. Acho que devia contar a eles.* E então a voz de Lily surgiu em sua mente. Ele odiava a maneira como tinham deixado as coisas depois da ligação na outra noite. Eles conversaram algumas outras vezes desde então, mas algo estava estranho, e isso deixava *Nick* estranho. Não gostava de se sentir desconectado de Lily. Nenhum dos dois mencionara o assunto, mas a festa da M&M na noite seguinte e a recusa de Nick em ir haviam se tornado uma questão.

Nick concordava com tudo o que Lily dissera. Ele *estava* com medo. Apavorado por finalmente alcançar as coisas que queria. Sempre achara que seria mais seguro controlar as expectativas. Mas como poderia ter uma vida plena daquele jeito? Pensara que tinha parado de fugir da vida ao escolher ficar em Nova York, mas, na realidade, ele continuava fugindo, só que sem sair do lugar.

Na outra noite, Lily não conseguia entender de onde Nick vinha porque, quando o olhava, ela não pensava em limitações. Sempre pensava o melhor dele. A própria percepção que ele tinha de si mesmo ainda não era tão positiva, mas ele poderia tentar melhorá-la. Queria ser melhor para Lily. Queria ser melhor para si mesmo. Não podia deixar aquela merda o atrasar mais.

— Mãe — disse ele, engolindo em seco. Ele esperou até que ela parasse de analisar condimentos e lhe desse total atenção. — Eu escrevi um livro. Eu... O livro foi vendido para uma editora, e é assim que eu vivo. Sou um escritor.

Ela o encarou por um momento.

— É o que explica tudo isso? — perguntou ela, gesticulando para o carrinho quase transbordando.

Ele assentiu.

— Não quis contar pra você nem pro pai porque fiquei com receio do que ele faria quando descobrisse minha nova vida. Pensei que ele daria um jeito de arruinar tudo. — Ele respirou fundo e acrescentou: — E eu não queria aceitar que uma coisa boa tinha acontecido comigo.

Teresa o examinou com atenção, assimilando o que ele acabara de contar.

— Você vivia escrevendo naqueles seus cadernos — recordou ela. — Lembro que você amava aqueles livros dos Anéis do Senhor.

Nick sorriu.

— O Senhor dos Anéis.

— É, esses. — Ela assumiu o controle do carrinho, e Nick caminhou ao seu lado. — Então, vai me contar do que seus livros falam?

— Ah, sim, claro — disse Nick, surpreso por ela querer saber.

Ele contou o título do livro e seu pseudônimo. Teresa ficou inexpressiva quando ele tentou explicar a trama, mas Nick não a culpou. Fantasia não era o forte de todo mundo. Mas ela o olhou com interesse renovado quando ele mencionou a adaptação para uma série de TV.

— Quando posso assistir? — perguntou ela.

— Vai demorar ainda. Talvez anos.

— Bom, quando posso comprar o seu livro?

— Daqui a algumas semanas — respondeu ele. — Vou te mandar um.

— Bom.

Ela não disse mais nada enquanto conduzia o carrinho até o caixa. Os batimentos de Nick voltaram lentamente ao ritmo normal. Pronto. Ele tinha contado. Imaginara tanto aquele momento e, no final, tinha sido muito mais fácil que pensou que seria. Ainda havia Albert e como ele reagiria às novidades, mas já era meio caminho andado.

No caixa, a atendente, uma jovem com dois piercings no nariz e box braids, pôs de lado um calhamaço de capa dura para atendê-los.

— Você gosta de ler? — perguntou Teresa à atendente, que assentiu. — Meu filho é escritor. — Teresa cutucou Nick. — Vai. Fala do seu livro pra ela.

Nick congelou com o cartão de crédito na mão e olhou para a mãe. E então encarou a atendente, que o encarava de volta, à espera.

— Ah, hum, tá bom.

Com dificuldade para organizar as ideias, Nick fez um breve resumo da trama que com certeza precisava melhorar no futuro. Mas, quando terminou, a atendente apenas assentiu de novo.

— Legal — respondeu ela. — Vou comprar.

Teresa sorria suavemente enquanto colocavam as compras no carro alugado de Nick. Ele não sabia se a mãe um dia diria claramente que estava orgulhosa dele. Não era bem o estilo dela. Mas, pelo sorriso, Nick sabia como ela se sentia.

Eles guardaram as compras, e então Nick levou Teresa para o turno da noite na casa de repouso. Ela agradeceu ao filho pela carona e abriu a porta. Mas parecia um pouco hesitante e fechou a porta às pressas.

— Conheci seu pai quando eu não tinha ninguém — começou ela, se virando para ele. — Ele foi a primeira pessoa que gostou de mim de verdade. Quando descobri que estava grávida, minha prioridade era manter minha família unida. Não queria que você se sentisse como eu me senti quando criança. Queria que você crescesse com os dois pais. Foi por isso que sempre fiz tudo que podia para trazer o seu pai de volta sempre que ele partia. Eu queria que você tivesse estabilidade. Levei um bom tempo para entender que o meu comportamento era o oposto de estabilidade.

Nick se recostou no assento, as mãos no volante. Estava chocado ao ouvir a mãe, sempre tão estoica, compartilhar aquelas coisas com ele.

— Pelo jeito como seu pai e eu erámos, faz sentido você querer ficar longe — continuou ela. — Eu não te apoiei quando devia, e sinto muito por isso. Mas as pessoas podem mudar. Eu, pelo menos, estou tentando.

Uma parte de Nick hesitava em confiar na sinceridade de Teresa. Ela podia estar dizendo aquilo apenas porque Nick a ajudara bastante ou porque Albert não estava ali para lhe dar atenção. Confiar em Teresa não era natural para ele.

Mas ele pensou no que Lily faria. Sabia que ela daria a Teresa uma chance de mostrar.

— Tá bom — respondeu ele.

— Você não está lá em Nova York sozinho, está? — perguntou ela. — Você tem alguém?

O impulso automático dele de manter Lily longe dos pais surgiu. Mas Nick não queria mais esconder seu passado do presente.

— Tenho — afirmou ele. — O nome dela é Lily.

Teresa deu um sorriso, inclinando a cabeça.
— Me fala dela.
E então ele falou.

○ ○ ○

Mais tarde, no hospital, Nick esperava para conversar com o médico de Albert sobre os próximos passos na recuperação dele e os cuidados em casa. Albert estava no hospital havia quase uma semana e meia, e a cirurgia uns dias antes na perna quebrada fora um sucesso. Ele estava se recuperando e receberia alta em breve.

Enquanto Albert dormia, Nick estava sentado na cadeira perto da janela com o caderno aberto no colo. Tentava escrever, mas sua mente estava em Lily.

— Acho que nunca te vi sem um caderno na mão.

Nick ergueu o olhar. Albert havia acordado e o encarava. Sua voz estava grogue, e os movimentos, fracos, enquanto ele lentamente se sentava.

— Você que está pagando por este hospital? — quis saber.

Ele tentou dar um sorriso torto.

Nick pigarreou e fechou o caderno.

— Eu posso pagar.

Nos últimos dias, quando Nick visitara Albert, ele estava dormindo ou muito dopado de analgésicos para sequer perceber que o filho estava ali. Agora, eles se encaravam, se avaliando. Fazia anos que não conversavam diretamente; recebiam notícias um do outro apenas por intermédio de Teresa. A última vez que se falaram fora naquele mesmo hospital depois que Teresa fraturou o ombro. Eles tinham brigado, e gritado um com o outro.

Nick passara anos com ansiedade, antecipando o comportamento do pai, imaginando se ele iria aparecer na escola ou no trabalho para pedir dinheiro ou induzir Nick a fazer algo que não queria. Quando criança, Nick temia a presença de Albert ao mesmo tempo que ansiava por ela, porque, nos raros dias bons, o pai era extraordinário. Naquele momento, ele parecia tão pequeno e frágil na cama de hospital que Nick se perguntou por que um dia sentira tanto medo.

— Por que está me olhando assim? — perguntou Albert.

Seu olhar se endureceu de repente.

Nick balançou a cabeça.

— Não estou olhando de jeito nenhum.

— Está, sim. Você se acha melhor do que eu ou alguma coisa assim?

— Não — respondeu Nick. E então parou. — Só acho que você precisa de ajuda, pai.

Albert suspirou, a raiva murchando.

— Quem não precisa?

A simplicidade da pergunta mexeu com Nick.

Ele lutara a vida toda para não ser nada parecido com Albert, apesar das qualidades que tinham em comum. A ambição, o instinto de sobrevivência. O desejo de ser amado. Mas o que mais tinham em comum era algo sobre que Nick não tinha qualquer controle: os dois eram seres humanos imperfeitos.

Apesar de tudo, Nick amava o pai, mas duvidava de que conseguiria construir uma nova relação com ele, e, sinceramente, nem tinha certeza de que queria. Mas Albert dissera a verdade. Nick, de sua própria maneira, também precisava de ajuda. Decidiu bem ali que encontraria um terapeuta assim que voltasse para Nova York.

Quando Nick pensou em responder, Albert já estava roncando.

Ele não sabia quando conversaria com Albert sobre o livro, mas não tinha mais medo de o pai descobrir. Isso era o mais importante.

E então o médico de Albert apareceu no corredor, pedindo com um gesto para que Nick se aproximasse. Ele saiu do quarto do pai em silêncio, tomando cuidado para a fechar a porta sem fazer barulho.

o o o

Naquela noite no quarto de hotel, Nick se sentou na frente da tela iluminada do notebook e abriu o rascunho da continuação de *Os elfos de Ceradon*. Encarou o cursor piscante e teve uma epifania: a história que iniciara para Deko não funcionava mais. Não fazia sentido Deko continuar em Ceradon. Era verdade que ele encontrara um novo lar ali, um lar mais seguro. Mas Deko precisaria retornar ao antigo reino em algum momento. Precisaria construir um exército para livrar a terra das sanguessugas de uma vez por todas.

Deko poderia não ter êxito em sua aventura, mas precisava tentar. Tinha ido longe demais para não fazer isso.

Nick selecionou e apagou os cinco capítulos que tinha conseguido escrever nas últimas semanas. Com a mente focada aonde queria chegar, ele recomeçou.

Horas depois, enquanto a maioria das pessoas do seu lado do mundo dormia, Nick estava com a vista cansada e exausto. Queria mandar uma mensagem para Lily, mas esperaria até o dia seguinte, quando ela estivesse acordada.

26

A ÚNICA PARTE BOA DE NÃO SER CONVIDADA PARA A FESTA DA M&M POR ser uma funcionária júnior era que Lily conseguia sair do escritório uma hora mais cedo, logo depois de Edith sair para encontrar os outros executivos para tomar uns drinques antes da festa.

No metrô a caminho de casa, Lily suspirou com impaciência ao olhar para o celular descarregado. Ela ficara acordada até tarde com Violet na noite anterior, ajudando a organizar a playlist pós-término perfeita, que incluía músicas de SZA, Summer Walker e Jhené Aiko, ou seja, a trindade sagrada do estilo "os homens não valem nada". Ela esqueceu de carregar o celular, e ele desligou a caminho do trabalho na manhã seguinte, segundos depois de Nick lhe mandar uma mensagem às 7h34.

Oi, posso te ligar na hora do almoço?

Claro que tinha esquecido o carregador em casa e não tinha um reserva na mesa, e sem dúvida não podia pedir a Edith o carregador emprestado porque a chefe se *recusava* a comprar um celular novo, já que ela tinha um daqueles antigos de abrir e fechar. E, durante o almoço, Edith puxara Lily para seu escritório e passara quarenta e cinco minutos reclamando que o selo não teria nenhum livro exibido na festa.

Lily não tinha ideia do que Nick queria dizer. Mesmo com aquele clima estranho desde a chamada de vídeo no outro dia, ela estava com muita saudade. Queria ouvir o som de sua voz. Ela precisava da merda do carregador.

Quando chegou em casa, Violet estava sentada à ilha da cozinha vestindo um pijama de seda preto, digitando no notebook.

— O que acha desse convite? — indagou ela, virando o notebook para que Lily pudesse ver o site de convites online.

Festa anticasamento de Violet
Data: mesmo dia do casamento
Lugar: mesmo local do casamento
Vistam roupa preta!
Fodam-se os traidores!

— Ah, então você vai mesmo fazer isso? — perguntou Lily.

— Prefiro morrer a deixar um homem que tem obsessão por casacos da Supreme e em ser o todo-poderoso arruinar o que poderia ser um dia incrível com minha família e meus amigos. Essa festa vai ser uma celebração. Uma *libertação*.

Lily olhou para as olheiras de Violet. Ela não tinha uma boa noite de sono desde Miami. Será que Lily daria uma festa depois de descobrir, duas semanas antes do casamento, que seu noivo a traiu? Acreditava que não, porque provavelmente estaria se afogando em lágrimas em algum lugar. Cada um lidava de um jeito com um coração partido. Lily admirava Violet por ela ter escolhido lidar com sua decepção em grande estilo.

— Eu vou — confirmou Lily. — Toda de preto.

— Ótimo. — Violet ficou radiante, virou de volta o notebook para si e apertou para enviar no convite virtual. — Você não deu sua opinião sobre o lugar onde nós vamos jantar hoje, falando nisso. Recebeu as mensagens da mãe? Ela está triste por mim e quer a família reunida.

— Não, meu celular descarregou. — Lily andou até o sofá e procurou o carregador, buscando entre as almofadas. Ela olhou na pilha de livros e se agachou para procurar embaixo da mesa de centro. — Você viu meu carregador?

— Ah, droga — exclamou Violet, com uma pausa acentuada. — Não é ele ali?

Lily se levantou, alarmada.

— Onde?

Ela seguiu a direção do olhar de Violet e viu Tomcat andar até ela com o carregador na boca. Ele jogou o carregador aos pés de Lily como um presente e piscou de um jeito meigo. Um olhar que dizia: *Oi, mãe, olha o que eu destruí para você.*

— Nããо — grunhiu Lily, segurando o carregador mastigado. — Achei que você fosse velho demais para isso.

— Usa o meu — ofereceu Violet. — Está em algum lugar do meu quarto.

Lily correu pelo corredor e gemeu de novo, porque cada centímetro do quarto de Violet era coberto de roupas, jogadas pela cama e pelo chão. Cabides ficavam enfileirados em frente ao armário. Era como estar presa num labirinto de lojas de departamentos. Lily foi até a tomada ao lado da cama, mas viu apenas o carregador do notebook de Violet.

— Não estou achando! — gritou ela.

Mas o interfone tocou, abafando sua voz.

Lily correu de volta para a sala, a cada segundo mais ansiosa para encontrar um carregador, qualquer um, para finalmente ligar para Nick. E então ouviu uma batida à porta. Violet a abriu, deixando Dahlia, Benjamin, Iris e Calla entrarem.

— Violet, que e-mail de festa anticasamento foi esse que você mandou pra família toda? — perguntou Dahlia. — Sabia que sua tia-avó Portia recebeu esse e-mail? Está cheio de coisas obscenas!

— Só usei a palavra que começa com F uma vez — esclareceu Violet.

— E tenho certeza de que não é a primeira vez que minha tia-avó ouviu. Ela não cantava em bares ilegais no passado?

Dahlia fez cara feia para a filha. Iris e Calla foram se sentar no sofá e logo Tomcat, que sempre podia contar com a menininha para receber atenção extra, se juntou a elas. Benjamin cumprimentou Violet e Lily com um abraço e também se sentou no sofá, mas Dahlia permaneceu onde estava, perto da ilha da cozinha.

— Violet, tem certeza de que seu carregador está no seu quarto? — perguntou Lily, começando a ficar desesperada.

Violet pareceu intrigada.

— Tenho. Não está na tomada do lado da cama?

— Não — exasperou-se Lily.

— Não entendo como vocês conseguem viver num lugar tão pequeno — declarou Dahlia, olhando de forma depreciativa pelo apartamento. Seus olhos pousaram nos sapatos de Lily, enfileirados perto do aquecedor, e no cesto de roupa perto da mesa de centro. — Lily, querida, você não quer ter seu próprio quarto de novo? Por que não volta pra casa por um tempinho? Você pode pensar melhor sobre a sua carreira e encontrar um emprego que te permita bancar o seu apartamento. O que você acha de fazer administração? É uma opção.

— Mãe, *não*.

Lily não conseguia aguentar mais um segundo daquilo. Nem da mãe, nem de ninguém. Se aprendera alguma coisa nos últimos dois meses, era que estava cansada de ser feita de gato e sapato pelas pessoas à sua volta. Ela tinha voz e visão de vida e acreditava em si mesma. Era hora de todo mundo saber disso também. A começar por sua família.

— Não vou voltar para casa — anunciou ela — e não vou fazer faculdade de administração, ou de direito ou outra qualquer outra. Sei que você diz isso porque se importa, e sei que é confuso porque eu não conquistei nada tão incrível quanto a Iris e a Violet. Tenho uma segunda entrevista semana que vem com uma editora dos sonhos e espero conseguir o trabalho, mas, mesmo se não conseguir, vou continuar tentando. Talvez eu demore para progredir e não consiga tudo logo de uma vez, mas você precisa me deixar resolver as coisas sozinha.

Dahlia piscou, sem palavras.

— Desculpa, querida. Achei que estivesse ajudando. Não estava tentando piorar as coisas.

— Concordo — disse Violet. — Bate o pé, Lily.

— Não é só a mãe — falou Lily, se virando para encarar Violet, e depois olhando para Iris. — São vocês duas também. Menti para vocês sobre ter um namorado no começo do ano porque foi a única maneira que encontrei de vocês pararem de tentar dar um jeito na minha vida amorosa. Nunca tive um namorado. Eu estava conversando por e-mail com um cara que nunca nem conheci pessoalmente! E... bem, acabou que ele era o Nick...

— *O quê?* — perguntaram Iris e Violet.

— Mas não faz diferença. Ele e eu já seguimos em frente. Ele acredita em mim e me aceita como eu sou, e é por isso que amo ele, mas...

— *Ama?* — exclamaram elas.

— O que quero dizer é que não quis contar a verdade a vocês porque não queria que sentissem pena ou pensassem que eu estava desamparada. — Lily olhou para cada um deles. — Amo todos vocês. E sou muito grata por ser parte dessa família. Mas se eu precisar de ajuda eu peço, tá bom?

Os Greene assentiram em silêncio, chocados com a Lily meiga e seu comportamento não tão meigo. A risada de Calla — porque Tomcat esfregava a cabeça no queixo dela — rompeu o silêncio.

— Que fique registrado, nós amamos todas as três na mesma medida — declarou Benjamin, falando pela primeira vez desde que chegara. — Não importa o que conquistaram ou não.

— Obrigada, pai. — Lily sorriu para ele e respirou fundo. — Agora que já viramos essa página, alguém tem um carregador de iPhone?

Todo mundo balançou a cabeça. Violet, ainda intrigada com a revelação de Lily sobre os e-mails, deu um sorriso dissimulado.

— Mas que tipo de e-mail vocês mandavam? — perguntou ela, mexendo as sobrancelhas. — Coisas safadinhas?

— *Violet.*

O grito veio de Dahlia, Benjamin e Iris.

— Não, os e-mails eram... — começou Lily. Espera. *O e-mail.*

Ela podia enviar um e-mail a Nick! Por que não tinha pensado nisso antes?

Correu para abrir o notebook e acessar o e-mail. E a primeira coisa que viu foi uma mensagem de Edith.

Estou tentando falar com você de todas as formas, e estou torcendo para que você olhe seu e-mail pessoal com frequência, diferente do que tem feito com o e-mail da empresa. Preciso dos meus cartões de visita! Por favor, traga eles para a festa!

Ela estava *falando sério*? Ela queria que Lily cruzasse a cidade até o escritório para levar cartões de visita a ela, só para que pudesse distribuí-los numa festa que acontecia todo ano?
Esquece. Lily não ia mais se desdobrar por Edith daquele jeito.
Mas então ela lembrou de como Edith tinha assediado o pobre designer de capa, Jeremy, para fazer aqueles cartões. Jeremy era gentil, paciente e nunca dera problemas a Lily por causa dos muitos comentários que sua chefe fazia sobre os esboços de capa dele. Lily não queria que o trabalho difícil e não remunerado dele fosse desperdiçado.
— Onde nós vamos jantar? — perguntou ela, ao pegar a bolsa e o celular descarregado. — Eu encontro vocês lá. Preciso fazer uma coisa do trabalho primeiro.
Iris deu a Lily o endereço do restaurante Osteria 57 no Village, e Lily saiu correndo pela porta.

o o o

A festa acontecia no último andar do hotel Moxy na Times Square. Lily passou uns bons cinco minutos no saguão tentando explicar que não, ela não tinha convite, mas precisava levar cartões de visita para alguém que estava ali. Após finalmente permitirem sua entrada, ela pegou o elevador para o terraço. Quando chegou à festa, ela titubeou. Estava lotada. Havia um mundaréu de gente espalhado pelo terraço. Os funcionários do hotel se misturavam na multidão, segurando bandejas de petiscos. No canto esquerdo, uma grande tela de projetor exibia a capa de um livro que Lily não reconheceu. Um homem branco baixo, suando sob o terno, estava de pé atrás de um púlpito improvisado, gesticulando para a tela enquanto todos ouviam. Devia ser um escritor.

Lily caminhou pela multidão, à procura de Edith. Ela ouviu alguém a chamar, e virou, avistando Dani e Oliver no bar. Eles acenaram para ela, e Lily riu, acenando de volta. Claro que Dani tinha dado um jeito de conseguir *dois* convites para funcionários juniores. Lily continuou andando pela multidão. No caminho, ela avistou Marcus de pé perto do parapeito do terraço, conversando com uma mulher negra alta com cabelo comprido escuro. Lily teria que dar um oi a ele antes de ir embora.

Finalmente ela localizou Edith perto do fundo, na área próxima aos banheiros. Sua chefe conversava com outra mulher branca, baixa como Edith, porém seu cabelo loiro-acobreado ia até os ombros. Ela usava um vestido laranja-vivo sem mangas mais justo na cintura e solto nas pernas, em contraste com a roupa toda preta de Edith. Elas pareciam noite e dia.

Quando Edith avistou Lily, gesticulou com impaciência para que ela se aproximasse. Ela lutou contra a vontade de revirar os olhos e seguiu pela multidão.

— Aí está — disse Lily, ao entregar os cartões de visita.

Edith nem agradeceu. Pegou os cartões e os jogou na bolsa.

— Lily, essa é a Bernice Gilman.

— Ah — respondeu Lily, observando a mulher que seria sua segunda chefe, se Lily tivesse a infelicidade de ainda estar naquele emprego quando Bernice começasse. — Prazer.

— Prazer. — Com um sorriso caloroso, Bernice apertou a mão de Lily. — Você fez mesmo todo esse trajeto para entregar os cartões à Edith? Quanta dedicação!

— Ela é boa, na maioria dos dias — declarou Edith, fazendo um gesto de despensa. — A Lily é tipo a assistente do escritório. Ela vai ficar com a gente por muito tempo.

As palavras de Edith magoaram Lily. Não só as palavras, mas o jeito como ela as disse. Lily tinha literalmente acabado de pedir uma promoção! Era óbvio que não queria ser assistente do escritório!

Pensou de novo no que Nick lhe dissera. *Você é a pessoa mais competente que eu conheço.* Ele estava certo. Lily *era* competente. Meses antes, era a garota hesitante no elevador que mal balbuciava umas palavras e nem conseguia olhar Nick nos olhos. E agora estava apaixonada por ele. Se não tivesse se arriscado, quem saberia onde eles estariam? Viver era se arriscar.

Que se dane. Chega dessa palhaçada. Lily não devia nada a Edith. Se ela podia enfim enfrentar a família, podia com certeza enfrentar a chefe.

Ela respirou fundo.

— Na verdade, eu me demito.

Edith a encarou. Bernice olhou, confusa.

— Você o quê? — cuspiu Edith.

— Eu me *demito*.

Talvez o emprego com Francesca Ng desse certo, ou talvez não. Lily tinha outras opções, e continuava se candidatando a outras vagas no mercado editorial. Podia voltar a trabalhar numa livraria. Podia ser editora freelancer. Conseguiria trabalhos temporários. Ficaria sem plano de saúde por um tempo, e isso era uma droga, mas qualquer coisa era melhor do que trabalhar para Edith. Ela merecia ser respeitada e trabalhar com alguém que acreditasse nela. Lily merecia paz.

O que que ela ainda estava fazendo naquela festa autocomplacente e elitista? Não podia passar nem mais um segundo perdendo seu tempo e fazendo coisas que a deixavam infeliz.

— Vou entregar meu aviso prévio amanhã — anunciou Lily. — Boa sorte com ela, Bernice.

A nova editora estava de queixo caído. As bochechas pálidas de Edith ganharam um tom vermelho-vivo enquanto ela pensava com esforço numa resposta. Lily não ia ficar tempo suficiente para ouvi-la. Livre e leve, ela se virou e começou seu caminho em direção ao elevador.

Sua primeira missão seria ir à loja de conveniência para comprar um novo carregador, e *depois* ligar para Nick e colocar a bunda no primeiro avião para a Carolina do Norte, porque o amava, porque queria estar lá o apoiando e não iria deixá-lo se afastar.

Ela estava na metade do caminho até o elevador quando as portas se abriram, e Nick saiu, com uma blusa preta e tênis de corrida. Com certeza não era um traje de festa. Parecia que ele tinha acabado de sair de um avião. Seu olhar imediatamente vasculhou a multidão, procurando alguém.

Lily congelou no lugar, piscando, se perguntando se ele estava mesmo ali ou se era uma invenção de sua imaginação determinada.

Ela gritou seu nome, sem se importar com interromper quem estivesse se apresentando na parte da frente do terraço. A atenção de Nick virou na direção de sua voz. Mas, antes que ele pudesse ver Lily, a mulher que um tempo antes estava conversando com Marcus apareceu e puxou Nick para o púlpito.

27

— Nick! — sibilou Zara, empolgada, em seu ouvido. Ela agarrou o braço dele e o conduziu pelo terraço e pela multidão. — Você veio! O Marcus me disse que não viria!

Ah, merda.

Talvez parecesse que Nick, no fim das contas, decidira de última hora ir à festa, mas a verdade era que ele estava tentando falar com Lily desde cedo, e, conforme as horas passavam e ele continuava sem notícias, foi tendo cada vez mais certeza de que conversar pelo telefone não seria o bastante. Precisava vê-la pessoalmente. Assim poderia lhe dizer cara a cara que a amava e que estava tentando resolver seus problemas.

Quando se deu conta, ele estava no aeroporto à espera de um voo para Nova York. E então lá estava ele num avião, ensaiando o que diria a Lily. Quando aterrissou, tentou novamente ligar para ela e de novo caiu na caixa postal; quando chegou ao prédio, foi direto para o apartamento dela. A família inteira o recebeu e então lhe contou que Lily tinha ido para um evento de trabalho. No mesmo instante, ele soube que o evento de trabalho tinha que ser a festa da M&M.

Correu para o seu apartamento e pegou o convite. Foi apenas no elevador que ele olhou para os tênis e xingou. Estava muito malvestido para um evento profissional, mas seu plano era simples: iria à festa, encontraria Lily, conversaria com ela e passaria totalmente despercebido por sua editora e por Marcus. Escolheria outro dia para se apresentar ao mundo como N. R. Strickland. Conversar com Lily era muito mais importante no momento.

O elevador parou no décimo andar, e Nick soltou um suspiro frustrado. Quando as portas se abriram, Henry e Yolanda entraram de mãos dadas, sorrindo um para o outro como adolescentes apaixonados.

— Oi, querido — cumprimentou Yolanda, ao abraçar Nick. — Está indo para onde?

— Oi. Uma festa — respondeu ele, distraído. — Desculpa, licença.

Ele passou por Yolanda e pressionou o botão para as portas se fecharem mais rápido. Yolanda e Henry se entreolharam.

— Você está bem, querido? — perguntou Yolanda. — Parece bem ansioso.

— Tenho uma coisa muito importante para dizer à Lily e nunca fiz nada assim antes e quero muito vomitar, mas vou conseguir. Eu acho.

— Ah, a namorada! — exclamou Yolanda com um sorriso sagaz. — Se você for sincero e honesto, qualquer coisa que disser vai ser bem recebida.

— Não se preocupe — afirmou Henry. — Você é o cara, esqueceu?

Nick deu uma risada surpresa.

Ele sem dúvida estava precisando de motivação. Só torcia para que aquelas palavras tivessem o mesmo efeito nele como as dele tiveram em Henry meses antes.

— Obrigado — falou Nick, olhando para os dois.

Agradecia a Henry por mais do que o incentivo, e a Yolanda por mais do que seu conselho. Ele pretendia continuar mais tempo por perto para mostrar a eles o quanto estava grato por recebê-lo em suas vidas.

Eles lhe desejaram sorte quando Nick saiu correndo do elevador para o saguão e se jogou num táxi.

Naquele momento, ele estava ali na festa, e pensou ter ouvido Lily chamar seu nome um segundo antes, mas Zara pensava que o motivo de Nick ter aparecido era completamente diferente.

— Eu, hum, não vim por isso... — Nick se atrapalhou com as palavras, tentando se desvencilhar do aperto forte de Zara.

— Mary! — sussurrou Zara alto para uma ruiva na frente deles. — N. R. Strickland está aqui. Nick, essa é a Mary. Ela é sua relações-públicas.

Mary se virou e ficou boquiaberta, fazendo os outros ao redor olharem para Nick também.

— Temos que colocar ele no púlpito!

— Ah, não, não. Esperem — apressou-se Nick para falar, se afastando.

— Isso é incrível! Todo mundo vai ficar empolgadíssimo — declarou Zara, falando por cima dele. — A chefe do nosso selo basicamente fez parecer que eu tinha arruinado a festa quando contei que você não viria. Fiquei com medo de verdade de ela me demitir.

Droga. Nick podia fugir de Zara e Mary com facilidade, mas como poderia fazer isso depois do que Zara acabara de falar? Não podia deixá-la na mão.

Ele prescrutou a festa mais uma vez, à procura de Lily, mas avistou Marcus em vez disso, andando em direção a ele, a expressão confusa por causa da presença de Nick.

Elas chegaram ao púlpito, e Zara se apressou em sussurrar algo para uma mulher loira, que então correu até o púlpito e murmurou no ouvido de um cara branco alto e careca que estava informando a todos que aquele outono seria a melhor temporada da M&M.

O homem parou e ouviu a mulher. Em seguida, deu um sorriso surpreso.

— Pessoal — continuou ele, se voltando para o microfone. — Temos um verdadeiro presente para vocês hoje. N. R. Strickland, o autor de um dos nossos maiores lançamentos, *Os elfos de Ceradon*, acabou vindo para a festa.

Um arfar coletivo ecoou da multidão, seguido por uma confusão de sussurros.

Zara conduziu Nick ao púlpito, e o cara branco apertou a mão de Nick com empolgação.

— Muito prazer em conhecê-lo, sr. Strickland — afirmou ele. — Me chamo Vicent Meyer, sou o CEO da M&M. Obrigado por se juntar a nós.

Puta merda. O CEO*?*

— O prazer é meu — conseguiu dizer Nick.

E então Vicent se afastou e deixou o palco para Nick. Ele encarou a plateia. Um mar de rostos borrados esperava Nick falar. A capa de *Os elfos de Ceradon* era exibida numa tela atrás dele. Nick pigarreou. Onde estava seu estoque secreto para socializar quando precisava?

Começou a suar. Se pelo menos tivesse tido tempo para pensar no que diria. Ele notou algumas pessoas com o celular na mão, gravando. Aquilo acabaria na internet para todo mundo ver. Bem na frente, Zara fez "joinha" com as duas mãos como incentivo, mas olhar para ela apenas o fez se sentir mais pressionado. Nick precisava falar algo, porque isso significava que ela tinha feito seu trabalho também.

Respirou fundo, numa tentativa de acalmar os batimentos acelerados. E então a viu.

Lily estava atrás da multidão, encarando-o. E foi como se todas as outras pessoas tivessem desaparecido. Ela lhe deu um sorriso suave e caloroso, muito Lily, e acenou para ele com a cabeça. E foi tudo de que ele precisava. Conseguiria seguir em frente.

Ele se inclinou até o microfone.

— Oi — disse ele, e logo se retraiu com o retorno alto. — Hã, sou N. R. Strickland. Escrevi *Os elfos de Ceradon*... o que todos já sabem porque o Vincent acabou de dizer. É óbvio que não sou britânico, como disseram para vocês. Cresci na Carolina do Norte comendo churrasco, cachorro-quente, torta de maçã e todas as outras comidas norte-americanas típicas. — Alguns risos soaram na plateia, e isso o relaxou. — Hum, só esclarecendo alguns boatos, não estou morto. Sou uma pessoa só, e não várias. E já conversei com a Zara antes, que é incrível, falando nisso.

Ele pigarreou e olhou para Lily, se acalmando de novo.

— Escrevi esse livro quando tinha vinte e dois anos — contou ele. — Estava no último ano da faculdade e tinha grandes planos que não se realizaram. Menti sobre quem era por muitos motivos pessoais. Lamento ter feito todos vocês acreditarem que eu era alguém que não sou.

O que é verdade é que eu sou o autor de *Os elfos de Ceradon*. Essa história e seus personagens vieram de mim. Eu precisava que o Deko sobrevivesse, apesar dos muitos desafios que ele enfrentou na vida, porque eu também precisei sobreviver aos desafios da vida. Desisti desse livro e da ideia de ser escritor, mas aprendi que às vezes somos sortudos o bastante para ganhar uma segunda chance. Sou muito grato a todo mundo aqui que ajudou a dar ao *Elfos* uma nova jornada. — Ele parou. — Mas não vim aqui hoje para falar do meu livro.

Foi possível ouvir alguns murmúrios confusos vindos da plateia, mas Nick focou o olhar em Lily de novo. Ela estava linda, e imóvel. Não tirou os olhos dela quando continuou a falar.

— Vim para esta festa porque estava procurando alguém que significa muito para mim — declarou. — Mais do que minha carreira. Mais do que qualquer coisa, na verdade. Ela é a melhor parte da minha vida, e eu quero que saiba que, se ela deixar, vou passar a eternidade retornando esse favor. — Ele desceu do púlpito, os olhos ainda em Lily. E então se inclinou sem jeito para o microfone de novo e disse: — Obrigado. Tenham uma boa noite.

Algumas pessoas aplaudiram empolgadas, se não confusas. Zara dava tapinhas em seu ombro, mas ele não percebeu nada daquilo. Andava em direção a Lily, e as pessoas na multidão o observavam com curiosidade, abrindo caminho.

o o o

Lily ficou parada, esperando Nick. Ela sorria para ele, balançando a cabeça com admiração e prazer. Não conseguia acreditar que ele estava ali. Seu coração ia explodir.

Nick se aproximou dela, acabando com quase todo o espaço entre eles. Ela encarou seu rosto. O olhar de Nick era suave e firme quando segurou suas mãos.

— Eu te amo — declarou ele. — Te amo desde quando você me mandou o primeiro e-mail ano passado. Você me encontrou quando eu

não queria se encontrado. Você me salvou. — Lily piscou, sem palavras.
— Me desculpa pelo que disse na chamada de vídeo no outro dia — continuou ele. — Tudo o que você disse estava certo. — Ele colocou a mão no rosto dela. — Contei tudo para meus pais, até de você. Só quero que saiba que estou tentando.

— Eu sei — respondeu ela, com o peito se enchendo de alegria. — E eu estou tentando. — Ela puxou o rosto dele para si. — Também te amo.

Então o beijou, e Nick apoiou seu rosto com as mãos para beijá-la melhor. A multidão assobiou e aplaudiu, e foi apenas nesse momento que ela lembrou que não estavam sozinhos. Lily riu e enrubesceu.

— Você dois são muito fofos — elogiou Zara, ao surgir de repente ao lado deles. — Só imagine o que aquele discurso apaixonado vai fazer com a sua carreira, Nick! Todo mundo amou você! Nossa primeira semana de vendas vai ser um arraso!

— Não acredito que você apareceu! — exclamou Marcus, aparecendo ao lado de Nick. — Estou tão orgulhoso de você, irmão. E, Lily, é verdade que você acabou de se demitir? Alguém disse que ouviu a Edith dando um piti por causa disso no banheiro.

Nick se virou para Lily com os olhos arregalados.

— Você se demitiu?

— Sim.

Ela estava radiante.

— Estou orgulhoso de você — afirmou ele, também sorrindo. E em seguida: — Quer sair daqui?

Ela assentiu.

— Com certeza.

Na frente do hotel, nenhum dos dois sabia o que dizer. Estavam tomados por um sentimento bom.

— Eu queria contar que ia voltar hoje — disse Nick. — Tentei te ligar, mas...

— Meu celular descarregou! — Lily pegou o celular na bolsa e lhe mostrou a tela apagada. — *Eu* que ia até *você*, na verdade. Bem, depois que comprasse outro carregador.

Ele sorriu.

— Não queria que você tivesse que me procurar dessa vez. Eu queria aparecer, por você. E por mim.

O sorriso dele era tão lindo e terno que fazia Lily perder o ar e seu peito doer.

— Estou feliz por você ter feito isso.

— Eu precisava te ver — declarou ele. — Mas preciso voltar para a Carolina do Norte por mais alguns dias. Eles ainda precisam da minha ajuda.

— Eu sei. — Com gentileza, Lily enganchou os dedos nos dele. — Vou estar aqui quando você voltar.

Nick ergueu a mão dela e a beijou.

— Então, você se demitiu mesmo — falou ele. Lily sorriu e assentiu, e ele riu. — Quer me contar essa história?

— Posso te contar tudo a caminho do jantar com a minha família — respondeu ela. — Se quiser jantar com a gente.

Ela o encarou, de maneira paciente e encorajadora.

Com um sorriso no rosto e o olhar amoroso, ele respondeu:

— Claro que quero.

28

No fim, a festa de noivado e a festa anticasamento de Violet eram provas de que às vezes comemorar um término podia ser bem mais divertido do que comemorar um futuro casamento. Primeiro porque a festa anticasamento tinha música ao vivo.

— Se você é uma piranha má, quero te ouvir dizer eeeee! — gritava Karamel Kitty no microfone.

— Eeeee! — gritaram Lily, Iris e Violet na pista de dança junto com os amigos do mundo da moda de Violet e os membros da família Greene que escolheram se identificar como piranhas más.

— É disso que estou falando! — gritou Karamel Kitty.

E então ela apresentou seu hit número um mais recente: "Bad Bitch Antics".

Em uma mudança de último minuto, Violet conseguiu manter o mesmo bufê e os mesmo organizadores do casamento. Dessa vez as mesas eram pretas, e ela tinha convencido Dahlia a pintar cada flor dos arranjos de preto. Os convidados também vestiam preto, bem do jeito que Violet imaginara. Ela usava um vestido de gala frente única com decote V, e Lily tinha comprado um vestido preto curto e sem mangas para o evento.

O vestido foi uma das ostentações que ela se permitiu depois de conseguir o emprego na Happy Go Lucky Press. Trabalhar com Francesca

Ng e Anna seria um sonho. Um sonho cheio de coisas para fazer, porque elas eram uma equipe pequena, mas poderosa. No entanto, Lily tinha a sensação de que iria enfim aprender como era trabalhar com pessoas que incentivavam seu crescimento e viam valor no seu trabalho.

Meses antes, se alguém contasse a Lily que aquela seria sua vida, ela não teria acreditado. Teria achado muito bom para ser verdade. Mas ela estava se permitindo ser feliz. Porque merecia.

— Vou pegar água — gritou ela para as irmãs, ocupadas demais dançando e rindo. Ver aquela cena enchia seu coração de felicidade. — Alguma de vocês quer alguma coisa do bar?

— Uísque e Coca-Cola — respondeu Iris. Violet negou com a cabeça e continuou dançando.

Lily caminhou até o bar, passando pela família e pelos amigos da irmã, que estavam presentes para ajudar a transformar uma situação terrível em algo alegre. Enquanto esperava o garçom misturar o uísque e a Coca-Cola de Iris, teve um sobressalto quando ouviu alguém chamar seu nome.

— Oi, Lily.

Ela olhou surpresa para Angel, que surgira ao seu lado. Ele estava tão bonito quanto no começo do verão, quando se conheceram na festa de noivado de Violet. Mas a presença dele não deixava sua mente confusa nem agitava seu coração. Apenas uma pessoa provocava esse efeito sobre ela. E ele estava do lado de fora, em algum lugar silencioso, dando sua primeira entrevista da vida à imprensa pelo telefone. A pauta: seu livro.

— Oi, Angel — disse Lily. — Tudo bem? Não esperava te ver aqui.

— Fiquei do lado da Violet no término. O Eddy não era um cara bacana. — Ele deu de ombros. — Ainda está trabalhando com livros sobre ditadores?

Lily riu.

— Graças a Deus, não. Como vai o álbum?

— Ótimo. Estou com um produtor novo que...

Angel parou de falar do nada. Lily ergueu uma sobrancelha, esperando que ele continuasse. Angel encarava alguma coisa atrás de Lily.

Ela se virou e viu que Iris se aproximava. A irmã estava muito bonita naquela noite, com o batom vinho e o vestido brilhante preto colado de gola alta. Tinha deixado Calla encaixar uma rosa preta em sua orelha.

— Acho que as músicas da Karamel Kitty vão fazer a tia-avó Portia infartar — brincou Iris, chegando ao bar. Ela pegou sua bebida da bancada e olhou para além da irmã, para Angel. — Olá.

— Oi, e aí, tudo bem? — soltou ele.

— Iris, esse é o amigo da Violet, Angel — apresentou Lily, tentando não rir da expressão embasbacada de Angel. — Angel, essa é nossa outra irmã, Iris.

A irmã mais velha apertou os olhos para ele.

— Você é o cantor.

— Isso. — Os olhos de Angel se iluminaram quando ele se inclinou para a frente, ansioso. — Já ouviu minha música?

— Não. — Iris deu um gole na bebida e se virou para Lily. — A Calla está com a mãe. Se alguém perguntar por mim, diz que saí pra tomar um ar.

Iris saiu, e Lily escondeu o sorriso enquanto Angel encarava a irmã.

— Legal te ver de novo, Lily — disse ele, terminando a bebida às pressas. — Tenho que... ver uma coisa.

Lily sorriu.

— Legal te ver também.

E então ele se foi, seguindo na mesma direção que Iris. Ele tinha uma tarefa árdua pela frente, mas Lily torcia para que Angel tivesse sucesso conquistando Iris. Ela precisava de um pouco de diversão na vida.

Seu celular vibrou com uma mensagem de Nick.

Terminei a entrevista. Podemos dançar depois?

Lily endireitou a postura, prescrutando o salão. E ali estava ele, caminhando a passos largos até ela. Lindo de morrer no terno todo preto. Lily podia ter se derretido na mesma hora.

Eles se encontraram no meio do caminho. Não ficou nítido quem tocou quem primeiro, mas eles logo estavam grudados como dois ímãs, como se não tivessem se visto apenas trinta minutos antes. Lily o beijou, e ele a abraçou, puxando-a para si.

— Como foi a entrevista? — quis saber Lily quando se afastou.

— Foi legal. — Nick pôs uma mecha do cabelo dela atrás da orelha e colocou a mão na curva do pescoço de Lily. — Preciso de mais prática, mas acho que vou me sair melhor quando me mandarem para uma turnê.

— Não se preocupe. Vou te treinar um pouco antes disso.

Nick gargalhou, e o som percorreu seu corpo como um bálsamo quente.

Ele recuou até a pista de dança e estendeu a mão.

— Quer dançar?

Violet pediu ao DJ que só tocasse músicas animadas que combinavam com o espírito "fodam-se os traidores", mas isso não importava para Lily. Ela assentiu e deu a mão a Nick enquanto ele a conduzia para a pista de dança. Ela pôs os braços ao redor do pescoço dele, e os dois iam de um lado para o outro, se encarando. O abraço dele era para sempre seu lugar favorito.

— Parece que acabei sendo seu acompanhante, no fim das contas — comentou ele, baixo.

— Parece que sim.

Lily não conseguiu conter um sorriso.

Não queria que aquilo tivesse acontecido de qualquer outra maneira.

Epílogo

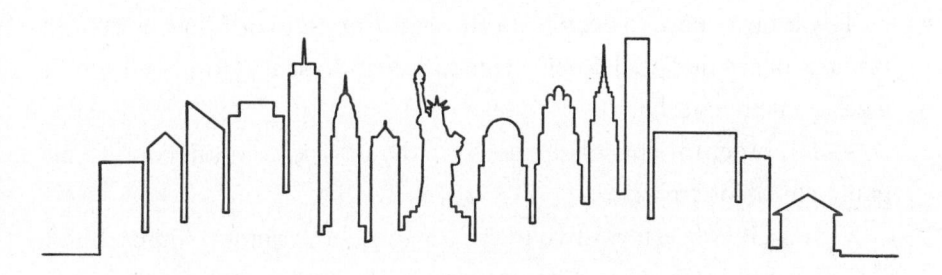

QUATRO MESES DEPOIS

EM ALGUM MOMENTO, LILY PERDERA NICK NA FEIRA DE NATAL DA Union Square. Ela imaginou que ele talvez estivesse tentando encontrar um lugar calmo na agitação caótica de Nova York durante as festas de fim de ano. Era meados de dezembro, e tiveram um verdadeiro dia turístico de Natal, que incluiu uma caminhada para ver a árvore do Rockfeller Center, uma tentativa de esquiar na Bryant Park e dar uma olhada nas vitrines da Saks Fifth Avenue. Turistas os cercavam a todo momento. Mas, ironicamente, tinha sido tudo ideia de Nick. Ele havia terminado o rascunho do segundo volume e quis comemorar explorando o que Nova York tinha para oferecer na época do Natal.

Lily ficou muito empolgada. Estava editando um romance de fantasia infantil sobre uma menina negra de Nova York que descobre que o bisavô foi o verdadeiro Jack Frost, o elfo simpático do inverno. Ela achou que o passeio podia ser uma pesquisa editorial. Mas, na verdade, só queria ver Nick no meio do tumulto e da mágica do Natal na cidade.

Carregando vários jogos norte-americanos natalinos recém-comprados, Lily seguiu em frente para olhar um estande com vários enfeites para árvores de Natal. Ela tinha uma arvorezinha no pequeno apartamento em Crown Heights, a quinze minutos a pé da casa de Marcus e Caleb. Na semana seguinte, ela iria receber Nick e a mãe para jantar e queria garantir que a ocasião tivesse a decoração mais festiva possível. Era a primeira vez que Teresa visitava Nick. Ele e o pai ainda não tinham um bom relacionamento. Mas Nick tratava disso na terapia.

Lily estava quase se decidindo entre um conjunto de bonecos de neve prata e toucas de Papai Noel vermelhas quando sentiu um beijo úmido e gelado na bochecha.

— Fui procurar chocolate quente — disse Nick, com um copo fumegante nas mãos para ela.

Como Lily, ele estava envolto em uma jaqueta grande e um cachecol. Lily sorriu para ele e aceitou com gratidão o copo.

— Obrigada. Estava mesmo me perguntando aonde você tinha ido.

— Depois que peguei o chocolate, fiquei no celular com a Violet por quase dez minutos. Ela estava cheia de dúvidas sobre o que o Marcus e o Caleb consideram feio para a festa do suéter natalino deles. Acho que ela está pensando demais nisso.

Lily gargalhou e mostrou os enfeites para ele.

— De qual você gostou mais?

Nick riu e deu de ombros. Ele apontou para os bonecos de neve.

— Desses.

— Ótimo, também estava preferindo esses.

Lily foi pagar os enfeites, mas Nick virou com gentileza o rosto dela para ele.

— Comprei uma coisa para você — comentou ele, levando a mão ao bolso.

— Não me dá agora!

Eles iam entregar os presentes na véspera de Natal, antes de irem jantar na casa dos pais dela. Ia ser o primeiro Natal que Nick passava nos Estados Unidos depois de anos, e ela queria que fosse especial. Comprara para ele uma máquina de escrever vintage. Já estava embrulhada e escondida no armário de corredor do seu apartamento. E, já que Nick não era muito bom em esconder presentes, ela já sabia que ele lhe comprara uma edição ilustrada e autografada da série Dragões de Sangue.

— Não se preocupe, não é seu presente oficial — retrucou ele. — Só uma coisa pequena.

Ele pôs um saquinho preto em sua mão. Lily ergueu o olhar, curiosa, e Nick assentiu, incentivando-a a abrir. Lily enfiou a mão no saquinho. Pegou dois objetos pequenos. Uma estatueta do Papai Noel negro e um chaveiro escrito "Eu <3 NY".

Ela então gargalhou alto ao relembrar o encontro imaginário dos e-mails.

— É perfeito — afirmou ela, sorrindo e lhe dando um beijo delicado. A boca de Nick tinha gosto de chocolate quente. — Obrigada.

— De nada. — Ele sorriu de volta e a abraçou, passando as mãos pelas costas dela para aquecê-la. — Está congelando aqui. Que tal voltarmos para a minha casa agora?

— Tá bom — respondeu Lily, se aconchegando mais.

Nick não era uma invenção de sua imaginação nem um estranho sem rosto atrás da tela do computador. Ele estava bem ali na sua frente. A coisa mais real do mundo.

Ela o beijou mais uma vez só para provar que era real.

Agradecimentos

Escrever um romance para adultos sempre foi um grande sonho meu, e por muito tempo senti medo de correr atrás desse sonho, porque escrever um novo gênero e para um novo público é muito intimidante! Amo muito este livro e sou bastante grata a todos que ajudaram a dar vida a esta história.

Agradeço à minha agente, Sara Crowe, por sempre acreditar em mim, nas minhas histórias e na minha capacidade de contá-las, mesmo quando eu sentia medo de escrevê-las.

Agradeço às minhas editoras, Cindy Hwang e Angela Kim, que me guiaram (e a Lily e Nick!) nesta jornada da forma mais encorajadora possível. Sou grata ao restante da equipe na Berkley também: Adam Auerbach, Stacy Edwards, Christine Legon, Daniela Riedlova, Dache' Rogers, Lila Selle e Randie Lipkin.

Agradeço à minha amiga e parceira crítica, Alison Doherty, que me ouviu contar sobre Lily e Nick anos atrás e me incentivou a arriscar e escrever a história dos dois. E agradeço à minha companheira de trabalho, Dana Carey, que fez meus dias de trabalho no mercado editorial valerem ainda mais a pena.

Por fim, agradeço à minha família por todo o apoio. Em especial minha vó Peggy, que sempre insistiu em perguntar se eu ainda planejava escrever uma história sobre irmãs que tinham nome de flores.

Impresso no Brasil pelo Sistema Cameron da Divisão Gráfica da
DISTRIBUIDORA RECORD DE SERVIÇOS DE IMPRENSA S.A.